MAX BENTOW

DIE TOTENTÄNZERIN

MAX BENTOW

DIE TOTENTÄNZERIN

PSYCHOTHRILLER

PAGE & TURNER

Originalausgabe

Dieses Buch ist auch als E-Book erhältlich.

MIX
Papier aus verantwortungsvollen Quellen
FSC® C014496

Verlagsgruppe Random House FSC® N001967
Das FSC®-zertifizierte Papier *Super Snowbright* für dieses Buch
liefert Hellefoss AS, Hokksund, Norwegen.

Page & Turner Bücher erscheinen im
Wilhelm Goldmann Verlag, München,
einem Unternehmen der Verlagsgruppe
Random House GmbH.

1. Auflage

Umschlaggestaltung: Uno Werbeagentur, München
Umschlagmotiv: plainpicture/Johner; FinePic®, München
Gesetzt aus der Janson-Antiqua
Druck und Einband: GGP Media GmbH, Pößneck
Printed in Germany
ISBN 978-3-442-20405-2
www.pageundturner-verlag.de

Besuchen Sie den Goldmann Verlag im Netz

PROLOG

»Wir müssen leise sein«, sagte sie zu ihm.

Er lächelte. Im halbdunklen Flur schimmerte sein weißes Hemd, den mit Schnee benetzten Mantel hatte er sich über die Schulter geworfen. Er beugte sich zu ihr herab und küsste sie. Seine Wangen waren kühl, als sei er noch vom Nachtfrost umgeben, der Eisblumen an die Fensterscheiben warf.

Es war kurz vor Weihnachten, sie liebte diese Zeit, sie schmeckte nach Nelken, Orangen und Nüssen. Sie roch sein Rasierwasser, es war würzig und scharf, erwachsen und stark, ein Schauer lief über ihren Rücken, und schon war ihr wieder warm.

»Komm mit«, sagte sie, er streifte sich die Stiefel ab, und sie führte ihn in ihr Zimmer, schloss hinter ihm die Tür. Sie setzten sich auf ihr Bett, er war ihr so nah. Die Nachttischlampe warf ihrer beider Schatten an die Wand. Nur in verworrenen Träumen war das bisher passiert.

Sie merkte ihm an, dass auch er ein wenig nervös war.

»Und deine Eltern kommen wirklich nicht früher zurück?«

Sie zuckte mit den Schultern. »Warum sollten sie, eine Ballnacht ist eine Ballnacht.«

»Sie tanzen Walzer?«

»Bestimmt.«

»Dein Vater kann tanzen?«

»Was glaubst denn du?«

»Wenn der wüsste ...«

»Weiß er aber nicht.«

»Er bringt mich um.« Sein Lachen war laut.

»Schscht«, machte sie, »du weißt doch, nebenan schläft noch jemand.«

Unsicher blickte sie zu der Wand zum Nebenzimmer hin, wo ihre Poster hingen, alberner Mädchenkram, sie hätte sie vorher abnehmen sollen.

Er strich ihr das Haar aus der Stirn und küsste sie wieder.

Gut, sie war bereit, sie hatte es so beschlossen, und sie würde es tun. Er war ein Freund ihrer Eltern, und er könnte ihr Vater sein, aber das war ihr egal, im Gegenteil, es beflügelte ihre Phantasien. Und sie ließ sich von ihm das Kleid ausziehen und knöpfte ihm das Hemd auf. Seine Brust war dicht behaart, sie betrachtete sie fasziniert, wie bei einem Affen, dachte sie, wie im Zoo, und das belustigte sie.

Und dann drückte er sie an sich, und sie sanken beide aufs Bett. Sie knipste das Licht aus, weil es ihr im Dunkeln lieber war, sie hörte das Ratschen seines Reißverschlusses, er stellte sich ungeschickt an, als er sich aus seiner Hose wand, und sie musste kichern.

»Was ist?«, fragte er.

»Nichts«, flüsterte sie, »mach weiter.«

Schon war sie unter seinen Händen, die waren rau, anders, als sie sich das ausgemalt hatte, die Art, wie er sie berührte, gefiel ihr nicht, zu fordernd, zu grob, doch sie wollte nicht zimperlich sein, und sie ließ sich von ihm die Unterhose abstreifen, und nun würde alles geschehen, was geschehen sollte, und sie würde keinen Widerstand leisten.

Es ist eine Sünde, hörte sie ihre Mutter sagen, und sie stellte sich dazu das strenge Gesicht des Vaters vor.

Sie überschlug im Kopf noch einmal den Altersunterschied, und der war frappierend, aber es war nun mal ein Abenteuer und als solches geplant. Längst hatte es begonnen, und sie konnte nicht mehr zurück. Vor lauter Aufregung wurde ihr ein bisschen schummrig.

Siehst du, sprach sie in Gedanken zu sich selbst, nun hat das Leben begonnen, das hier, dieser Moment, ist erst der Anfang, alles davor war nur ein endlos langer Kindergartenausflug, knallbunt, aber irgendwie auch nicht real.

Sie hörte, wie er die Packung mit den Kondomen aufriss.

Hier ist die Wirklichkeit, dachte sie.

Und die kam mit Schmerzen einher, sie bat ihn, etwas vorsichtiger zu sein, doch er stöhnte nur, er war so laut, dass sie ihn noch einmal ermahnen musste, ruhiger zu sein.

Er hielt kurz inne und fragte: »Gefällt es dir denn nicht?«

Sie seufzte bloß, starrte in die Dunkelheit hinein, während er sich wieder auf ihr bewegte. Sie versuchte, den Schmerz zu ignorieren, biss sich auf die Unterlippe. Nichts wäre ihr unangenehmer, als jetzt zu weinen.

Das Bett knarrte, auch das störte sie. Sie hielt sich am Rücken des Mannes fest. Er schwitzte übermäßig, sie verspürte den Impuls, sich die Hände am Laken abzuwischen, aber das gehörte sich wohl nicht.

Plötzlich drang ein Lichtstrahl ins Zimmer. Zunächst glaubte sie, er käme von draußen, durch einen Spalt im Vorhang, der Scheinwerferkegel eines vorbeifahrenden Autos vielleicht. Ja, dachte sie, alles ist gut, wir sind unbeobachtet, allein, ich bin in den Armen eines Mannes, und von nun an bin ich kein Kind mehr. Doch dann fiel ihr auf, dass die Seite nicht stimmte, das Licht kam von der Tür.

Er schien es überhaupt nicht gemerkt zu haben, denn er machte einfach weiter.

Sie wollte etwas sagen, doch sie war so erschrocken, dass sie keinen Ton herausbekam.

Da spürte sie den Lufthauch.

Hör auf, wollte sie flüstern, aber ihre Kehle war wie zugeschnürt.

Und dann erkannte sie die Hand und den schweren Gegenstand darin.

Schon schnellten Hand und Gegenstand herab.

Sie schrie.

Es gab ein hässliches Geräusch, ein Knacken, ein Bersten, und sie hörte, wie der Mann über ihr aufstöhnte, es war ein anderes Stöhnen als zuvor, endgültig, dumpf, und es traf sie bis ins Mark. Da sackte er auf ihr zusammen und rührte sich nicht mehr.

Mit den Fingerspitzen betastete sie seinen Hinterkopf, aber der war feucht und klebrig, und wieder schrie sie.

Sie zog die Finger weg. Es gab keinen Zweifel: Der Mann über ihr war tot. Und da stand jemand am Bett und starrte auf sie herab.

Sie schrie weiter. Noch nie hatte sie sich selbst so schreien hören.

Und dann erstarb auch ihre Stimme, und unter dem Leichnam vergraben konnte sie sich nicht mehr bewegen.

Dieses Gesicht über ihr, sie sah in die Augen.

Nur in das Weiß der Augen, aufgerissen, starr.

Nichts geschah, es war still um sie herum, totenstill.

Doch bald darauf vernahm sie das Rauschen ihres Bluts in

den Ohren, und es klang wie eine Melodie, es erinnerte sie an das Schlaflied, das sie als Kind so sehr gemocht hatte, und sie wünschte sich, sie könnte einschlafen und all das vergessen wie einen bösen Traum.

Aber es war kein Traum.

Sie wusste, von nun an würde sie auf immer so daliegen, hilflos, nackt, und alles in ihr wäre erloschen.

ERSTER TEIL

EINS

Der Wecker ihres Mannes schrillte, und sie zuckte zusammen. Es war halb sieben. Nie hatte sie ein Problem damit gehabt, früh aufzustehen. Nur lagen die Tage, an denen sie pünktlich vor einer lärmenden Schulklasse erscheinen musste, unendlich weit zurück.

Während er im Bad verschwand, drehte sie sich auf die Seite, klopfte ihr Kissen zurecht und versuchte, wieder in ihren Traum zurückzufinden. Er hatte mit dem Ort ihrer Kindheit zu tun, dem Kirchturm und den Einfamilienhäusern, und da hatte dieses weiße Pferd gestanden, sie erinnerte sich an seine großen braunen Augen und die geblähten Nüstern. Im Traum hatte sie überlegt, ob sie das Reiten vielleicht verlernt haben könnte, sie wusste noch, dass sie sich vor Stürzen und Knochenbrüchen gefürchtet hatte, bis sie sich endlich ein Herz fasste, sein weiches Fell streichelte und im Begriff war, sich auf seinen Rücken zu schwingen und mit ihm davonzureiten.

In diesem Moment hatte sich der Weckalarm gemeldet.

Es war zwecklos, sie konnte nicht mehr einschlafen. Wieder einmal zerbrach sie sich den Kopf darüber, ob sie ihren Job als Lehrerin nicht doch zu voreilig aufgegeben hatte. Damals aber war ihr alles zu viel geworden, und sie hatte dringend eine Auszeit gebraucht.

Und daraus war ein Dauerzustand geworden, sie hatte einfach nicht mehr die Kraft aufgebracht, in den Beruf zurückzukehren. Ihr Mann wurde nicht müde zu betonen, dass sie doch allein von seinem Gehalt wunderbar leben konnten. Also bestand ihre Aufgabe darin, Einkaufslisten zu schreiben, die Möbel zu verrücken, Staub zu saugen und zweimal in der Woche einen Tanzkurs zu belegen.

Sie hörte, wie er in der Küche rumorte. Kaffeeduft stieg ihr in die Nase, der Geruch seiner Morgenzigarette.

Sie durfte diesen einen Gedanken nicht zulassen, und schon war er da: Wenn sie damals das Kind nicht verloren hätte, wäre nicht die Krise gekommen. Wäre die Krise nicht gewesen, hätte sie ihren Job nicht aufgegeben. Wäre das Kind am Leben, wüsste sie, wozu es sich lohnte aufzustehen.

Stopp, dachte sie, nicht wieder damit anfangen. Dem Gedankenkarussell Einhalt gebieten, sofort!

Mit einem Mal spürte sie, dass er am Bett stand. Auch mit geschlossenen Augen bemerkte sie sein Zögern. Er hatte die Wahl, sich zu ihr hinabzubeugen und sie zum Abschied auf die Wange zu küssen, auch auf die Gefahr hin, sie zu wecken, oder sich einfach leise aus der Wohnung zu stehlen.

Ein Kuss, dachte sie, tu es einfach.

Doch schließlich vernahm sie bloß das leise Klacken der Wohnungstür.

Nach einer Weile stand sie auf und ging ins Bad. Sie duschte heiß und ausgiebig, so heiß, wie es ihre Haut nur ertrug. Sie brauchte einfach dieses Brennen am ganzen Körper. Es gab ihr das Gefühl, noch am Leben zu sein.

In der Küche bereitete sie ihren gewohnten Obstsalat zu, und als sie eine Grapefruit schälte, fiel ihr Blick auf den Messerblock. Einer plötzlichen Laune folgend zog sie das größte hervor und stach damit auf die Frucht ein. Der Saft spritzte ihr in die Augen, und sie stach gleich noch einmal zu.

Sie hielt kurz inne. Dann wischte sie die Spritzer weg, polierte die Arbeitsfläche, häufte die Obststücke in die Schale, goss Kaffee ein, zog den Morgenmantel fester zu und setzte sich kerzengerade an den Küchentisch, um zu frühstücken.

Kaum begann sie zu überlegen, wie sie ihren Tag gestalten sollte, meldete sich das gewisse Kribbeln in ihrem Bauch. Es war diese Aufregung, die sie schon als Kind verspürt hatte, wenn sie an etwas Verbotenes dachte.

Sie musste die Regeln brechen, sonst blieb ihr Leben trostlos und trüb.

Als sie vorm Spiegel im Schlafzimmer den Morgenmantel fallen ließ, sich kritisch beäugte und dann die besondere Spitzenunterwäsche anzog, die den Augen ihres Mannes für immer verborgen bleiben sollte, summte sie selbstvergessen eine Melodie. Sie schminkte sich, zog Strümpfe und ein rotes Kleid an und öffnete ihre Handtasche.

Da war das seidene Etui, und darin befand sich ein Ring mit zwei Schlüsseln.

Es kribbelte in ihrem Nacken, als sie den Ring berührte, wohlige Schauer liefen ihr den Rücken hinab. Sie wählte ein Paar Pumps mit hohen Absätzen aus, zog sich eine leichte Lederjacke über, steckte das Seidenetui mit den Schlüsseln zurück in die Handtasche und verließ die Wohnung.

Ihr Gang war anders als sonst, federnd, beschwingt, sie genoss die Spätsommersonne auf ihrer Haut, den leichten Wind, das Gefühl, etwas unter ihrem Kleid zu tragen, das niemand kannte außer sie selbst. Sie liebte es, etwas zu tun, was kein Mensch von ihr erwarten würde.

Sie nahm sich ein Taxi und bat den Fahrer, sie nach Kreuzberg zu bringen. Am Görlitzer Bahnhof ließ sie sich absetzen. Sie durfte nicht zu früh kommen, also spazierte sie noch eine Weile durch den Park. Sie fand es aufregend, die dunkelhäutigen Dealer zu beobachten, die auf den Wegen herumlungerten und auf Kundschaft warteten. Einer pfiff ihr sogar nach, und das erfüllte sie mit Stolz, schließlich hatte sie die vierzig gerade überschritten.

Es war gegen halb elf, als sie in die Lausitzer Straße einbog. Das Haus Nummer zwölf befand sich kurz vor der Ecke zum Paul-Lincke-Ufer. Vorsichtig sah sie sich um, dann wanderte ihr Blick zu den Fenstern im zweiten Stockwerk hinauf.

Die purpurnen Vorhänge waren geöffnet, dahinter befand sich das Schlafzimmer. In dem anderen Fenster, wo das Wohnzimmer war, hing das Windspiel.

Ihr Herz klopfte heftig, als sie die Schlüssel aus dem Etui nahm und die Haustür aufschloss. Sie hielt den Kopf gesenkt, glücklicherweise kam ihr niemand im Treppenhaus entgegen. Um ganz sicherzugehen, klingelte sie an der Wohnungstür im zweiten Stock, doch wie zu erwarten öffnete niemand.

Ihre Knie zitterten leicht, als sie eintrat.

Im Flur drückte sie die Tür leise wieder ins Schloss.

Sie hielt inne, registrierte das Pochen ihrer Halsschlagader. Ihre Erregung war so stark, dass sie das Gefühl hatte, jemand greife mit beiden Händen nach ihr und streiche an ihrem Körper entlang.

Sie ließ den Atem ausströmen.

Dann inspizierte sie die Räume, aber das Paar war nicht daheim. Nach den Informationen, die sie über die beiden gesammelt hatte, waren sie zur Arbeit gefahren und würden erst am Abend zurückkommen.

Und doch musste sie wachsam sein, äußerst wachsam.

Sie ging in das Schlafzimmer und zog die Vorhänge zu. In der Mitte des Raumes blieb sie stehen und atmete den fremden Geruch ein, da war der Moschusgeruch von ihr und die etwas strengere Note von ihm. Sie musste sich mehr auf die Frau konzentrieren, den Gedanken an ihn verjagen.

Sie wollte sein wie Mara, jung und unbeschwert.

Mara. Sie mochte den Namen. Mara, sie war jetzt Mara. Das hier war ihr Zimmer, ihr Spiegel, ihr Bett.

Sie zog sich bis auf die Unterwäsche aus, dann öffnete sie den Kleiderschrank. Maras Sachen waren hübsch, ihre Finger betasteten die T-Shirts, Tops, Hosen, Röcke und Kleider, verharrten auf den Dessous, glitten über die Stoffe, prüften, suchten, sehnten sich. Ihre Nerven waren aufs Äußerste gespannt, aber auf eine angenehme, verlockende Art, und als sie das transparente Negligé sachte aus der hintersten Ecke des Schrankes hervorzog, schien ihr Herzschlag zu flattern, so dass es ihr für einen Moment den Atem verschlug.

Schließlich streifte sie sich das Negligé über.

Nun trug sie etwas von dieser jungen Frau. Als wäre sie gleichsam in ihre Haut geschlüpft.

Aber es fehlte noch etwas.

Sie fuhr mit beiden Händen unter die Wäsche im Schrank, sie wusste, dass sich dort ein Geheimnis von Mara verbarg. Ihr Freund sollte es nicht entdecken.

Da war es. Ihre Finger hatten es schon erspürt.

Sie nahm es hervor und spielte damit. Es war ein rotes Halsband, an dem eine tropfenförmige Perle hing. Die Perle hatte einen besonderen Schliff, so dass sich das Licht in ihr brach und sie zum Funkeln brachte. Auf der Rückseite hatte sie einen Kratzer in der Form eines *M*.

Es gefiel ihr so sehr. Sie musste es haben.

Entschlossen legte sie sich das Band um. Sie betrachtete sich lange verzückt im Spiegel, nun war sie eine Fremde im Negligé, darunter die Spitzenunterwäsche und am Hals dieses Schmuckstück.

Sie beäugte sich von allen Seiten. Dann ging sie zum Bett und schlug die Decke zurück. Die Laken waren kühl, und als sie sich hineinlegte, durchrieselte sie ein Glücksgefühl. Sie nahm Maras Kopfkissen – sie wusste, dass sie auf der linken Seite schlief – und roch daran.

Sie schloss die Augen.

Ihr war schwindlig vor Aufregung, ihr Atem ging stoßweise.

Und dann träumte sie doch noch einmal von dem weißen Pferd, sie war an seinen Rücken geschmiegt und ritt mit ihm davon, sie hatte keine Angst hinabzustürzen, konnte sich ganz auf seine Stärke verlassen, spürte unter sich das Spiel seiner Muskeln, den kräftigen Atem in seinen Flanken und roch seinen Schweiß. Sie wünschte sich, dass dieses Abenteuer niemals enden würde.

Plötzlich vernahm sie etwas, das nicht in diesen Traum passte. Ein monotones Brummen, mechanisch, laut. Sie schlug die Augen auf und erschrak.

Zunächst wusste sie nicht, wo sie war. Erst dann sah sie das Handy auf dem Nachttisch, es vibrierte. Endlich fiel ihr ein, dass sie vorsorglich den Alarm eingestellt hatte, falls sie einschlafen würde. Sie durfte doch nicht in dem fremden Bett erwischt werden. Sie schaltete das Handy aus.

Auf einmal meinte sie, Stimmen zu hören.

War da jemand?

Rasch setzte sie sich auf. Um Himmels willen, kam da etwa jemand zur Tür herein? Vor Scham und Angst konnte sie sich nicht rühren.

Schließlich entfernten sich die Stimmen wieder, vermutlich eine Unterhaltung im Treppenhaus.

Sie lauschte.

Jetzt war es still.

Sie stieß die Luft aus.

Stand auf, strich das Laken und die Bettdecke glatt. Sie tat es mit viel Sorgfalt, bis sie sicher war, dass keine Falte sie verraten würde. Die Kissen schüttelte sie auf und legte sie an ihren alten Platz. Alles musste so sein wie vorher.

Dann streifte sie das Negligé über den Kopf, nahm das rote Halsband ab und verstaute beides wieder im Schrank, genau dort, wo sie es hervorgeholt hatte. Sie glättete behutsam einige Kleidungsstücke und schloss die Schranktür.

Als sie die Vorhänge aufzog, blendete sie das Sonnenlicht. Es war bereits früher Nachmittag, sie musste sich beeilen, schließlich könnten Mara und ihr Freund auch früher als gewöhnlich nach Hause kommen.

Sie überprüfte noch einmal genau die Position des Vorhangs, bis sie schließlich ihre eigenen Sachen wieder anzog. Sie ließ ein letztes Mal den Blick durch den Raum gleiten, dann verließ sie die Wohnung und schloss von außen ab.

Jemand kam die Treppe herauf, eilig wandte sie sich von der Tür ab und kramte aus der Handtasche ihre Sonnenbrille hervor. Sie zog die Schultern hoch, setzte die Brille auf und ging grußlos an dem Hausbewohner vorbei. Erst auf der Straße konnte sie wieder aufatmen.

Am Kottbusser Damm winkte sie ein Taxi heran und ließ sich nach Hause fahren. Nur für den Fall, dass ihr Mann irgendwelche Fragen stellte, hatte sie einen Termin bei ihrer Kreuzberger Heilpraktikerin im Kalender notiert.

Sie lächelte. Alles lief nach Plan.

Es war nicht viel los im Büro. Nils Trojan war überwiegend mit Papierkram beschäftigt, mittags holte er für sich und seinen Kollegen Ronnie Gerber vom Laden an der Ecke Döner Kebab, den sie direkt aus der Alufolie verspeisten. Schließlich tippten sie weiter an den Abschlussberichten vergangener Mordfälle, eine Tätigkeit, die sie beide nicht sonderlich mochten.

Am frühen Abend – Gerber war längst heimgefahren – kämpfte Trojan noch immer gegen das Chaos liegen gebliebener Akten und Asservate auf seinem Schreibtisch an, als ihn Hilmar Landsberg in sein Büro rief.

Schon an der Miene seines Chefs bemerkte er, dass etwas mit ihm nicht stimmte.

»Nils, ich hätte da eine persönliche Bitte an dich.«

Landsberg wollte sich von seinem Stuhl erheben, doch da verzog sich vor Schmerz sein Gesicht.

»Was ist los, Chef?«

Er atmete tief durch. »Der Rücken macht mir zu schaffen.«

»Die Bandscheiben?«

»Oder der Ischias. Verdammt, das ist so überflüssig wie ein Kropf.«

»Du solltest dringend zum Orthopäden gehen.«

»Um die Zeit gibt's keine Termine mehr.«

»Wie ist das denn passiert?«

Wieder versuchte er aufzustehen, aber er sank stöhnend auf seinen Stuhl zurück.

»Eine unkontrollierte Bewegung, und das war's.«
»Hört sich ganz nach einem Hexenschuss an.«
»Möglich, ja. Also pass auf, Nils, ich muss in die Ambulanz, die sollen mir eine Spritze geben.«
»Soll ich dich begleiten?«
»Nein, nein, darum geht es nicht. Es ist mir ein bisschen unangenehm, aber ... Nun, um es kurz zu machen, ich hab meine Dienstwaffe zu Hause vergessen.«
»Die brauchst du doch jetzt nicht.«
»Natürlich nicht. Aber ich möchte verhindern, dass ...« Er schluckte. »Dass sie Theresa in die Hände fällt.«
Trojan zog die Augenbrauen hoch.
Sein Chef hatte schon früher einmal Andeutungen gemacht, dass der seelische Zustand seiner Frau nicht ganz einwandfrei sei. Dabei hatte er sogar erwähnt, sie würde Stimmen hören.
»Hast du Angst, sie könnte ...?«
Er wagte es nicht auszusprechen. Mein Gott, wie schlecht stand es um sie? Sollte Hilmar ernsthaft befürchten, sie könnte sich mit seiner Dienstwaffe das Leben nehmen? Oder schlimmer noch, auf andere damit losgehen?
»Nils, das ist mir noch nie passiert, ich muss heute Morgen völlig von der Rolle gewesen sein. Und das Furchtbare ist, dass es mir eben erst aufgefallen ist. Ich könnte mich ja, gleich nachdem ich in der Klinik war, darum kümmern, aber wer weiß, wie lange ich dort warten muss.«
»Ich verstehe.«
»Kannst du die Waffe für mich aus der Wohnung holen?«
»Natürlich, Chef.«
»Danke, Nils. Aber das bleibt unter uns.«
»Klar.«

»Es ist nur so ein Gefühl, eine Vorahnung. Also, Theresa ist …«

Er brach ab.

»Ich kümmere mich darum.«

Landsberg nahm seinen Schlüsselbund aus der Hosentasche und reichte ihn Trojan. »Der mit dem schwarzen Gummiring ist für die Haustür, der mit dem roten für oben, nur für den Fall, dass sie nicht öffnet oder nicht daheim ist. Die Waffe liegt unter dem Sofakissen, das Magazin bewahre ich natürlich getrennt auf. Du findest es in der zweiten Schublade von links in der Anrichte im Wohnzimmer.«

»Okay.«

»Ich wollte mir eigentlich schon längst für zu Hause einen Waffenschrank anschaffen, nur hab ich's immer wieder aufgeschoben.«

»Kein Problem, Hilmar.«

»Ich hab schon mehrmals versucht, sie anzurufen, aber wenn sie gerade ihre Stimmungen hat, geht sie oft nicht ans Handy.«

»Mach dir keine Sorgen, ich bring die Waffe in Sicherheit.«

»Und ich kann mich darauf verlassen, dass du nichts den Kollegen erzählst?«

»Klar doch.«

Trojan verspürte ein merkwürdiges Kribbeln im Nacken. Was meinte er bloß mit *Stimmungen*?

Als habe er seine Gedanken gelesen, sagte Landsberg: »Es ist nicht so schlimm, wie du vielleicht denkst, Nils. Sie ist manchmal ein bisschen durcheinander, mehr nicht. Es gibt schwierige Phasen, und es gibt …« Er vergrub das Gesicht in den Händen. »Scheiße, was erzähle ich dir da nur?«

»Es bleibt unter uns, versprochen.«

»Gut.«

»Soll ich dir die Waffe in die Ambulanz bringen?«

Landsberg schüttelte den Kopf. »Es reicht, wenn du sie hier in meinem Schreibtisch deponierst, zusammen mit den Schlüsseln. Ich komme heute Nacht auf jeden Fall noch mal her und schließe sie dann ordentlich weg.«

»Okay.«

Es wunderte Trojan, dass Landsberg nach seinem Kliniktermin nicht gleich nach Hause fahren wollte, denn zurzeit war es recht ruhig im Kommissariat. Er schien vorzuhaben, im Büro auf der Klappliege zu übernachten, was er öfter tat, selbst wenn die Arbeit es nicht verlangte. Um seine Ehe schien es jedenfalls nicht besonders gut bestellt zu sein. Nur sollte er nicht, wenn es Theresa so schlecht ging, wenigstens später einmal nach ihr schauen?

Trojan traute sich nicht, danach zu fragen, das Gespräch war für Hilmars Verhältnisse ohnehin erstaunlich vertrauensvoll verlaufen.

In diesem Augenblick klingelte das Telefon. Landsberg hob ab, murmelte etwas in den Hörer, legte auf und sagte: »Mein Taxi ist da. In diesem verdammten Zustand kann ich ja nicht mal Auto fahren.«

»Das wird schon wieder.«

Trojan half ihm aufzustehen und brachte ihn bis hinunter zur Straße, wo das Taxi wartete. Danach schwang er sich auf sein Rad, um nach Charlottenburg zu fahren.

Ein einziges Mal war er bisher in den Privaträumen seines Chefs gewesen, als der ihm nach einem Einsatz in der Nähe stolz seine neue Wohnung gezeigt hatte. Trojan wusste nicht mehr genau die Hausummer, also fuhr er die Suarezstraße bis zum Ende hinauf, wo sie an die Friedbergstraße grenzte. Dort erkannte er das Gebäude an der Jugendstilfassade.

Eine schöne Gegend, dachte er, dicht am Lietzensee.

Er klingelte bei Landsberg.

Niemand öffnete.

Als sich auch nach dem zweiten Versuch nichts tat, schloss er auf und betrat das Treppenhaus.

Im vierten Stockwerk läutete er an der Wohnungstür. Wieder nichts. Er klingelte noch einmal, wartete einen Moment, dann schloss er auf.

»Frau Landsberg?«, fragte er und trat ein.

Am Ende des Flurs war ein Lichtschein zu erkennen, wo er die Küche vermutete.

Er rief noch einmal nach ihr.

Es kam keine Antwort. Langsam ging er voran.

Als er die Küche erreicht hatte, hörte er ein gepresstes Atmen.

Er wandte sich um, da blitzte eine Klinge auf.

Jemand sprang auf ihn zu.

ZWEI

Trojan riss schützend die Arme hoch. Eine Frau schrie etwas, was er nicht verstand. Er packte sie am Handgelenk und verdrehte es, bis sie das Messer fallen ließ.

Erschrocken wich sie vor ihm zurück.

Ihr Atem war gehetzt, das Haar hing ihr wirr im Gesicht. Da erst erkannte er sie.

In ihren Augen flackerte die nackte Angst.

»Frau Landsberg, ich bin es doch, Nils Trojan!«

Er musterte sie. Nur ein paar Mal war er ihr bisher auf dem Revier begegnet, wenn sie ihren Mann abgeholt hatte.

Sie rührte sich nicht, war wie erstarrt.

Schließlich fragte sie ihn, wie er hereingekommen sei.

»Hilmar hat mir den Schlüssel gegeben.«

»Warum?«

»Er hat vergeblich versucht, Sie anzurufen.«

Ein Zittern durchlief sie.

Ihre Stimme war rau. »Ich hab Sie für einen Einbrecher gehalten. Wie können Sie mich nur so erschrecken!«

»Aber ich hab doch an der Tür geklingelt. Mehrmals. Haben Sie mich denn nicht gehört?«

Sie beäugte ihn misstrauisch.

»Nils Trojan, ja?«

Er nickte.

»Sie sind ein Kollege von Hilmar.«

Wieder nickte er, dann bückte er sich und hob das Messer auf. Er sah den Holzblock auf der Küchenablage und schob es hinein.

Theresa Landsberg umschlang ihre Schultern.

»Was wollen Sie von mir?«

»Ihr Mann hat seine Waffe vergessen.«

Sie straffte die Schultern. »Tatsächlich?«

»Er bat mich, sie für ihn zu holen. Leider musste er in die Klinik.«

»Warum das denn? Was ist passiert?«

Sie trug ein elegantes Etuikleid in einem dunklen Grün, dazu passende Strümpfe und schwarze Pumps, sie schien zum Ausgehen bereit zu sein. Doch warum hatte sie ihm nicht geöffnet? Waren das die *Stimmungen*, von denen Hilmar sprach?

Er versuchte, von ihrem Gesicht abzulesen, ob sie vielleicht unter Medikamenteneinfluss stand. Instinktiv spürte er, dass diese Frau etwas vor ihm verbarg.

»Er hatte starke Rückenschmerzen und konnte sich kaum mehr bewegen.«

»Das ist der Stress. Hilmar arbeitet zu viel.«

Sie blickten sich eine Weile schweigend an.

»Bitte«, sagte er dann, »ich möchte wirklich nicht länger stören, wenn ich nur die Waffe …«

»Wozu braucht er sie jetzt noch?«, unterbrach sie ihn scharf. »Es ist spät.«

»Er wollte Ihnen das sicherlich am Telefon selbst erklären. Haben Sie vielleicht Ihre Mailbox nicht abgehört?«

Er erhielt keine Antwort. Schließlich gab sie sich einen Ruck und führte ihn ins Wohnzimmer. Alles war geschmackvoll und gediegen eingerichtet. Sie hob eines der Sitzkissen der weißen Couch an und nahm die Sig Sauer hervor. Das Versteck war ihr also bekannt.

»Die Munition bewahrt er getrennt auf.« Sie ging zur Anrichte, öffnete eine Schublade, nahm das Magazin heraus und schob es ein. Er zuckte zusammen, als sie den Lauf direkt auf ihn richtete.

»Nicht doch!« Schon war er bei ihr und entriss ihr die Waffe. »Bitte, das ist gefährlich.« Er zog das Magazin heraus und steckte es in seine Jackentasche.

Sie machte eine verächtliche Handbewegung.

»Sie brauchen mich nicht zu belehren, Herr Trojan, in all den Jahren, in denen ich mit Hilmar verheiratet bin, konnte ich beobachten, wie man mit einer Waffe umgeht.« Ihre Augen verengten sich zu Schlitzen. »Und Sie haben Glück. Wenn ich gewusst hätte, dass die Pistole hier ist, hätte ich mich gleich damit verteidigt.«

»Das dürfen Sie nicht.«

»Sie haben kein Recht, mich so zu erschrecken.«

»Es tut mir wirklich leid, aber ich sagte Ihnen doch …«

Er brach ab und stieß die Luft aus.

Durfte er sie in diesem Zustand überhaupt allein lassen?

Und dann fragte er: »Warum gehen Sie nicht an die Tür, wenn jemand klingelt?«

»Ich habe Angst.«

»Wovor?«

Doch Theresa Landsberg schwieg. Sie ist eine attraktive Frau, dachte er, aber da war etwas Dunkles, das sie umgab.

Erst jetzt registrierte er den Geruch aus der Küche, süßlich und warm, als hätte sie gerade einen Kuchen gebacken. Um diese Zeit noch? Was hatte sie vor? Sie wirkte auf ihn, als stünde sie unter Zeitdruck und müsste dringend noch etwas erledigen. Er sah das Handy auf dem Couchtisch liegen, daneben einen Zettel, auf dem hastig eine Adresse gekritzelt war, er konnte die Schrift nicht genau entziffern.

Sie bemerkte seinen Blick. »Es wäre besser, wenn Sie jetzt gehen.«

Er nickte, steckte die Waffe ein. »Ich nehme den Wohnungsschlüssel wieder mit.«

»Das ist nicht nötig, geben Sie ihn mir.«

Trojan zögerte. »Er hat es mir so aufgetragen.«

Es zuckte um ihre Mundwinkel. »Er will im Kommissariat übernachten, das ist es.«

Trojan dachte an die Liege in Hilmars Büro und schwieg betreten. Schließlich reichte er ihr seine Karte: »Wenn irgendetwas ist, können Sie mich anrufen.«

»Warum sollte ich das tun?«

»Vielleicht wegen Ihrer Angst?«

Für einen Moment schien etwas in ihr nachzugeben, dann straffte sie wieder die Schultern.

»Gehen Sie jetzt.«

Trojan nickte ihr zum Abschied zu und verließ die Wohnung.

Carlotta Torwald war eine leidenschaftliche Schwimmerin, in den warmen Monaten fuhr sie regelmäßig mit der S-Bahn hinaus zum Schlachtensee. Zum Ende des Sommers wurde sie stets etwas wehmütig, denn nun nahte die Zeit, da es zum Baden zu kalt wurde, und die öffentlichen Hallenbäder verabscheute sie.

An diesem Dienstag Ende September hatte sie den See wieder an seiner breitesten Stelle durchpflügt. Dabei hatte sie sich vorgenommen, mit dem Schwimmen bis Ende Oktober durchzuhalten, auch wenn das einige Überwindung kosten würde. Das Gefühl aber, erfrischt und gereinigt aus dem klaren Wasser inmitten des Waldes zu steigen, wollte sie so lange wie möglich auskosten.

Nun war sie wieder daheim in Neukölln in der Nansenstraße, wusch ihren Bikini aus und legte ihn auf die Heizung zum Trocknen. Sie hatte geduscht und sich zurechtgemacht, föhnte sich vorm Spiegel das Haar und freute sich auf den späteren Abend, wenn Paul von der Arbeit zurückkam.

Schon im See war sie voller Lust und Sehnsüchte gewesen, der Sommer schwand, und die Winter in Berlin konnten rau und abweisend sein, also wollte sie sich mit Paul unter der Bettdecke zusammenkuscheln und an all die schönen Tage denken, die sie bisher zusammen verbracht hatten.

Sie liebte ihren Paul, und er liebte sie, das war spürbar. Nun waren sie bereits fünf Jahre zusammen, fünf glückliche Jahre, und das Kribbeln in ihrem Bauch, das sich einstellte, wenn sie an ihn dachte, wollte einfach nicht vergehen. Am Anfang hatte sie noch befürchtet, die Tatsache, dass Paul um einiges älter war als sie, könnte zu Problemen führen, aber das Gegenteil war der Fall. Seine Reife gab ihr Sicherheit.

Carlotta malte sich gerade vorm Spiegel die Lippen an, als es an der Tür klingelte. Gedankenverloren drückte sie auf den Summer im Flur, ohne durch die Sprechanlage zu fragen, wer da sei. Kurz darauf läutete es wieder, gleichzeitig klopfte jemand an die Tür.

Sie warf einen raschen Blick durch den Spion. Im Treppenhaus stand eine Frau um die vierzig, sie hielt einen in Alufolie gewickelten rundlichen Gegenstand in den Händen.

Carlotta öffnete.

»Ja bitte?«

Die Frau hatte sich ein Kopftuch umgebunden und trug eine Sonnenbrille, sehr imposant und irgendwie chic, fand Carlotta. Sie hatte ja selbst ein Faible für Brillen, ihre neueste Errungenschaft war eine weiße schlitzförmige Hornbrille, die sie, leicht kurzsichtig, wie sie war, in diesem Moment aufsetzte, um die Besucherin besser betrachten zu können.

Diese öffnete ohne Umschweife die Folie und präsentierte ihr mit einem angedeuteten Knicks einen Kuchen. »Ich komme von *Happy Cake* und soll Ihnen das hier bringen. Ihr Freund hat mich beauftragt.«

Carlotta runzelte die Stirn. »Mein Freund?«

Die andere nickte.

»*Happy Cake*, ist das ein Lieferservice?«

Abermals nickte die Frau mit dem Kopftuch.

Sie war ihr nicht unsympathisch, und deshalb fragte sie, ob sie nicht für einen Moment hereinkommen wolle.

Die andere zögerte einen Moment, dann übertrat sie die Schwelle. Carlotta bat sie in die Küche, wo sie den Kuchen abstellte.

»Das ist Schokolade, nicht?«

Sie musste lachen. Was für eine nette Geste von Paul, der wusste, dass sie eine Naschkatze war. Sie bewunderte den Zuckerguss. Ein Herz mit Pfeil. Amors Pfeil. Carlotta war auf einmal sehr beschwingt. Das war ein Liebesbeweis, ein echter Liebesbeweis.

»Und das ist wirklich kein Irrtum? Ich meine, Sie haben sich nicht in der Tür geirrt?«

»Nein, nein, ich hab mir die Adresse genau notiert, Carlotta Torwald in der Nansenstraße. Ihr Freund sagte am Telefon, es solle eine Überraschung sein.«

Sie lächelte. Wie entzückend von ihm. »Backen Sie auch selbst, oder fahren Sie die Kuchen nur aus?«

»Dieser Kuchen ist von mir«, sagte die Frau ernst und seltsam bedeutungsvoll.

Carlotta brach sich ein kleines Stück ab und kostete davon. »Hmm, der ist wirklich lecker.«

Den Rest wollte sie heute Abend mit Paul im Bett verspeisen, sie malte sich aus, wie er ihr süße Bröckchen in den Mund schob, von der Vorstellung wurde sie ganz kribbelig.

»Außerordentlich lecker. *Happy Cake*, sagten Sie? Haben Sie vieleicht eine Karte? Ich würde Sie gerne weiterempfehlen.«

»Oh«, die Frau zuckte ein wenig zusammen, »eine Karte, nein.«

Carlotta plauderte munter drauflos, nahm ihre Brille ab und legte sie auf den Küchentisch.

Sie erzählte von ihrer Lust auf Süßes und dass es überhaupt kein Problem mit den Kalorien gäbe, wenn man sich ansonsten ausgewogen ernähre, gerade Kakao sei gut fürs Herz, erst neulich habe sie in einem Artikel gelesen, dass Menschen, die viel Schokolade äßen, nicht nur gesünder lebten, sondern auch bei weitem unbeschwerter seien.

Die Frau vom Backservice schien ihr aber gar nicht richtig zuzuhören, und schließlich sagte sie, sie habe noch einige andere Liefertermine, verabschiedete sich eilig von ihr und ging.

Aufgeregt rief Carlotta ihren Freund auf dem Handy an und bedankte sich überschwänglich bei ihm.

»Was meinst du, Liebes? Von welcher Überraschung sprichst du?«

»Na, der Kuchen, du Frecher. Schickst mir eine verführerische Vorspeise, bis ich dich als meinen Hauptgang empfange!«

»Wie?«

Carlotta wurde ungeduldig. »*Happy Cake!*«

»Ich verstehe nicht ganz.«

Sie versuchte, sich ihre Verärgerung über seine Begriffsstutzigkeit nicht anmerken zu lassen, und erzählte ihm lang und breit von dem überraschenden Besuch.

Doch als Paul sagte, er habe gar keinen Kuchen für sie bestellt, wurde ihr plötzlich flau im Magen.

Sie legte auf und fuhr den Rechner hoch, um nach dem Lieferservice zu googeln. Dabei fiel ihr auf, dass sie ihre Brille vermisste.

Während sie in der Küche nach ihr suchte, wanderte ihr Blick immer wieder zu dem Schokokuchen hin.

Und mit einem Mal ekelte sie sich davor.

Trojan stand im Bad seiner Kreuzberger Wohnung unter der Dusche und seifte sich ein. Die Waffe und den Schlüssel hatte er wie verabredet in Landsbergs Büroschreibtisch versperrt, er hatte sogar noch einmal versucht, ihn auf seinem Handy zu erreichen, doch vergeblich.

Wieder und wieder dachte er darüber nach, warum die Frau seines Chefs sich so merkwürdig verhielt, aber er kam zu keinem Schluss. Er war sich bloß sicher, dass Landsberg besser auf sie achtgeben sollte, wusste nur nicht, ob er es sich herausnehmen dürfte, ihn darauf anzusprechen, schließlich war er sein Vorgesetzter. Wäre es denn angebracht, sich in sein Privatleben einzumischen?

Er stellte das Wasser ab und griff nach einem Handtuch, als das Telefon klingelte. Noch triefend vor Nässe stieg er aus der Wanne, ging in den Flur und sah auf das Display. Als er den Namen darauf las, machte sein Herz einen Sprung. Hastig wickelte er sich das Handtuch um die Hüften und hob ab.

»Ja?«

Es entstand eine kleine Pause.

Dann sagte sie: »Hallo, Nils, ich bin zurück. Störe ich dich gerade?«

Kein Zweifel, er träumte nicht, es war ihre Stimme.

Das Duzen schien ihr noch immer nicht leichtzufallen, es kam ein wenig zögerlich. Dabei hatte sie ihn schon zu sich nach Hause zum Essen eingeladen, sie hatten zusammen Wein getrunken und viel gelacht. Bei ihrem zweiten Date waren sie lange spazieren gegangen. Eine Umarmung, ein Kuss, mehr war noch nicht passiert. Und dann, beim dritten Treffen, hatte ihm Jana Michels eröffnet, dass sie mit ihrer besten Freundin zu einer vierwöchigen Tour durch die kanadische Wildnis aufbrechen würde, die schon vor Monaten geplant gewesen sei und sich nicht mehr verschieben ließe.

»Nein, nein, du störst überhaupt nicht. Aber ich hab dich erst morgen zurückerwartet.«

Sie lachte. »Da musst du dich wohl geirrt haben.«

»Du hast mir doch in deiner E-Mail geschrieben ...«

»Vielleicht wollte ich nur nicht, dass du mich vom Flughafen abholst!«

Und er hatte schon überlegt, ob er Blumen kaufen sollte.

»Jedenfalls bin ich wieder da.«

»Wie war es in Kanada? Erzähl!«

»Es war einfach traumhaft, diese Natur, die Einsamkeit, die Weite, ich ... ach Nils, es war wunderschön. Stell dir vor, ich habe Bären gesehen. Und einen Elch.«

»Hast du Fotos gemacht?«

»Die Speicherkarte ist voll.«

»Musst du mir alle zeigen.«

»Unbedingt.«

Sein Herz klopfte.

»Schön, dass du wieder da bist.«

»Ja, und es ist schön, deine Stimme zu hören. Wie geht es dir?«

Es war seltsam, seitdem er die Therapie bei ihr abgebrochen hatte, damit sie sich näherkommen konnten, war ihm bei dieser Frage noch immer so, als würde er ihr in der Praxis gegenübersitzen. Er dachte an die Panikattacke zurück, die ihn in der letzten Nacht heimgesucht hatte. Diese Angstzustände trafen ihn noch immer mit voller Wucht, und nichts half dagegen, gar nichts.

»Gut. Ja, gut.«

Wieder entstand eine Pause.

Dann fragte sie: »Willst du morgen Abend zu mir kommen? Heute hänge ich noch im Jetlag, aber morgen bin ich bestimmt wieder okay. Ich würde für uns kochen, was hältst du davon?«

»Das ist toll. Ich bringe den Wein mit.«

Sie plauderten noch eine Weile, dann war das Gespräch zu Ende.

Trojan kroch, nackt wie er war, in sein Bett, verschränkte die Hände hinterm Kopf und gab sich seinen Träumen hin.

Die Gedanken an die verstörende Begegnung mit Theresa Landsberg waren wie weggefegt.

»Und wenn der Kuchen nun vergiftet ist?«

»Unsinn.«

Paul war endlich da, er stand im Schlafzimmer, trug den

flauschigen Bademantel, den sie für ihn ausgesucht hatte, und putzte sich die Zähne. Seine Anwesenheit beruhigte sie ein wenig. Er ging ins Bad, um den Schaum auszuspucken, und Carlotta folgte ihm. Sie war so aufgewühlt, dass sie ihm nicht mehr von der Seite weichen wollte.

»Ich hab im Internet nachgeschaut, eine Firma namens *Happy Cake* gibt es nicht.«

»Vielleicht hast du den Namen falsch verstanden«, sagte Paul, »oder dieser Lieferservice ist noch neu und …«

»… und hat noch keine Website?«

Carlotta sah ihn stirnrunzelnd im Spiegel an.

Er spülte seinen Mund aus, dann wandte er sich um und zog sie an sich. »Komm her, meine Süße, sei unbesorgt, die Frau hat sich in der Tür geirrt, das ist alles.«

»Ich schmeiß den Kuchen weg!«

»Das wäre aber schade, du hast doch gesagt, er ist so lecker.«

»Mir ist übel davon.«

Paul hatte eine Art, sie mit beiden Armen zu umgreifen, dass sie jedes Mal ganz schwach wurde, und dann kitzelte er sie, und sie konnte wieder lachen. »Okay, ich bin vielleicht ein bisschen hysterisch geworden.«

»Nein, bist du nicht, aber jetzt vergiss diese Frau mal und entspann dich.«

Kurze Zeit später lagen sie nebeneinander im Bett, sie drückte sich fest an ihn.

»Würdest du mir wirklich mal einen Kuchen schicken?«

»Na klar doch. Nur darfst du nicht daran denken, sonst ist es keine Überraschung mehr.«

Er lächelte sie an.

Sie hatte sich den Abend so verlockend ausgemalt, doch

nun war sie nicht mehr in Stimmung. Paul nahm es ihr nicht übel, er hielt sie einfach im Arm.

Es dauerte nicht lange, und er war eingeschlafen. Sie befreite sich vorsichtig von ihm, so leicht würde sie nicht zur Ruhe kommen. Eigentlich wollte sie noch einmal aufstehen, um ein Glas Milch zu trinken, dabei wäre sie aber wieder gezwungen, auf diesen Kuchen zu starren, und der war ihr unheimlich. Paul sollte ihn in den Müll werfen, gleich morgen.

Plötzlich hörte Carlotta ein Geräusch im Flur.

Schlagartig wich ihr das Blut aus dem Kopf.

Sie lauschte.

War da jemand?

»Paul«, sagte sie, »Paul! Wach auf.«

Carlotta rüttelte an ihm. Aber Paul hatte einen tiefen Schlaf. Er gab nur einen Seufzer von sich.

Sie horchte angestrengt in die Dunkelheit hinein.

Hatte sie sich vielleicht geirrt?

Nein, da war es wieder, die Dielen knarrten, draußen im Flur.

Sie wollte die Nachttischlampe anknipsen, doch ihre Bewegungen waren so fahrig, dass sie sie umriss. Mit einem Scheppern fiel sie zu Boden.

Endlich schlug Paul die Augen auf.

»Was ist denn los?«

Carlotta konnte nicht antworten. Sie starrte zur Schlafzimmertür hin.

Unter dem Spalt brannte Licht.

Paul schien ihren Blick bemerkt zu haben, denn er richtete sich auf.

Carlotta tastete nach seiner Hand. Ihr Herz hämmerte.

Daraufhin ging alles sehr schnell.

Die Tür flog auf, da war ein Schatten.

Schon stand jemand an ihrem Bett.

Sie sah einen Arm herabsausen und hörte ein dumpfes Geräusch.

Paul stöhnte auf, sein Gesicht verzerrte sich zu einer Fratze. Dann sackte er auf sie, warm sickerte sein Blut auf ihre Haut.

Sie schrie seinen Namen. Wieder und wieder wollte sie schreien, doch da beugte sich jemand über sie, und eine Hand verschloss ihr den Mund.

In diesem Augenblick ahnte Carlotta, dass der Alptraum gerade erst begonnen hatte.

DREI

Er hasste seinen Sportlehrer. Besonders wenn der die Geräte aufstellen ließ. Ballspiele waren noch erträglich, aber Barren und Bock gaben ihm den Rest. Mikael schwitzte unter den Achseln, obwohl er sich noch nicht viel bewegt hatte.

Die Jungs vor ihm lösten die Aufgabe mit Bravour. Herr Reinhard lächelte zufrieden. Doch dann heftete er den Blick auf Mikael und wurde ernst.

»Du bist dran!«

Er zog die Luft ein. Diesmal musste er es schaffen, um sich bloß nicht wieder vor den anderen zu blamieren. Er nahm Anlauf und rannte los. Bemühte sich, jeden Gedanken an seinen letzten gescheiterten Versuch auszublenden, als er am Bock hängen geblieben war. Er konzentrierte sich ganz auf die Schrittfolge, doch kurz bevor er vom Boden abhob, wusste er bereits, dass es schiefgehen würde.

Entsetzt versuchte er abzustoppen, aber es war zu spät. Er prallte gegen den Bock und stürzte. Die Klasse johlte, als er sich vom Boden aufrappelte.

Die Brille von Herrn Reinhard war beschlagen. Er schien selbst zu schwitzen, vielleicht vor Verachtung. Mikael wusste, dass der Sportlehrer ihn nicht leiden konnte. Und dafür hasste er ihn noch mehr.

Irgendwie ging die Stunde vorüber, und zum Glück war es

die letzte. Mikael trottete erst nach allen anderen in die Umkleidekabine.

Unauffällig bleiben, dachte er, nur ja keine Angriffsfläche bieten. Nachdem er sich umgezogen hatte, trödelte er über den Schulhof hin zur Straße, bald darauf hatte er die Stufen zum U-Bahnhof erreicht.

Die Fahrt über musste er sich betäuben. Er versuchte es mit *Lady Gaga*, ihr neues Album hatte er sich auf den iPod geladen. An der Berliner Straße stieg er um und fuhr mit der U7 zum Hermannplatz, denn es war Mittwoch, und mittwochs schlief er immer bei seinem Vater.

Gegen drei Uhr am Nachmittag schloss er die Wohnungstür in der Nansenstraße auf.

Niemand schien zu Hause zu sein. Mikael nahm seinen Rucksack ab, hängte die Jacke auf und ging in das kleine Zimmer, das sein Vater für ihn hergerichtet hatte, nachdem er mit Carlotta zusammengezogen war.

Er setzte sich in den Sessel am Fenster und spielte ein Computerspiel. Sein Vater war bestimmt noch bei der Arbeit. Und Carlotta? Er interessierte sich nicht besonders für sie. Sie war zwar in Ordnung, mehr aber auch nicht. Seine Mutter war der Meinung, Carlotta sei viel zu jung für seinen Vater, aber er hatte längst durchschaut, dass sie bloß eifersüchtig war, denn obwohl die Trennung schon ein paar Jahre zurücklag, hatte sie noch immer keine neue feste Beziehung.

Als er hungrig wurde, ging er in die Küche und schmierte sich ein Brot. Dabei hielt er plötzlich inne.

Etwas hatte ihn schon beim Hereinkommen irritiert. Die Schlafzimmertür war verschlossen, dabei legte Carlotta doch Wert darauf, dass tagsüber alle Türen offen standen, auch seine, weswegen es einmal zum Streit gekommen war. Carlotta hatte behauptet, er würde sich nur immer in seinem Zimmer verschanzen, wenn er mittwochs zu Besuch kam, worauf sein Vater zu seiner Verteidigung gesagt hatte, Jungs in seinem Alter bräuchten ihre Privatsphäre.

Manchmal nervten sie, alle beide.

Mikael zuckte mit den Achseln, nahm sich einen Teller und das Wurstbrot und ging wieder in sein Zimmer.

Doch der Gedanke an die verschlossene Tür ließ ihn nicht mehr los, und eine merkwürdige Unruhe packte ihn. Also stand er wieder auf, um nachzusehen.

»Papa? Carlotta?«

Er lauschte.

Vielleicht war ja einer von beiden krank und im Bett geblieben. Da niemand antwortete, öffnete er die Tür einen Spalt.

Die Vorhänge waren zugezogen. Seine Augen mussten sich erst an das Halbdunkel gewöhnen.

Schließlich sah er den Hinterkopf seines Vaters. Dann erkannte er auch einen Teil von Carlottas Gesicht.

Schliefen sie? Um diese Zeit?

Oder war er gerade in eine peinliche Situation geraten?

Er wollte die Tür schon wieder zuziehen, als ihm auffiel, wie still es im Zimmer war.

Bedrückend still.

»Papa?«, fragte er wieder und setzte zwei Schritte vor.

Daraufhin erstarrte er.

Die Bettdecke lag auf dem Boden. Sein Vater und Carlotta waren unbekleidet.

Der Hinterkopf seines Vaters war blutverschmiert und merkwürdig eingedrückt. Und da war auch Blut auf dem Laken.

Und Carlottas Gesicht sah so sonderbar aus.

Mikael trat noch näher an das Bett.

Ihre Augen starrten ihn an. Und was war mit ihrem Mund? Er wollte etwas sagen, doch es verschlug ihm die Stimme.

Lange Zeit konnte er sich nicht rühren, endlich stürzte er hinaus.

Seine Lunge füllte sich mit Luft, und er schrie.

Trojan erreichte die Nachricht im Keller des Kommissariats, wo sich der Fitnessraum befand. Er war gerade dabei, Gewichte zu stemmen, diesmal weniger, weil eine gewisse Sportlichkeit in den Dienstvorschriften verlangt wurde, sondern mehr, um seine Nervosität zu bekämpfen. Er wusste, dass bei seinem Rendezvous mit Jana am Abend alles möglich wäre, er aber auch jederzeit mit einem Rückzieher von ihr rechnen musste.

Doch dann vibrierte sein Handy neben der Hantelbank, und kaum hatte Trojan abgehoben, wurde ihm klar, dass der Abend durchaus eine ganz andere Wendung nehmen könnte.

Knapp vierzig Minuten später war er auf der Treppe des Mietshauses in der Nansenstraße, und das aufgeregte Gemurmel der Nachbarn schlug ihm entgegen.

Trojan betrat die Wohnung im vierten Stock. Die Kollegen von der Kriminaltechnik hatten bereits mit der Spurensicherung begonnen. Stefanie Dachs löste sich aus dem Pulk der Mitarbeiter der Fünften Mordkommission und kam auf ihn zu.

»Der Chef ist äußerst schlecht gelaunt, also nimm dich in Acht.«

»Was hat er denn?«

»Also, wenn du mich fragst, sollte er sich lieber krankschreiben lassen.«

»Der Rücken?«

Sie nickte.

»Kommen wir zur Sache. Was habt ihr?«

Sie deutete zum Schlafzimmer hin.

»Ihr Name ist Carlotta Torwald, 29 Jahre alt, bei dem Mann handelt es sich um ihren Lebensgefährten, Paul Ziemann, 42. Sein Sohn aus erster Ehe, ein Teenager, hat die beiden hier gegen drei Uhr nachmittags entdeckt.«

»Um Himmels willen. Ist der Junge vernehmungsfähig?«

Sie schüttelte den Kopf. »Er musste in eine Klinik gebracht werden, der Schock war zu groß.«

»Das wundert mich nicht. Konntet ihr jemanden benachrichtigen?«

»Seine Mutter ist jetzt bei ihm.«

Trojan dachte an seine Tochter Emily, auch sie war ein Teenie und ein Scheidungskind. Mein Gott, er musste sie unbedingt anrufen, wenn das hier vorüber war.

»Bist du bereit?«, fragte Stefanie vorsichtig.

»Ist es so schlimm?«

Als Antwort holte sie bloß tief Luft.

Trojan gab sich einen Ruck und ging in das Zimmer.

Landsberg versperrte ihm den Weg. Schon an seiner Haltung war zu erkennen, dass er noch immer Schmerzen hatte.

Trojan versuchte es auf die lockere Art. »Was macht der Rücken, Chef?«

Er verzog das Gesicht.

»Ein Hexenschuss ist nichts gegen das, was du hier gleich sehen wirst, Nils.« Er musterte ihn. »Warum kommst du so spät, Mann?«

»Entschuldige, ich hab trainiert.«

»Wie bitte?«

»Ich konnte ja nicht ahnen, dass … Tut mir leid.«

Landsberg blickte ihn scharf an.

Schließlich löste sich Trojan von ihm und trat näher an das Bett.

Die Scheinwerfer der Kriminaltechnik warfen ihr gnadenloses Licht auf das nackte Paar.

Er sah all das Blut und wich mit dem Blick aus.

Kurzzeitig verspürte er eine Verkrampfung in der Brust. Ein Gedanke durchfuhr ihn: Wie lange würde er diesen Beruf noch aushalten?

Er musste sich zusammenreißen, konzentrieren, die Dinge nüchterner betrachten.

Auf dem Boden vor dem Bett war die Zudecke ausgebreitet, darauf akribisch angeordnet Pyjama und Nachthemd, die den Opfern offenbar ausgezogen worden waren. Es war eine groteske Zurschaustellung ihrer Wäsche, die Ärmel und Hosenbeine des Pyjamas leicht abgespreizt, das Hemd der Frau daneben drapiert.

Es wirkte auf Trojan, als habe der Täter mit den Sachen gespielt, wie ein Kind. Doch es war ein monströses Spiel, denn alles war besudelt mit Blut.

Er wagte es, wieder zu dem Paar hinzuschauen. Die Frau lag unter dem Mann, ihre Arme waren neben dem Körper ausgestreckt, die Hände nach außen gedreht. Trojan erkannte an beiden Handgelenken die tiefen Schnitte, senkrecht, bis zur Armbeuge hinauf. Das Laken darunter war blutdurchtränkt.

Ihm stockte der Atem, als er den Blick langsam weiter zum Gesicht der Frau wandern ließ. Ihre Augen waren geweitet und starrten ins Leere. Um ihren Mund war ein schwarzes Tuch gebunden. Jemand hatte wohl versucht, sie am Schreien zu hindern.

Der nackte Körper des Mannes bedeckte sie. Seine linke Wange berührte ihre rechte, als schmiegte er sich an sie. Doch sein Hinterkopf war blutverschmiert. Wo der Schädel eingeschlagen war, schimmerte gräuliche Hirnmasse hervor.

Trojan registrierte die weiße Wäscheleine, sie war um beide Leichname herumgeschlungen und mehrmals fest verknotet. Das tote Liebespaar war aneinandergefesselt. Die Beine der Frau waren geöffnet. Der Mann, dessen Arme nach oben gestreckt waren, wirkte, als sei er in sie hineingestürzt.

Es hatte den Anschein, als seien sie beide im Liebesakt erstarrt. Trojan schlug die Augen nieder.

Dr. Semmler, der Rechtsmediziner, sprach mit leiser Stimme zu ihm: »Nach meinen ersten Erkenntnissen liegt der Todeszeitpunkt des Mannes vor dem der Frau. Er wurde mit einem stumpfen Gegenstand erschlagen und war aller Voraussicht nach sofort tot. Ihr dagegen wurden mit einem Messer die Pulsadern geöffnet, und sie ist langsam verblutet.«

Trojan sah ihn an.

»Und diese Wäscheleine? Der Täter hat sie doch nicht etwa …?« Er brach ab. Es war zu grausam, was ihm durch den Kopf schoss.

Dr. Semmler aber nickte. »Es ist gut möglich, dass der Täter oder die Täterin die noch lebende Frau an den männlichen Leichnam gefesselt hat.«

»Großer Gott.«

»Könnte es nicht auch erst nach ihrem Tod geschehen sein?«, fragte Ronnie Gerber, der neben ihnen stand.

»Unter Umständen, ja«, entgegnete Semmler. »Genaueres wird die Obduktion ergeben. Doch machen wir uns nichts vor, die Tatsache, dass sie auf andere Weise getötet wurde als er, deutet auf die Absicht hin, ihr Leiden zu vergrößern. Und dazu könnte auch die Fesselung an den Leichnam gehört haben.«

Trojan stieß die Luft aus. »Du denkst also wirklich, die Frau lag längere Zeit lebendig unter ihrem toten Lebensgefährten vergraben?«

»Wie gesagt, es ist nur eine erste Einschätzung, aber meine Mutmaßung geht in diese Richtung.«

»Das heißt, der Täter muss sich hier länger aufgehalten haben«, murmelte Landsberg.

»Richtig.«

Trojan war für einen Moment schwindlig. Unter einem geliebten Menschen zu liegen, der schon tot war, und dabei selbst den Tod zu erwarten – das überstieg jegliche Vorstellungskraft.

Er wandte sich wieder an Semmler: »Was ist mit der Tatzeit?«

»Vor ungefähr zwölf Stunden.«

»Also in der letzten Nacht.«

»Ja, eine detaillierte Einschätzung bekommst du in meinem Bericht.«

Trojan winkte Stefanie heran. »Haben die Befragungen im Haus schon etwas ergeben?«

»Bisher noch nicht.«

»Was ist mit dem Türschloss?«

»Unversehrt.«

»Keine Einbruchsspuren?«

»Nichts.«

»Und die Fenster?«

»Fehlanzeige.«

Er sah zu der zerbrochenen Lampe neben dem Nachttisch hin, das war aber auch schon alles, was auf einen Kampf hindeuten könnte.

»Wir müssen mit dem Jungen reden«, sagte er.

»Die Ärzte lassen uns leider noch nicht zu ihm.«

»Verdammt.«

Er schluckte die Übelkeit hinunter und verließ das Schlafzimmer. Nachdem er die übrigen Räume inspiziert hatte, ging er in die Küche.

Sie wirkte hell und freundlich auf ihn, buntes Geschirr in einer grüngestrichenen Anrichte, eine Sammlung alter Kristallgläser, Kerzenständer und Keksdosen. Um einen dunklen Metalltisch herum standen vier verschiedenfarbige Stühle. An der Wand hingen mehrere eingerahmte Fotos, auf einigen davon erkannte Trojan das ermordete Paar wieder. Die Frau lachte fröhlich in die Kamera, sie trug eine auffällige weiße Hornbrille.

Auf dem Tisch befand sich ein Schokoladenkuchen, unter dem Reste einer Aluminiumfolie hervorlugten. Sein Zuckerguss war in der Form eines Herzens, das von einem Pfeil durchbohrt wurde. An einer Stelle schien jemand davon genascht zu haben, denn es fehlte eine Ecke.

Plötzlich spürte Trojan jemanden in seinem Rücken. Er drehte sich um. Landsberg war dicht bei ihm, auch er schien den Zuckerguss betrachtet zu haben, und eine kurze Irritation huschte über sein Gesicht, aber vielleicht täuschte sich Trojan auch.

»Welchen Eindruck hat eigentlich meine Frau gestern Abend auf dich gemacht?«

Trojan war überrascht, dass er ausgerechnet jetzt nach ihr

fragte, sie hatten doch am Tatort weitaus Wichtigeres zu tun, als Privatdinge zu besprechen.

Dem jähen Impuls folgend, ihm seine Verwunderung über Theresas Verhalten vorerst zu verschweigen, sagte er: »Sie war ganz okay, denke ich.«

»Gut.«

Der Blick seines Chefs gefiel ihm nicht.

»Also halte dich ran, Nils, ich will, dass diese Schweinerei hier so schnell wie möglich aufgeklärt wird.«

Und mit diesen Worten verschwand er aus der Wohnung.

Es war nicht gut, sich schon am Nachmittag wieder ins Bett zu legen, aber sie war furchtbar müde. Wenn doch ihr Mann bei ihr wäre, nur würde es wohl noch einige Zeit dauern, bis er endlich nach Hause kam, wenn überhaupt. Als sie im Morgengrauen heimgekehrt war, hatte sie das Bettzeug unbenutzt vorgefunden, in der Spüle war kein Geschirr gewesen, und es hatte nicht nach seinen Zigaretten gerochen.

Ja, auch sie hatte die Nacht auswärts verbracht, und wie immer, wenn sie es tat, war sie hinterher unausgeschlafen und zerstreut. Nur erging es ihr heute noch schlechter als sonst. Gleich nach dem Erwachen war ihr übel gewesen, und sie hatte sich übergeben müssen.

Das Erschreckendste aber waren ihre Erinnerungslücken. Sie bekam die Ereignisse seit dem Abend zuvor einfach nicht mehr in ihrem Kopf zusammen.

Sie versuchte, nicht in Panik zu geraten, aber die Bilder der letzten Nacht waren so undeutlich und lückenhaft, dass sie jedes Mal Schweißausbrüche bekam, wenn sie sich zu erinnern versuchte.

Sie streifte die Schuhe ab, legte sich hin und tastete nach

dem Kissen ihres Mannes. Es kränkte sie, wenn er nachts nicht nach Hause kam. Im Gegensatz zu ihr schienen ihn noch nicht einmal Gewissensbisse zu plagen.

Er hatte mit dieser schlechten Angewohnheit angefangen, nicht sie. Stets schützte er die Arbeit vor, aber hatte er vielleicht doch eine Affäre? Es war merkwürdig, sie konnte es sich bei ihm einfach nicht vorstellen.

Tief in seinem Innern liebte er sie wohl noch immer.

Sie ging ins Bad und duschte, dann zog sie sich um und kochte einen Kräutertee, der sie zuweilen beruhigte, aber an diesem Nachmittag half nichts gegen ihre Nervosität.

Schließlich trieb es sie wieder in den Flur, wo sie ihre Handtasche abgestellt hatte.

Sie öffnete sie, und ihr Atem stockte. Eine schlitzförmige weiße Hornbrille lag darin.

Ihr Herz schlug so stark, dass sie fürchtete, es könnte in ihrer Brust zerspringen.

Was war nur gestern Nacht geschehen?

VIER

Kurz vor acht hatte er Jana angerufen und gefragt, ob es vielleicht möglich sei, ihre Verabredung um zwei Stunden nach hinten zu verschieben, obwohl er bereits ahnte, es selbst dann nicht zu ihr zu schaffen. Jana hatte zwar enttäuscht geklungen, ihm aber versichert, auf ihn zu warten. Er konnte nicht lange mit ihr sprechen, denn er war noch immer am Tatort, und die Ermittlungen liefen auf Hochtouren.

Bald darauf wurde die Exfrau von Paul Ziemann vernommen. Sie hatte zwar ein Alibi für Dienstagnacht – ein Liebhaber war bei ihr gewesen, der das auch bestätigen konnte –, nur machte sie keinen Hehl daraus, dass sie Carlotta Torwald nicht besonders leiden konnte, denn Pauls Verhältnis mit ihr war der Grund für die Scheidung gewesen. Landsberg ordnete dennoch an, sie weiterhin zu verhören, und beauftragte Trojan damit. Ihm fiel es nicht leicht, Sonja Ziemann mit Fragen zu löchern, sie wirkte äußerst geschockt auf ihn, zudem war sie in großer Sorge um ihren Sohn Mikael, der das ermordete Paar gefunden hatte.

Stefanie Dachs war es schließlich doch noch gelungen, von den Ärzten in der Krisenstation der Charité zu dem fünfzehnjährigen Jungen vorgelassen zu werden. Sie rief eine Stunde später an und berichtete, dass er zwar mittlerweile ansprechbar sei, seine Aussage sie aber nicht wirklich weitergebracht habe. In der Wohnung sei ihm jedenfalls nichts Verdächtiges aufgefallen, und die Eingangstür war ordnungsgemäß verschlossen gewesen, als er nach der Schule nach Hause kam.

»Schnappte die Tür einfach auf«, hakte Trojan nach, »oder musste er den Schlüssel zweimal im Schloss herumdrehen?«

Stefanie erkundigte sich extra noch einmal bei ihm, doch an diese Einzelheit konnte sich der Junge nicht mehr erinnern.

Trojan fragte Sonja Ziemann, ob sie einen Schlüssel zu der Wohnung ihres Exmannes besaß, und sie entgegnete, nur Mikael hätte einen. Natürlich wäre es für sie ein Leichtes gewesen, an diesen Schlüssel heranzukommen, dachte Trojan, beziehungsweise sich einen Nachschlüssel anfertigen zu lassen, doch an ihrem Alibi ließ sich nicht rütteln, und so musste er sie letztendlich gehen lassen.

Es war gegen dreiundzwanzig Uhr, als er noch einmal bei Jana anrief und kleinlaut vorschlug, das Essen auf den folgenden Abend zu verschieben. Diesmal klang sie ziemlich verärgert, doch sie willigte ein. Trojan wurde unterbrochen und musste sich hastig von ihr verabschieden.

Daraufhin ging er mit seinem Chef die Liste der bereits vernommenen Mitarbeiter aus der Softwareentwicklungsfirma durch, für die Paul Ziemann tätig gewesen war. Schließlich telefonierte er mit Semmler, die Obduktion war noch nicht beendet, nur konnte der Rechtsmediziner bereits ausschließen, dass ein Sexualdelikt vorlag.

Landsberg wurde immer ungeduldiger und wollte, dass Trojan sich mit ihm auf die Theorie einer Beziehungstat festlegte, immerhin seien nach ihren Ermittlungen weder Bargeld noch Schmuck aus der Wohnung entwendet worden, so dass auch ein getarnter Raubmord ausschied. Hilmar vermutete, das Paar habe seinen Mörder gekannt und möglicherweise hereingelassen, doch Nils war sich in all diesen Punkten überhaupt nicht sicher.

»Wenn es sich um eine Eifersuchtstat handelt«, sagte er, »warum wurde das Paar dann aneinandergefesselt? Die Anordnung der Leichen und die merkwürdige Drapierung ihrer Nachtwäsche haben für mich einerseits etwas sehr Brutales, andererseits aber auch …«

Er brach ab.

»Was? Nun sag schon, Nils.«

»Es ist ganz komisch, auf eine pervertierte Art wirkt es für mich auch beinahe … Bitte versteh mich nicht falsch, wenn ich das so formuliere … Aber hat es nicht auch etwas Liebevolles, völlig verdreht und krankhaft Zärtliches?«

Landsberg runzelte die Stirn.

»Als ich dort am Bett stand«, fuhr Trojan fort, »hatte ich das Gefühl, die beiden Toten seien in ihrer Umarmung auf ewig vereint, und das ist nicht gerade eine Vorstellung, die ich mit Eifersucht verbinde.«

»Sondern?«

Er suchte nach Worten.

Eine Sehnsucht, dachte er.

Doch er sprach es nicht aus, es war zu diffus.

Nun war Mitternacht vorüber. Trojan saß allein in seinem Büro und betrachtete die Aufnahmen vom Tatort. Er verglich die Fotos der beiden Toten mit dem Porträt, das er aus ihrer Küche mitgenommen hatte.

Das Haar von Paul Ziemann war schon etwas schütter. Er schaute verschmitzt in die Kamera, Lachfältchen um die Augen, ein sinnlicher Mund. Trojan konnte nachvollziehen, dass sich die um einiges jüngere Carlotta in ihn verliebt hatte. Auch sie wirkte sympathisch auf ihn, Stupsnase, helles Haar, ein wacher Blick, ihre weiße Brille extravagant und irgendwie keck.

Seine Gedanken schweiften ab. Er überlegte, ob er um diese Zeit noch einmal bei Jana anrufen sollte.

Es drängte ihn danach, also tat er es.

Sie klang verschlafen, als sie sich meldete.

»Ich bin es. Nils. Hab ich dich geweckt?«

»Hmm.«

»Das tut mir leid.«

Sie antwortete nicht.

»Und es tut mir unendlich leid, dass es heute nicht geklappt hat.«

Eine Zeit lang atmete sie bloß in den Hörer, dann erwiderte sie:

»Ach, weißt du, ich hatte vorübergehend nicht bedacht, dass du mit deinen Kollegen immerzu auf der Jagd bist.«

»Nicht immerzu, Jana.«

»Und ich hatte vergessen, in welcher Stadt wir leben, wie grausam es hier zugeht.«

Er schwieg.

»Bist du bei deinen Ermittlungen vorangekommen?«

»Nur wenig.«

Er lauschte ihrem Atem. »Und wir holen das Essen morgen wirklich nach?«, fragte er.

»Die Gemüselasagne ist verbrannt, die wird dir nicht mehr schmecken.«

»Dann bin halt ich morgen mit dem Kochen dran.«

Sie versuchte es mit einem Lachen. »Also servierst du mir Rührei?«

Er lachte auch, dabei musste er vor Müdigkeit den Kopf auf die Hand stützen.

Es entstand eine Pause.

»Ein Doppelmord, sagtest du?«

»Ja.«

»Ein Paar in seinem Bett?«

»Hmm.«

»Willst du darüber sprechen?«

»Es würde dir den Schlaf rauben.«

»Jetzt komme ich sowieso nicht mehr zur Ruhe.«

Stockend begann Trojan, ihr alles zu erzählen.

Sie hörte ihm schweigend zu.

Als er fertig war, fühlte er sich wohler.

»Jana?«

»Ja?«

»Verzeih, wenn ich dich damit belaste.«

»Du musst dich nicht ständig bei mir entschuldigen, es ist dein Job, Verbrechen zu bekämpfen.« Sie seufzte. »Es ist nur so, dass all die Alpträume, die mit deiner Arbeit verbunden sind, in meinem Urlaub so fern waren.«

Sein Blick fiel wieder auf die Tatortfotos, er betrachtete die Wäscheleine, die sich in die fahle Haut der beiden Leichen schnitt.

Wie recht Jana hatte, die Alpträume waren zurück.

Nachdem sie sich fest für den morgigen Abend bei ihr verabredet hatten, legten sie auf. Er hoffte inständig, es diesmal nicht wieder zu vermasseln.

Dann machte er sich eine Notiz.

Er musste seinen Tatortmann Albert Krach unbedingt fragen, ob die Brille von Carlotta Torwald in der Wohnung gelegen hatte. Auf dem Nachttisch hatte er sie nämlich nicht gesehen, davon war er überzeugt.

FÜNF

Für einen Moment überlegte Mara Hertling, ob sie das Halsband mit der Perle beim letzten Mal nicht an anderer Stelle unter ihrer Wäsche im Schrank versteckt hatte. Sollte Ulrich etwa von ihrem kleinen Geheimnis erfahren haben?

Sie nahm das Halsband heraus und betrachtete es lange, dann legte sie es sich um. Nein, sie hatte sich sicherlich getäuscht. Andernfalls hätte Ulrich sie bestimmt zur Rede gestellt.

Mara lächelte ihrem Spiegelbild zu. Es war merkwürdig, dieses dunkelrote Accessoire legitimierte sie nahezu für ein erotisches Abenteuer, und sie fühlte sich gleich freier und wagemutiger.

Was aber nicht ausschloss, dass sie von Gewissensbissen geplagt wurde. Ulrich wäre selbstverständlich zutiefst verletzt, wenn er erfahren würde, dass sie sich mit einem anderen Mann traf. Das wäre sie umgekehrt auch, sollte es noch eine Frau in seinem Leben geben.

Aber war es in ihrem Fall denn überhaupt ein Betrug?

Andras verlangte doch lediglich von ihr, dass sie dieses Schmuckstück für ihn trug. Und sie genoss es, dabei von ihm begehrt zu werden. Doch wenn sie ehrlich zu sich selbst war, musste sie sich eingestehen, dass sie eine gewisse Schwelle längst überschritten hatten. Aus dem anfänglichen Spiel war Ernst geworden, und Mara ahnte insgeheim, dass sie mittlerweile bereit war, mehr für Andras zu tun, als sich ihm mit einem aufreizenden Signal an ihrem nackten Hals zu präsentieren.

Sie wählte Dessous und ein dunkelblaues Kleid aus. Ihr Septemberkleid nannte sie es, nicht zu leicht, aber zum Glück auch noch nicht winterwarm. Ja, das würde Andras gefallen.

Armer Ulrich, was tat sie ihm bloß an.

Mara zuckte mit den Schultern. Sie wollte es locker nehmen, den Tag genießen. Niemals würde Ulrich etwas von ihrem kleinen Geheimnis erfahren, dafür würde sie schon sorgen.

Sie wählte ein Paar schwarze Stiefel aus, die zu ihrem Septemberkleid sehr gut passten, steckte sich das Haar hoch, denn so kam das Halsband noch besser zur Geltung, nahm Schlüssel und Handtasche, warf sich eine Jacke über und verließ die Wohnung in der Lausitzer Straße.

Es war ein schöner Tag, das Laub der Linden verfärbte sich allmählich gelb, die Sonne brachte es zum Leuchten. Bis zum U-Bahnhof Kottbusser Tor ging sie zu Fuß, dann nahm sie die U 8 bis zum Alexanderplatz, stieg dort in die S-Bahn um und fuhr bis zum Hackeschen Markt. Sie schlenderte die Alte Schönhauser Straße hinunter, betrachtete vergnügt die Schaufensterlauslagen und betrat schließlich das Café, in dem Andras sie in seiner Mittagspause treffen wollte.

Er war noch nicht da, sie setzte sich an einen Tisch am Fenster und blätterte in der Speisekarte.

Ihre Jacke hatte sie über den Stuhl gelegt und unauffällig den Ausschnitt ihres Kleids ein wenig heruntergezogen, damit das Halsband gut sichtbar war.

Sie musste an das Blitzen in seinen Augen denken, wenn er sie mit Blicken verschlang.

Ob Andras eine dunkle Seite in sich verbarg? Etwas Abgründiges, von dem sie noch nichts wusste?

Verunsichert fuhr sie sich mit der Hand durchs Haar, an diesem Tag neigte sie zum Grübeln, das war doch sonst nicht ihre Art.

Als der Kellner kam, bestellte sie eine Latte macchiato.

Sie schaute auf ihre Armbanduhr. Normalerweise verspätete sich Andras nie.

Da öffnete sich die Tür, Mara hob den Blick, doch es war bloß ein etwa sechzehnjähriges Mädchen, das hereinkam. Umso überraschter war sie, als die Kleine direkt auf sie zusteuerte.

Kaum war sie an ihrem Tisch, setzte sie sich einfach wortlos ihr gegenüber.

Mara war so verblüfft, dass es ihr zunächst die Sprache verschlug, dann sagte sie: »Moment mal, der Platz da ist besetzt.«

Das Mädchen musterte sie. »Klar, ist der besetzt, *ich* sitze ja hier.«

»Hör mal, das geht so nicht, ich warte auf jemanden.«

»Auf meinen Stiefvater, habe ich recht?« Das Mädchen hatte knallrot gefärbtes Haar und ein Lippenpiercing. Angriffslustig schob sie das Kinn vor. »Andras, wenn Ihnen der Name was sagt.«

Mara blieb kurzzeitig dic Luft weg. Natürlich wusste sie, dass Andras verheiratet war, eine Tatsache, die sie bei ihren heimlichen Zusammenkünften gerne außer Acht ließ. Auch hatte er einmal beiläufig erwähnt, seine Frau habe eine Tochter mit in die Ehe gebracht, doch dass sie ihr jemals begegnen würde, hätte sie nicht für möglich gehalten, schon gar nicht auf diese Art.

Das Mädchen starrte auf das rote Band an ihrem Hals. Mara griff verlegen danach.

»Sie treffen sich mit ihm.« Ihre Stimme klang schrill. »Schon länger. Ich beobachte das seit einiger Zeit.«

Ihre Augen verengten sich zu Schlitzen.

»Sagen Sie mir die Wahrheit, hat *er* Ihnen dieses Halsband geschenkt?«

Mara antwortete nicht. Der Kellner trat an den Tisch und erkundigte sich nach den Wünschen des Mädchens, doch es wies ihn mit einer energischen Handbewegung ab.

Was sollte das eigentlich? Wo blieb Andras? Warum war er nicht bei ihr?

Als habe das Mädchen ihre Gedanken gelesen, sagte es: »Die SMS kam von mir. *Ich* habe heute die Verabredung mit Ihnen getroffen. In seinem Namen, auf seinem Handy.«

Endlich fand Mara ihre Sprache wieder: »Du kontrollierst das Handy deines Vaters?«

»Er ist mein Stiefvater!« Das Mädchen verschränkte die Arme vor der Brust. »Und meine Mutter ist schwerkrank.«

»Das wusste ich nicht.«

»Sie ist zur Kur gefahren, hat Ihnen Andras das etwa nicht erzählt?«

»Um ehrlich zu sein, nein.«

»Ihr geht es überhaupt nicht gut. Sie hat Krebs, und er …«

Ihre Stimme brach.

Mara spürte, wie ihr Hitze ins Gesicht stieg. »Es ist nichts zwischen uns«, murmelte sie. »Er … er hat mich angesprochen. Ich fand ihn nett, das ist alles.«

»Das glaube ich Ihnen nicht.« Das Mädchen blickte wieder auf das Halsband. »Ist das nun ein Geschenk von ihm oder nicht?«

Mara zögerte. Schließlich nickte sie.

»Hat er Ihnen erzählt, woher er es hat?«

»Er sagte, er hätte es in einem kleinen Laden gekauft.«

»Lüge!«, stieß das Mädchen hervor.

Mara entschied, es auf die freundliche Tour zu versuchen.

»Wie heißt du?«

»Siri«, sagte das Mädchen und runzelte dabei die Stirn.

»Okay, Siri, ich bin Mara, aber das weißt du ja wohl mittlerweile, wenn du die SMS deines Vaters überwachst.«

»Stiefvater, das ist ein großer Unterschied!« Siri schob die Zunge über ihr Lippenpiercing und sah sie an.

Mara kannte diesen Blick, den zornig-schmerzlichen Ausdruck ihrer eigenen Jugend.

Sie versuchte, das Mädchen zu besänftigen, indem sie vorschlug, sie auf einen Kaffee einzuladen, da fuhr Siri plötzlich mit der Hand an ihren Hals und wollte ihr das Band entreißen.

»Lass das!«

Siris Nägel kratzten über ihre Haut. Gäste von den Nachbartischen schauten zu ihnen herüber. Endlich zog Siri die Hand weg.

»Ist auf der Rückseite der Perle ein M zu sehen?«

Mara wusste, dass es stimmte.

»Keine Gravur, mehr ein Kratzer?«

»Ja. Woher weißt du das?«

»Das Halsband gehörte meiner Schwester. Sie starb vor vielen Jahren bei einem Autounfall. Sie trug dieses Halsband am Tag ihres Todes. Seitdem war es verschwunden. Es ist mir unerklärlich, wie es in den Besitz meines Stiefvaters geraten konnte. Er kannte meine Schwester zu ihren Lebzeiten nämlich überhaupt nicht. An meine Mutter hat er sich erst rangemacht, als Marie längst tot war.«

Siri blinzelte, als wolle sie verhindern, dass ihr die Tränen kamen. »Und jetzt sitzen Sie mir hier gegenüber und tragen Maries Schmuck.«

Mara schwirrte der Kopf. War die Kleine total übergeschnappt, oder erzählte sie die Wahrheit?

Da beugte sich Siri über den Tisch und raunte ihr zu: »Und wissen Sie was, Sie sehen meiner Schwester auch noch verdammt ähnlich. Es ist, als würde …«

Sie brach ab und sank auf ihren Stuhl zurück.

Mara schluckte. »Das muss eine Verwechslung sein. Diese Halsbänder sind doch keine Seltenheit.«

»Das M auf der Rückseite der Perle. Marie hat es eingeritzt. Ich war selbst dabei.«

Sie streckte die Hand danach aus.

»Geben Sie es mir.«

»Das kann ich nicht.«

Ihre Augen funkelten sie voller Verachtung an, dann sprang das Mädchen wortlos auf und stürmte aus dem Café.

Den ganzen Heimweg über fühlte Mara sich verfolgt und drehte sich mehrmals um, aber da war niemand. Als sie endlich ihre Wohnungstür aufgeschlossen hatte, klopfte ihr das Herz so heftig, dass sie ein paar Mal tief durchatmen musste.

Sie war sich sicher, dass das Mädchen ihr vor dem Café aufgelauert hatte und dann nachgegangen war. Selbst wenn nicht, hatte sie ihre Adresse bestimmt längst in Erfahrung gebracht.

Oder litt sie schon an Verfolgungswahn?

In der Küche trank sie ein Glas Wasser. Sie musste auf der Stelle mit Andras reden, das Beste wäre wohl, ihre Liaison zu beenden.

Sein Handy war ausgeschaltet, also wählte sie die Nummer seiner Praxis und ließ sich zu ihm durchstellen.

Sie sagte ihm, dass sie ihn sofort sprechen müsse.

»Was ist denn los?«

»Das erzähle ich dir später. Wo können wir uns sehen?«

»Das Wartezimmer ist voll, ich kann jetzt unmöglich …«

»Komm um drei in das Café am Paul-Lincke-Ufer, in dem wir uns schon mal getroffen haben.«

»Mara, das geht wirklich nicht.«

Sie legte einfach auf.

Er schien den Ernst der Lage erkannt zu haben, denn es dauerte nicht einmal eine Stunde, bis er vor ihrer Tür stand. Sie war überrascht und verärgert zugleich, es war gefährlich, sich in der Wohnung zu treffen.

Widerstrebend ließ sie ihn herein und führte ihn ins Wohnzimmer. Er setzte sich, sie lief nervös auf und ab.

»Nun sag schon, was passiert ist. Warum bist du so aufgewühlt?«

»Wir dürfen nicht hier sein, Andras. Ulrich könnte heimkommen. Lass uns irgendwo spazieren gehen.«

»Ich kann jetzt nicht mit dir spazieren gehen, meine Patienten warten, ich hab nicht viel Zeit.«

»Also schön.«

Mara holte tief Luft. Erst in diesem Moment wurde ihr bewusst, dass sie noch immer das Halsband trug. Mit einer energischen Bewegung nahm sie es ab und legte es auf den Tisch.

Daraufhin erzählte sie von ihrer Begegnung mit Siri. Andras schwieg lange Zeit, als sie fertig war.

»Deine Stieftochter scheint ziemlich durcheinander zu sein.«

»Sie macht eine schwierige Phase durch.«

»Und ihre Schwester starb wirklich bei einem Autounfall?«

Er nickte.

»Gehörte das Halsband nun dieser Marie oder nicht?«

»Natürlich nicht, das ist doch Unsinn.«

»Und deine Frau ist schwerkrank, ja?«

Er antwortete nicht.

»Eure Familienangelegenheiten gehen mich wirklich nichts an, Tatsache ist nur, dass wir das zwischen uns beenden müssen.«

Er stand auf und berührte sie an der Taille, sie aber wich einen Schritt zurück.

»Siri hat eine blühende Phantasie. Sie spricht öfter von ihrer Schwester. Die beiden scheinen sich wohl ziemlich gut verstanden zu haben. Aber glaub mir, das Halsband hab ich in einem Laden gekauft. Und ich finde, es steht dir sehr gut. Also trag es bitte weiterhin für mich.«

»Und das eingeritzte M?«

Er lächelte. »Eingeritzt? Das ist eine Gravur. Ich hab den Juwelier darum gebeten. Und das M steht für dich.«

»Siri hat aber gesagt …«

»Du darfst diesem Kind nicht alles glauben.«

Sie sah ihn an.

»Woher weiß Siri davon?«

Er hob die Schultern. »Vielleicht hat sie das Schmuckstück in meiner Schublade entdeckt, kurz nachdem ich es für dich gekauft hab. Ich hab sie schon einmal dabei erwischt, wie sie in meinen Sachen wühlte.«

»Es ist keine Gravur. Es sieht aus, als hätte es ein Kind gemacht.«

»Aber das ist doch Unfug!«

»Verstehst du denn nicht, wie unangenehm das für mich war? Ich bekomme diese SMS, angeblich von dir, ich freue mich auf dich, warte in diesem Café, und plötzlich sitzt mir ein fremdes Mädchen gegenüber und macht mir Vorwürfe. Dabei wirkte sie so verzweifelt und wütend.«

»Siri ist in einem komplizierten Alter. Ich muss mich für sie bei dir entschuldigen.«

»Ach Andras, ich weiß nicht.«

Diesmal war sein Griff entschlossener, er zog sie zu sich heran. »Ich möchte, dass du das Halsband wieder umlegst, jetzt gleich.«

»Ulrich kann jeden Augenblick zurückkommen.«

»Er muss doch noch arbeiten, oder?«

Mara rechnete nach, zwei Stunden blieben ihnen vielleicht, es war dennoch riskant.

Er nahm das Band, legte es ihr um den Hals und atmete schwer.

»Lass uns nach nebenan gehen.«

»Andras, nein!«

»Ich will dich nur ansehen. Weißt du«, seine Lippen waren dicht an ihrem Ohr, »ich stelle mir vor, wie du nichts weiter als dieses rote Band trägst. Du gehst für mich auf und ab. Willst du das, Mara? Willst du das für mich tun?«

Sie wusste auch nicht, wie ihr geschah, aber Andras hatte etwas an sich, was sie schwach werden ließ. Und das Verbotene an dieser Situation, er in ihrer Wohnung, Ulrichs drohende Rückkehr, die Aufregung kurz zuvor, das Gefühl, von seiner Stieftochter verfolgt zu werden, ihr Zorn, sein Werben, das Flackern in seinen Augen, der Umstand, dass er für sie einfach die Praxis verließ, all das zusammen ergab einen Kitzel, dem sie auf einmal nachgeben wollte, obwohl sie sich dafür verabscheute.

Ihr war ein wenig schwindlig, eigentlich wollte sie ihn wegstoßen, aber bald darauf war sie mit ihm im Schlafzimmer, er packte sie, einerseits fühlte sie sich schmutzig, andererseits wollte sie ihm zu Willen zu sein, und sie ließ sich von ihm das Kleid ausziehen. Sie schämte sich, immerhin schlief sie doch mit Ulrich in diesem Zimmer, und dann war sie plötzlich nackt bis auf dieses rote Band um ihren Hals, sie spürte die Perle auf ihrer Haut, während sie für Andras vor dem Bett auf und ab stolzierte, und er lag da und entwand sich seiner Kleidung. Schließlich verlangte er, dass sie zu ihm kommen sollte.

Und dann vergaß sie sich selbst.

»Geh jetzt«, sagte sie einige Zeit später. »Ulrich wird gleich hier sein.«

Er zog sich an und sah auf sie herab.

Sein Blick gefiel ihr nicht.

»*Marie*«, sagte er mit rauer Stimme. »*Marie*, nun sind wir endlich miteinander vereint.«

Sie setzte sich erschrocken auf.

Doch noch ehe sie etwas erwidern konnte, war er zur Tür hinaus.

SECHS

»Rückenschmerzen sind oftmals psychisch bedingt«, sagte sie.

Ihr Mann schwieg.

Sie hatte ihm sein Lieblingsgericht zubereitet, Lammgeschnetzeltes mit Wildreis, aber er aß ohne Appetit.

»Ich könnte dich massieren, was hältst du davon?«

Er versuchte es mit einem Lächeln, doch es wirkte gezwungen und versetzte ihr einen Stich. Sie dachte daran, wie sie sich erst neulich selbst von einem professionellen Masseur hatte behandeln lassen. Ihr war, als spürte sie wieder seine Hände auf ihrem Körper. Sie durfte ihrem Mann nichts davon erzählen, er hatte sicher kein Verständnis dafür, wenn man für Berührungen bezahlte, und könnte etwas Sexuelles dahinter argwöhnen.

»Möchtest du noch etwas von dem Fleisch?«, fragte sie.

Er lehnte dankend ab. Schließlich stand er auf und sagte, er müsse sich einen Moment hinlegen.

Sie überlegte, was sie noch für ihn tun könnte, stets darauf bedacht, dass es ihm gut ging, gleichzeitig schalt sie sich selbst für ihre Unterwürfigkeit, das war doch sonst nicht ihre Art.

Dennoch füllte sie ihm die Wärmflasche mit heißem Wasser auf.

Er lag auf dem Sofa, sie schob sie ihm wortlos unter.

Plötzlich war seine Hand in der ihren, sie saß bei ihm und strich ihm das Haar aus der Stirn.

Er schwieg. Sag doch etwas zu mir, dachte sie, das wäre ein Anfang.

Sie ertrug die Stille nicht mehr. »Willst du mir nicht von deiner Arbeit erzählen?«

»Aber Theresa, wir hatten das doch einmal fest verabredet: kein Wort über die Bluttaten. Wenn ich dir von den Fällen berichte, kommen die Mörder noch in dieses Haus.«

Sie schluckte. Mörder im Haus, Mörder im Haus, echote eine Stimme in ihrem Kopf.

Er streichelte ihre Wange. Sie schloss die Augen.

Weiter so, dachte sie, ein Anfang.

Doch schon nahm er die Hand weg, und als sie die Augen wieder öffnete, bemerkte sie sein schmerzverzerrtes Gesicht.

»Was hat man dir denn in der Klinik geraten?«

»Diese Tabletten zu schlucken, die sie mir verschrieben haben. Wenn es nicht besser wird, soll ich wiederkommen.«

»Und wenn das nun ein Bandscheibenvorfall ist?«

»So schlimm ist es nicht, bloß ein Hexenschuss.«

»Das könnte die Vorform sein.«

»Theresa, bitte.«

Sie stand auf und trat ans Fenster.

Es war ein unwirtlicher Abend, Sprühregen, das Laub der Bäume wirkte beinahe schon herbstlich. Nun nahte die düstere Zeit.

Jäh wandte sie sich zu ihm um und sagte: »Du erzählst mir jetzt von deiner Arbeit!«

Sie war selbst erschrocken, wie scharf ihr Tonfall war.

»Denn wenn du nichts erzählst, habe ich noch das Gefühl,

hier drin zu ersticken. Schließ mich nicht von allem aus, Hilmar, bitte.«

Er blickte sie an.

Dann richtete er sich mühsam auf und sagte: »Es ist ein Doppelmord. Eine junge Frau und ihr Lebensgefährte.«

Theresa wartete ab.

»Die beiden wurden aneinandergefesselt in ihrem Bett aufgefunden. Im vorläufigen Bericht der Rechtsmedizin heißt es, dass er vor ihr tot war. Erschlagen mit einem stumpfen Gegenstand. Sie musste unter ihm ertragen, wie ... aber nein, Theresa, das ist zu belastend für dich.«

»Erzähl weiter.«

Er suchte nach Worten. »Sie waren beide nackt. Ihre Nachtwäsche lag auf dem Boden. Der Täter hat sie ihnen wohl ausgezogen. Und weißt du, das Schreckliche daran ist, dass sie wahrscheinlich noch lebte, an ihn gefesselt, voller Angst, er über ihr, tot, und dann ...«

Sie konnte kaum atmen. »Und dann was?«

»Der Täter hat ihr die Pulsadern geöffnet, und sie ist langsam verblutet.«

Ihr Nacken verkrampfte sich.

Landsberg starrte auf einen Punkt am Boden, in Gedanken vertieft.

Endlich erhob er sich. Kam auf sie zu und sagte: »Du bist ja ganz bleich, Theresa.«

»Wo ist das passiert?«

»Das spielt doch keine Rolle.«

»Sag mir, wo.«

»In Neukölln.«

»Und wo dort genau?«

»In der Nansenstraße, wieso fragst du?«

»Welche Hausnummer?«

»Wieso möchtest du das wissen?«

»Ach, unwichtig.«

Ein Zittern durchlief ihren Körper.

»Halt mich, Hilmar«, flüsterte sie. »Halt mich einfach nur fest.«

Er war irritiert, das sah sie ihm an. Und doch nahm er sie in die Arme und versuchte, sie zu beschwichtigen: »Nun weißt du, warum ich dir nicht gern davon erzähle, es tut dir nicht gut.«

Seitdem ihre Mutter zur Kur gefahren war und sie sich aufs Telefonieren beschränken mussten, hatte Siri immer einen Kloß im Hals, wenn sie mit ihr sprach. Und dennoch bemühte sie sich, munter und fröhlich zu klingen, versuchte, sie mit lockeren Sprüchen aufzuheitern, und fürchtete nichts mehr als längere Gesprächspausen, in denen die Mutter bloß in den Hörer seufzte.

Immer wenn Siri die Themen auszugehen drohten, wechselte sie dazu über, ihrer Mutter so anschaulich wie möglich von ihrem Tag zu berichten. Doch gerade heute musste sie einiges auslassen, was sie selbst bedrückte, von ihrer Verstimmung durfte die Mutter nichts mitkriegen, sie könnte sonst noch mutloser werden. Sie war immerhin die Kranke, auf sie war Rücksicht zu nehmen.

Reiß dich zusammen, Siri, dachte sie, erzähl ihr noch etwas Schönes. Aber es fiel ihr nichts ein.

Schließlich tauschten die beiden Gutenachtwünsche aus und legten auf.

Sie saß eine Weile stumpfsinnig inmitten all der Kissen, die sie auf ihrem Bett ausgebreitet hatte, und stierte vor sich hin. Dann wählte sie die Nummer ihrer besten Freundin. Daniela hob sofort ab. Sie plauderten eine Weile, Siri leckte ein paar Mal über ihr Lippenpiercing, schmeckte das kühle Metall, und schließlich erzählte sie Daniela von ihrem Gespräch mit der Frau, die sie im Namen ihres Stiefvaters in das Café gelockt hatte.

»Und? Trug sie das Halsband?«, wollte Daniela wissen.

»Ja.«

»Und du glaubst wirklich, es ist dasselbe, das deiner Schwester gehörte?«

»Es gibt keinen Zweifel. Ich hab das M auf der Rückseite der Perle gesehen.«

»Und dein Stiefvater hat was mit dieser Frau?«

»Davon bin ich überzeugt.«

Daniela stieß die Luft aus. »Deine arme Mutter. Weiß sie mittlerweile davon?«

»Ich hab ihr nichts gesagt.«

»Das ist auch besser so. Sie ist von der Chemotherapie noch sehr geschwächt, nicht wahr?«

»Hmm.«

»Oh Siri, das ist alles so schrecklich. Soll ich zu dir kommen?«

»Nein, lass nur. Ich schaff das schon allein.«

Sie kämpfte gegen den Impuls an, in Tränen auszubrechen. Sie musste stark sein. Energisch fuhr ihre Zunge über das Piercing.

»Ich hasse meinen Stiefvater.«

Daniela versuchte, sie zu beruhigen, doch sie wurde nur immer zorniger auf ihn.

»All die SMS auf seinem Handy, und ich musste das lesen, und diese Frau ist um so vieles jünger als er. Aber was mich am meisten beschäftigt, ist die Frage, wie er in den Besitz von Maries Halsband gelangen konnte.«

»Das ist wirklich rätselhaft, aber vielleicht gibt es eine ganz einfache Erklärung dafür. Du solltest ihn darauf ansprechen.«

»Ich habe Angst vor ihm.«

»Warum?«

»Er ist so kühl und abweisend in letzter Zeit. Aber weißt du was, ich hab die Adresse dieser Frau, ich bin ihr nachgegangen, und nun weiß ich auch ihren vollständigen Namen. Sie heißt Mara Hertling und wohnt in der Lausitzer Straße in Kreuzberg.«

Daniela wollte gerade etwas einwenden, als Siri das Klacken der Wohnungstür vernahm. Das konnte nur Andras sein.

»Ich muss jetzt Schluss machen, Dannie«, sagte sie hastig und legte auf.

Sie hörte seine Schritte. Wartete eine Weile ab, stand auf, verließ ihr Zimmer und folgte ihm in die Küche. Schon aus der Entfernung konnte sie riechen, dass er getrunken hatte.

»Ich soll dich von Mama grüßen.«

Er sah sie reglos an. »Wie geht es ihr?«

»Unverändert.«

»Ich rufe sie morgen an«, sagte er, nahm sich ein Bier aus dem Kühlschrank und trank einen großen Schluck.

Das Halsband, dachte Siri, frag ihn danach, aber ihr Herz klopfte so schnell, dass sie keinen Ton herausbrachte.

Wieder berührte sie mit der Zunge das Metall auf ihren Lippen, es sollte ihr Kraft geben.

»Was starrst du mich so an?«, fragte er.

Sie konnte nicht antworten.

»Was ist eigentlich los mit dir?«

Wenn sie doch bloß noch Kontakt zu ihrem richtigen Vater hätte, doch der war einfach aus ihrem Leben verschwunden, als sie noch ein kleines Mädchen war. Alles, was ihr von ihm blieb, bestand aus ein paar Fotografien in dem Album, das ihre Mutter immer wieder aufs Neue vor ihr zu verstecken versuchte.

Plötzlich war Andras dicht vor ihr und packte sie am Arm. Sie ekelte sich vor seiner Alkoholfahne.

Er tat ihr weh. »Wenn du es noch einmal wagst, in meinen Schubladen zu wühlen und auch noch an mein Handy zu gehen, dann, dann …«

Siri war überrascht, wie ruhig ihre Stimme klang: »Dann was?«

In seinen Augen blitzte etwas auf, doch endlich ließ er sie los, schnappte sich die Bierflasche, stürmte in sein Arbeitszimmer und knallte die Tür hinter sich zu.

Die Erkenntnis traf sie wie ein Fallbeil: Er hatte ihre Schwester gekannt. Er wusste mehr über den Tod von Marie als ihre Mutter und sie selbst.

Und noch etwas wurde ihr bewusst. Andras wäre zum Äußersten fähig.

Sie musste vorsichtig sein, verdammt vorsichtig.

SIEBEN

Er kam dann doch eine Dreiviertelstunde zu spät. Das Lächeln allerdings, mit dem Jana ihn an der Tür zu ihrer Wohnung in der Akazienstraße empfing, zerstreute seine Bedenken ein wenig, er könnte sie wieder enttäuscht haben.

»Du siehst abgekämpft aus.«

»Verzeih, aber im Kommissariat ist die Hölle los.«

Er trat ein, legte seinen Rucksack und seine Jacke ab, überreichte ihr die Weinflasche, die er mitgebracht hatte, und verschwand im Bad. Nicht einmal zum Duschen war er gekommen. Er zog sich das T-Shirt aus, beugte sich über das Waschbecken und warf sich kaltes Wasser ins Gesicht und unter die Achseln. Er betrachtete die lange Reihe der Kosmetikartikel in ihrem Regal, wählte ein Deo aus, sprühte sich damit ein und hoffte, dass der Duft nicht allzu lieblich an ihm wirkte. Nachdem er sich das T-Shirt wieder übergestreift hatte, warf er einen letzten prüfenden Blick in den Spiegel und atmete tief durch. Die Strecke vom Polizeirevier in der Karthagostraße bis hierher nach Schöneberg hatte er in halsbrecherischem Tempo auf seinem Fahrrad zurückgelegt.

In der Küche roch es betörend nach Knoblauch und frischen Kräutern.

»Der Lachs dürfte zu trocken sein, weil ich ihn zu lange im Ofen lassen musste«, sagte sie entschuldigend.

Sie trug ein schwarzes enganliegendes Kleid und hatte sich

das Haar hochgesteckt. Nicht zum ersten Mal stellte er fest, wie verführerisch ihr Nacken war.

»Ich bin mir sicher, dass das Essen hervorragend ist«, entgegnete er und entkorkte den Wein.

Sie stießen miteinander an. Dann öffnete sie den Ofen.

Den Fisch servierte sie eingewickelt in Backpapier wie einen großen Bonbon, darin lag er auf einem Kräuterbett, umgeben von Couscous und Zucchinistreifen.

»Raffiniert«, murmelte er.

»Ach, ein ganz einfaches Rezept.«

Es schmeckte köstlich. Erst jetzt merkte Trojan, dass er seit dem Frühstück noch nichts gegessen hatte. Ihm fiel es schwer, von seinem Arbeitstag sogleich abzuschalten, Gesprächsfetzen aus den unzähligen Vernehmungen Angehöriger und Bekannter der beiden Mordopfer, der Hausbewohner und der selbsterklärten Augenzeugen, die den Aufrufen in der Presse gefolgt waren und sich vor der Polizei wichtigtaten, schwirrten durch seinen Kopf, und er beobachtete sich dabei, wie er den Wein viel zu hastig trank. Dazu machte ihn Janas Nähe nervös, auf eine angenehme, aber auch verwirrende Art. Wie oft hatte er sich, wenn er bei ihr in der Praxis saß und von seinen Ängsten erzählte, die Gelegenheit erhofft, sie einmal privat treffen zu dürfen.

Und nun saß sie ihm dicht gegenüber, der Schein der Kerzen auf dem Tisch verlieh ihrem Gesicht einen matten Schimmer, und er verlor sich im Anblick ihrer grünen Augen. Es erleichterte ihn zu sehen, dass auch sie nicht frei von einer gewissen Nervosität war, und immer wenn er sie einen Moment zu lange anschaute, huschte ein verlegenes Lächeln über ihre Lippen.

Sie begann, von ihrer Reise zu erzählen, wie sie mit ihrer Freundin in einem Wohnmobil durch British Columbia gefahren war, und schwärmte von dem Wald, der bis an den Pazifik heranreichte. Kaum waren sie mit dem Essen fertig, stellte sie ihren Laptop auf den Tisch und zeigte ihm einige ihrer Fotos von der atemberaubenden Wildnis Kanadas.

»Der Schemen da im Hintergrund, siehst du, das ist der Elch.«

Sie musste selbst über ihre kindliche Begeisterung lachen.

Es folgten Aufnahmen von einer Bärenfamilie am Straßenrand.

»Eine Braunbärin mit ihren Jungen, Gott sei Dank kein Grizzly, die können ziemlich ungemütlich werden.«

Wieder lachte sie.

»Es ist ein Kindheitstraum, weißt du. Seitdem uns mein Vater einmal von dieser Reise erzählt hat, die er vor vielen Jahren ganz allein unternommen, aber leider nie mit uns beiden wiederholt hat, geisterte sie in unserer Phantasie herum.«

»Euch beiden? Du meinst, deine Mutter und dich?«

Sie wurde plötzlich ernst. »Eigentlich dachte ich dabei an meinen Bruder. Hab ich ihn nie erwähnt?«

»Nein. Lebt er auch in Berlin?«

Sie nickte.

»Und deine Mutter, wäre sie nicht auch gern mit nach Kanada gereist?«

»Als mein Vater als junger Mann durch British Columbia wanderte, kannten sich meine Eltern noch nicht, und später hat meine Mutter das Reisen nicht sonderlich interessiert. Sie ist …« Jana nagte an ihrer Unterlippe, »… ungefähr genauso schwierig wie mein Vater. Für ihn gab es nur die Arbeit und für sie bloß ihre Schwermut.« Sie machte eine ungeduldige

Handbewegung. »Aber ich will dich nicht mit meiner Familiengeschichte langweilen.«

»Du langweilst mich nie, Jana.«

Sie klappte geistesabwesend den Laptop zu.

Nun greif schon nach ihrer Hand, dachte er, das wäre der richtige Moment, sie zu küssen, aber er spürte, dass die Erinnerungen sie verstimmt hatten. Er registrierte an ihr eine leichte Verunsicherung, als bedrücke sie etwas, das sie ihm nicht anvertrauen wollte.

»Leben deine Eltern noch?«, fragte er vorsichtig.

Sie nickte lediglich.

Kurz darauf schien sie sich wieder gefangen zu haben.

»Nun erzähl aber du. Wie steht es um deine Ermittlungen?«

Trojan dachte an die letzte Sitzung zurück, in der Landsberg trotz seines angeschlagenen Zustands herumgetobt und schnellere Ergebnisse eingefordert hatte.

»Lass uns lieber nicht darüber sprechen. Nur so viel, es gibt noch keine heiße Spur.«

Er dachte an den vorläufigen Bericht der Kriminaltechnik, der leider auch nicht viel hergab, weder was Finger- und Faserspuren noch Hautpartikel und Haare betraf.

»Dein Job verlangt dir sehr viel ab.«

»Hmm.«

»Wann immer du reden willst, tu es, verschon mich nicht.«

»Danke, Jana, aber heute wirklich nicht. Es ist so ein schöner Abend bei dir.«

Sie lächelte. »Möchtest du ein Dessert?«

»Gerne.«

Sie hatte eine Mousse au Chocolat vorbereitet, die sie auf dem blauen Sofa am Fenster zum Hinterhof löffelten. Janas

Küche war so geräumig, dass das Möbelstück dort noch Platz hatte, eine gemütliche Wohnküche, in der sich Trojan äußerst wohlfühlte.

Jana streifte ihre Pumps ab und schob die Beine unter. Er atmete ihr Parfüm ein, und dann hielt er es nicht länger aus. Er stellte seine Dessertschale ab, und gerade als sie sich etwas Schokolade von den Lippen leckte, fuhr er mit der Hand in ihren Nacken, zog sie zu sich heran und küsste sie.

Ihr Mund war weich und warm, bereitwillig erwiderte sie seinen Kuss, und doch war da plötzlich ein kleiner Widerstand, und sie löste sich ein wenig von ihm.

»Was ist?«

»Nils, es ist noch nicht lange her, da warst du mein Patient, und ich finde …«

»Aber Jana, ich dachte, wir hätten diese Diskussion längst hinter uns.«

»Ich weiß. Aber wenn das nun alles nur eine Übertragung ist? Und eine Gegenübertragung?«

»Ich verstehe nicht viel von diesem psychologischen Vokabular.«

»Musst du auch nicht. Du sollst nur wissen, dass es mir ernst ist.«

»Mir auch.«

Er küsste ihren Hals.

»Aber bitte glaub mir«, flüsterte sie, »ich bin sehr ehrgeizig, und deine Therapie …«

»Schsch.« Er legte den Finger auf ihre Lippen. Und während er ihr das Haar löste, dieses Wunder lichtblonden Haars, sagte er: »Keine Analyse, Jana, keine Psychologie, nur du und ich.«

Wieder küsste er ihren Hals, jetzt tiefer.

»Ich muss dich warnen, ich bin nicht ganz unkompliziert.«

»Wer ist das nicht.«

»Und dein Beruf ...«

»Nicht doch, Jana, lass die Gedanken. Lass es einfach geschehen.«

Er hörte, wie sie leise aufseufzte, und noch einmal löste sie sich von ihm, doch diesmal nur, um ihn anzusehen, und da war ein Glanz in ihren Augen, der ihm gefiel.

Sie zerrte ihm das T-Shirt vom Körper, und das blaue Sofa gab nach, als er mit ihr in den Polstern versank. Mit einem Ritsch öffnete er den Reißverschluss ihres Kleids.

Sie richtete sich halb auf, um es sich über den Kopf zu streifen. Als sie zurücksank und es von sich warf, fuhr ihr Arm vom Sofa herab, und dabei stieß sie die Schalen am Boden um, die scheppernd zerbrachen.

»Das macht nichts, das macht nichts«, flüsterte sie an seinem Ohr.

Trojan entdeckte Kleckse von Schokoladencreme an ihrem Handgelenk und leckte ihr das süße Zeug von der Haut.

Immer und immer wieder tauchte die Szenerie vor ihr auf: das Schlafzimmer, der fremde Mann. Er winkte sie herein. Sie trug einen Mantel und darunter nichts.

Sie sah sein höhnisches Grinsen.

Das Licht war grell.

Er deutete auf das Bett, wo die Frau mit der schlitzförmigen Hornbrille lag.

Schon spürte sie seine Hand auf ihrem Rücken. Sie wollte vor ihm weglaufen, aber das durfte sie nicht.

Er führte sie ans Bett und riss ihr den Mantel herunter.

Zunächst war sie vom Licht geblendet, doch dann erkannte sie auf dem nackten Körper der Frau den Kuchen, den sie gebacken hatte.

»Füttere sie damit. Schieb ihr Stücke in den Mund.«

Er lachte, als sie sich sträubte, und stieß sie aufs Bett.

Da sah sie, wie sie die Hand in die weiche Schokomasse tauchte. Sie hatte das Zeug unter den Nägeln, überall.

Die rot angemalten Lippen der Frau öffneten sich weit. Sie schob die Kuchenstücke hinein. Sie musste es tun, denn hinter ihr stand der Mann und gab seine Befehle, und er lobte sie dafür, dass sie ihm gefügig war, und immer mehr von dem Gebäck stopfte sie in den grell umrandeten Mund. Die Frau schlang alles hinunter. Sie kam gar nicht schnell genug mit dem Füttern hinterher, so gierig war der Schlund, unstillbar. Und sie spürte die Hand des Mannes auf ihrer Schulter, und dann sah sie erschrocken an sich herab. Sie war ja nackt, sie hockte über der anderen Frau und schämte sich.

»Nun gib es ihr überall«, raunte der Mann.

Sie griff in die krümelige Masse und schmierte den Bauch der Frau damit ein.

»Weiter.«

Und sie bedeckte auch Brüste und Scham mit dem Kuchen.

»Willst du davon kosten?«, fragte er.

Sie gab einen leisen Ton von sich, der für sie selbst wie ein Wimmern klang.

»Koste davon«, flüsterte er.

»Nein, ich kann das nicht«, erwiderte sie, aber schon spürte sie seine Hand in ihrem Nacken, und er stieß sie auf die andere Frau hinunter, und ihr Gesicht tauchte in den Kuchen ein, und sie öffnete den Mund. Sie verschluckte sich, hustete, schluckte weiter. Und die Frau unter ihr bewegte sich, aber sie hatte plötzlich nichts Menschliches mehr an sich.

Es war wie eine wimmelnde Masse von Würmern, die sich durch das Gebäck wühlte, nur ab und zu tauchten Teile der Haut auf, ein Arm, eine Hüfte, rotlackierte Fingernägel.

Sie wollte das nicht, schüttelte sich, aber gleichzeitig wurde sie immer fester von der Hand des Mannes gepackt.

Sie musste sich dagegen wehren, und mit einem Mal veränderte sich die Szenerie, da war nur noch das Laken, es war blutgetränkt, sie sah sich selbst dabei zu, wie ihre Hände darüber hinwegglitten, alles war klebrig und glitschig von dem Blut.

Sie schrie.

Dann schreckte sie hoch.

ACHT

Vom Fenster aus beobachtete sie, wie sich ihr Mann ins Auto setzte. Kurzzeitig war ihr, als würde er zu ihr heraufblicken, doch vielleicht hatte sie sich auch getäuscht.

Schließlich fuhr er davon.

Die Straße wirkte auf einmal völlig leblos.

Was sollte sie nur tun? Wem könnte sie sich anvertrauen? Es gab niemanden. Sie war ganz allein mit ihren Alpträumen und der verstörenden Wirklichkeit.

Sie biss sich in den Knöchel ihrer Hand, bis ihr die Tränen in die Augen schossen.

Ein letztes Mal in die fremde Wohnung gehen, dachte sie, ein letztes Abenteuer. Eine Abwechslung, ein Rausch.

An diese eine Sache dachte sie und wie es wäre, wenn sie für immer in ihren Besitz überginge. An dieses eine Ding, wenn sie es an sich reißen könnte und nie wieder hergeben würde.

Ja, sie musste es tun, ein letztes Mal und dann nie wieder.

Sie zog ihren Mantel an, nahm ihre Handtasche, in der sich das Seidenetui mit den Schlüsseln befand, und verließ die Wohnung.

Mit dem Taxi fuhr sie nach Kreuzberg, stieg in der Lausitzer Straße aus, schaute sich um, ob sie auch niemand beobachtete, dann steuerte sie auf das Haus Nummer zwölf zu und verschwand darin.

Sie lauschte an der Tür im zweiten Stockwerk. Mara würde nicht da sein und ihr Freund auch nicht.

Sie schloss auf und ging hinein. Wie herrlich war doch dieser alles beherrschende Kitzel in ihrem Körper, es würde ihr schwerfallen, künftig auf dieses geheime Ritual zu verzichten.

Im Schlafzimmer öffnete sie den Kleiderschrank und betastete die Sachen darin. Sie zog das Negligé heraus und presste es an sich. Nein, heute durfte sie nicht in diese aufregend fremde Haut schlüpfen, das Risiko war zu groß. Sie faltete es ordentlich wieder zusammen und legte es zurück, dann fuhren ihre Hände tiefer ins Innere des Schranks, und schon ertastete sie das Halsband. Sie nahm es hervor, und ein Lächeln breitete sich auf ihrem Gesicht aus.

Meins, dachte sie, meins.

Das verbotene Stück, nun gehörte es ihr.

Zurück auf der Straße war sie mit einem Mal beschwingt und wie verwandelt.

Wieder winkte sie sich ein Taxi heran.

Den Rest des Vormittags verbrachte sie damit, durch die Läden zu bummeln. Sie aß eine Kleinigkeit in einem Café, dann fuhr sie nach Hause.

Sie war plötzlich so müde, dass sie nicht einmal mehr ihre Einkäufe auspacken konnte. Noch im Mantel legte sie sich aufs Bett und schlummerte auf der Stelle ein.

Am Nachmittag wurde sie vom Klingeln des Telefons geweckt. Zunächst versuchte sie, es zu ignorieren, doch es läutete beharrlich weiter, und schließlich stand sie auf und hob ab.

Es war Mara.

Ohne Umschweife erklärte sie ihr, dass sie sich sofort treffen müssten.

»Heute ist es ganz schlecht bei mir.«

»Wir müssen reden, und zwar dringend.«

»Worum geht es denn?«

»Das erzähle ich dir, wenn du hier bist. Komm bitte gleich, ja?«

»Es geht nicht, ich …«

»Bitte. In einer Stunde bei mir? Ist das okay?«

Hitze wallte in ihr auf. Sie brauchte doch nichts weiter als ein bisschen Ruhe, warum nahm denn niemand Rücksicht darauf?

»Das ist unmöglich«, sagte sie.

Aber Mara hatte das Gespräch bereits beendet.

Sie starrte den Hörer an. Ich kann das nicht, durchfuhr es sie.

Und doch wäre es geschickter, so zu tun, als sei sie sich keiner Schuld bewusst.

Haltung bewahren, befahl sie sich selbst.

Und so machte sie sich an diesem Tag ein zweites Mal auf nach Kreuzberg.

Normalerweise hätte sie sie umarmt, doch an diesem Tag war ihr das unmöglich. Sie bat sie herein und bot ihr einen Tee an. Ihre Freundin nickte bloß und nahm in der Küche Platz. Während Mara mit dem Wasserkocher hantierte, versuchte sie, ihre Unruhe zu verbergen, aber es wollte ihr nicht recht gelingen. Erst gestern dieses ungeplante Stelldichein mit Andras und seine seltsamen Worte zum Abschied. Und heute? Was sie in ihrem Briefkasten gefunden hatte, war so erschreckend gewesen, dass sie am liebsten laut losgeheult hätte.

Sie goss den Tee auf, stellte die Kanne und zwei Tassen auf den Tisch, setzte sich und überlegte fieberhaft, wie sie das Gespräch beginnen sollte.

Schließlich sagte sie: »Wie lange kennen wir uns jetzt eigentlich schon? Müssten an die drei Jahre sein, oder?«

Ihre Freundin schwieg.

»Ich kann mich jedenfalls noch genau an den Tag erinnern, als du in diesem Café gleich hier um die Ecke auf mich zugekommen bist und gefragt hast, ob der Platz neben mir noch frei sei. Ich hab genickt, und dann sind wir sofort ins Gespräch gekommen. Und weißt du was, ich fand dich auf Anhieb sympathisch.«

Sie sah sie bloß an.

»Du kamst damals gerade von deiner Heilpraktikerin. Wegen irgendeiner Allergie, die du behandeln lassen wolltest. Irgendwie kamen wir dann aufs Verreisen, wir haben festgestellt, dass uns beide die Sehnsucht treibt, einmal nach Indien zu fahren. Und ich weiß noch, dass du recht bald gesagt hast, ich würde dich an jemanden erinnern. Ich hab gefragt: An wen denn? Und du hast gelacht und gesagt, an den Menschen, zu dem du selbst hättest werden können, frei und unbeschwert. Und danach wurdest du plötzlich ernst. Du wirktest sehr traurig auf mich. Einige Zeit später, wir saßen hier bei mir am Küchentisch, so wie jetzt, hab ich dich auf deine Bemerkung angesprochen. Weißt du noch?«

Sie nickte schwach.

»Du hast mir dann von deiner Nervenkrise erzählt und wie schlecht es dir damals erging, nur um mir gleich darauf zu versichern, du hättest dich jetzt wieder im Griff.«

Die Stimme ihrer Freundin klang schneidend. »Worauf willst du eigentlich hinaus?«

Mara stieß die Luft aus. »Es tut mir schrecklich leid, dass ich dich so überstürzt herbestellen musste und …«

Sie brach ab.

»Ich suche bloß nach gewissen Erklärungen«, fügte sie leise hinzu.

»Wofür?«

»Vielleicht ist das ja alles ein großer Irrtum, aber …«

»Nun sag schon.«

Mara stand auf, holte ein weißes unbeschriftetes Kuvert aus der Schublade in der Anrichte hervor und legte es auf den Tisch.

»Das hier fand ich heute in meinem Briefkasten. Ohne Absender und ohne Adresse.«

Ihre Freundin rührte sich nicht.

Mara setzte sich und sagte: »Du kannst den Umschlag ruhig öffnen.«

Es dauerte einige Zeit, bis sie wie ferngesteuert die Hand danach ausstreckte und die drei Fotos herausnahm, die Mara an diesem Tag schon an die hundert Mal betrachtet hatte.

Sie versuchte, im Gesicht ihrer Freundin zu lesen, doch es war völlig reglos.

Und dann sah sie selbst wieder auf die Fotos, und obwohl sie es noch immer nicht wahrhaben wollte, gab es nicht den geringsten Zweifel daran, dass die Person darauf ihre Freundin war. Die eine Ablichtung zeigte sie, wie sie unten die Haustür aufschloss, auf der zweiten war sie oben an Maras Schlafzimmerfenster zu erkennen, und das dritte Foto entlarvte sie dabei, wie sie im Begriff war, die Vorhänge zu schließen. Jemand musste sie von der Straße aus beobachtet und mit einem Teleobjektiv aufgenommen haben. Am rechten unteren Bildrand waren Datum und Uhrzeit registriert, offenbar der automatische Eintrag einer Digitalkamera.

Die Fotos waren demnach am vorgestrigen Vormittag geschossen worden.

In das bedrückende Schweigen hinein sagte Mara: »Hör zu, es fällt mir wirklich nicht leicht, dich damit zu konfrontieren, aber du kannst dir sicher vorstellen, wie überrascht ich war, als ich diese Aufnahmen in meinem Briefkasten fand.«

Die Freundin ließ die Fotos auf den Tisch fallen, sichtlich um Fassung bemüht.

Mara rückte instinktiv ein Stück von ihr ab. Dann fragte sie leise: »Hast du dir hier Zutritt verschafft? Heimlich, ohne mein und Ulrichs Wissen?«

Sie schüttelte heftig den Kopf. »Nein! Die Bilder müssen an einem Tag aufgenommen worden sein, als ich dich besucht habe.«

Mara deutete auf die Datumsanzeige und die Uhrzeit.

»Vorgestern Vormittag? Als ich arbeiten war? Bitte, sag mir die Wahrheit, bist du in meine Wohnung eingedrungen?«

Ihre Stimme war brüchig. »Nein.«

»Hier sieht man dich aber an unserem Schlafzimmerfenster. Zu dieser Zeit war ich nicht zu Hause. Und Ulrich auch nicht. Das hat er mir vorhin am Telefon versichert. Und glaub mir, er ist über dein Verhalten mindestens genauso empört wie ich, ich soll auch in seinem Namen eine Erklärung von dir verlangen.«

»Das kann eine Fälschung sein. Mit Photoshop ist heutzutage alles möglich.«

»Ist nicht dein Ernst!«

»Es ist bestimmt eine Fotomontage!«

»Warum sollte sich jemand die Mühe machen …«

»Da treibt jemand einen bösen Scherz mit uns.«

Mara verschränkte die Arme vor der Brust. Es war mehr ein Flüstern, als sie fragte: »Hast du dir einen Schlüssel zu meiner Wohnung machen lassen?«

»Herrgott, nein!«

Blitzartig fiel Mara ein, wie sie vor einiger Zeit ihre Schlüssel nicht hatte finden können. Und nur einen Tag später lagen sie wieder an ihrem gewohnten Platz. Es hatte sie damals zwar verwundert, aber auch nicht länger beschäftigt.

»Hast du mich bestohlen?«, fragte sie leise.

»Nein.«

»Warum in aller Welt warst du dann in meiner Wohnung?«

»Ich war das nicht.«

»Wer denn sonst? Das bist du auf den Fotos, du!« Sie rieb sich über die Stirn, schließlich murmelte sie: »Das ist vollkommen verrückt, ich kann es mir nur damit erklären, dass es vielleicht …«

»Vielleicht was?«

»… mit deinen psychischen Problemen zu tun hat. Es ist so absurd, so krank! Warum machst du das? Was hast du in meinem Schlafzimmer zu suchen?«

Die Freundin schob ihren Stuhl zurück und erhob sich. Sie war kreidebleich geworden, ihre Hände ballte sie zu Fäusten, offenbar darum bemüht, ein inneres Zittern zu unterdrücken. Ihre Schultern waren hochgezogen, und sie bleckte die Zähne, so dass Mara Angst vor ihr bekam.

»Psychische Probleme?«, zischte sie. »Für wen hältst du mich eigentlich? Für eine Irre? Nur weil ich dir einmal etwas über gewisse Schwierigkeiten anvertraut hab, die ich längst überwinden konnte? Und ich hab gedacht, wir sind gute Freundinnen!«

»Das dachte ich eigentlich auch.«

Sie musterten sich gegenseitig.

Plötzlich griff sie nach den Fotos, doch Mara war schneller. Sie sprang auf, raffte sie an sich und steckte sie wieder in den Umschlag.

Die Freundin atmete gepresst.

»Mara, ich sage dir, wirf die Fotos weg. Die müssen von einem Menschen sein, der uns Böses will. Hörst du nicht? Diese Bilder werden dir Unglück bringen.«

Wie gern hätte sie sie in diesem Moment umarmt, sich mit ihr versöhnt und ihr beteuert, dass alles zwischen ihnen wieder gut werden würde. Doch sie konnte nicht. Jene Frau in ihrer Küche war ihr mit einem Mal fremd, und sie erschrak vor ihrem flackernden Blick und dem zornigen Aufschrei, mit dem sie sich abrupt von ihr abwandte. Sie stürmte aus der Wohnung hinaus und warf die Tür hinter sich zu.

Mara starrte auf den Umschlag in ihrer Hand.

Ihr war, als müsste sie ihn weit von sich schleudern, um nicht von dem Unglück befleckt zu werden, das ihr soeben prophezeit worden war.

NEUN

»Hat sie etwas geklaut?«

Ulrich stand die Zornesröte im Gesicht.

»Ich hab alles durchsucht, es fehlt nichts.«

»Mein iPad ist noch da, Gott sei Dank.«

Mara leuchtete ein, dass ihm sein technisches Spielzeug am wichtigsten war, auch wenn sie es insgeheim missbilligte. Zu viele Stunden verbrachte er damit, kostbare Zeit, in der sie eigentlich etwas zusammen unternehmen sollten.

»Ich versteh das alles nicht, was hatte sie denn hier zu suchen?«

»Ich weiß es nicht, Ulrich. Sie streitet jedenfalls alles ab.«

»Die ist ja komplett übergeschnappt!«

»Hör auf, sie zu verurteilen, sie ist immerhin noch meine Freundin.«

»Ist sie das wirklich? Nach allem, was vorgefallen ist?«

Mara lag auf dem Bett, von dem aufreibendem Nachmittag völlig erschöpft. Wenn Ulrich sie doch wenigstens einmal in den Arm nehmen würde, seitdem er nach Hause gekommen war, tobte er bloß herum, als ob das jetzt noch helfen würde.

Sie seufzte. Es stand ihr nicht zu, ihm Vorwürfe zu machen, schließlich hatte sie ihn erst gestern betrogen. Jedes Mal, wenn sie daran dachte, versetzte es ihr einen Stich.

»Zeig mir noch mal die Fotos!«

»Nein, Ulrich, lass es gut sein.«

Der Umschlag lag in der Küchenanrichte, und dort sollte er auch bleiben, sonst würde sie heute Nacht keinen Schlaf mehr finden.

Sie drückte ihr Kopfkissen noch fester an sich. Der Bauch tat ihr weh, immer wenn sie aufgeregt war, reagierte ihr Magen empfindlich.

»Wer könnte die Bilder bloß aufgenommen haben? Einer unserer Nachbarn?«

»Keine Ahnung«, sagte sie leise.

Ulrich stieß die Luft aus. »Wir müssen ein neues Schloss einbauen lassen. Ich werde mich gleich morgen darum kümmern. Und wir sollten überlegen, ob wir deine Freundin nicht anzeigen.« Er setzte sich zu ihr auf die Bettkante. »Ich sage dir, diese Frau wird gehörigen Ärger bekommen.«

In diesem Moment klingelte es an der Tür.

Sie blickten sich an.

»Kannst du aufmachen?«, fragte Mara. »Ich bin für niemanden zu sprechen.«

Ulrich nickte, stand auf und ging in den Flur, um zu öffnen. Kurz darauf vernahm Mara die Stimme ihrer Freundin und hörte, wie Ulrich sie beschimpfte.

Sie musste das unterbinden, also erhob sie sich und trat zu ihnen.

Die Freundin stand im Treppenhaus.

»Mara«, sagte sie mit dünner Stimme. »Magst du dich nicht wieder mit mir versöhnen?«

Ulrich wollte mit seiner Schimpftirade fortfahren, doch Mara bedeutete ihm mit einer Geste, es sei besser, sie beide allein zu lassen. Er verschwand im Wohnzimmer.

»Ich kann nicht mehr«, sagte sie an der Tür, ohne sie hereinzubitten, »für heute ist es genug.«

»Bist du noch meine Freundin?«

»Ich möchte fürs Erste nicht mehr mit dir reden.«

»Ob du noch meine Freundin bist? Sag es mir. Es ist äußerst wichtig für mich.«

Sie sah erbärmlich aus. Blass, die Augen unnatürlich weit aufgerissen.

»Versuch, dich zu beruhigen, okay? Du fährst jetzt nach Hause und schläfst dich erst einmal aus.«

»Ulrich hat gesagt, ihr wollt zur Polizei gehen.«

»Möglicherweise. Das ist unser gutes Recht.«

»Mara, wie kannst du mir so etwas antun? Du weißt doch, dass ... mein Mann ... Es wird seinen Ruf beschädigen ... Er kommt in Teufels Küche.«

»Das hättest du dir vorher überlegen sollen.«

Sie zitterte. »Kann ich nicht wenigstens für einen Moment hereinkommen?«

»Es reicht mir, hörst du?«

Sie wollte gerade die Tür schließen, als die Freundin die Fäuste ballte.

»Verflucht seist du! Verflucht!«, stieß sie hervor.

Daraufhin rannte sie die Treppe hinunter.

Lange Zeit konnte sich Mara nicht rühren. Schließlich drückte sie leise die Tür ins Schloss.

Ulrich stand plötzlich hinter ihr.

»Du solltest sie anzeigen, unbedingt.«

Mara nickte bloß.

Er war im Bad, sie lag bereits im Bett und versuchte zu schlafen.

Da piepte ihr Handy. Sie hatte eine SMS bekommen.

Ihr Herz schlug heftig, als sie die Nachricht las.

Trag das Halsband für mich heute Nacht.
Andras.

Mara war so empört, dass sie sich versehentlich auf die Zunge biss. Sie drückte auf »Löschen«, danach schaltete sie das Handy aus.

Das Halsband, dachte sie, so hatte alles begonnen. Wenn sie die Augen schloss, sah sie das Gesicht ihrer Freundin vor sich, ihr Mund bewegte sich, verfluchte sie und beschwor großes Unglück herauf.

Für einen Moment hatte sie den Impuls, aufzustehen und sich zu vergewissern, ob das Schmuckstück noch immer gut verborgen unter der Wäsche im Schrank lag. Ulrich durfte es niemals finden. Wahrscheinlich wäre es das Beste, es Andras zurückzugeben.

Dann aber fielen ihr die Fotos ein.

Sie musste sie an einem sicheren Ort verstecken. Mara erhob sich, ging in die Küche und nahm das Kuvert aus der Anrichte.

Sie überlegte kurz. Dann öffnete sie eine Vorratsdose, legte den Umschlag mit den Fotos hinein, verschloss sie wieder und legte sich zurück ins Bett.

Eine Hand berührte sie an der Wange.

Sie zuckte zusammen.

Ulrich stand vor ihr, sie hatte sein Eintreten gar nicht bemerkt.

»Ach, du bist es.«

»Wer denn sonst?«

»Komm her, bitte komm.«

Und endlich war er dicht bei ihr, schaltete das Licht aus und umarmte sie.

Nie wieder, dachte sie, niemals mehr würde sie ihn betrügen, und sie atmete das Aroma seiner Seife und seines Rasierwassers ein. Sie schmiegte sich an ihn und fühlte sich geborgen.

Und dann spürte sie, wie seine Hände unter ihr Nachthemd glitten, und sie seufzte, drückte sich noch fester an ihn. Im Dunkeln befreite er sich von seinem T-Shirt. Sie streichelte seine nackte Brust, küsste seinen Hals und wollte mehr.

Ulrich schlug die Augen auf. Er hatte etwas Verworrenes geträumt, konnte sich aber nicht mehr genau daran erinnern. Es war beunruhigend gewesen, so viel wusste er noch.

Instinktiv tastete er nach Mara. Doch ihre Betthälfte war leer.

Da bemerkte er, dass die Schlafzimmertür nur angelehnt war. Er wollte sich schon wieder auf die Seite drehen, um weiterzuschlafen, in der Annahme, sie sei nur mal eben zur Toilette gegangen, als er sich anders entschied.

Er stand auf, um nach ihr zu schauen.

Im Halbdunkeln bewegte er sich hin zur Tür, als Mara plötzlich dicht vor ihm stand. In diesem Moment überlegte er, ob er vielleicht noch immer träumte.

»Mara«, sagte er.

Sie presste ihm die Hand auf den Mund.

»Geh wieder ins Bett«, flüsterte sie.

»Was hast du denn?«

»Sei leise.«

Sie wirkte so verändert auf ihn, dass er erschrak.

»Mara, ich ...«

»Schsch. Mir wurde gesagt, wir sollen uns wieder hinlegen.«

»Wie? Wer hat das gesagt?«

Ihr Gesicht verzog sich zu einer gespenstischen Grimasse.

»Hattest du einen Alptraum, oder ...?«

»Es ist kein Traum«, wisperte sie. »Leg dich schnell wieder ins Bett, Ulrich. Wir müssen tun, was mir gesagt wurde.«

Nun war er überzeugt, dass sie noch immer unter dem Einfluss eines Alpdrucks stand. Womöglich schlafwandelte sie. Ulrich spürte, wie sich sein Puls beschleunigte.

Er wollte sie tröstend in den Arm nehmen, doch sie stieß ihn nur unsanft in Richtung Bett.

»Nun mach schon.«

Wieder wollte er etwas sagen, doch diesmal drückte sie ihm beide Hände auf die Lippen.

Und da schmeckte er das Blut.

Er nahm ihre Hände und starrte sie an.

»Du bist ja verletzt!«

Sie hielt kurz inne, dann drängte sie ihn weiter zum Bett. »Wenn wir uns ganz still verhalten, wird uns nichts passieren.«

Sie steht unter Schock, dachte er und wollte das Licht anschalten, aber sie hinderte ihn daran.

Um sie dadurch vielleicht zu beruhigen, legte er sich mit ihr hin. Er beobachtete, wie sie zittrig die Bettdecke über ihren Körper zog. Als wollte sie sich darunter verstecken wie ein kleines Kind.

»Jetzt sag mir endlich, was los ist.«

Schon war ihr Gesicht dicht an seinem, und er konnte ihre Angst riechen, sie drang aus all ihren Poren.

»Es ist jemand in der Wohnung«, wisperte sie dicht an seinem Ohr.

»Was?«

»Um Himmels willen, du musst leise sein, sonst müssen wir beide sterben.«

»Nicht doch, Mara, du träumst, das träumst du bloß.« Er setzte sich auf. »Ich gehe nachsehen.«

»Nein, Ulrich, nein!« Tränen liefen über ihre Wangen. »Wir müssen tun, was mir gesagt wurde.«

Er blickte auf ihre rechte Hand, wo das Blut war. Entweder sie schlafwandelte tatsächlich und hatte sich dabei irgendwo verletzt, oder sie hatte recht mit dem, was sie sagte.

Aber war das denn möglich? Bestimmt hatte sie die Nerven verloren, der Streit mit ihrer Freundin war zu viel für sie gewesen.

Er brauchte sich nur zu vergewissern, ob in den Räumen nebenan alles seine Ordnung hatte, und dann könnten sie endlich wieder schlafen.

»Ich bin gleich wieder da«, murmelte er.

Sie versuchte, ihn zurückzuhalten, doch er schüttelte sie ab. Er hörte sie in seinem Rücken leise wimmern, während er entschlossen auf den Türspalt zuging.

Da war ein matter Schimmer. Vermutlich hatte Mara das Licht im Badezimmer angelassen.

Ulrich berührte die Klinke und stieß die Tür auf.

Er setzte einen Schritt vor, als er einen Luftzug spürte.

Er fuhr herum, doch es war zu spät.

Er sah eine Hand, er erkannte den Hammer darin, schon sauste er herab.

Das Letzte, was er hörte, waren Maras Schreie.

Dann sackte er in sich zusammen.

ZWEITER TEIL

ZEHN

Trojan konnte nicht schlafen, er war einfach viel zu aufgeregt. Ununterbrochen zogen die Bilder der vergangenen Nacht an ihm vorbei, die er bei Jana in Schöneberg verbracht hatte. Wieder und wieder dachte er an ihr vom Schlaf gerötetes Gesicht am Morgen – war das erst heute gewesen? Wie sie ihn angelächelt hatte, ihr Haar ausgebreitet auf dem Kissen, wie sie sich gähnend gestreckt und dabei mit ihrem nackten Fuß an der Innenseite seines Oberschenkels entlanggefahren war. Der Leberfleck auf ihrem linken Knie, den er verzückt küsste. Ihre morgendliche Umarmung, aus der ein weiteres Liebesspiel wurde, langsam und träge, als wollten sie jede atemlose Sekunde des verstrichenen Abends noch einmal anhalten und sich genussvoll auf der Zunge zergehen lassen.

Auf seiner Fahrradfahrt zur Arbeit hätte er am liebsten jedem Passanten auf die Schulter geklopft, und als er an einer roten Ampel anhalten musste, schauten ihn die Autofahrer hinter ihren Windschutzscheiben verdutzt an, dabei hatte er ihnen doch bloß zugerufen, wie schön das Leben sei.

Erst im Kommissariat hatte ihn jäh die Erkenntnis eingeholt, dass es noch etwas anderes gab als sein Liebesglück. Seine Kollegen und er waren auf der Jagd nach dem Mörder von Carlotta Torwald und Paul Ziemann nicht wesentlich vorangekommen. Nach einem Gespräch mit Albert Krach fuhr er mit ihm noch einmal zum Tatort und durchsuchte die Wohnung nach Carlottas Brille, doch sie war nirgends zu finden, so dass sich bei ihm der Verdacht erhärtete, der Täter oder die Täterin habe sie als eine makabre Trophäe mitgehen lassen. Außerdem verstärkte sich bei ihm das mulmige Gefühl, es könnte weiteres Unheil geschehen, sein Instinkt sagte ihm, sie hätten es nicht mit einer Beziehungstat, sondern dem Beginn einer Mordserie zu tun.

Doch zu seiner Schande musste er sich eingestehen, dass schon auf dem Heimweg die Gedanken an die Ermittlungen verblassten, das war ungewöhnlich für ihn, normalerweise verfolgten ihn die Mordfälle bis in den Schlaf.

Er ging in den Spätverkauf an der Ecke Reichenberger Straße, nahm sich drei Flaschen Bier, eine Packung Aufwärmbrötchen und ein Fertiggericht aus den Regalen. Wie immer stand Cem, der freundliche Türke, in seinem grauen Kittel an der Kasse.

Er grinste ihn an. »Chef, was ist passiert?«

»Was meinst du?«

»Siehst verändert aus, erkenne dich nicht wieder.«

»Ach ja?«

Cem lehnte sich über den Verkaufstresen und blinzelte ihm zu. »Du bist verliebt, Chef, gib's zu.«

Trojan lachte. »Wie kommst du denn darauf?«

»Nicht zu übersehen, Chef. Deine Augen. Sie funkeln ja. Früher immer nur traurig. Ernste Miene. Schwerer Gang. Und jetzt?« Er breitete die Arme aus. »Ein fröhlicher Mensch.«

»Mag was dran sein.«

»Wer ist sie?«

»Oh, sie ist …«

»Schöne Frau?«

»Wunderschön.«

»Blond?«

»Erraten.«

»Bravo, Chef. In meine Land viel zu wenig blonde Frauen. Ist schade.« Er tippte den Betrag in die Registrierkasse. »Aber warum kaufst du dann Ravioli aus der Dose? Musst du deiner Freundin was Gutes kochen.«

»Schon, aber ...«

»Ich kann dir Rezept geben für Hammelbraten mit weiße Bohnen. Sehr lecker.«

»Alles klar.«

»Viel Eiweiß, wichtig für den Mann, gut für sie. Machst du deiner Freundin dicke Hammelbraten mit Bohnen und ordentlich Knoblauch, und sie liebt dich noch mehr.«

Und wieder lachte Trojan. Er bezahlte seine Einkäufe, packte sie ein und winkte Cem zum Abschied zu.

Eigentlich hatte er vorgehabt, sich am Abend intensiv mit seinen Ermittlungsnotizen zu beschäftigen, war aber viel zu zerstreut dafür. Stattdessen wärmte er sich die Ravioli auf, trank und aß und legte sich danach in sein Bett.

Gerade wollte er zum Handy greifen, um Jana eine SMS zu schreiben, da läutete es an der Tür.

Als er durch die Sprechanlage fragte, wer da sei, und ihre Stimme hörte, wollte er es zuerst nicht glauben.

Doch da kam sie schon die Treppe herauf, und er ließ sie herein. Ihr Lächeln wärmte ihn.

»Hab ich dich etwa geweckt?«

»Konnte nicht schlafen.«

»Ich hab gedacht, ich versuche es einfach mal. Hab mich gerade mit einer Freundin in der Nähe getroffen und ...«

Er strahlte sie an. »… und da bist du.«

»Ich hab uns Eis mitgebracht.« Sie schlenkerte eine gefüllte Plastiktüte in der Hand. »Der Sommer geht viel zu schnell vorbei, ich finde, wir sollten ihn mit ein paar Ritualen genießen.«

»Was für eine schöne Idee.«

Seine Lippen flüsterten über ihren Mund, sie ließ den Beutel mit dem Eisbecher fallen, und nur ein paar Sekunden später befanden sie sich in seinem Schlafzimmer. Er mochte es, wenn ihre Fingernägel zunächst durch seine Haare wühlten, dann den Nacken hinunterwanderten, um sich schließlich in seinen Rücken zu graben. Er mochte diese leisen Töne, die sie von sich gab, wenn er ihr das Kleid über den Kopf streifte. Und er liebte es, mit der Zungenspitze die Mulde ihrer Achsel zu erkunden.

Das Eis war mehr eine cremige Flüssigkeit, die sie hinterher, beide in eine Bettdecke gehüllt, aus dem Becher löffelten, und Trojan gefiel die Schokospur auf ihrem Mund, so dass er sie immerzu küssen musste.

Nur einmal verspürte er einen Stich, als ihn überfallartig der Gedanke an den Mörder des Paares traf, der draußen frei herumlief, während er sich im Smaragdgrün von Janas Augen verlor. Morgen, versuchte er sich zu beruhigen, morgen würde er wieder ganz bei der Sache sein.

»Nils«, sagte sie.

»Hmm.«

»Ich werde nicht die Nacht bei dir verbringen.«

Sie hatten den Eisbecher geleert und lagen Arm in Arm. Trojan wähnte sich in einem Moment zwischen Wachen und Schlafen, eben noch war ihm, als würden sie sich beide auf einem Boot befinden und über einen dunklen Waldsee schaukeln, doch das Wispern der Wellen war wohl nur ihr gleichmäßiger Atem.

»Du kannst aber wirklich hierbleiben. Oder ist dir mein Bett nicht bequem genug?«

»Nein, aber ich muss morgen unbedingt in die Praxis.«

»Morgen ist Samstag.«

Sie seufzte. »Nicht nur für euch Kripoleute ist das Wochenende eine bloße Behauptung. Im Ernst, ich muss mich unbedingt in meine Patientenakten einlesen, nach der langen Reise liegt das alles unendlich weit weg für mich.«

»Wir schlafen ein paar Stunden, frühstücken zusammen, und dann fährst du in die Praxis und ich ins Kommissariat.«

»Ich glaube nicht, dass ich hier zum Schlafen komme«, murmelte sie lächelnd.

Er ließ ihre Haarsträhnen durch seine Finger gleiten.

»Weißt du was«, sagte er, »ich bin ganz vernarrt in deine Haare. Ich möchte mit jedem einzelnen von ihnen Bekanntschaft schließen.«

Sie lachte. »Das kann aber dauern. Wir sehen uns morgen Abend wieder, ja? Ich denke, zu Hause komme ich besser zur Ruhe.«

»In Ordnung, ganz wie du willst. Soll ich dir ein Taxi rufen?«

»Lass nur, ich winke mir unterwegs eins heran, ein bisschen frische Luft wird mir guttun.«

Kaum hatte Trojan sie zum Abschied geküsst und sich wieder zu Bett gelegt, war er auch schon eingeschlafen.

Jana bog zielstrebig von der Forsterstraße in die Reichenberger Straße ein. Die Nachtluft war kühl und erdig, ein Vorbote des Herbstes.

Sie wollte nicht nachdenken, den Abend nicht länger im Kopf zerpflücken. Sie fühlte sich wohl bei Trojan und mochte die Art, wie er mit ihr sprach und sie berührte. Reichte das fürs Erste nicht aus? Bestimmt, auch wenn ihr Aufbruch vielleicht ein wenig überstürzt auf ihn gewirkt haben könnte. Lass dich einfach treiben, Jana, dachte sie bei sich selbst, du neigst allzu oft zum Grübeln.

Sie ging zügig voran, bis zum Taxistand am Kottbusser Tor war es nicht weit.

Die Irritation stellte sich nur wenig später ein, als sie bemerkte, dass die Schritte hinter ihr sich beschleunigten, und mit einem Mal war sie sich sicher, dass ihr jemand folgte.

Instinktiv wechselte sie die Straßenseite, doch musste sie kurz darauf feststellen, dass derjenige in ihrem Rücken das Gleiche tat.

Und er schien sie allmählich einzuholen.

Ihr Pulsschlag erhöhte sich.

Sie versuchte, sich ihre Verunsicherung nicht anmerken zu lassen, denn sie wusste aus eigener Erfahrung und durch ihre Arbeit nur zu gut, dass die Angst von Frauen für gewisse Männer eine berauschende Wirkung hatte.

Dennoch riskierte sie einen Seitenblick.

Plötzlich blieb sie stehen und fuhr herum.

Als sie ihrem Verfolger in die Augen blickte, stockte ihr der Atem.

Für einige Zeit schien sie in Ohnmacht gefallen zu sein. Noch während sie wieder zu sich kam, wollte sie um Hilfe schreien, doch da schmeckte sie das Tuch in ihrem Mund, straff gezogen verschloss es ihre Lippen und schnitt sich in die Wangen. Es war ihr unmöglich, sich zu rühren, denn Ulrich lag auf ihr, schwer und leblos, es roch kupfrig nach seinem geronnenen Blut. Sie spürte die Fesseln an ihrem Körper, und sie sah, dass er auf sie gebunden war.

So werde ich sterben, durchfuhr es sie, unter ihm begraben, meinem Liebsten.

Wie sehr sie es genossen hatte, wenn sein Gewicht sie ganz verbarg, ermattet nach der Liebe, benetzt von seinem Schweiß.

Gott, dachte sie, wenn es dich gibt, lass es schnell vorübergehen.

Die Panik kam in Wellen und mit ihr das Gefühl, nicht mehr atmen zu können. Sie würde unter ihrem Liebsten ersticken.

Und dann hörte sie es. Da war eine gedämpfte Stimme, die summte eine Melodie.

Sie war nicht allein.

Das Visier, dachte Mara. Es ist noch da.

Als Ulrich noch lebte, nichtsahnend schlief – vor wie vielen Stunden war das? –, als sie von einem Geräusch geweckt wurde, lauschte, nichts hörte als das Rauschen des Blutes in ihren Ohren, sich wieder beruhigte, dann aber doch aufstand, um nachzusehen –, als Ulrich noch am Leben war, atmete, träumte und sie für die letzten Sekunden ihres Lebens ihren Frieden hatte, wurde sie im halbdunklen Flur von einem Visier angeblickt.

Mara wimmerte.

Sollte die Qual denn niemals enden?

Doch es gab keinen Zweifel, sie hatte in ein Messer gegriffen, und die Gestalt, die ihr im Flur die Klinge an die Kehle gesetzt und ihr zugeraunt hatte, sie solle wieder zurück ins Schlafzimmer gehen und sich still verhalten – sie war noch immer da. Sie saß an ihrem Bett. Da war der Rücken, ganz in Leder, schwarz und knarzend.

Und die Gestalt summte ein Lied.

Plötzlich wandte sie sich zu ihr um, und sie trug noch immer den Helm, und das Visier war heruntergeklappt.

Ein verspiegeltes Visier, in dem Mara sich selbst sah, ihre vor Angst geweiteten Augen und den verbundenen Mund. Und sie erkannte den Hinterkopf ihres Liebsten in dem Spiegel, so nah an ihrem Gesicht, eingeschlagen, blutverschmiert.

Mach nur schnell, dachte sie, lass mich sterben.

Denn sie wollte dorthin, wo Ulrich war.

Lautlos bettelte Mara um Erlösung.

ELF

Für gewöhnlich hatte Hilmar einen tiefen Schlaf. Die Medikamente, die er zurzeit schlucken musste, taten ihr Übriges. In dieser Nacht aber lag er stundenlang wach. Immer wenn er in eine andere Position wechseln wollte, schoss der Schmerz in seinen Rücken. Er hatte noch eine weitere Tablette eingenommen, aber die Wirkung blieb aus.

Sie betrügt mich.

Beharrlich verfolgten ihn diese Worte in seinem Kopf.

Und permanent rotierte das Telefongespräch mit Theresas Schwester in ihm, geführt am frühen Abend, ausgelöst durch die beinahe schon übliche SMS von seiner Frau: *Bleibe heute Nacht bei Hanna. Gruß T.*

Er kannte das. Es waren die Nächte, in denen sie Abstand brauchte, die Nächte, in denen er im Bett zu frösteln begann. Er wusste ja, dass es Theresa nicht gut ging, was aber sollte er denn noch tun, um ihr zu helfen? Alles hatte er versucht, ihr gut zugeredet, sie solle wieder zu ihrem Psychiater gehen und sich diese Tabletten verschreiben lassen. »Nimm sie doch einfach, Theresa«, hatte er gesagt, »bloß zur Unterstützung.« »Nein«, hatte sie entgegnet, »sie verändern mich, ich erkenne mich selbst nicht mehr.« Er hatte ein verlängertes Wochenende auf Mallorca vorgeschlagen, sie lehnte es ab. Er hatte sie mit einem romantischen Abendessen überrascht, sie entschuldigte sich frühzeitig mit Kopfschmerzen.

Hilmar hatte ja von Anfang geahnt, dass seine Frau eine labile Persönlichkeit war, ein Umstand, der ihn nicht weiter störte, letztlich mochte er es, in einer Beziehung der Überlegene zu sein. Leider war es nicht bei Theresas verstärktem Anlehnungsbedürfnis geblieben. Nach ihrer Fehlgeburt im dritten Monat – dem Verlust eines Kindes, das vor allem sie sich so sehr gewünscht hatte – und den ärztlichen Prognosen, dass eine erneute Schwangerschaft äußerst riskant wäre, folgte die Nervenkrise und bald darauf ihr innerer Rückzug.

Und nachdem sie ihre Therapie abgebrochen hatte, schwante Hilmar allmählich, dass es etwas Dunkles in ihrer Vergangenheit gab, über das sie nicht sprechen wollte. Er konnte sich aus ihren Andeutungen bloß zusammenreimen, dass es etwas mit ihrer Zeit im Referendariat zu tun hatte, er vermutete eine äußerst unglückliche Liebschaft, manchmal sogar einen sexuellen Übergriff, den sie hatte erleiden müssen.

Immer wieder hatte er Versuche gestartet, sie zum Reden zu bringen, doch vergeblich.

Und irgendwann hatte er es ganz aufgegeben.

Dass sie in ihren Beruf zurückkehrte, war wohl ausgeschlossen, auch wenn er es ihr insgeheim wünschte, der Mensch wuchs doch mit seinen Aufgaben, zumindest war das Hilmars Credo.

Er hatte ein paar Mal versucht, sie zu einer leichteren Tätigkeit zu überreden, ihr vorgeschlagen, sich selbstständig zu machen, ihr sogar angeboten, dafür eine Immobilie zu kaufen. Theresa in einem kleinen Laden mit allerhand Krimskrams, so hübsch hatte er sich das ausgemalt. Theresa hingegen war wütend geworden. Das sei unter ihrem Wert, hatte sie ihn angeschrien.

Alles, was ihr blieb, war ihr Tanzkurs zweimal in der Woche, *Modern Dance*, wenn er sich recht entsann. Hilmar verstand nicht viel vom Tanzen.

Und dann die Nächte bei ihrer Schwester, wenn sie es bei ihm nicht mehr aushielt. Nächte der Distanz.

Abstand, dachte er, den brauchte er auch gelegentlich. Manchmal war es für ihn leichter, zerschlagen im Büro auf der Liege zu erwachen und zum Kaffeeautomaten draußen im Gang zu schlurfen, als Theresas hoffnungslosen Blick am Morgen zu ertragen und sich wieder fragen zu müssen, ob jemals der Glanz in ihre Augen zurückkehren würde.

Und bald darauf empfand er aber wieder dieses heftige Aufwallen von Zärtlichkeit für sie, wenn er es bereute, sie zu oft allein gelassen zu haben, und einmal mehr eine zaghafte Wiederannäherung im Bett wagte, im Dunkeln nach ihrer Hand griff und sie zu streicheln begann.

Hilmar würde sich selbst nicht unbedingt als den leidenschaftlichen Typ bezeichnen, doch etwas mehr Entgegenkommen von ihr wäre erfreulich, ein schwaches Signal ihrer Lust, ein Aufseufzen vielleicht.

Zuweilen erschreckte ihn der Gedanke, sie hätte mit ihrer Körperlichkeit längst abgeschlossen.

Und nun dieser bittere Verdacht, so plausibel, dass er einer jähen Erkenntnis glich: *Sie betrügt mich.*

Ein Satz wie ein Giftpfeil. Worte, die nicht mehr aus seinem Kopf zu verbannen waren.

Dass er nicht schon früher daran gedacht hatte. Wie arglos von ihm, was für eine Selbsttäuschung.

Und er hatte sich noch zurückgenommen, bemüht, sein Herzklopfen zu ignorieren, als Stefanie Dachs neu zu ihnen in die Mordkommission gekommen war, ihr Lächeln, der Blick, ihr Eifer, seine Freude, mit ihr zusammenzuarbeiten, seine heimlichen Überlegungen, ob er sie nicht einmal scheinbar unverfänglich nach der Arbeit irgendwo treffen könnte: Nichts, er hatte sich jeden Gedanken daran umgehend verboten. Er war doch verheiratet, und Theresa brauchte ihn.

Und heute, nach dem dritten vergeblichen Versuch, sie auf dem Handy zu erreichen – es war zwar eingeschaltet, aber sie hob einfach nicht ab –, folgte das verhängnisvolle Gespräch mit Hanna, ihrer Schwester.

In Endlosschleife lief es vor ihm ab.

»Hallo, hier ist Hilmar, könntest du mir mal Theresa an den Apparat holen?«

»Ist gerade ungünstig.«

»Ich möchte ihr nur kurz etwas sagen.«

»Schreib ihr doch eine SMS.«

»Also, hör mal …«

»Ich glaube, sie schläft schon.«

»So früh?«

Sein Misstrauen wuchs. Doch um sie nicht zu verschrecken, verwickelte er sie zunächst in ein harmloses Geplänkel über ihr Privatleben. Sie lebte allein, seines Wissens hatte sie nie einen Mann gehabt, hinzu kam ihre berufliche Unzufriedenheit, ein stressiger Job als Krankenschwester, Wechselschichten, schlecht bezahlt. Er vernahm Schluckgeräusche, ein Glas klirrte, sie schenkte sich wohl öfter nach. Offenbar hatte er sie in einem schwachen Moment erwischt.

Schließlich versuchte er es mit einem überraschenden Vorstoß: »Du kannst mir ruhig die Wahrheit erzählen, Hanna. Ich weiß doch längst, dass Theresa nicht bei dir ist.«

Sie schwieg einen Tick zu lange.

»Natürlich ist sie hier, ich sagte doch, sie schläft.«

»Ich glaub dir kein Wort.«

Wieder wurde Flüssigkeit in ein Glas geschüttet, wieder hörte er sie trinken.

»Vielleicht solltet ihr das einmal unter euch klären.«

»Was denn?«

»Na, ich meine, Theresa und ihre Geschichten.«

»Was für Geschichten?«

»Ich denke, sie bringt es nicht fertig, offen zu dir zu sein. Oh verdammt, jetzt hab ich mich wohl verquatscht.«

»Nur zu, Hanna, ich bin ganz Ohr.«

Und Stück für Stück kam die Wahrheit ans Licht. Theresa war schon seit Wochen nicht mehr bei ihr gewesen. Hanna aber sollte auf Nachfragen weiterhin behaupten, das Gegenteil sei der Fall. Wozu das Versteckspiel, wusste sie angeblich selbst nicht.

Hilmar sollte versprechen, seine Informationsquelle nicht preiszugeben, sie flehte ihn förmlich darum an.

Doch er hatte genug und legte einfach auf.

Er versuchte es erst gar nicht, Theresa noch einmal auf ihrem Handy zu erreichen. Wäre ja möglich, dass er in einer delikaten Situation störte.

Vielleicht klappte es ja in den Armen eines anderen mit ihrer Lust.

Er trank einen doppelten Whisky, danach noch einen. Der Alkohol vertrug sich nicht mit dem Schmerzmittel, ihm wurde übel, doch das war ihm egal. Bleierne Schwere senkte sich über ihn, nur der Schlaf blieb aus.

Schon dämmerte der Morgen heran, als er vom Läuten seines Handys aufgeschreckt wurde.

Er hob ab, aber es war nicht Theresa. Der Anruf hatte dienstliche Gründe.

Es handelte sich um Mord.

ZWÖLF

Herausgerissen aus einem Traum, in dem Jana noch immer in seinen Armen lag, tastete Trojan nach dem vibrierenden Telefon. Kurz darauf spurtete er los und schwang sich vor der Haustür auf sein Fahrrad. Es war sechs Uhr morgens, ein Schwarm Spatzen lärmte in den Linden, alles wirkte friedlich auf ihn. Umso mehr fürchtete er das Szenario, das ihn nur ein paar Straßenecken weiter erwartete.

Der Täter oder die Täterin hatte wieder zugeschlagen, gleich hier um die Ecke. Jemand wütete in seinem Revier.

Nur wenige Minuten später war er dort. Es wunderte ihn, wie schnell sich der Pulk von Schaulustigen vor dem Haus in der Lausitzer Straße versammelt hatte. Faszination des Verbrechens, Sensationslust und Angst, all das schien die Menschen zusammenzurufen. Trojan schloss sein Fahrrad ab, zückte seinen Ausweis vor den Schutzpolizisten, die die Absperrungen überwachten, als von hinten jemand rief:

»Trojan, he, Trojan! Können Sie mir sagen, was hier los ist? Dreht es sich wieder um den Liebespaarmörder?«

Er wandte sich um.

»Gibt es Übereinstimmungen mit dem ersten Mord? Sagen Sie schon.«

Der andere stand in der Menge, hielt das Mikrofon auf ihn gerichtet wie eine Waffe. Trojan kannte den Kerl, dreist und verschlagen, Boulevardpresse, unterste Kategorie. Woher bekamen diese Typen nur so schnell ihre Informationen? Er schüttelte entrüstet den Kopf. Dann hastete er die Treppe hinauf.

Zweiter Stock, ein langer Flur, das Stimmengewirr der Kollegen. Trojan verspürte plötzlich eine Beklemmung in der Brust, er kannte dieses bedrohliche Gefühl, wenn die Welt mit einem Mal vor ihm zurücktrat. Zudem stimmte etwas mit seinen Ohren nicht. Als sei er unter Wasser, dazu gesellte sich ein Pfeifton, hohe Frequenz, alarmierend. Panikattacke, hörte das denn nie auf, zu schnell aufgesprungen, aber das musste er doch, es war sein Job. Er stützte sich kurz an der Wand ab, nicht doch, durchfuhr es ihn, keine Spuren hinterlassen, führte bloß zu Verwechslungen, Anfängerfehler, reiß dich zusammen.

Endlich hatte er sich wieder halbwegs gefangen.

Es gab einen Sprung. Er wusste nicht mehr genau, wie er in das Schlafzimmer gekommen war. Kripoleute im grellen Scheinwerferlicht, die übliche Truppe am Tatort, und wie immer schwebte über ihren Köpfen der fiese Geruch des Todes.

Die Ansammlung, der Pulk, dachte er, etwas stimmte nicht. Er musste sich konzentrieren, hatte jäh den Eindruck, seine Angst wolle ihm etwas sagen. Die Spuren waren so frisch, als sei der Täter noch anwesend.

Aber er wurde abgelenkt, jemand rief nach Dr. Semmler, und dann erblickte Trojan die blutbefleckte Nachtwäsche an der Wand über dem Kopfteil des Bettes.

Mit Tape befestigt Nachthemd neben Pyjama, obszön ausgestellt, die Ärmel abgespreizt, Hemdsaum und Hosenbeine weit geöffnet, zwei rotbefleckte Objekte, an die Tapete geklebt, schutzlos ihren Blicken ausgesetzt.

Er schlug die Augen nieder.

»Nils, hörst du? Semmler ist noch nicht da, aber ich glaube, wir brauchen dringend seine Hilfe.«

Es war Dennis Holbrecht, der auf ihn einredete, und endlich verstand Trojan und ging vor dem Bett in die Hocke. Er schaute auf den nackten Körper des Mannes, eingeschnürt in die Wäscheleine, auf die Stelle am Hinterkopf, wo der Schädel zertrümmert war, ein schreckliches Déjà-vu, als müsste er immerzu mit ansehen, wie sie zu spät kamen und das Morden nicht verhindern konnten. Aber es war etwas anderes, auf das ihn Holbrecht aufmerksam machen wollte.

Trojan betrachtete die Frau, die nackt unter dem Mann lag, an ihn gefesselt, die Arme von sich gestreckt, er erkannte die tiefen senkrechten Schnitte bis hoch zu beiden Armbeugen, ihr Blut hatte das Laken rot verfärbt, und ihr Gesicht war bleich und wächsern.

Er legte seine Finger an den Hals der Frau und versuchte, sich nicht von dem aufgeregten Gemurmel im Zimmer ablenken zu lassen, denn nun hatten auch die anderen Kollegen das schwache Zucken ihres Körpers bemerkt, und er spürte den Hauch eines Pulsschlags, flackernd, kaum wahrnehmbar.

»Eine Schere«, rief er, »schnell, um Himmels willen, wir müssen sie losbinden.«

Er streifte sich ein Paar Latexhandschuhe über und entknotete das schwarze Tuch, das um den Mund der Frau gebunden war.

Und dann wurde Trojan die Schere gereicht, und er durchtrennte die Fesseln.

»Halten Sie durch«, murmelte er, »Sie schaffen das.«

Und endlich waren die Sanitäter im Raum, die Frau wurde notärztlich versorgt, auf eine Trage gelegt und in die Klinik gebracht.

Für den Mann aber kam jede Hilfe zu spät. Dr. Semmler, der schließlich eingetroffen war, konnte nur noch seinen Tod feststellen.

Mittlerweile war auch Landsberg am Tatort.

Er sagte etwas zu Trojan, doch er hörte gar nicht zu. Urplötzlich wusste er, was ihn zuvor irritiert hatte. Er ließ seinen verblüfften Chef stehen und stürmte die Treppe hinunter.

Die Schar der Gaffer hatte sich vergrößert und drängte gegen die Absperrbänder. Und da war auch der Journalist, ihm fiel in diesem Moment der Name wieder ein, Dietz hieß der, aber um Dietz ging es nicht, sondern um die Frau, die neben ihm stand und Trojan schon bei seiner Ankunft aufgefallen war. Sie trug Kopftuch und Sonnenbrille, war in einen dünnen Mantel gehüllt, unter dem sie offenbar fror.

Für den Bruchteil einer Sekunde blickten sie sich an. Schon war sie buchstäblich in der Menge untergetaucht.

Trojan duckte sich unter der Flatterleine hindurch und bahnte sich einen Weg durch die Menschenansammlung. Er wurde gestoßen und beschimpft, dafür zückte er seinen Dienstausweis und teilte Ellenbogenhiebe aus.

Schließlich sah er die Frau an der nächsten Straßenecke.

Er rannte los.

Doch kaum war er dort, war sie wie vom Erdboden verschluckt.

Atemlos schaute er sich um. Sollte er sich etwa geirrt haben?

Nein, er war sich ziemlich sicher. Er kannte diese Frau, die soeben vor ihm die Flucht ergriffen hatte.

Was um alles in der Welt hatte sie hier zu suchen?

Es war Samstag am frühen Abend. Das Team der Fünften Mordkommission hatte sich im Sitzungsraum versammelt. Ihnen allen war die Erschütterung über das entsetzliche Vorgehen des Serientäters an den Gesichtern abzulesen.

Landsbergs Haltung war gespannt, sein Rücken unnatürlich durchgestreckt, die Stimme rau.

»Stefanie, was kannst du uns aus der Klinik berichten?«

»Nichts Gutes. Mara Hertling ist ins Koma gefallen, sie ist nicht ansprechbar, der Blutverlust war einfach zu hoch. Ihre Überlebenschancen werden von den Ärzten als äußerst gering eingeschätzt.«

Diese Prognose löste für einen Moment betretenes Schweigen aus.

»Wurde Personenschutz angeordnet?«, fragte Landsberg.

»Ja«, sagte Stefanie, »sie wird auf der Intensivstation streng bewacht.«

»Gut, denn sie ist unsere wichtigste Zeugin. Weiter. Nils, was hast du für uns?«

Trojan war um Konzentration bemüht. Mehrfach hatte er während der Ermittlungen sein Handy gecheckt, doch Jana antwortete auf seine SMS nicht, in der er sich bei ihr für den Abend bedankt hatte. Musste er sich Sorgen um sie machen? War sie in der Nacht heil bei sich zu Hause angekommen? Er wusste es nicht, gleichzeitig schalt er sich selbst dafür, dass er sich von diesen Gedanken ablenken ließ, schließlich verlangten die grausamen Taten des Mörders seine volle Aufmerksamkeit. Oder war es eher eine Mörderin? Noch hatte er nicht mit Landsberg über seine merkwürdige Entdeckung sprechen können, und auch wenn er es sich nicht eingestehen wollte, er schreckte davor zurück, zu ungeheuerlich war sein Verdacht. Vielleicht war diese Frau ja einfach nur von einer unbändigen Sensationslust getrieben. Wie aber war sie so schnell an die Adresse des Tatorts gekommen? Und was hatte es mit diesem anonymen Anruf in der Notrufzentrale auf sich, über den die Kollegen schon den ganzen Tag über spekulierten?

»Nils!«

Trojan zuckte leicht zusammen. Schließlich räusperte er sich: »Es gibt einen Augenzeugen aus der Wohnung gegenüber, er berichtete von einem Streit, den Mara Hertling am Abend zuvor gegen halb acht mit einer Frau gehabt haben soll. Dieser Nachbar sagte aus, es sei laut geworden, anfangs habe sich auch Ulrich Tretschok an dem Disput beteiligt.«

»Worum ging es?«

Er las von seinem Notizblock ab. »Der Zeuge glaubt, sich an folgenden Ausruf der für ihn fremden weiblichen Person zu erinnern. Ich zitiere wörtlich: ›Sag mir, ob du noch meine Freundin bist.‹ Ansonsten hat er sich nicht weiter für die heftige Auseinandersetzung im Hausflur interessiert. Er habe nur noch irgendwann gehört, wie die Tür zugeschlagen worden sei und sich Schritte auf der Treppe entfernten.«

»Hat er durch den Türspion geschaut?«

»Ja.«

»Konnte er die Frau erkennen?«

»Nur von hinten.«

»Beschreibung?«

»Die ist leider äußerst vage. Nicht einmal die Haarfarbe konnte er mir nennen. Nach mehrmaligem Nachfragen gab er dunkelblond an. Größe: etwa zwischen eins sechzig und eins siebzig. Kleidung: beigefarbener Mantel. Das Alter der Frau schätzt er auf Anfang dreißig bis Mitte vierzig.«

Landsberg zog die Stirn kraus. »Da ist wohl auch die Anfertigung eines Phantombilds zwecklos, oder?«

Trojan nickte. »Er sah bloß den Hinterkopf der Frau, das ist das Problem, und er schaute auch nur flüchtig durch den Spion. Aber immerhin, es ist ein Ansatzpunkt.«

»Haben wir eine Liste der Freundinnen von Mara Hertling?«

Max Kolpert blätterte in seinen Notizen. »Bisher haben wir zwei von ihnen ausfindig machen können. Beide haben für den gestrigen Abend ein Alibi.«

»Bleib dran, Max. Ich will die Namen sämtlicher Freundinnen haben. Und überprüfe, ob es eventuell eine Verbindung zu Carlotta Torwald gibt.«

»Geht klar, Chef.«

»Weiter. Ronnie, was hast du zu berichten?«

»Es geht um die Blutspritzer im Flur«, sagte Gerber, »und um die an der Schlafzimmertür, was ja offensichtlich auf einen Kampf hinweist. Dazu gab die Nachbarin aus der Wohnung, die sich unmittelbar unter der von Hertling und Tretschok befindet, zu Protokoll, gegen dreiundzwanzig Uhr dreißig einen Schrei und daraufhin ein Poltern gehört zu haben. Die alte Dame hat sich aber einfach in ihrem Bett umgedreht und schlief weiter. Sie wurde erst wieder am Morgen von dem Lärm der Polizeibeamten geweckt, als alles zu spät war. Auf die Idee, Hilfe zu rufen, ist sie jedenfalls nicht gekommen.«

»Gab es denn öfter Anzeichen häuslicher Gewalt unter den beiden?«

»Eher nicht. Die Ohrenzeugin zeigte aber auch kein besonderes Interesse an ihren Mitbewohnern.«

»Also schön. Dennis, hast du mit Dr. Semmler gesprochen?«

Holbrecht bejahte. »Nach seiner Aussage trat der Tod von Ulrich Tretschok schätzungsweise gegen Mitternacht ein, ursächlich durch einen Schädelbruch, ausgelöst durch Einwirken eines stumpfen Gegenstands, Hammer, Rohrzange oder dergleichen. Das Blut an der Schlafzimmertür konnte Tretschok zugewiesen werden. Die Blutspritzer im Flur hingegen stammen von Mara Hertling, Semmler führt sie auf die Verletzung an ihrer rechten Hand zurück.«

»Wir können also davon ausgehen«, sagte Landsberg, »dass die Frau den Täter im Flur überrascht, kurze Zeit später wird ihr Freund, der vermutlich hinzueilt, an der Schlafzimmertür ermordet. Der Täter schleift den Leichnam hin zum Bett. Ihm gelingt es, Mara Hertling dabei in Schach zu halten, vermutlich ist sie vor Angst wie gelähmt. Sie muss sich aufs Bett legen.« Er machte eine Pause. »Und nun«, fügte er leise hinzu, »folgt das Prozedere, das uns allen am grausamsten erscheint: Sie wird an den Leichnam gefesselt. Und er lässt sie lange leben.«

Albert Krach meldete sich zu Wort. »Du sprichst immerzu von einem männlichen Täter, Hilmar. Aber der Streit am Abend zuvor und dieser Anruf in der …«

Landsberg unterbrach ihn gereizt. »Schon gut, Albert, dazu kommen wir gleich.« Seine Kiefermuskeln malmten. »Zunächst einmal widmen wir uns der Frage nach den Einbruchsspuren. Stefanie?«

»Es ist wie im Fall von Carlotta Torwald und Paul Ziemann«, sagte sie, »es gibt keinerlei Spuren, weder an der Eingangstür noch an den Fenstern, die auf ein gewaltsames Eindringen hinweisen.«

»Okay«, sagte er, »also müssen wir vermuten, dass der Täter«, er blickte streng zu Krach hin, »oder die Täterin sich einen Wohnungsschlüssel verschaffen konnte, oder wir haben es mit einem Experten beziehungsweise einer Expertin für Türschlösser zu tun. Zufrieden, Albert?«

Krach insistierte. »Um ehrlich zu sein, nein. Vielleicht könntest du uns noch einmal schildern, wie es überhaupt zu der Entdeckung des Toten und der Schwerverletzten kam.«

Landsbergs Augen funkelten. »Das hatte ich gerade vor.«

Trojan beobachtete, wie sein Chef das digitale Abspielgerät auf den Tisch stellte. Er ist ungewöhnlich nervös, durchfuhr es ihn, normalerweise leitet er diese Sitzungen völlig souverän.

»Gut, ihr wisst es ja bereits alle. Aber ich spiele euch den Mitschnitt des Anrufs in der Notrufzentrale noch einmal vor. Eingegangen ist er heute Morgen um 5.47 Uhr.«

Er drückte auf eine Taste, und das Team lauschte der Aufnahme.

Eine männliche Stimme sagte: »Notruf der Polizei.«

Rauschen.

»Hallo?«

Rauschen.

»Sprechen Sie bitte.«

Eine offenbar weibliche Stimme haspelte etwas Unverständliches.

»Sie müssen lauter sprechen.«

Es war ein Räuspern zu vernehmen. Dann erklang wieder die Stimme, etwas deutlicher zwar, aber noch immer seltsam gedämpft, als würde jemand in seine Armbeuge sprechen oder sich ein Tuch vor den Mund halten. Es war eine Frau, die da sprach, und sie wirkte verstört. »Ich glaube – es ist –, Sie müssen – in die Lausitzer Straße 12 kommen – in Kreuzberg – schnell.«

»Wie ist Ihr Name?«

Rauschen.

»Hallo? Antworten Sie.«

Rauschen.

»Was ist passiert?«

»Ich weiß nicht. Zweiter Stock links. Bitte kommen Sie schnell.«

»Sagen Sie mir Ihren Namen.«

Rauschen.

»Ihren Namen, bitte.«

Doch die Verbindung war bereits unterbrochen.

Landsberg hielt die Aufnahme an. »So viel zu dem Anruf.«

»Konnte er zurückverfolgt werden?«, fragte Ronnie Gerber.

»Ja. Er kam aus einer Telefonzelle am Henriettenplatz. Das ist in Halensee.«

Albert Krach verschränkte die Arme vor der Brust: »Suchen wir also nicht eher nach einer Täterin?«

Landsberg schaute ihn nicht an. »Ich persönlich vermag mir nur schwer auszumalen, dass eine Frau zu einem dermaßen brutalen Verbrechen fähig ist, aber wir dürfen es nicht ausschließen. Darum wird von nun an die Suche nach möglichen Freundinnen von Mara Hertling intensiviert, das gilt für das gesamte Team. Eine jede von ihnen muss eine Stimmprobe abgeben. Max, das hast du bei den beiden Frauen, die du vernommen hast, wohl schon erledigt, oder?«

»Ja«, antwortete er, »und auch einen Stimmenexperten habe ich bereits hinzugezogen, er konnte mit an Sicherheit grenzender Wahrscheinlichkeit ausschließen, dass es sich bei einer der Frauen um die eben gehörte Anruferin handelt.«

»Gibt es noch etwas?«

Landsberg blickte fragend in die Runde.

»Also dann an die Arbeit, Leute!«

Sichtlich erschöpft löste er die Sitzung auf.

Und Trojan war erleichtert, als Landsberg ihn bat, noch einen Moment zu bleiben. So konnte er seinen Chef unter vier Augen sprechen.

DREIZEHN

»Wie ist deine Einschätzung, Nils?«

Trojan schwieg für einen Moment.

»Was mir die ganze Zeit durch den Kopf geht«, sagte er dann, »ist die Frage, warum diese Frau anonym einen Mord anzeigt. Ist sie selbst die Täterin, oder hat sie bloß etwas gesehen? Sie klingt aufgewühlt, verwirrt, als hätte sie große Angst vor jemandem. Und es ist sonderbar, dass der Anruf aus Halensee stammt. Das ist ein gutes Stück von Kreuzberg entfernt. Es war 5.47 Uhr, als der Anruf einging. Sollten wir es also mit der Mörderin zu tun haben, hatte sie nicht viel Zeit, vom Tatort in der Lausitzer Straße zu dieser Telefonzelle zu kommen.«

»Eine Komplizin möglicherweise«, murmelte Landsberg, »aber das sind alles bloß Theorien.«

»Eine Komplizin, die Reue zeigt?«

»Wer weiß. Noch tappen wir im Dunkeln.«

Er war auf seinem Stuhl zusammengesunken und massierte sich mit beiden Händen den Lendenwirbelbereich.

»Alles in Ordnung, Hilmar?«

»Es geht schon«, sagte er leise. »Ich lag nur die ganze Nacht lang wach, und diese Schmerzen bringen mich noch um, verdammte Scheiße.«

»Wenn es irgendetwas gibt, was ich für dich tun kann …«

Er blickte auf.

Und völlig unvermittelt, dabei kaum hörbar, sagte er: »Theresa betrügt mich.«

Trojan war wie vom Donner gerührt. So eine Aussage hätte er seinem Chef niemals zugetraut. Sie steckten tief in Ermittlungen, und er vertraute ihm Details aus seinem Privatleben an. Das war doch sonst nicht seine Art. Hilmar galt im Kommissariat eher als unterkühlt, ein hochgeschätzter Chef, aber keiner von der vertrauensvollen Sorte.

»Wie – wie kommt du darauf?«

»Sie kam heute Nacht nicht nach Hause, war, wie angeblich schon so oft, bei ihrer Schwester. Ich habe herausgefunden, dass es eine glatte Lüge ist. Weiß der Teufel, bei wem sie die Nacht verbracht hat. Und all die Nächte zuvor.«

Warum erzählt er mir das ausgerechnet jetzt?, fragte sich Trojan. Als wollte er ihm unbewusst etwas ganz anderes mitteilen.

Und plötzlich kam ihm ein furchtbarer Verdacht. Kannte sein Chef womöglich die geheimnisvolle Anruferin? Ahnte er etwas? Oder schlimmer noch: Gab es Hinweise, die er dem Team vorenthielt?

Sein Verhalten war so merkwürdig gewesen, als er ihnen das Band vorgespielt hatte. Aber die Stimme war wirklich schwer zuzuordnen. Am liebsten hätte Trojan die Aufnahme noch einmal abgehört, doch sein Instinkt sagte ihm, es sei ratsamer, äußerst behutsam vorzugehen.

»Hilmar, das tut mir sehr leid für dich.«

Nun mach schon, dachte er, rück raus damit, erzähl ihm, wen du am Morgen vor dem Haus Nummer zwölf gesehen hast. Konfrontiere ihn damit und achte genau auf seine Reaktion.

Landsberg erhob sich schwerfällig von seinem Stuhl.

»Hör zu, Nils, ich übergebe dir vorübergehend die Leitung der Ermittlungen. Zumindest für die nächsten zwei Stunden, ich muss mich dringend mal auf meiner Liege ausstrecken und …«

»Okay, aber da ist etwas, was ich dir unbedingt noch erzählen muss.«

»Was?«

Die Augen seines Chefs waren blutunterlaufen.

Und dann berichtete Trojan ihm stockend von dem Pulk der Schaulustigen und der Frau, die vor ihm geflohen war.

»Und wenn ich mich nicht täusche, war diese Frau niemand anders als Theresa.«

Landsberg starrte ihn entgeistert an. »Willst du mich auf den Arm nehmen? *Meine* Theresa?«

»Ich bin mir ziemlich sicher.«

»Nils, das kann ich nicht glauben!«

»Ich dachte, es ist besser, wenn ich es dir sage.«

»Du bist dir hoffentlich der Bedeutung deiner Worte bewusst!«

»Aber ja, Chef. Ich will mich um Himmels willen nicht in dein Privatleben einmischen, das steht mir überhaupt nicht zu, aber du solltest auch wissen, was an dem Abend vorgefallen ist, als ich deine Dienstwaffe aus eurer Wohnung holen sollte.«

Landsberg zog die Augenbrauen hoch. »Ich hab dich erst neulich dazu befragt, und du …«

»Ich hab dir die Wahrheit verschwiegen, wollte dich damit verschonen, ich …« Trojan holte tief Luft. »Jedenfalls machte deine Frau einen äußerst verstörenden Eindruck auf mich. Nun, um ehrlich zu sein, sie hat mich mit einem Messer bedroht.«

»Das ist nicht dein Ernst!«

»Sie hielt mich wohl für einen Einbrecher, aber auf mein Läuten hat sie nicht reagiert. Stattdessen hat sie sich in der Küche verschanzt, und als ich eintrat, sprang sie mit dem Messer auf mich zu.«

Der Chef stieß die Luft aus.

»Irgendetwas stimmt mit ihr nicht. Und dann diese Sache heute Morgen, Hilmar, ich will dir ja nicht zu nahe treten, aber ich zweifle kaum noch daran, dass sie es war. In aller Herrgottsfrühe am Tatort, und die Spuren waren noch frisch.«

»Das ist doch Unsinn! Was zum Teufel sollte sie dort zu suchen haben?«

»Das hab ich mich auch gefragt. Vielleicht solltest du mal mit ihr reden. Ich meine, es wirft doch unangenehme Fragen auf, wenn bei Mordfällen die Angehörigen der …« Er brach ab. »Verdammt, Hilmar, neben ihr stand dieser Typ von der Presse, Dietz, du weißt, was das für ein Arschloch ist, wenn der sie erkannt hätte!«

Landsberg ballte die Faust.

»Nils, das ist Bullshit! Ich glaub das einfach nicht.« Seine Miene verzerrte sich. »Vielleicht warst *du* ja nicht ganz beieinander. Was war mit *dir* los heute Morgen? Ich sag was zu dir, und du hörst mir überhaupt nicht zu. Stürmst einfach aus der Wohnung, blamierst mich vor meinen Leuten. *Ich* bin der Boss, Nils. *Mein* Wort zählt.«

Trojan rührte sich nicht.

»Ich hielt es für meine Pflicht, dich zu unterrichten.«

»Also schön. Ich spreche mit ihr. Steht sonst noch was an?«

Er schüttelte den Kopf. »Willst du dich nun für zwei Stunden ausruhen oder nicht?«, fragte er unbeabsichtigt schroff. »Ich übernehme die Leitung für dich.«

»Scheiße, nein!«, schrie Landsberg. »Darauf kann ich gerne verzichten!«

Trojan nagte an seiner Unterlippe. Er wollte gerade gehen, als er sich noch einmal zu ihm umwandte.

»Hilmar, bitte verzeih mir die direkte Frage, aber ist deine Frau vielleicht mit Mara Hertling bekannt? Ist sie eine Freundin des Mordopfers?«

Der Chef schnappte nach Luft.

»Worauf willst du hinaus?«

»Du weißt, die Vorschriften besagen …«

»Kommst du mir jetzt mit Vorschriften, oder was?«

Er suchte nach Worten. Es half nichts, er musste ihn darauf hinweisen, auch wenn es eine delikate Angelegenheit war.

»Sollte das nämlich der Fall sein, müsstest du die Ermittlungen wegen Befangenheit abgeben.«

Trojan sah, wie an Landsbergs Schläfe eine Ader anschwoll.

»Was zur Hölle ist eigentlich in dich gefahren, mich so zu belehren? Meine Frau kennt keine Mara Hertling, was soll das überhaupt? Und die Geschichte von heute Morgen muss eine pure Verwechslung sein.«

Sie starrten sich an.

»Los jetzt, mach dich an die Arbeit, damit wir diese Scheißmordserie endlich aufklären können.«

Trojan versuchte, in seinen Augen zu lesen, doch da waren nur Wut und Verzweiflung.

»Und noch etwas, Nils, versuch ja nicht, an meinem Stuhl zu sägen. Das wird dir nicht bekommen.«

»Es war nicht meine Absicht …«

»Raus hier!«

Wortlos verließ Trojan den Sitzungsraum. Er bedauerte, dass das Gespräch einen so unerfreulichen Verlauf genommen hatte.

Und er sorgte sich um den Zustand seines Chefs.

Siri saß auf dem Bett, ihre unzähligen Kissen um sich herumdrapiert, balancierte den Laptop auf dem Schoß und klickte sich gelangweilt von einer Webseite zur nächsten. Sie bereute, dass sie keine Verabredung getroffen hatte, an einem Samstagabend zu Hause zu bleiben war ziemlich öde. Bis vor kurzem noch hatte sie gehofft, dass Daniela anrufen und nach ihren Plänen fragen würde, doch nichts, niemand dachte an sie. Musste sie denn immer selbst die Initiative ergreifen?

Ihre Zunge spielte mit dem Lippenpiercing, ihre Finger glitten unruhig über das Mousepad. Sie war schon im Begriff, den Computer wieder auszuschalten, als ihr Blick an der fetten Überschrift einer Lokalnachricht hängen blieb.

GRAUSAMER MORD IN BERLIN KREUZBERG.
DER LIEBESPAARKILLER HAT WIEDER ZUGESCHLAGEN.

In dem Artikel darunter wurde von einem Pärchen berichtet, das in der eigenen Wohnung überfallen worden war.

Siri stockte der Atem, als sie den Namen der Frau las und die genauere Ortsangabe: *Mara H., 29 Jahre alt. Lausitzer Straße 12.*

Sie überflog die Zeilen wieder und wieder. Schließlich griff sie zum Telefon. Es dauerte einige Zeit, bis Daniela endlich an ihr Handy ging, im Hintergrund waren laute Musik, Gelächter und Bargeräusche zu vernehmen.

Siri war kurz darüber irritiert, dass ihre beste Freundin offenbar ohne sie ausging und sich dabei prächtig zu amüsieren schien. Um einen ruhigen Tonfall bemüht erzählte sie ihr, was sie soeben aus dem Internet erfahren hatte.

»Du musst lauter sprechen, ich kann dich kaum verstehen«, rief Daniela in den Hörer.

Doch Siri musste ihre Stimme dämpfen, denn sie war nicht allein in der Wohnung.

»Mara H.«, sagte sie, »H. wie Hertling, und die Adresse stimmt auch überein. Mein Gott, begreifst du denn nicht, das ist die Geliebte meines Stiefvaters, jemand hat versucht, sie zu ermorden. Und sie hat einen Freund, der jetzt tot ist.«

Plötzlich war es still am anderen Ende der Leitung.

»Dannie, bist du noch dran?«

»Ja«, sagte sie, »ich bin nur nach draußen gegangen, jetzt höre ich dich besser. Bist du dir ganz sicher, dass es sich um die gleiche Frau handelt?«

»Ziemlich sicher.«

In diesem Moment öffnete sich die Zimmertür, und Siri fuhr herum.

Andras baute sich vor ihr auf, er hatte ihr Gespräch wohl belauscht.

»Dannie, ich hab Angst!«

Schon riss er ihr das Telefon aus der Hand.

VIERZEHN

Und wieder war sie nicht da. Dabei sehnte er sich doch nach einer Umarmung, etwas Wärme und vor allem Trost.

Landsberg ging durch die Räume seiner Altbauwohnung am Lietzensee und schaltete überall das Licht an. Er dachte wehmütig an die hellen Sommerabende zurück, doch nun war auch der September vorüber, der Herbst nahte und mit ihm der Hang zur Schwermut, vor allem bei seiner Frau.

Gegen seine Gewohnheit goss er sich einen Fingerbreit Whisky ein. Eigentlich erlaubte er sich diese kleine Schwäche erst nach dem Essen, wenn überhaupt, doch der Alkohol tat ihm gut, beruhigte seine Nerven.

Er atmete auf und goss nach. Wenn er so weitermachte, würde er noch zum Trinker werden. Aber nein, dachte er, er war doch die Disziplin in Person, bei seinen Mitarbeitern geradezu gefürchtet für seine Standhaftigkeit.

Und Hilmar Landsberg ballte die Faust. Er dachte an sein Gespräch mit Nils Trojan zurück, und sein Pulsschlag erhöhte sich.

Noch einen Fingerbreit.

Er lockerte seine Krawatte. Dann schnallte er sein Holster ab und nahm das Magazin aus der Waffe.

Merkwürdig, dass ihn gerade jetzt die Erinnerung an einen seiner ersten Einsätze als junger Polizist überfiel, blitzartig, in einem Stakkato überbelichteter Bilder, das zerschossene

Gesicht eines Selbstmörders, die Schrotflinte in der offenen Hand, Sprenkel von Blut und Hirnmasse auf dem Teppich, das wütende Muster einer Selbstzerstörung, wie auf einem Gemälde von Jackson Pollock.

Und er hatte seinem damaligen Vorgesetzten auf die Schuhe gekotzt.

Es schüttelte ihn.

Er hätte Trojan vor ein paar Tagen nicht hierherschicken sollen. Wie konnte er nur so vertrauensselig sein. Nun war es zu spät, nun hatte sein Stellvertreter und fähigster Ermittler den schmalen Grat ausgemacht, auf dem Theresa zuweilen wandelte. Manchmal erkannte er seine Frau selbst nicht mehr, so verschlossen, so entrückt war sie, und an anderen Tagen konnte sie ausgelassen sein wie ein junges Mädchen und beglückte ihn mit diesem unbeschwerten Lächeln, in das er sich einst verliebt hatte.

Nur dass diese Tage immer seltener wurden.

Wenn sie jetzt bei ihm wäre, würde er so tun, als wäre nichts vorgefallen, als hätte er sich nicht schon über den Zuckerguss auf dem Kuchen am ersten Tatort gewundert, könnte ja auch ein Zufall sein. Nur weil seine Frau, die leidenschaftlich gern backte, ihn in besseren Zeiten öfter mit einer solchen Verzierung auf ihren Naschereien überrascht hatte, hieß das noch lange nicht, dass nicht auch andere diese Vorliebe hatten. Warum sollte nicht auch Carlotta Torwald ihren Lebensgefährten damit erfreut haben? Nein, das mit dem Kuchen war sicherlich bloß ein Hirngespinst von ihm.

Weitaus schwerer wog, was Nils Trojan angeblich gesehen hatte. Und der war gewissenhaft und würde niemals vorschnell einen Verdacht äußern, außerdem konnte man sich auf sein untrügliches Personengedächtnis verlassen.

Wenn es also nun stimmte? Das ergab doch alles keinen Sinn. Warum sollte sich Theresa unter die Schaulustigen an einem Mordtatort mischen? Hatte sie denn jemals ihm gegenüber eine Mara Hertling erwähnt? Sollte er nicht richtig zugehört haben? Er wusste viel zu wenig über seine Frau.

Aber er kannte doch ihre Freundinnen, viele waren es ohnehin nicht. Nein, der Name Mara war niemals gefallen.

Was tat sie bloß hinter seinem Rücken?

Er schimpfte sich einen Idioten, musste er Trojan auch noch erzählen, dass Theresa in der Mordnacht nicht nach Hause gekommen war!

Schluss jetzt, nicht mehr darüber nachgrübeln, bestimmt gab es für alles eine ganz einfache Erklärung. Sie hatte doch schon öfter beklagt, dass sie sich von seiner Arbeit ausgeschlossen fühlte, vielleicht war sie auf die glorreiche Idee gekommen, den Polizeifunk abzuhören und seine Ermittlungen zu überwachen.

Landsberg zog eine Grimasse, natürlich war das nicht besonders einleuchtend. Er verstaute das Magazin in der Schublade der Anrichte und schob die Waffe unter das Sofapolster. Er fürchtete den Moment, da er seine Frau zur Rede stellen musste.

Nachdem er in der Küche das Essen vom Vortag aufgewärmt und vorsorglich den Tisch für zwei Personen gedeckt hatte, ertappte er sich dabei, wie er Theresas Weinglas füllte, als habe er eine Verabredung mit einem Phantom.

Er aß ohne Appetit, schaute zur Uhr, es war kurz vor elf. Wo blieb sie nur? Wieder war sie auf dem Handy nicht zu erreichen.

Und wenn ihr nun doch etwas zugestoßen war? Sollte er sich an die Vermisstenstelle wenden, demütigende Fragen nach seinem Privatleben über sich ergehen lassen, vor allem danach, ob seine Frau einen Liebhaber hatte? Zum Gespött der Kollegen werden? Nein, es reichte, dass er sich in einem Anfall unverzeihlicher Sentimentalität Nils Trojan anvertraut hatte.

Und der kam ihm dann auch noch mit Vorschriften, Befangenheit und all dem Kram, was war nur in ihn gefahren?

Die aufgezeichnete Stimme des Notrufs: Könnte das Theresas sein? Wie oft hatte er sich das heute schon gefragt, sein Gehirn darüber zermartert.

Es half nichts, er musste hier raus. Hatte er schon zu viel getrunken, durfte er noch fahren? Einerlei, er schnappte sich seine Jacke und die Autoschlüssel und verließ die Wohnung.

Sich einfach in den Wagen setzen und abhauen, das hatte er schon als junger Mann gern getan, ziellos durch die Gegend streifen, das löste die Gedankenblockaden. Das Mobiltelefon war griffbereit in seiner Tasche, falls die Kollegen in der Mordsache anriefen, doch daran wollte er jetzt nicht mehr denken.

Er hatte gerade den Kreisverkehr am Ernst-Reuter-Platz hinter sich gelassen, als es ihm schlagartig einfiel. Theresa hatte erst neulich eine geplante Aufführung in der Tanzschule erwähnt, die Präsentation einer Choreographie, wann war der Termin noch gleich, erster Oktober etwa?

Plötzlich stieß er ein eigenartiges Gelächter aus, war er denn schon so betrunken, aber nein, es war die Erleichterung, alles bekam auf einmal einen Sinn, die Aufführung, deshalb war sie heute Abend nicht da. Und gestern? Die Generalprobe vielleicht. Und danach? Sie würde es ihm schon erklären.

Landsberg bremste scharf ab, wendete auf der Straße des

17. Juli, überquerte den Mittelstreifen und fuhr in die Gegenrichtung.

Wenn er sich beeilte, könnte er sie noch zum Essen einladen oder irgendwo mit ihr etwas trinken gehen, sie überraschen, ein romantisches Rendezvous unter Eheleuten, endlich ausbrechen aus dem Alltagstrott, er würde sich bei ihr dafür entschuldigen, dass er es nicht mehr in die Vorstellung geschafft hatte, und sie sich bei ihm für ihr hartnäckiges Schweigen. Möglicherweise hatte sie ihr Handy verloren, gestern Abend zu viel getrunken und bei einer Freundin übernachtet.

Einer Freundin, die nicht den Namen Mara Hertling trug.

Vielleicht war sie verstimmt und hatte sich deswegen nicht bei ihm gemeldet. Er würde ihr versprechen, sich von nun an mehr Zeit für sie nehmen, sie würden sich versöhnen, und alles wäre wieder gut.

Auf der Bismarckstraße erhöhte er das Tempo. Wenig später hatte er die Tanzschule in Westend erreicht, sie war hell erleuchtet, eine Menschentraube strömte gerade heraus. Und da erblickte er auch Theresa, also kam er noch rechtzeitig.

Er wollte bereits die Fensterscheibe herunterlassen und ihr erfreut zurufen, als er sich instinktiv dagegen entschied.

Stattdessen bog er halb in eine Einfahrt ein, duckte sich und beobachtete, wie sie auf ihren Wagen zuging.

Sie stieg ein, startete den Motor, schaltete die Scheinwerfer ein und scherte aus der Parklücke aus.

Landsberg setzte den Wagen auf die Straße zurück und folgte ihr in einigem Abstand.

Sie fuhr nicht nach Hause, sondern schlug eine westliche Richtung ein, allerdings kreuzte sie eine Zeit lang ohne erkennbares Ziel durch die kleinen Wohnstraßen von Westend.

Hatte sie ihn etwa bemerkt und wollte ihn abhängen? Landsberg hielt noch mehr Abstand, er sah, wie sie weit vor ihm in den Spandauer Damm einbog. Er folgte, musste aber gleich darauf an einer roten Ampel halten. Nun hatte er sie verloren. Als es grün wurde, gab er Gas und beschleunigte auf neunzig Stundenkilometer, sollte er in eine Kontrolle geraten, könnte er immer noch behaupten, in einem Einsatz zu sein. Einige hundert Meter weiter erkannte er ihren roten Nissan und drosselte das Tempo.

Nun fuhr sie wieder ostwärts, was hatte sie nur vor? Wollte sie doch zurück zu ihm?

Er starrte auf ihren Hinterkopf, das dunkelblonde Haar, sie trug den Mantel, den er ihr zum Geburtstag geschenkt hatte. Mit einem Mal traten ihm Tränen in die Augen, die er grimmig wegwischte. Verdammt, er liebte diese Frau. Sie hatten doch auch wunderschöne Zeiten gehabt, er mochte ihr Lachen von damals und wünschte sich, dass sie es wiederfinden würde, eines Tages.

Sie bog in den Fürstenbrunner Weg ein, nach Norden, nun war er vollends verwirrt. Nachdem sie das Klinikum Charlottenburg passiert hatte, bremste sie leicht ab.

Plötzlich bog sie in eine Parkbucht ein.

Landsberg fuhr noch ein Stück weiter, dann hielt auch er an.

Er schaltete den Motor aus und blickte angestrengt zu dem roten Nissan hin. Theresa rührte sich nicht.

Sein Herz klopfte. Hier war der Luisenkirchhof, hier ruhten die Toten. Was hatte das alles zu bedeuten?

Schließlich sah er, wie sie sich über den Beifahrersitz beugte. Sie schien etwas aus ihrer Tasche zu nehmen. Dann stieg sie aus und blickte sich ein paar Mal um. Hilmar duckte sich.

Und er traute seinen Augen nicht, als Theresa auf den Zaun des Friedhofs zuging und sich kurzerhand hinaufhangelte. Schon schwang sie sich hinüber und verschwand im Dunkeln.

Er wartete ein paar Sekunden ab, dann verließ er den Wagen, lief auf die Stelle zu und kletterte ebenfalls hinauf. Von der Spitze sprang er hinab.

Er zwängte sich durch die Büsche, bis sich ein Weg vor ihm auftat.

Da vorn war sie, eine dunkle Gestalt, die an den Gräbern entlanghuschte.

Er schlich ihr nach, Reihe für Reihe an den Toten vorbei.

Der Wind strich wispernd durch die Bäume, aus der Ferne rief ein Nachtvogel, klagend, ein lang gezogener Ton.

Da hielt sie inne. Er nahm Sichtschutz hinter einem Monument und beobachtete, wie sie vor einem Grab niederkniete.

Landsberg kniff die Augen zusammen. Was um alles in der Welt tat sie da? Betete sie? Weinte sie?

Schließlich sah er, dass sie etwas vergrub. Kein Zweifel, seine Frau wühlte mit den Händen in der Erde, war sie denn völlig übergeschnappt?

Landsberg schoss der Schmerz in den Rücken, gleichzeitig wurde ihm übel. Wir sind beide krank, durchfuhr es ihn, wir brauchen Hilfe.

Schließlich war sie fertig mit ihrem Werk und verharrte reglos. Landsberg konnte keinen Stein erkennen, nicht einmal ein Kreuz. Ein namenloses Grab, kein Blumenschmuck, kein Strauch. Nur das abgezirkelte Viereck Erde und davor seine Frau.

Endlich erhob sie sich, streifte den Dreck von ihren Händen und kehrte um. Landsberg hielt den Atem an, gebückt hinter dem Marmor, als sie direkt an ihm vorüberging.

Etwa zwei Minuten später wagte er sich vor. Er schlich zu der Grabstelle hin. Sah den Bereich, wo die Erde gelockert war.

Er fiel auf die Knie und grub.

Es dauerte nicht lange, bis seine Hände auf etwas gestoßen waren.

Sein Atem war gepresst, er spürte, wie ihm der Schweiß aus allen Poren drang.

Er zog die kleine Schatulle hervor und öffnete sie.

Was er sah, ließ ihn schaudern.

Landsberg stöhnte laut auf.

FÜNFZEHN

Gegen Mitternacht war Trojan am Ende seiner Kräfte. Er wollte Landsberg Bescheid geben, dass er nach Hause fahren würde, um sich für ein paar Stunden aufs Ohr zu legen, doch wie er feststellen musste, war der Chef gar nicht mehr im Kommissariat. Sei's drum, dachte er, schnappte sich seine Jacke und ging.

Noch im Treppenhaus des Dienstgebäudes versuchte er erneut, Jana zu erreichen. Nichts, wieder nur die Mailbox, dabei waren sie doch locker für den Samstagabend verabredet. Irgendetwas stimmte da nicht.

Trojan trat hinaus auf die nächtliche Karthagostraße, löste das Schloss von seinem Fahrrad und überlegte. Entweder er fuhr jetzt wirklich heim und schlief, was sicher besser wäre, denn er war seit heute Morgen um sechs pausenlos mit den Ermittlungen beschäftigt gewesen, oder er schaute noch einmal bei ihr vorbei.

Er radelte los, in der Kurfürstenstraße kam er zu dem Schluss, keine Ruhe zu finden, ehe er sich nicht vergewissert hatte, dass alles mit ihr in Ordnung war. Also bog er in Richtung Winterfeldtplatz ab.

Etwa fünfzehn Minuten später war er in der Akazienstraße. Er blickte an der Fassade ihres Wohnhauses hoch, kurzzeitig erinnerte er sich an die schrecklichen Ereignisse im vergangenen Frühjahr, als er auf der Jagd nach einem Serienmörder gezwungen war, eines Nachts in ihre Wohnung einzudringen. Sein Herz schlug heftiger, als er einen matten Lichtschein hinter ihrer Fensterscheibe bemerkte.

War sie daheim und noch wach? Aber warum schaltete sie ihr Handy nicht ein?

Er drückte auf den Klingelknopf und wunderte sich, dass prompt der Türöffner betätigt wurde. Leicht beklommen stieg er die Treppe hinauf.

Ihre Wohnungstür war nur angelehnt. Er trat ein, schloss sie hinter sich und rief leise ihren Namen.

Der Flur war stockdunkel, er ging langsam voran. Seine Nackenhaare stellten sich auf, instinktiv tastete er nach seinem Waffenholster, doch seine Sig Sauer lag gut verschlossen im Stahlschrank auf dem Revier.

»Jana?«, fragte er noch einmal, und dann hatte er das Wohnzimmer erreicht, die Stehlampe war heruntergedimmt. Sie warf einen Schatten an die Wand.

Den Schatten eines Kopfes.

Da saß jemand in dem roten Drehsessel.

»Jana!«

Schon schwang der Sitz herum.

Trojan wich einen Schritt zurück. Ein Kerl im Bademantel sah zu ihm auf.

»Sieh an, sieh an.«

»Wer sind Sie?«

»Nils Trojan, ja?«

»Was zum Teufel ...«

Der andere bleckte die Zähne, hatte die nackten Beine übereinandergeschlagen und spielte mit einer Bierflasche in der Hand.

»Sie sind doch dieser Bulle. Hab Sie vom Fenster aus gesehen und gleich erkannt. Der Kommissar auf dem Fahrrad, immer im Einsatz.«

»Was um alles in der Welt …?«

»Schsch.« Er legte den Finger auf die Lippen. »Nicht so laut. Wir leben hier in einem ordentlichen Haus, könnte sein, dass der ein oder andere schon zu Bett gegangen ist.«

Trojan straffte die Schultern. »Wo ist Jana?«

Der Kerl erhob sich aus dem Sessel. Trojan schätzte ihn auf Anfang dreißig, drahtig, annähernd so groß wie er selbst, blondes lockiges Haar, ein überhebliches Grinsen, und Zähne, blitzend weiß, wie frisch gebleicht, ein Gebiss, das irgendwie zu breit war für seinen Mund. Was ihn aber am meisten störte, war der Bademantel, der nur äußerst nachlässig verknotet war.

»Wo ist sie?«

»Warum wollen Sie das wissen?«

»Und Sie? Wer sind Sie?«

»Hören Sie zu, Kommissar …«

»Was haben Sie hier zu suchen?«

»Nennen Sie mich einfach Boris.«

Trojan ignorierte die ihm entgegengestreckte Hand.

»Darf ich Nils zu Ihnen sagen?«

Da packte ihn Trojan am Revers. »Sind wir uns etwa schon mal irgendwo begegnet? Ich kenne deine blöde Visage nämlich nicht.«

»Nun mal langsam!«

Trojan stieß ihn weg. Er wandte sich zum Flur, wollte im Schlafzimmer nachsehen, was hier eigentlich los war, als ihn Boris an der Schulter festhielt.

»Ich glaube, ich war sehr freundlich zu Ihnen. Also bitte etwas mehr Respekt, Kommissar.«

»Finger weg!«

»Vielleicht muss ich deutlicher werden. Ich denke nämlich, dass es für uns beide besser ist, wenn Sie Jana nicht mehr wiedersehen.«

»Ach ja? Und wie kommen Sie darauf?«

»Sie haben nicht das Recht, sich in unsere Angelegenheiten einzumischen.«

»Welche Angelegenheiten denn?«

»Wie gesagt, ich versuche es auf die freundliche Tour bei Ihnen, aber ich kann auch zu anderen Mitteln greifen.«

»Ist ja interessant!«

Mit einem Ruck löste sich Trojan aus seinem Griff, versetzte ihm mit dem Ellenbogen einen Hieb und ging zur Tür. Da spürte er den Luftzug in seinem Nacken und fuhr herum. Gerade noch rechtzeitig sah er die auf seinen Kopf zu schnellende Bierflasche, er schlug sie Boris aus der Hand, und sie zerschellte am Boden. Gleich darauf verpasste Trojan ihm einen Kinnhaken.

Boris taumelte zurück, riss eine Lampe um und krümmte sich vor ihm auf dem Teppich.

Er stieß einen Fluch aus und wischte sich das Blut von der Nase.

In diesem Moment stand Jana im Wohnzimmer.

Trojan wollte etwas zu ihr sagen, da war sie auch schon bei dem anderen, kniete neben ihm nieder und rief: »Um Gottes willen, Boris, was ist passiert?«

»Er hat mich geschlagen«, jammerte er.

Empört blickte sie zu Trojan hin. Sie war kaum wiederzuerkennen, so bleich war ihr Gesicht, unter ihren Augen hatten sich dunkle Ringe gebildet.

»Jana«, sagte er, »ich hab die ganze Zeit versucht, dich anzurufen.«

»Du schlägst ihn?«

»Er wollte mich …«

»Du schlägst meinen Bruder?«

Er starrte sie an.

»Verdammt, Nils, was ist in dich gefahren!«

Als Landsberg nach Hause kam, brannte überall in der Wohnung Licht. Er fand seine Frau im Wohnzimmer vor, ausgestreckt auf dem Sofa, die Augen geschlossen. Für einen Moment glaubte er, sie sei tot, denn er konnte keine Atembewegungen bei ihr ausmachen.

Zu seiner eigenen Überraschung versetzte ihn das nicht einmal in Panik. Zögernd trat er auf sie zu.

Da schlug sie die Augen auf. Eine Welle der Zärtlichkeit überschüttete ihn.

»Theresa, meine Liebe.«

Sie lächelte nicht. In ihren Augen war ein merkwürdiger Schimmer.

»Wo warst du nur all die Nächte?«

Sie blickte ihn bloß an. Dann sprach sie leise: »Wo warst du denn, Hilmar? Immerzu lässt du mich allein.«

»Nicht doch, Theresa, ich war gestern hier, ich hab auf dich gewartet, stundenlang. Und ich hab mit deiner Schwester telefoniert, sie wollte mir nichts mehr vorlügen, aber das ist jetzt egal, wenn du mir nur die Wahrheit sagst. Wo bist du gewesen?«

Er verspürte den Impuls, sich zu ihr zu setzen, doch er konnte nicht, da war eine unsichtbare Barriere zwischen ihnen. Schlagartig begann er zu frieren, obwohl er noch immer seine Jacke anhatte, und er schlang die Arme um sich herum. Es war spät, vielleicht schon halb zwei in der Nacht, er musste schlafen, endlich schlafen. Die Erschöpfung brach über ihn herein, aber er musste das hier klären, sie war doch seine Frau, und er liebte sie.

Sie richtete sich auf. Ihm gefiel das dunkelgrüne Etuikleid, das sie trug, er sah es selten an ihr. Er betrachtete ihre Beine in den schwarzen Strümpfen, wie schön sie doch war.

Sie saß da, kerzengerade, und blickte auf einen Punkt am Boden.

Er fand keine Worte.

Schließlich zog er die Schatulle aus seiner Jackentasche hervor.

Theresa zeigte keine Regung.

Er öffnete sie und nahm die schlitzförmige Brille heraus.

»Gehört diese Brille einer Frau namens Carlotta Torwald?«, fragte er heiser.

Sie schwieg.

»Bitte, sag mir die Wahrheit.«

Aber sie gab keine Antwort.

»Warst du in ihrer Wohnung in der Nansenstraße?«

An ihrem Hals pochte eine Ader, ihr Blick schien durch ihn hindurchzugehen.

»In der Mordnacht«, sagte er, »am Dienstag, du warst dort, nicht wahr?«

Noch immer rührte sie sich nicht.

»Du warst es. Oh, mein Gott, Theresa. Es ist ihre Brille, wir kennen sie von den Fotos, und sie wurde am Tatort vermisst. Was hattest du bei dieser Frau zu suchen? Woher kennst du sie?«

SECHZEHN

Schweigend hatte sie die blutende Lippe ihres Bruders verarztet und dann zu Trojan gesagt, es wäre besser, wenn er nun ginge. Er stand fassungslos vor ihr, während Boris ihn voller Verachtung anstarrte, wenigstens war ihm das Grinsen vergangen.

Trojan wollte ihr erklären, wie es eigentlich zu dem Faustschlag gekommen war, doch Jana wirkte so unnahbar auf ihn, dass er sich schließlich achselzuckend von ihr verabschiedete.

So war er nach Hause geradelt.

Nun stand er unter der Dusche und ließ das heiße Wasser auf sich herabprasseln.

Er drehte die Hähne zu, trocknete sich ab, ging in die Küche und nahm sich ein Bier aus dem Kühlschrank.

Auf dem Bett liegend trank er es in hastigen Zügen.

Auf seiner Uhr war es kurz nach eins. Es war ihm egal, er musste einiges klarstellen und wählte ihre Nummer.

Er war erleichtert, als sie sofort abhob.

»Jana, ich weiß, es ist spät, aber …«

»Schon gut.«

Er hörte sie atmen, stellte sich vor, wie sie in ihrem Bett lag. Verdammt, noch vor vierundzwanzig Stunden war sie bei ihm gewesen, zärtlich und vergnügt, hier in seinem Arm, warum musste nur alles im Leben immer so schwierig sein.

Obwohl es ihm gegen den Strich ging, fragte er sie nach

dem Befinden ihres Bruders, sicherlich war es besser, ihre Familienangelegenheiten von nun an mit Vorsicht zu behandeln.

»Er war sehr aufgewühlt, es hat lange gebraucht, bis ich ihn endlich beruhigen konnte. Zum Glück schläft er jetzt. Weißt du, Boris ist eine sehr labile Persönlichkeit, du darfst bei ihm nicht die gleichen Maßstäbe ansetzen wie bei anderen Menschen.«

»Was ist mit ihm? Ist er krank?«

»Nils, du klingst so abweisend.«

»Es tut mir ja wirklich leid, dass ich Zoff mit ihm hatte, aber vielleicht hörst du dir auch mal die Vorgeschichte an.«

»Meinst du, das ist der richtige Zeitpunkt dafür? Ich bin nämlich sehr müde.«

»Das bin ich auch, aber es ist mir wichtig, dass nichts zwischen uns steht.«

Sie schwieg. Wie konnte er die Situation nur retten?

Endlich sagte sie: »Es ist lieb von dir, dass du noch mal anrufst.«

»Ich hab mir Sorgen um dich gemacht, weil du auf meine SMS und Anrufe nicht reagiert hast. Ich dachte, wir wären für heute Abend verabredet gewesen.«

»Eigentlich wollte ich mich auch längst bei dir gemeldet haben, ich war nur ziemlich erschöpft. Um ehrlich zu sein, geht es mir nicht besonders gut.«

»Was ist denn vorgefallen, Jana? Gestern warst du noch so unbeschwert. Und nun?«

Wieder schwieg sie.

»Liegt es an deinem Bruder?«, fragte er möglichst behutsam.

Sie seufzte. »Also schön, dann erzähle ich es dir eben. Er hat mir gestern Nacht auf der Straße aufgelauert und mir einen Mordsschrecken eingejagt. Später gab er zu, die ganze Zeit unten vor deiner Haustür auf mich gewartet zu haben.«

Für einen Moment blieb Trojan die Luft weg. »Woher hat er denn meine Adresse?«

»Er ist mir nachgegangen.«

»Dein Bruder verfolgt dich?«

»Nils ... ich sagte doch, er ist nicht wie andere ... er ... er hat es immer etwas schwerer gehabt, schon als Kind. Boris ist zu zerbrechlich für diese Welt.«

Trojan nahm noch einen Schluck. Seine Augen brannten vor Müdigkeit. Mit einem Mal flackerten die Bilder vom Tatort vor ihm auf. Drei Menschen waren tot, eine Frau lag schwerverletzt im Koma. Nur eine Winzigkeit Schlaf, und die Jagd nach diesem wahnsinnigen Mörder oder der Mörderin würde weitergehen. Langsam ging ihm die Kraft aus.

»Was hat er eigentlich gegen mich? Und wie kommt er darauf, mir zu raten, dich nie wieder zu treffen?«

»Er ist manchmal noch wie ein Kind. Ich fürchte, er ist eifersüchtig auf dich.«

»Aber das ist doch nicht normal!«

»Was ist schon normal.«

»Das darfst du dir nicht gefallen lassen, Jana.«

»Das sagt sich so leicht.« Sie stieß die Luft aus. »Er ist sehr starken Gefühlsschwankungen ausgesetzt, und ich trage eine gewisse Verantwortung für ihn. Schon als Kind musste ich mich um ihn kümmern. Mein Vater hat immer nur für seine Arbeit gelebt, und meine Mutter war mit ihren eigenen Problemen beschäftigt, also blieb es an mir. Aber es war auch eine schöne Zeit, Boris und ich ... wir waren unzertrennlich, hielten immer zusammen. Wir haben uns im Garten ein Baumhaus gezimmert, nur für uns zwei. Das war unsere geheime kleine Welt, in den Ästen der Kastanie, über uns gab es nur den Himmel und das Laub. Und ich weiß, wie sehr er sich nach dieser Zeit zurücksehnt. Weißt du, es ist für Boris sehr schwierig, sein Leben allein auf die Reihe zu kriegen. Dafür braucht er manchmal noch Unterstützung, und die will ich ihm nicht verweigern.«

Trojan rieb sich die Stirn.

»Letztlich ist Boris der Grund, warum ich Psychologin geworden bin. Es begann damit, dass ich versuchte, mich in seine Seelenwelt hineinzuversetzen.«

»Jana, du kannst nicht immer nur für andere da sein. Ich möchte dafür sorgen, dass es dir gut geht und dass du auch einmal an dich denkst.«

Ihre Stimme war belegt. »Du hättest ihn niemals schlagen dürfen, das kann ich dir nicht verzeihen.«

Er bemühte sich um einen ruhigen Tonfall. »Jetzt erzähl ich dir auch mal was: Dein Bruder ist mit der Bierflasche auf mich losgegangen!«

Nach einer längeren Pause sagte sie kaum hörbar: »Das glaub ich dir nicht.«

»Es ist die Wahrheit!«

»So etwas würde er niemals tun.«

»Aber Jana ...«

»Boris ist zwar zuweilen unberechenbar, aber er ist nicht gewalttätig.«

»Wie kannst du so etwas behaupten, wenn du nicht im Zimmer warst?«

Plötzlich vernahm er durch den Hörer eine männliche Stimme im Hintergrund.

»Ich muss jetzt Schluss machen«, sagte sie.

»Ist er das?«

»Die Aufregung war einfach zu viel für ihn.«

Trojan stieß seine Bettdecke weg. »Jana, hör mir zu!«

Sie wünschte ihm rasch eine gute Nacht und beendete das Gespräch.

Er knallte das Telefon auf den Tisch. Nahm sie ihren Bruder jetzt zu sich ins Bett? Trug er etwa noch immer diesen Bademantel und darunter nichts? Das war doch einfach nicht zu fassen.

Er stand auf, um sich noch ein Bier zu holen, nun würde er ohnehin keine Ruhe mehr finden.

Da läutete das Handy.

Er eilte zurück ins Schlafzimmer und drückte auf die grüne Taste.

Doch es war nicht Jana.

Zunächst erkannte er kaum die Stimme seines Chefs, so rau und gepresst klang sie, als litte er unter großer Atemnot.

»Nils, kannst du zu mir kommen?«

»Was ist passiert?«

»Erklär ich dir später.«

»Wo bist du?«

»Bei mir zu Hause.«

»Hat es mit den Ermittlungen zu tun? Brauchen wir Verstärkung?«

»Komm allein. Und bitte schnell.«

Schon hatte er aufgelegt.

Landsberg war leichenblass, als er ihm die Tür öffnete. Er nickte Trojan wortlos zu, ein blutiges Handtuch gegen seine rechte Schulter gepresst. Leicht schwankend und offenbar vor Schmerzen benommen ging er vor ihm ins Wohnzimmer, wo er sich aufs Sofa fallen ließ.

Trojan sah die Waffe auf dem Tisch, daneben stand eine angebrochene Flasche Whisky und ein halb geleertes Glas. Die Armlehne des Sofas war blutverschmiert, und auch auf dem Teppich befand sich ein großer dunkler Fleck.

»Verdammt, Hilmar, was ist hier vorgefallen?«

Landsberg wischte sich den Schweiß von der Stirn.

»Danke, dass du hier bist, das werde ich dir nie vergessen.«

Trojan roch seine Fahne. Er setzte sich zu ihm, wollte ihm das Handtuch wegnehmen, aber Hilmar zuckte zusammen.

»Lass das.«

»Nun sag schon, was war hier los?«

»Hab die Waffe gereinigt, dabei hat sich ein Schuss gelöst.«

»Ist nicht dein Ernst!«

»Ich weiß, es klingt völlig verrückt.«

»Du spinnst doch!«

»Nils, ich mach keine Witze.«

Trojan starrte ihn an.

»Ich hab mich volllaufen lassen. Hatte mich einfach nicht mehr unter Kontrolle.«

»Du reinigst mitten in der Nacht deine Waffe?«

»Scheiße, ja.«

»Und du nimmst vorher nicht mal das Magazin heraus?«

»Ich sag doch, ich hab gesoffen.«

»Das soll ich dir abkaufen?«

»Ja, verflucht! Nenn mich einen Vollidioten, aber so war es nun mal.«

Er streckte die Hand nach dem Glas aus, dabei verrutschte das Handtuch, und Trojan erhaschte einen Blick auf die Fleischwunde an seiner Schulter.

»Hilmar!«

Er wollte den Whisky hinunterstürzen, aber Trojan riss ihm das Glas weg.

»Genug jetzt!«

»Ist doch nur wegen der Schmerzen, gib schon her.«

Trojan schüttelte den Kopf und schob das Glas weg.

»Sei ehrlich zu mir, was ist wirklich passiert?«

Statt einer Antwort verzog er bloß das Gesicht.

»Zeig mal her.«

Trojan nahm das Handtuch weg.

»Verdammt, du brauchst einen Arzt.«

»Nein, Nils!«

»Bist du völlig übergeschnappt? Warum hast du dich nicht längst in die Klinik bringen lassen?«

»Kapierst du denn nicht?« Er nickte zu der Whiskyflasche hin. »Betrunkener Bulle und seine Dienstwaffe, du weißt doch, was für einen Ärger das nach sich zieht.«

Trojan stieß die Luft aus.

»Ich kann die verdammte Kugel nicht finden, hab sie schon überall gesucht«, raunte Landsberg. »Was glaubst du? Ob sie noch in meiner Schulter steckt?«

Trojan starrte ihn entgeistert an, dann sah er wieder zu dem Blutfleck auf dem Teppich hin und versuchte, sich das Szenario vorzustellen: sein Chef, angeschossen und betrunken, auf der Suche nach einer Patrone auf dem Boden herumkriechend.

»Du musst ins Krankenhaus, und zwar schnell.«

»Es ist nur ein Streifschuss, ganz bestimmt.«

»Ich ruf den Notarzt.«

»Nein! Willst du denn, dass ich meinen Job verliere? Die werden doch Fragen stellen, dazu sind sie verpflichtet. Das gibt eine polizeiliche Untersuchung, Mann. Besoffener

Kripochef spielt mit seiner Wumme herum. Nils, das kostet mich Kopf und Kragen.«

Er musste an seinen Exkollegen Lukas Kilian denken, der war auch vom Dienst suspendiert worden. Er hatte im Vollrausch seine Frau mit der Waffe bedroht, ein trauriger Vorfall, dem Trojan seine Beförderung zu verdanken hatte, denn *er* saß jetzt auf Kilians Stuhl, *er* war der zweite Mann hinter Landsberg.

Und dann fragte er: »Wo ist Theresa? War sie hier?«

Hilmar presste verzweifelt das Handtuch auf die Wunde.

»Hast du mit ihr sprechen können?«

Er atmete schwer.

»Wenn ich dir helfen soll, musst du mir die Wahrheit sagen.«

»Sie ... sie ist«, die Stimme seines Chefs wurde schwächer, er schien einer Ohnmacht nahe zu sein, »... sie übernachtet bei einer Freundin. Wir haben beide eingesehen, dass es für uns besser ist, wenn wir uns vorübergehend trennen. Eine kleine Auszeit, verstehst du? Nils, das sind Eheprobleme, die haben nichts mit der Sache zu tun, also hilf mir jetzt bitte, lass dir was einfallen.«

Plötzlich kam Trojan ein furchtbarer Verdacht. »Hilmar, du wolltest dir mit der Waffe doch nicht etwa was antun?«

»Aber nein!«

Sie schauten sich an.

Sein Chef versuchte zu grinsen, doch es wurde nur eine schiefe Grimasse daraus. »Hältst du mich für einen so miserablen Schützen? Will mir das Hirn wegpusten und treffe nur die Schulter?«

Nein, ein schlechter Schütze war er nicht, immerhin hatte er Trojan schon einmal mit der Waffe das Leben gerettet.

Er streckte seinen Rücken durch. »Noch einmal: War deine Frau hier?«

»Wie ich schon sagte, sie ist bei einer Freundin. Wir haben miteinander telefoniert, und sie hat mir versichert, dass sie heute Morgen nicht am Tatort war.«

»Wo war sie dann?«

»Bei dieser Freundin! Herrgott noch mal, du musst sie verwechselt haben. Jetzt hör schon auf damit, Nils. Ich kann einfach nicht mehr.«

Mit einem Mal verdrehte er die Augen und sackte nach hinten.

Trojan schnappte sich das Telefon. Es half nichts, er musste den Notruf wählen, doch plötzlich lag Hilmars Hand auf dem Display, und er wisperte: »Ich flehe dich an. Sei ein Freund, ja?«

»Ein Freund?«

»Ich dachte, wir beide ... Scheiße, Nils, ich kann dir doch vertrauen, oder?«

Sie musterten sich.

Konnte Trojan *ihm* trauen?

»Was soll ich denn machen?«

»Wenn die Kugel nicht mehr drin ist, brauchst du mir nur einen Verband anzulegen. Im Badezimmer müssten Mullbinden sein, Jodtinktur und das alles.«

»Und wenn sie doch noch drinsteckt? Hilmar, ich bin kein Arzt.«

»Tu es einfach!«

Landsberg beugte sich vor, um nach der Whiskyflasche zu greifen, doch dabei glitt er ins Leere und rutschte halb von der Couch, Trojan musste ihn auffangen.

Und dann flüsterte er dicht an seinem Ohr: »Verdammt,

es gibt niemanden außer dir, an den ich mich wenden kann.«

Seine Augen flackerten.

»Ist schon gut«, sagte Trojan, »reiß dich zusammen. Lass mich kurz nachdenken, okay?«

Er überlegte fieberhaft.

»Meinst du, du schaffst es bis zu meinem Wagen?«, fragte er schließlich.

Hilmar nickte schwach.

»Also los.«

Trojan schnappte sich ein frisches Handtuch aus dem Bad, half seinem Chef auf und führte ihn aus der Wohnung.

SIEBZEHN

»Wohin fahren wir eigentlich?«

Trojan kurvte mit seinem altersschwachen Golf, den er nur für nächtliche Einsätze benutzte, durchs dunkle Neukölln. Sie waren im Rollbergviertel angelangt, doch er wusste die genaue Adresse nicht mehr.

»Sag schon, Nils, wohin bringst du mich?«

Er warf ihm einen besorgten Seitenblick zu. Landsberg war aschfahl. Das Handtuch hatten sie zwar gewechselt und einen behelfsmäßigen Druckverband angelegt, aber auch der war schon blutdurchtränkt.

»Zu Dr. Wang«, murmelte er.

»Wer ist das?«

Er gab ihm lieber keine Antwort. Wenn er ihm erzählte, dass Wang eigentlich Kräuter verschrieb und Tees verabreichte, Hände auflegte und selbst vor Hypnose nicht Halt machte, würde er ihn nur verschrecken.

»Ein Quacksalber, hab ich recht? Du fährst mich zu so einem Hinterhof-Doc ohne Zulassung.«

»Nein, nein, Wang versteht was von seinem Fach.«

Zumindest hoffte er das. Er kannte ihn über seine Nachbarin Doro, mit der ihn eine nicht ganz geklärte Daueraffäre verband, allerdings hatten sie das Bett schon lange nicht mehr miteinander geteilt, immerhin war Jana in sein Leben getreten.

Er verbat sich, in diesem Moment über ihren Streit wegen Boris nachzudenken, bog in die Werbellinstraße ein und überlegte, wo Wang seine Praxis hatte.

Als er in einer Nacht während einer heftigen Angstattacke um sein Leben gefürchtet hatte, weil sein Herz so sehr raste, dass er annehmen musste, kurz vor einem Infarkt zu stehen, war er hinunter zu Doro gegangen und hatte an ihre Tür geklopft. Sie ließ ihn in ihr Bett. Schlafwarm und sanft flüsterte sie ihm tröstende Worte ins Ohr.

Am nächsten Morgen fragte sie ihn, was eigentlich mit ihm los sei. Und er machte vage Andeutungen über seine Panikanfälle, worauf sie ihm die Adresse von Dr. Wang aufschrieb, nicht ohne zu erwähnen, dass er, bevor er nach Berlin umgesiedelt war und sich hier der Kräuterheilkunde verschrieben hatte, Chirurg am Universitätsklinikum in Peking gewesen sei.

»Ein Chirurg gegen die Angst?«, hatte Trojan gefragt.

»Nein, ein Asiate mit Schamanenwissen«, hatte sie erwidert. »Er hat mich von meiner Migräne befreit.«

In der Morusstraße! Schlagartig fiel es ihm ein, er wendete, fuhr ein Stück zurück, bog ab, erkannte die schäbigen Fassaden wieder und hielt vor dem Haus Nummer drei.

»Warte hier, ich schau erst mal, ob ich ihn wach kriege.«

»Verdammt, Nils, ich halte nicht mehr lange durch.«

»Sollen wir doch lieber in die Notaufnahme?«

»Scheiße, nein, aber beeil dich.«

Er lief in den vierten Hinterhof. Erinnerte sich an den bitteren Tee, den Dr. Wang ihm angemischt hatte, ein sonderbares Getränk von gelbgrüner Farbe, das er morgens und abends zu sich nehmen sollte. Nach einem prüfenden Blick in seine Augen hatte Wang zu ihm gesagt: »Energien sind blockiert, können nicht fließen. Machen sich zu viele Sorgen. Große Angst, weil nicht im Reinen mit sich. Trinken diesen Tee und alles wieder gut. Müssen nur vertrauen. Verstehen? Vertrauen!«

Trojan hatte seine Zweifel, aber der Tee war unglaublich wirksam. So brodelnd und schwer, sämig und herb, er trank ihn noch am selben Abend und fiel daraufhin in einen tiefen Zwölf-Stunden-Schlaf. Kam tags darauf zu spät zur Arbeit, ihn morgens zu trinken wagte er nicht, sonst wäre er wohl im Dienst eingeschlafen. Er flößte ihn sich noch ein zweites Mal am Abend ein, aber da die Wirkung wieder zu heftig war und er abermals seinen schrillenden Wecker überhörte, ließ er es schließlich bleiben und suchte auch Dr. Wang nicht mehr auf.

Ein Chirurg aus Peking, dachte er, hoffentlich hatte sich Doro da nicht geirrt. Er drückte auf den Klingelknopf unten im Hof. Nichts tat sich. Er läutete ein zweites und ein drittes Mal.

Endlich beugte sich eine alte Chinesin aus dem geöffneten Fenster im zweiten Stockwerk: »Wer da sein?«

Trojan legte den Kopf in den Nacken und rief hinauf: »Ist Dr. Wang zu sprechen?«

»Spät. Schlafen. Morgen wiederkommen.«

»Aber es handelt sich um einen Notfall. Könnten Sie ihn wecken? Bitte!«

Im matten Widerschein erkannte er die tausend Fältchen im Gesicht der Alten. Nach einer Weile sagte sie: »Warten hier. Ich versuchen.«

Trojans Herz klopfte. Jede Minute, die sie verloren, bedeutete eine Gefahr für Landsberg. Er dachte an Wundbrand und fragte sich, ob Wang überhaupt dazu in der Lage war, eine Kugel zu entfernen.

Schließlich summte der Türöffner, und er eilte hinauf.

Dr. Wang empfing ihn in einem Morgenmantel aus rotem Samt.

»Kommen rein«, sagte er, »haben wieder schlecht geschlafen, ich sehen Nervosität.«

»Irrtum, es geht nicht um mich.«

Trojan erklärte ihm, dass ein Freund sich mit einer Schusswaffe verletzt habe, er nannte Doros Namen und fragte, ob Wang tatsächlich über chirurgische Fähigkeiten verfüge.

Der schaute ihn seelenruhig an.

»Bringen Freund her. Ich werden ansehen.«

So stürmte Trojan wieder hinunter, durch die Höfe, hinaus auf die Straße, zum Wagen. Er musste Landsberg beinahe tragen, so geschwächt war er inzwischen.

Als Erstes gab ihm der Chinese einen Tee zu trinken, er schien ähnlich bitter zu schmecken, denn Landsberg schnitt eine furchtbare Grimasse. Dann schleppte er ihn in den Behandlungsraum, der eher an einen Salon erinnerte, Trojan kannte ihn ja bereits. Umso erleichterter war er zu sehen, dass es noch ein Nebenzimmer gab, in dem sich eine Art Operationstisch befand und das halbwegs klinisch auf ihn wirkte.

Trojan erblickte gerade noch, wie Wang seinem Chef das blutgefärbte Handtuch abnahm, um die Wunde zu inspizieren. Dann schloss er vor ihm die Tür.

Trojan lauschte.

Bloß Wangs monotoner Singsang war zu vernehmen, nichts von Landsberg, kein Stöhnen, zum Glück.

Erschöpft ließ er sich auf den Stuhl sinken, in dem er damals von dem Chinesen behandelt worden war.

Sein Blick schweifte über die Gefäße in den Regalen, gefüllt mit geheimnisvollen Kräutern und Tinkturen, die schematischen Darstellungen des menschlichen Körpers und ihrer Energiezonen, die chinesischen Schriftzeichen, die er nicht verstand, bis ihm vor Müdigkeit die Augen zufielen.

Als er wieder zu sich kam, stand der Doktor vor ihm.

»Wie ist es gelaufen? Was ist mit … mit meinem Freund?«

»Freund schlafen. Gehen ihm gut.«

Wang hielt ein Gläschen in der Hand.

»Kugel ist hier drin. Wollen mitnehmen?«

Widerwillig ergriff er es und schluckte die Übelkeit hinunter, als er die Patrone und die blutigen Schlieren darin sah.

»Hat er sehr leiden müssen?«

»Kein Grund zur Sorge. Freund müssen ausruhen, Arm eine Weile stillhalten, dann er können wieder mit Waffe spielen.«

Wangs Grinsen war beinahe zahnlos.

Trojan wollte aufstehen, aber Wang machte eine abwiegelnde Handbewegung.

»Bleiben noch einen Moment sitzen und atmen durch, sehen blass aus.« Der Chinese beugte sich zu ihm herab und musterte ihn. »Ich sehen, haben Angst, immer noch Angst.«

Trojan wich ein Stück vor ihm zurück. Diese Hellsichtigkeit war ihm unheimlich

»Und da sein Streit. Streit mit Freundin vielleicht?«

Er nickte zaghaft.

»Müssen klären. Alles in Bewegung, Energien dürfen nicht stocken, Blockaden führen zu Angst. Patient finden Ausgleich und können wieder schlafen. Haben genug Tee zu Hause?«

Um den Vortrag dadurch vielleicht zu unterbinden, nickte er wieder.

Doch Wangs Gesicht näherte sich dem seinen bis auf wenige Zentimeter.

»Und da sein noch etwas. Großes Unheil. Jemand, nach dem Patient suchen. Bringen viel Tod. Müssen ihn finden, sonst Unheil wird niemals vergehen.«

Er war wie festgenagelt von seinem Blick.

Endlich verschwand der Chinese irgendwo in der Tiefe der verwinkelten Wohnung.

Trojan wartete einen Moment ab, dann erhob er sich und öffnete die Tür zum Nebenzimmer.

Landsberg lag auf dem Operationstisch ausgestreckt. Er war wach und starrte zur Decke.

»Bist du okay, Hilmar?«

Vorsichtig wandte er den Kopf zu ihm um.

»Glaub schon.«

Trojan trat dicht zu ihm heran.

»Danke, Nils, danke für alles.«

Er registrierte den Verband, er sah frisch und sauber aus.

»Hat er dich vor dem Eingriff wenigstens betäubt?«

»Irgendwie schon, aber frag mich nicht, wie.«

»Schmerzen?«

»Weitaus weniger als zuvor. Er sagt, ich hab Glück gehabt. Keine Sehne verletzt, nichts am Knochen, nichts zerschmettert. Heute Abend soll ich zum Verbandswechsel wiederkommen.«

»Gut. Was hat dich der ganze Spaß gekostet?«

»Dreihundert Euro.«

Trojan ließ pfeifend die Luft durch die Zähne entweichen.

»Natürlich im Voraus und in bar. Gut, dass ich so viel dabeihatte.«

»Dafür stellt der Typ keine Fragen.«

»Und er weiß wirklich nicht, dass wir Bullen sind?«

»Und wenn schon, so was interessiert ihn nicht.« Er ließ die Patronenkugel in dem Behältnis klappern. »Willst du das als Andenken behalten?«

»Bloß weg damit. Schmeiß es in den Müll.«

Trojan sah sich nach einem Abfalleimer um und feuerte das Gläschen hinein.

»Kannst du aufstehen?«

»Werd's versuchen.«

Und wieder half er seinem Chef auf die Beine.

Als sie zurück auf der Straße waren, ging über den Dächern von Neukölln gerade die Sonne auf.

ACHTZEHN

Um sieben Uhr morgens fiel Trojan erschöpft in sein Bett, er hatte nicht einmal mehr die Kraft, sich die Kleidung auszuziehen. Noch im Einschlafen schwirrte ihm die Frage durch den Kopf, ob Landsberg die Wahrheit erzählte hatte. Seine Geschichte von der nächtlichen Waffenreinigung klang wenig überzeugend. Vielmehr nagte an Trojan der Verdacht, seine Schussverletzung könnte etwas mit Theresa zu tun haben.

Doch schon war er eingeschlummert.

Er träumte von Dr. Wang, lag selbst bei ihm auf dem Operationstisch und sah, wie der Chinese in seinem geöffneten Brustkorb herumwühlte. Er war bei vollem Bewusstsein, empfand aber nicht den geringsten Schmerz. Staunend beobachtete er, wie Wang ein langes blutiges Knäuel aus ihm hervorzog,

»Sehen, Patient haben das hier mit sich herumzuschleppen, nun ich haben entfernt.«

»Was ist das?«

Wang lächelte. »Patient finden ein Wort dafür und haben keine Angst mehr.«

Unheil, dachte Trojan im Traum.

Das Knäuel baumelte vor seinem Kopf hin und her.

»Wollen behalten?«, fragte der Chinese.

Trojan konnte nicht antworten.

Da ließ der Doktor es fallen, und es glitt ihm ins Gesicht.

Trojan wollte schreien, aber es gelang ihm nicht. Er hörte das Gelächter des Chinesen, dann wurde der Traum undeutlicher, Bildfetzen zogen an ihm vorüber.

Als er die Augen aufschlug, saß jemand an seinem Bett.

Er war so schlaftrunken, dass er nicht einmal erschrak. Zunächst glaubte er, es sei Jana, aber sie hatte doch gar keinen Schlüssel zu seiner Wohnung. Und dann erkannte er die blonden Locken und das lächelnde Gesicht.

Mein Gott, dachte er, sie wird immer schöner. Ein kribbelndes Glücksgefühl durchströmte ihn.

»Paps«, sagte sie leise.

Sein Mund war noch ganz trocken. Er nahm ihre Hand und drückte sie.

»Hallo, Emily.«

»Du hast es wieder vergessen, nicht wahr?«

Er lächelte bloß.

Dann richtete er sich auf und schüttelte Schlaf und Traum ab.

»Es ist Sonntag, wir sind verabredet.« Sie erhob sich und öffnete die Vorhänge.

Er hatte es wirklich mal wieder vergessen, wie konnte er nur. Zu viel Arbeit, dachte er, das musste sich ändern.

Emily machte eine tänzerische Bewegung am Fenster, die Sonnenstrahlen brachten ihr Haar zum Leuchten.

Sie trug eine schulterfreie Tunika, dazu eine enganliegende dunkle Stoffhose, er staunte über ihre hochhackigen Pumps. War das nicht ein bisschen zu aufreizend für ihr Alter?

»Was war gestern los, Pa?«, fragte sie grinsend. »Du hast ja in deinen Sachen geschlafen.«

»War im Einsatz«, murmelte er und sah beschämt an sich herab. »Gib mir fünf Minuten, Emily, dann bin ich wieder halbwegs hergestellt.«

Er verschwand im Bad, um zu duschen und sich die Zähne zu putzen, dann setzte er Kaffee auf und fragte Emily, ob sie mit ihm Brötchen holen wolle.

»Och, lass mal, ich hab schon gegessen.«

Er setzte sich zu ihr an den Küchentisch, trank seinen Kaffee und strahlte sie an.

»Was ist?«

»Ach, ich freue mich einfach, dass du da bist.«

»Aber da ist noch was, Paps. Ich sehe es dir an.«

War das zu fassen? Durchschaute ihn seine Tochter so gut? Wäre es vernünftig, ihr schon von Jana zu erzählen?

Er häufte sich Müsli in eine Schale und schüttete Milch drüber.

»Was gibt es Neues in der Schule?«, fragte er, um das Thema zu wechseln.

Sie zog einen Flunsch. »Alles wie immer.«

»Kommst du im Unterricht gut mit?«

»Reicht es nicht, wenn Mama mich das ständig fragt?«

»Also ja oder nein?«

»Alles bestens, mach dir keine Sorgen.«

Er hob die Augenbrauen. »Wirklich?« Er bemerkte die Schatten unter ihren Augen. »Du schaffst das, Em. Ich glaub an dich.«

»Hmm.«

Er löffelte sein Müsli aus, dann sagte er: »Weißt du, worauf ich mal wieder richtig Lust hätte?«

»Worauf denn?«

»Mit dir Boot zu fahren!«

»Ach, ich weiß nicht.«

Es versetzte ihm einen Stich. Früher waren sie beide mit Begeisterung über die Spree geschippert, der Bootsverleih war nicht weit von seiner Wohnung entfernt, und er hatte sogar einmal überlegt, ein eigenes Faltkanu für sie beide anzuschaffen.

»He, aber das war doch immer lustig.«

»Voll kindisch!«

Sie wird allmählich erwachsen, dachte er, schließlich hatte sie gerade erst ihren sechzehnten Geburtstag gefeiert. Wahrscheinlich galt es mittlerweile als uncool, etwas mit den Eltern zu unternehmen.

Und dann dachte er daran, dass er mittags wieder aufs Revier musste. Er ahnte, wie empfindlich das Emily treffen würde, es wäre nicht das erste Mal, dass sie sich darüber beklagen würde, er sei zu selten für sie da. Aber es half nun mal nichts, solange der Mörder oder die Mörderin nicht gefasst war, gab es kein Wochenende für ihn.

Zögernd sagte er: »Du, es ist leider so, dass ich mal wieder bis zum Hals in Ermittlungen stecke, aber heute Vormittag können wir es uns noch schön machen.«

»Schon gut, ich wollte sowieso nicht so lange bleiben.«

»Ach ja?«

»Vielleicht treffe ich mich noch mit jemandem.«

Er horchte auf. Vielleicht ein Junge aus ihrer Klasse, aber warum sagte sie das so ernst? Es kam ihm beinahe so vor, als bedrücke sie etwas.

Trojan versuchte es mit einem Lächeln: »Sag schon, wer ist der Glückliche?«

Sie schüttelte bloß den Kopf und schlug die Augen nieder.

Er stand auf, setzte sich neben sie und berührte ihren Arm.

»Emily, was ist los, bist du unglücklich?«

Sie krümmte den Rücken. »Nein, nein, es ist nichts.«

Plötzlich sah sie ihm fest in die Augen. »Sag mal, Pa, würdest du auch noch zu mir halten, wenn ich etwas tue, mit dem du vielleicht nicht hundertprozentig einverstanden bist?«

»Was meinst du?«

»Sag es mir einfach. Akzeptierst du mich so, wie ich bin?«

»Aber ja.«

»Ich bin jetzt sechzehn, ich kann meine eigenen Entscheidungen treffen, oder?«

»Also, ganz so ist es ja nicht. Willst du etwa die Schule hinschmeißen?«

»Nein. Ich will nur wissen, ob du auf meiner Seite bist.«

»Natürlich bin ich das, aber du musst schon ein bisschen konkreter werden.«

»Also, wenn ich zum Beispiel mit jemandem zusammen wäre, der nicht deinen Vorstellungen entspricht ...«

Sie ist verliebt, dachte er, aber da gibt es einen Haken. Worauf will sie hinaus?

»Handelt der Typ mit Drogen, oder was?«

»Nein.«

»Nimmst *du* Drogen?«

»Ach, vergiss es einfach.«

Sie schwiegen eine Weile. Schließlich sagte er: »Wer immer es ist, ich würde ihn gerne kennenlernen.«

Sie strich sich das Haar zurück. Er musste an Friederike denken, ihre Mutter, die beiden sahen sich so unglaublich ähnlich, und wieder einmal holte ihn der Trennungsschmerz ein, dabei lag das doch alles schon so viele Jahre zurück.

Plötzlich hörte er sich sagen: »Stell dir vor, ich hab auch jemanden kennengelernt.«

Sie blickte auf. »Ehrlich? Bist du denn nicht mehr mit Doro zusammen?«

»Nein, nein, es ist … eine Psychologin, ich war bei ihr in Behandlung.«

Er war selbst erstaunt über sein Geständnis.

»Ich wusste gar nicht, dass du …«

»Ich hatte einige Probleme … die Trennung von deiner Mutter und die viele Arbeit, ich bekam manchmal Angst, das alles nicht mehr auf die Reihe zu kriegen, kurzum, ich …«

Sie lächelte. »Du hast dich bei einer Seelenklempnerin auf die Couch gelegt?«

»Sozusagen, ja. Es war ein Sessel, um genau zu sein.«

Sie lachte. »Das ist aber nicht ganz in Ordnung, oder? Pa, die arme Frau, wie soll sie dir denn helfen, wenn du sie gleich anbaggerst?«

Er lachte auch. »Tja, das war eine lange Geschichte.«

Sie knuffte ihm freundschaftlich in den Arm. »Ich will, dass du sie mir vorstellst.«

»Mach ich auch, schon bald.«

»Warum nicht gleich heute?«

»Emily, ich sagte doch …«

»Ach ja«, sie stieß die Luft aus, »du musst ja mal wieder Verbrecher jagen.«

Und dann konnte er sie wenigstens noch zu einem Spaziergang überreden.

Sie gingen durch das strahlende Oktoberlicht am Kanal entlang, und er war mit einem Mal so beschwingt, dass er den Arm um seine Tochter legte.

Emily schmiegte sich an ihn und fragte: »Wie alt ist denn diese … wie heißt sie?«

»Jana. Sie ist sechsunddreißig.«

Sie legte die Stirn in Falten. »Du wirst bald vierundvierzig. Das sind acht Jahre Unterschied.«

»Siebeneinhalb. Das ist doch völlig normal.«

Sie blieb stehen. »Tatsächlich? Du meinst also, wenn jemand sechzehn ist und der andere vierundzwanzig, wäre das völlig in Ordnung?«

Er blieb abrupt stehen. »Was willst du damit sagen, Emily? Du bist noch minderjährig, das ist ein großer Unterschied.«

Sie löste sich von ihm. »Es war ja nur ein Beispiel!«

Sie gingen weiter. Trojan war leicht beunruhigt. Er versuchte noch ein paar Mal, behutsam nachzufragen, was sie nun eigentlich bewegte, aber es war nicht mehr aus ihr herauszukriegen.

Mittags aßen sie in einem arabischen Imbiss Falafel, dann fuhr er sie nach Charlottenburg zu ihrer Mutter, verabschiedete sich und machte sich auf den Weg ins Kommissariat.

Er grübelte über Landsbergs Schussverletzung nach. An der Sache war entschieden etwas faul, dazu brauchte es keine hellseherischen Fähigkeiten.

NEUNZEHN

Die Stimmung im Kommissariat war schlecht. Der Chef ließ sich nicht blicken, stattdessen musste Trojan für ihn die Leitung übernehmen.

Nachdem er mit allen Mitarbeitern gesprochen und sich über den Stand der Ermittlungen informiert hatte, der mehr als dürftig war, zog er sich in sein Büro zurück und breitete seine Notizen vor sich aus.

Er hatte keinen konkreten Anhaltspunkt für seine Überlegungen, es sei denn, er zählte einen Namen dazu, der immerzu in seinem Kopf herumspukte: Theresa Landsberg. Er musste ausschließen, dass sie in irgendeiner Form etwas mit den Mordfällen zu tun hatte, sonst würde er keine ruhige Minute mehr finden. Diesen einen nagenden Verdacht auszuräumen, um sich danach wieder auf andere Aspekte der Aufklärung konzentrieren zu können, war sein Plan. Allerdings wagte er es nicht, bei der Meldestelle anzurufen und sich ein Passfoto von der Landsberg geben zu lassen. Er musste dezenter vorgehen, um seinen Chef nicht unnötig zu düpieren.

Also schaute er im Internet nach. Und nach einigem Suchen fand er eine Aufnahme, die sie bei einer Tanzaufführung zeigte.

Darauf trug sie ein dunkles enganliegendes Trikot, ihr Haar war zu einem Pferdeschwanz zurückgebunden. Das

Kinn angehoben blickte sie leicht entrückt in die Kamera, und in ihren Augen war ein merkwürdiger Schimmer.

Wozu war diese Frau fähig?, fragte er sich, und plötzlich blitzte die Szene in der Küche vor ihm auf, als sie mit dem Messer auf ihn losgegangen war.

Er hatte das Foto gerade ausgedruckt, als Stefanie Dachs an die Tür klopfte und zu ihm ins Zimmer trat.

Rasch versteckte er das Bild unter einem Haufen Papiere.

»Was gibt es, Steff?«

Sie zögerte. »Es ist nichts Besonderes, nur etwas, das mich schon seit heute Morgen beschäftigt. Ich würde das gern mal mit dir besprechen.«

»Drängt es? Ich bin nämlich ziemlich in Eile.«

»Wenn du willst, kann ich auch später wiederkommen.«

Er sah sie an. Stefanie war eine gute Ermittlerin, sie verfügte über verlässliche Instinkte.

Trojan lehnte sich zurück. »Also schieß los.«

Sie nahm ihm gegenüber am Schreibtisch Platz. »Ich hab mich heute um das Umfeld von Ulrich Tretschok gekümmert. Er war ja in der Kulturverwaltung des Berliner Senats beschäftigt. Eigentlich ein recht gut bezahlter, vor allem sicherer Job. Nur fand ich heraus, dass er eine Menge Schulden hatte. Er war an einer Reihe Immobilienspekulationen beteiligt, die allesamt geplatzt sind.«

»Hmm.«

»Ich weiß, das führt uns nicht wirklich weiter. Mir ging es auch mehr darum herauszufinden, was für ein Typ er war, was die Mitarbeiter über ihn sagen, um dadurch vielleicht eine Verbindung zu dem ersten ermordeten Paar herstellen zu können.«

»Ja, das ist gut. Weiter.«

»Na ja, es war dann eigentlich nur ein Ausspruch einer seiner Kollegen, eine beiläufige Bemerkung, die bei mir hängen blieb. Und mich auch irgendwie beunruhigt hat.«

»Und?«

»Dieser Zeuge sagte sinngemäß: Kein Wunder, dass es Ulrich erwischt hat. Sich mit einer weitaus jüngeren Frau einzulassen bringt doch immer Unglück.«

»Hast du den Kerl gecheckt?«

»Ja, er ist sauber. Wasserdichtes Alibi für beide Tatzeiten.«

»Hmm. Klingt, als sei er neidisch.«

»Das ist es ja, Nils, worüber ich mit dir sprechen möchte. Täusche ich mich, oder gilt es unter Männern nach wie vor als Auszeichnung, mit deutlich jüngeren Frauen zusammen zu sein?«

Trojan holte tief Luft. »Da mag etwas dran sein. Auf jeden Fall haben wir hier eine Übereinstimmung, die ich auch schon bedacht habe. Paul Ziemann war wie alt?«

»Zweiundvierzig.«

»Und Carlotta Torwald war neunundzwanzig.«

»Im Falle von Hertling und Tretschok ist der Altersunterschied sogar noch frappierender. Er war vierundvierzig, sie ist siebenundzwanzig.«

Trojan überlegte. »Möglicherweise hat es der Täter oder die Täterin darauf abgesehen, jüngere Frauen für ihr Verhältnis mit älteren Männern zu bestrafen.«

»Oder umgekehrt«, sagte Stefanie, »ältere Männer für ihre Liebe zu jungen Frauen.«

»Ja.«

Trojan bemerkte ihren Blick zu den Unterlagen, unter die er das Foto aus dem Internet geschoben hatte. Es war unmöglich, dass sie beim Hereinkommen die darauf abgebildete

Person erkannt haben konnte, und doch schien sie darauf zu warten, dass er ihr von seinen Fortschritten bei den Ermittlungen berichtete.

Doch er schwieg.

»Gut, Steff, notier dir deine Eindrücke und bleib dran.«

»Mach ich.«

»Hast du auch mehr aus dem Umfeld von Mara Hertling herausbekommen?«

»Du meinst, was andere Freundinnen von ihr betrifft?«

»Hmm.«

Sie schüttelte den Kopf. »Keine weiteren Erkenntnisse bislang.«

»Wie geht es der Hertling eigentlich?«

»Unverändert kritischer Zustand. Komatös, nicht ansprechbar.«

»Wir müssen abwarten.«

»Ja, aber wir dürfen auch nicht allzu viel Hoffnung darauf setzen, dass wir sie jemals vernehmen können.«

Er schwieg einen Augenblick. »Okay, Steff, danke«, sagte er schließlich.

Sie stand auf und ging zur Tür. »Was ist eigentlich mit dem Chef? Kommt er heute noch oder nicht?«

Trojan blickte zur Uhr. »Er ist sicher bald wieder da.«

»Schon merkwürdig, dass er uns hier allein schuften lässt.«

»Er hat mich heute Morgen angerufen«, log Trojan.

»Ach ja? Was hat er gesagt?«

»Es gibt ein paar gesundheitliche Probleme, die ihm zu schaffen machen.«

»Der Rücken?«

Er nickte.

»Nils, wenn das so weitergeht, brauchen wir Verstärkung. Das ist dir doch klar, oder?«

»Landsberg lässt uns nicht im Stich. Auf ihn ist Verlass, glaub mir.«

Er registrierte ihren zweifelnden Blick. Und schon war sie zur Tür hinaus.

Trojan wartete noch einen Moment ab, dann nahm er das Foto, schnappte sich eine beschriftete Klarsichtfolie aus der Asservatenkammer, in der ein kleiner Gegenstand steckte, und eilte aus dem Kommissariat.

Es war bereits Abend, als er in der Lausitzer Straße eintraf. Die herbstliche Dunkelheit senkte sich nun immer früher herab.

In der Wohnung gegenüber von Tretschok und Hertling lief der Fernseher. Gerhard Brenner wirkte nicht besonders erfreut, als er Trojan die Tür öffnete, er kaute an seinem Abendbrot und blickte ihn feindselig an.

Widerstrebend ließ er ihn herein.

»Tut mir leid, dass ich Sie noch einmal belästigen muss, aber es ist äußerst wichtig.« Trojan reichte ihm das Foto. »Haben Sie diese Frau schon mal gesehen?«

Die Antwort kam prompt: »Nein.«

»Schauen Sie genau hin, sind Sie sich ganz sicher?«

»Wirklich, die kenne ich nicht.«

»Auch nicht flüchtig?«

Der alte Mann hob die Schultern, dann schüttelte er den Kopf.

Trojan insistierte. »Könnte es vielleicht die Frau gewesen sein, die am Freitagabend in den Streit mit Mara Hertling verwickelt war?«

Der Alte kniff seine buschigen Augenbrauen zusammen.

»Hören Sie, ich sagte Ihnen doch, ich hab die Frau nur von hinten gesehen, und das auch bloß durch den Spion.« Er blickte noch einmal auf das Foto. »Also schön, die Haarfarbe kommt hin, die Größe auch. Vielleicht war sie es, vielleicht auch nicht, keine Ahnung.«

Trojan stieß die Luft aus. »Und in der fraglichen Nacht haben Sie wirklich nichts bemerkt? Einen Schrei? Jemanden, der sich in der Wohnung nebenan Zugang verschafft hat? Irgendetwas Auffälliges?«

»Nichts. Ich hab einen tiefen Schlaf, tut mir leid.«

»Schon gut«, sagte er.

»Verraten Sie mir den Namen der Frau auf dem Foto?«

»Warum sollte ich?«

»Nur so, weil es mich interessiert. Glauben Sie etwa, sie war es? Meinen Sie, diese Frau hat das Blutbad da drüben angerichtet?«

Trojan machte eine abwehrende Kopfbewegung und nahm das Bild wieder an sich. »Mal keine voreiligen Schlüsse ziehen, ja, das ist eine reine Routinebefragung.«

Und grußlos verließ er die Wohnung.

Er ging hinunter, bis im Treppenhaus das Licht ausging. Im Halbdunkeln wartete er eine Weile ab, um ganz sicher zu sein, dass Brenner ihn nicht mehr am Türspion beobachtete. Der Kerl war zwar als Zeuge völlig unbrauchbar, nichtsdestotrotz schien er äußerst neugierig zu sein. Schließlich stieg Trojan wieder hinauf ins zweite Stockwerk.

Er fingerte nach der Klarsichthülle aus der Asservatenkammer und nahm den Schlüssel heraus.

Danach löste er das Polizeisiegel, den kleinen Aufkleber

mit der Vorgangsnummer, der an der Tatortwohnung zwischen Tür und Rahmen angebracht war, schloss auf und trat ein.

Noch immer hing der Geruch von Blut und Tod in der Luft. Sein Herz schlug höher, als er langsam ins Schlafzimmer ging. Er streifte sich Latexhandschuhe über und machte Licht.

Das Laken war abgezogen worden, dunkelrote Flecken auf der Matratze, eingesickert und getrocknet.

Und an der Wand waren Blutpuren zu erkennen, wo die besudelte Nachtwäsche gehangen hatte, der Pyjama und das Hemd, Reste von dem Tape klebten dort in Fetzen.

Trojan machte einen Bogen um die Markierungen der Spurensicherung. Er wusste selbst nicht genau, wonach er suchte, als er die Schubladen aufzog. Möglicherweise hatten die Kollegen etwas übersehen, eventuell gab es irgendeinen Hinweis auf Theresa Landsberg.

Tief in seinem Innern setzte er darauf, nichts zu finden, er hoffte inständig, dass die Frau seines Chefs über jeden Verdacht erhaben war.

Auch im Wohnzimmer schaltete er das Licht ein, durchsuchte Schränke und Kommoden. Auf dem Bücherregal lag eine Fernbedienung, er konnte sich nicht genau erklären, welche Funktion sie hatte, jedenfalls nicht für den Fernseher oder die Stereoanlage. Versuchshalber drückte er auf die Ein- und Austaste. Und erschrak, als mit einem Surren ein zylinderförmiges Gerät unter dem Sofa hervorkroch.

Es begann, auf dem Boden seine Kreise zu ziehen. Was war das? Das Ding war etwa fünfzig Zentimeter breit und zehn Zentimeter hoch. Er betätigte wieder die Fernbedienung, und es blieb stehen. Er untersuchte es, drehte es um.

Da waren Kehrborsten und eine Öffnung. Trojan sah unter dem Sofa nach und erkannte die Ladestation.

Staunend ließ er die Luft zwischen den Zähnen entweichen. Hertling und Tretschok schienen eine Vorliebe für technischen Schnickschnack gehabt zu haben. Wenn er sich nicht täuschte, handelte es sich bei dem Gerät um einen Staubsaugerroboter.

Er hatte einmal einen Artikel in einer Zeitschrift darüber gelesen. Diese Apparate konnten angeblich Wohnungen eigenmächtig säubern, erkannten mit Hilfe von Sensoren jegliche Unebenheiten und Hürden in den eigenen vier Wänden.

Äußerst praktisch, dachte er, aber auch irgendwie verstörend. Und so fuhr er den Roboter zurück unter das Sofa.

Dann ging er in die Küche und durchwühlte die Anrichte.

Schließlich war er wieder im Schlafzimmer.

Er versuchte, sich die Situation in der Mordnacht vorzustellen. Am Abend gab es einen Streit mit einer bisher noch unbekannten Frau, Alter zwischen Anfang dreißig und Mitte vierzig. Sie fragte Mara Hertling im Zorn, ob sie noch immer ihre Freundin sei. Danach ging das Paar zu Bett, Mara erwachte vermutlich von einem Geräusch, ging in den Flur, um nachzusehen, und jemand verletzte sie an der Hand.

Er trat zu der Stelle hin, wo die eingetrockneten Blutspritzer auf dem Dielenboden waren. Auch dort machte er Licht.

Nach einer Weile begann er, die Kommode neben der Eingangstür zu durchsuchen, ebenfalls ohne Erfolg.

Kurz darauf hielt er an der Schlafzimmertür inne, wo die Blutflecken waren, die Ulrich Tretschok zugeordnet werden konnten.

Hier war er erschlagen worden, und seine Freundin hatte es mit ansehen müssen.

Er schnappte nach Luft. Es war unvorstellbar, mit welcher Grausamkeit der Täter vorging. Oder die Täterin. Aber war eine Frau überhaupt in der Lage, so brutal zu morden?

Weiter, trieb er sich innerlich an, in den Gedanken nicht nachlassen. Tretschok ist also tot. Die Hertling lebt noch. Wenig später wird sie an den Leichnam gebunden.

Er zitterte. Einer plötzlichen Eingebung folgend löschte er überall in der Wohnung das Licht.

Im Dunkeln legte er sich neben das Bett auf den Boden.

Sein Herz hämmerte.

Konzentriere dich, dachte er. Versuch, dir das vorzustellen. Warum wird sie an den Leichnam gefesselt? Was geht im Hirn dieses Täters vor? Mara Hertlings Lebensgefährte ist tot. Sie liegt unter ihm, wehrlos und nackt. Der Mörder ist im Raum. Er lässt sich Zeit, viel Zeit.

Was bezweckt er damit? Weidet er sich an ihren Qualen? Was geschieht als Nächstes?

Trojans Hände begannen zu schwitzen.

Und plötzlich hörte er ein Geräusch.

Jemand war an der Wohnungstür. Sie wurde aufgeschlossen.

Wie war das möglich? Er hatte doch den einzigen Schlüssel aus der Asservatenkammer.

Da hörte er, wie die Tür aufsprang.

Trojan zückte seine Waffe, rappelte sich lautlos auf und ging in Deckung.

ZWANZIG

Es waren schwere Schritte. Schon näherten sie sich dem Schlafzimmer. Trojan wagte kaum zu atmen. Das Blut toste in seinen Ohren, sein Herz schlug hoch. Er presste sich noch dichter an die Wand.

Plötzlich war es still. Hinter der geöffneten Tür hielt er die Waffe im Anschlag und horchte.

Da trat jemand ein. Trojans Muskeln zuckten.

Er konnte ihn nicht sehen, doch die Schritte verharrten.

Plötzlich flammte das Deckenlicht auf. Hatte der andere ihn etwa bemerkt?

Lange Zeit tat sich nichts. Er hörte nur seine Atemzüge.

Endlich ging er zurück in den Flur. Gedämpft sog Trojan Luft in seine Lunge, dabei vernahm er, wie sich die Schritte in Richtung Küche bewegten.

Es half nichts, er musste ihm nach, nur so konnte er herausfinden, wer der Eindringling war.

Langsam arbeitete er sich vor.

Verließ die Deckung und schlich in den Flur. Auch in der Küche brannte jetzt Licht.

Er versteckte sich hinter den Mänteln an der Garderobe und lauschte.

Küchenschubladen wurden geöffnet, dann fiel etwas zu Boden. Er hörte, wie jemand leise fluchte.

Trojan wollte einen Schritt nach vorn machen, da klickten

die Bügel an den Garderobenhaken aneinander, und er hielt erschrocken inne.

Auch in der Küche war es schlagartig still.

Trojan umklammerte seine Waffe mit beiden Händen.

Lautlos verstrichen die Sekunden, schließlich begann das Schurren und Klappern von vorn.

Er atmete durch.

Es waren noch etwa drei Schritte bis zur Küche, aber er musste extrem vorsichtig sein, da er keine Deckung hatte. Mit dem Rücken zur Wand stahl er sich Zentimeter um Zentimeter vor.

Er wechselte zur gegenüberliegenden Seite, und nach einigem Zögern reckte er den Kopf am Türrahmen vor, so weit, bis er in den Raum hineinspähen konnte.

Und er erstarrte.

Kurz darauf wich er zurück.

Sein Puls schlug noch höher.

Er wartete einen Moment ab, dann riskierte er wieder einen Blick. Er erkannte den Verband wieder, der andere trug den rechten Arm in der Schlinge.

Trojan rührte sich nicht, kalter Schweiß stand ihm auf der Stirn.

Sein Chef ging systematisch vor, nun machte er sich an dem Regal mit den Küchenvorräten zu schaffen, öffnete jedes Gefäß und sah hinein.

Lange Zeit beobachtete er ihn dabei.

Und plötzlich schien Landsberg etwas entdeckt zu haben. Sein Körper war unter Spannung. Mit der Linken zog er einen Umschlag aus einer Vorratsdose hervor. Verdammt, durchfuhr es Trojan, das war ihm bei seiner Durchsuchung entgangen, er hätte noch gründlicher sein müssen.

Der Chef öffnete den Umschlag und erbleichte.

Was war das?

Er nahm drei Fotos heraus und starrte sie an. Trojan hörte, wie er leise aufstöhnte.

Ein paar Sekunden lang rührte er sich nicht. Schließlich gab er sich einen Ruck, steckte die Fotos in seine Jackentasche, schloss die Vorratsdose und stellte sie wieder an ihren alten Platz.

Trojan hatte zwar nicht erkennen können, was die Bilder zeigten, doch was er gesehen hatte, reichte ihm.

Langsam schlich er zurück. Glitt ins Wohnzimmer und nahm seine Position hinter der Tür ein.

Er hörte Landsberg noch eine Weile in der Küche rumoren, danach wurden in der Wohnung die Lichter ausgeschaltet. Wieder waren seine Schritte im Flur zu vernehmen.

Schließlich war er an der Eingangstür. Sie wurde geöffnet und gleich darauf zugezogen.

Trojan hörte, wie sein Chef von außen absperrte.

Woher hatte er bloß den Schlüssel?

Er wartete ab, bis sich sein Puls beruhigte, und zählte in Gedanken bis hundert, erst dann steckte er seine Waffe zurück ins Holster und verließ die Wohnung.

Noch während er die Tür verriegelte, stellte er fest, dass Landsberg ein frisches Siegel angebracht hatte. Also musste ihm auch beim Hereinkommen aufgefallen sein, dass es entfernt worden war.

Trojan musste äußerst wachsam sein. Da er das Siegel durch das Öffnen der Tür wieder beschädigt hatte, nahm er es ab, ersetzte es durch ein neues aus seiner Brieftasche und schrieb die Vorgangsnummer darauf. So blieb der Schein gewahrt, dass niemand Spuren am Tatort verwischt hatte.

Unten auf der Straße schaute er sich besorgt um.

Von nun an würde er seinem Chef nicht mehr trauen können.

Und er musste Theresa finden, um sie zur Rede zu stellen.

Ihm blieb keine andere Wahl.

Ruhe, dachte sie, endlich zur Ruhe kommen. Wieder heil sein, erlöst. In Frieden wegdämmern.

Und sie spürte, wie sie tiefer sank. Ja, sie würde davongleiten, allem entschweben, und sie wäre frei.

Ihre Augenlider flatterten. Jetzt war es gleich geschafft. Aber sie wusste, je mehr sie über den Schlaf nachdachte, desto eher würde sie ihn verjagen.

Also versuchte sie, sich nur auf ihren Atem zu konzentrieren.

Sie tastete unter der Bettdecke nach ihrem Bauch, legte die Hände darauf und spürte ihre Atembewegungen.

Ja, das half, und sie sank noch tiefer. Doch schon kamen die Bilder, grausame Bilder, grell und gnadenlos. Wieder war sie in diesem Schlafzimmer, und wieder war dort der Mann, der ihr den Mantel vom Körper riss. Und da lag die Frau auf dem Bett, der Kuchen auf ihrem nackten Körper drapiert.

»Füttere sie«, sagte der Mann.

Und Theresa wollte sich wehren, aber der Mann stieß sie hin zu ihr.

»Du sollst sie füttern, hörst du nicht.«

Sie brach Stücke von dem Kuchen ab und stopfte sie der Frau in den Mund.

Der Mund war rot geschminkt und gierig, und Theresa kam mit dem Füttern kaum hinterher, und der Mann lachte.

»Schmier ihr den Kuchen überallhin.«

Und sie begann, ihre Finger tief in die Schokomasse zu tauchen, und rieb Beine, Bauch und Brüste damit ein. Sie hockte über ihr, und sie war ja selbst nackt und schämte sich dafür.

»Weiter«, befahl ihr der Mann, »tu es, tu es einfach.«

Tu es, tu es, tu es, hämmerte eine andere Stimme in ihrem Kopf, es war wohl ihre eigene, und sie wollte gegen die Schmach ankämpfen, musste sich aufbäumen, und plötzlich war da überall Blut.

Plötzlich vernahm sie ein schrillendes Geräusch wie von einem Telefon, und sie war unsicher, ob es zu ihrem Traum gehörte oder aus der Wirklichkeit kam. Und sie sah sich selbst dabei zu, wie sie nach ihrem Handy griff, es sich zwischen Schulter und Ohr klemmte und ihre Finger wieder ins Blut tauchte. Blut und Kuchenreste, und sie spielte damit, und das Herz schlug heftig in ihrer Brust.

»Hallo?«, fragte sie in den Hörer.

Jemand atmete schwer am anderen Ende der Leitung.

»Hallo?«, fragte sie wieder.

Und dann meldete sich ein Flüstern. Rau, unheimlich, so dicht bei ihr, als dringe es direkt aus ihrem Hirn.

»Mein Gott, was haben Sie nur getan?«

Sie hielt inne, die Szenerie in dem Schlafzimmer verschwand, und Theresa sah sich nur noch mit dem Telefon in der Hand.

»Wer sind Sie?«, fragte sie.

Lange Zeit kam keine Antwort. Schließlich vernahm sie erneut das Flüstern.

»Blut. Überall Blut. Liebespaare, glückliche Paare. Und nun? Oh, mein Gott, es ist so furchtbar. Wie konnten Sie das nur tun?«

»Bitte sagen Sie mir, wer Sie sind«, flüsterte Theresa.

Sie lauschte.

Da waren die Atemgeräusche, stoßweise, wild, und schließlich wisperte die Stimme: »Ich werde für Ihre Seele beten.«

Und sie schreckte hoch.

Die Stimme war noch immer dicht bei ihr.

Das Flüstern war im Raum.

Sie war nicht allein, also entsprach es doch der Wirklichkeit.

»Sie haben es wieder getan. Gütiger Gott. Knien Sie nieder und beten Sie.«

Wer war das? Wer sprach da zu ihr?

Sie öffnete die Augen. Die Wände schwankten um sie herum.

Sie sank zurück aufs Bett. Versuchte, den Blick auf einen Punkt zu fixieren. Registrierte den Haken, das Knäuel der Elektrokabel über ihr. Erkannte das kleine Schlafzimmer wieder. Sie hatte noch immer keine Deckenlampe besorgt. Dabei wollte sie sich doch hier zu Hause fühlen.

Es sollte ihr geschütztes Reich sein, ihr Rückzugsort.

Sie wartete ab, bis sich ihr Herzschlag halbwegs beruhigte.

Da erst bemerkte sie das Mobiltelefon in ihrer Hand. Noch im Halbschlaf schien sie danach gegriffen zu haben, vermutlich hatte sie das Läuten geweckt.

Sie schaute aufs Display. *Anonym*, leuchtete blau die Buchstabenfolge auf.

Sie erhob sich. Das Telefon in der einen Hand zog sie mit der anderen die Vorhänge auf. Sie erkannte die Gegend wieder. Finstere Nacht draußen.

Wieder meldete sich knisternd die Stimme aus dem Hörer.

»Hallo? Sind Sie noch dran?«

Was wollte dieser Anrufer von ihr? Es war nun schon das dritte Mal, dass er sie belästigte.

Während sie auf die menschenleere Straße blickte, presste sie das Handy an ihr Ohr. Sie musste Stärke beweisen, durfte sich nicht unter Druck setzen lassen.

»Hören Sie. Ich beende auf der Stelle das Gespräch, wenn Sie mir nicht endlich sagen, wer Sie sind.«

Das Flüstern am anderen Ende kam mit Verzögerung. »Wie ich bereits gestern erwähnte, arbeite ich für Ihren Mann.«

»Sind Sie ein Kollege von ihm?«

»Das darf ich Ihnen nicht verraten.«

»Was wollen Sie von mir?«

»Ihnen helfen.«

»Sprechen Sie lauter!«

Doch der Anrufer wisperte unbeirrt weiter: »Sie brauchen Beistand.«

»Aber ich habe nichts getan.«

»Oh doch, das haben Sie. Sie wollen sich nur nicht mehr daran erinnern, hab ich recht?«

Und wieder trafen sie mit Wucht die Gedanken an den Streit mit Mara. Die Fotos! Man hatte sie gesehen. Und Mara hatte mit der Polizei gedroht.

Und dann erinnerte sie sich an ihre Wut. Sie hatte ihre Freundin verflucht. Was um Himmels willen war danach geschehen?

Maras Freund war tot. Und Mara selbst …

Oh, mein Gott, auch sie würde sterben, den Mordanschlag nicht überleben.

Was war nur Freitagnacht geschehen? Und Dienstagnacht? Um Himmels willen, was war nur los mit ihr? Warum hatte sie diese Erinnerungslücken?

Konzentriere dich, dachte sie, komm schon, du wirst doch wohl noch wissen, was du getan hast!

Aber vor ihr tat sich bloß ein dunkler Abgrund auf. Ihr wurde schwindlig.

»Es gibt Beweise, schreckliche Beweise.«

»Sagen Sie mir Ihren Namen.«

»Das darf ich nicht.«

»Warum nicht?«

»Es hat mit Ihrem Mann zu tun.«

»Lassen Sie ihn aus dem Spiel.«

Der Anrufer lachte leise. »Er ist doch mein Auftraggeber.«

»Das glaube ich Ihnen nicht.«

»Sollten Sie aber. Er ist in großer Sorge um seinen Ruf, wissen Sie. Und wie es aussieht, hat er allen Grund dazu. Sie können von Glück reden, dass ich Ihnen meine Hilfe anbiete. Denn noch habe ich Ihrem Mann nichts davon erzählt, was Sie nachts in fremden Wohnungen treiben.«

Er machte eine Pause.

»Es ist unvorstellbar, was ich gesehen habe.«

»Lassen Sie mich in Ruhe!«

»Wollen wir zusammen niederknien und beten?«

»Ich lege jetzt auf!«

»Tun Sie das nicht. Verscherzen Sie es sich nicht mir! *Ich* bestimme die Regeln, nicht Sie.«

Sie hielt das Handy fest umklammert.

Vielleicht träumte sie ja noch immer. Wieder einmal war ihr, als spräche diese Stimme direkt aus ihrem Kopf. Sie fürchtete, allmählich verrückt zu werden.

»Möglicherweise gibt es ja einen Ausweg«, hörte sie den anderen flüstern.

Sie atmete schwer.

»Wissen Sie, mir liegt viel daran, Ihnen zu helfen. Also freuen Sie sich auf meinen nächsten Anruf.«

Und dann klickte es.

In dem schmalen Badezimmer spritzte sie sich kaltes Wasser ins Gesicht. Sie trocknete sich ab und starrte ihr Spiegelbild an.

Was sollte sie jetzt nur tun? Dieser Anrufer hatte sie in der Hand. Er schien alles über sie zu wissen, alles.

Die Angst nahm ihr den Atem.

EINUNDZWANZIG

Danielas Herz schlug höher, als sie auf die grüne Taste drückte. Wieder nichts, kein Freizeichen, bloß die Ansage. Die stets gleichen Worte, Siris fröhliche Stimme, die ihr, je öfter sie anrief, immer ferner und unheimlicher erschien.

Längst hatten sich all ihre Warninstinkte gemeldet, denn Siri war ein wahrer Telefonfreak, nicht einmal nachts schaltete sie ihr Handy aus. Und mindestens dreimal am Tag tauschten sie sich über Neuigkeiten, Tratsch und Belangloses aus, doch seit diesem merkwürdigen Anruf vom Samstagabend hatte sie nichts mehr von ihr gehört, und die unzähligen Nachrichten, die sie auf ihrer Mailbox hinterlassen hatte, blieben unbeantwortet.

Zum x-ten Mal versuchte Daniela, sich den Wortlaut ihres letzten Telefongesprächs ins Gedächtnis zu rufen. Es ging um diese Frau, um Siris Stiefvater und den Mord in der Lausitzer Straße, sie hatte selbst im Internet nachgeschaut und alles darüber gelesen. Sollte ihre Freundin etwa in Schwierigkeiten stecken?

Heute war Montag, und Siri war nicht einmal in der Schule aufgetaucht. War sie denn überhaupt zu Hause?

Daniela schaute zu den Fenstern der Wohnung hoch, in der Siri mit ihren Eltern lebte. Auf ihr Läuten hin hatte niemand geöffnet. Etwas stimmte da nicht.

Schließlich klingelte sie bei den Nachbarn, und ihr wurde

ungefragt geöffnet. Beklommen stieg sie die Treppe hinauf. Vor der Eingangstür hielt sie inne. Dann drückte sie auch hier den Klingelknopf. Nichts rührte sich. Sie presste das Ohr gegen das Türblatt und lauschte.

Mit einem Mal brach ihr der Schweiß aus.

Sie musste eine Entscheidung treffen, und zwar schnell. Siri war doch sonst immer so zuverlässig, sie hätte sich zumindest in der Schule abgemeldet, doch auch im Sekretariat wusste man von nichts.

Ihrer Freundin ging es nicht gut, das konnte sie spüren, möglicherweise war ihr etwas zugestoßen.

Daniela ballte die Hand zur Faust und schlug gegen die Tür.

»Siri«, rief sie, »bist du da? Mach doch auf!«

Völlig regungslos war sie.

Wie schön das aussah. Ihre Züge entspannt und viel weicher als zuvor. Nur ihre Frisur gefiel ihm nicht, was hatte sie bloß damit angestellt. Er schloss kurz die Augen und versuchte, sie sich mit einer anderen Haarfarbe vorzustellen, dann streckte er die Hand nach ihr aus, um sie zu berühren, doch schon zuckte er zurück. Er durfte das nicht.

Verboten, durchfuhr es ihn.

Lange Zeit betrachtete er ihre Lippen. Eigentlich waren sie wohlgeformt, sinnlich und rund, jung und rot, nur leider verunstaltet durch dieses Piercing. Er überlegte, ob er es entfernen sollte, allerdings könnte sie davon erwachen, also ließ er es bleiben.

Nun gehörte sie also ganz ihm.

Ihre Wehrlosigkeit überwältigte ihn.

Und plötzlich schluchzte er auf und vergrub das Gesicht

in den Händen. Er musste daran denken, wie viel Krankheit und Hässlichkeit es auf dieser Welt gab, und mit einem Mal sah er sich auf der Krebsstation wieder, hilflos und besorgt, da waren die Patienten, die mit ihren Atemgeräten über die Gänge schlurften, da waren die Apparaturen und Schläuche. Und über allem schwebte der Geruch der Hoffnungslosigkeit, beißend und steril. Er sah seine Frau vor sich, sie war abgemagert, unter ihren eingefallen Wangen trat das Gebiss hervor. Sie hatte ihr Haar verloren, ihn erschütterte der Anblick ihres nackten Schädels und das violette Geflecht ihrer Adern unter der papiernen Haut.

Wenn sie den Mund öffnete, konnte er den Tod riechen und ihre Angst davor. Er sah ihre magere Hand, wie sie in Zeitlupe über die Bettdecke wanderte, hin zu ihm. Und er drückte sie, während er nach tröstenden Worten suchte. Er benötigte Distanz, schließlich war er doch Arzt. Ein Mediziner ließ sich nicht von Sentimentalitäten hinreißen, im Gegenteil. Er musste in aller Ruhe die Sachlage einschätzen und Zuversicht verbreiten. Doch als Angehöriger dieser Schwerkranken versagte er kläglich. Hockte da, umklammerte ihre dürren Finger und schwieg.

Nein, dachte er, weg mit den Erinnerungen, den quälenden Bildern.

Und er richtete den Blick wieder auf das Mädchen, ließ ihn über seinen Körper hinweggleiten, langsam, tastend, vom Kopf bis hin zu den Füßen und wieder zurück. Sie war nun bereits über das Alter hinaus, das ihre Schwester bei ihrem Tod gehabt hatte. War nicht mehr so jung wie Marie damals und weniger unschuldig als die Vierzehnjährige, die ihn in seinen Träumen heimsuchte.

Marie. Ihr Haar war bedeutend schöner gewesen, es bedurfte keiner Färbung, schon gar nicht in diesem knalligen Ton, es war von Natur aus brünett, leicht gewellt und dicht, und ihre Lippen waren rein und makellos, von ihrem Wesen her war sie sanfter, verträumter, und beim Sprechen errötete sie gelegentlich. Wenn er sie heimlich beobachtete, wie sie durch die Straßen ging, sah er, wie die tropfenförmige Perle ihres Halsbands in der Mulde ihres Schlüsselbeins hin und her schwang, ein Anblick, der ihn in Verzückung geraten ließ.

Er versuchte, sich das rote Halsband an dem schlafenden Mädchen vorzustellen, und wie es wäre, wenn sie keine Kleidung mehr trug, ihr nackter Körper bloß mit diesem Accessoire verziert.

Da er ihr das Schlafmittel gegeben hatte, könnte er doch alles mit ihr tun, sie wäre sein.

Aber noch immer schreckte er davor zurück, sie zu berühren.

Sie hatte einfach zu wenig Gemeinsamkeiten mit Marie. Marie, auf die er am Schultor gewartet hatte, der er nachgegangen war, ohne dass sie es ahnte. Immer wieder löste er sich in seinen Träumen aus dem Schatten eines Baumes und folgte ihr, dabei war ihm, als würden seine Schritte ferngesteuert. Und noch heute, nach all den Jahren, trieb es ihm die Tränen in die Augen, wenn er an ihre geschmeidigen Bewegungen dachte, an ihr wippendes Haar und den kleinen festen Hintern.

Nun war sie tot, und auch das Halsband war fort.

Er hätte es nicht aus der Hand geben dürfen.

Er brauchte es, wollte damit spielen.

Niemals hätte er sich von Maras Ähnlichkeit mit Marie hinreißen lassen dürfen.

Doch seit der ersten Begegnung mit ihr hatte er geglaubt,

Marie sei in Mara wiederauferstanden, Marie sei in Mara zur Frau herangereift, um endlich wieder bei ihm zu sein.

»Mara, Marie«, flüsterte er.

Seine Stieftochter rührte sich nicht, keine Wimper zuckte in ihrem Schlaf.

Sollte die Dosis etwa zu hoch gewesen sein?

Er legte die Hand an ihre Halsschlagader.

Der Puls war fühlbar, schwach, aber sie lebte.

Mit einem Mal fühlte er sich stärker und mutiger als zuvor. Ihr Widerstand war gebrochen, niemandem würde sie von seiner Affäre mit Mara erzählen können. Sie würde schweigen, für immer, und auch nichts mehr über das Halsband verraten. Sie war überhaupt zu neugierig, er mochte ihre Überheblichkeit nicht, diese spröde, angriffslustige Art, sie hatte einfach nichts mit ihrer Schwester gemein.

Er seufzte auf, dann legte er sich neben sie.

Wenn sie doch nur Marie wäre. Während er sich enger an ihren Körper schmiegte, träumte er sich fort. Seine Erinnerungen führten ihn zurück in das Waldstück, in das er Marie gefolgt war, Vögel sangen, er rannte ihr nach, die Sonnenstrahlen irrten durch das Laub der Bäume, trafen ihn, blendeten, flimmerten, und er sah Marie vor sich, nah, ganz nah, auch sie rannte, gleich hatte er sie eingeholt, und er haschte nach ihr.

Er krümmte sich zusammen.

Das Mädchen in seinen Armen murmelte etwas im Schlaf.

Dass sie nur ja nicht wach wurde, vielleicht musste er die Dosis erhöhen.

Da läutete es an der Tür, und Andras zuckte zusammen.

ZWEINUNDZWANZIG

Trojan stützte den Kopf in die Hände. Schon den ganzen Tag über waren die Kollegen zu ihm hereingekommen mit Fragen, Hinweisen, die nicht weiterführten, Theorien, die nichts einbrachten, und ein jeder hatte sich über den Chef beklagt, er würde nicht zuhören, wäre apathisch, und die Ermittlungen drehten sich im Kreis.

»Tu was«, hatte Stefanie gesagt, »sprich mit ihm. Sag ihm, dass *du* die Leitung übernimmst, wenn er nicht mehr dazu in der Lage ist. Und was soll eigentlich diese dämliche Geschichte, er sei in der Badewanne ausgerutscht? Erst der Rücken, jetzt die Schulter! Mit seinem Verband sieht er aus, als sei er gerade aus der Klinik getürmt, und wir müssen hier eine Mordserie aufklären.«

Sie haben ja alle keine Ahnung, was wirklich mit ihm los ist, dachte Trojan. Und plötzlich sprang er auf und stürmte in den Flur. Ohne anzuklopfen, riss er die Tür zu Hilmars Büro auf, trat ein und knallte sie hinter sich zu.

Der Chef hockte an seinem Schreibtisch, sog an einer bis zum Filterstück heruntergebrannten Zigarette und blickte noch nicht einmal zu ihm auf. Sein Verband schien gewechselt worden zu sein, das war aber auch alles, was frisch an ihm wirkte. Er zerquetschte die Kippe in seinem silbernen Taschenaschenbecher, hob die Augenbrauen und wandte den Kopf nur ganz leicht in seine Richtung.

»Wo ist deine Frau?«, fragte Trojan ohne Umschweife.

»Nils«, entgegnete er kaum hörbar, »ich sagte doch, sie ist bei einer Freundin.«

»Gib mir die Adresse!«

Endlich sah er ihn an. »Was willst du von ihr? Ist es immer noch wegen der Sache von Samstagfrüh? Die Verwechslung der Schaulustigen? Klingt wie eine schlechte Komödie, findest du nicht?«

Trojan holte tief Luft, dann platzte es aus ihm heraus: »Woher hast du den Schlüssel zu Mara Hertlings und Ulrich Tretschocks Wohnung?«

Er beobachtete ihn genau, doch Landsberg verzog keine Miene.

»Ich verstehe nicht ganz.«

»Verdammt, Hilmar, es reicht! Schluss mit dem Versteckspiel!«

»Sei leise.«

»Was?«

»Komm her.« Er winkte ihn heran. Trojan trat näher.

»Hast du den Verstand verloren?«, zischte der Chef. »Willst du mich vor all meinen Mitarbeitern blamieren?«

»Hilmar, das geht so nicht weiter.«

»Setz dich.«

Landsberg presste mit Daumen und Zeigefinger die Haut über der Nasenwurzel zusammen, als litte er unter bohrenden Kopfschmerzen. Schließlich ließ er los und blickte ihn kühl an.

»Okay, was willst du hören?«

»Alles.«

Er schwieg lange Zeit. Mit einem Mal schlug er die Augen nieder und murmelte in sich hinein: »Sie wollte sich umbringen. Es war Samstagnacht. Ich kam nach Hause, sie hielt die geladene Waffe unter dem Sofa versteckt. Als ich mit ihr reden wollte, zog sie sie plötzlich hervor. Sie richtete den Lauf in ihren geöffneten Mund und wollte abdrücken.«

»Oh, mein Gott.«

»Ich sprang auf sie zu, konnte die Waffe herumreißen. Dabei traf mich die Kugel in der Schulter. Für einen Moment muss ich ohnmächtig gewesen sein. Als ich wieder zu mir kam, war Theresa verschwunden.«

»Und seitdem hat sie sich nicht mehr bei dir gemeldet?«

Er schüttelte den Kopf.

»Keine SMS, kein Anruf?«

»Nichts. Und immer wenn ich es unter ihrer Nummer versuche, ist ihr Handy ausgeschaltet.«

»Es könnte also sein …«

»Es könnte sein, dass sie irgendwo im Wald liegt. Möglich, dass sie sich einen Strick genommen hat. Vielleicht versucht sie es auch mit Gift.« Seine Stimme zitterte. »Scheiße, Nils. Ich bin völlig von der Rolle, schlafe nicht mehr, bin kaum noch in der Lage, die Ermittlungen zu führen, ich denke nur immerzu an sie, und ich …«

»Schon gut. Ganz langsam, Hilmar.«

Seine Gesichtsmuskeln verkrampften sich. »Verdammt, du hast ja recht. Scheiß was auf diese Gefühlsduselei. Also schön, sie hat Mist gebaut und scheint tief in einer Nervenkrise zu stecken, wenn sie überhaupt noch am Leben ist.«

»Hast du in den Krankenhäusern angerufen, den Krisenstationen?«

»Ja.«

»Kontakt mit ihren Ärzten aufgenommen?«

»Ja doch. Auch mit ihrer Schwester hab ich noch mal gesprochen und bei einigen Freunden und Bekannten nachgefragt. Niemand weiß etwas. Nils, es mag ja sein, dass du sie in der Lausitzer Straße gesehen hast, aber …«

»Was ist auf den Fotos abgebildet?«, unterbrach Trojan ihn scharf.

Hilmar starrte ihn an. »Welche Fotos? Wovon redest du?«

»Gestern Abend. Die Wohnung von Hertling und Tretschock. Du hast gesehen, dass das Siegel an der Tür entfernt war.«

Er zeigte keine Regung.

Und Trojan sagte: »*Ich* war das, ich hatte den einzigen Schlüssel aus der Asservatenkammer bei mir und war in der Wohnung, als du reinkamst. Fragt sich nur, wie du das angestellt hast, Chef.«

Er schwieg.

»Hilmar, wir können das hier nur lösen, wenn wir zusammen arbeiten. Hörst du? Rück endlich mit der Wahrheit raus, ich will alles wissen. Alles.«

Er schloss kurz die Augen. »Du warst in der Wohnung?«

»Ja, ich habe mich hinter der Schlafzimmertür versteckt.«

»Aber warum?«

»Ermittlungsarbeit, Chef. Und was wolltest du dort?«

Wieder schwieg Landsberg. Dann sagte er heiser: »Also schön. Wo soll ich anfangen?«

»Am besten bei dem Schlüssel.«

»Ich fand ihn bei Theresa. Sie muss Mara Hertling tatsächlich gekannt haben.«

»Wo genau hast du ihn gefunden?«

»Unter ihren persönlichen Sachen.«

»Wie kamst du darauf, dass …?«

»Nur ein Verdacht. Ich hab es einfach ausprobiert. Und er passte.«

»Und die Fotos in der Vorratsdose?«

Er stieß die Luft aus. »Jemand muss sie von der Straße aus fotografiert haben, als sie sich Zutritt zu der Wohnung verschafft hat. Ich vermute, dass sie sich allein dort aufgehalten hat.«

»Warum zum Teufel?«

»Ich weiß es nicht. Aber ich glaube, dass sie erpresst wurde.«

»Zeig mir die Fotos.«

»Ist leider nicht mehr möglich.«

»Wie bitte?«

»Ich hab sie vernichtet.«

»Ist nicht dein Ernst!«

»Verbrannt hab ich sie.«

»Hilmar, das ist wichtiges Beweismaterial.«

»Ein Scheißdreck ist das. Ich bin überzeugt, dass die ganze Geschichte nichts mit dem Fall zu tun hat. Jemand hat versucht, sie reinzulegen. Jemand hat gesehen, wie sie in die Wohnung eindringt, sie unter Druck gesetzt, erpresst und ...« Trojan sah, wie er gegen eine starke Gefühlsregung ankämpfte. »... und derjenige hat versucht, sie in den Selbstmord zu treiben. Er scheint zu wissen, wie labil sie ist.«

Trojan stand auf, lief durch das Zimmer. In seinem Kopf überschlugen sich die Gedanken. Schließlich blieb er vor Landsbergs Schreibtisch stehen.

»Was ist mit dem anderen ermordeten Paar? Hast du irgendeine Information, die darauf hindeutet, dass deine Frau auch bei Carlotta Torwald und Paul Ziemann war?«

»Um Himmels willen, Nils, ich muss dich noch einmal bitten, nicht zu laut zu sprechen. Komm her, setz dich«, er griff nach seinem Arm, »beruhige dich, verdammt.«

»Ich bin ruhig.«

»Bist du nicht, also sprich leise, ja? Nein, es gibt keinen Hinweis. Für wen hältst du Theresa? Für eine eiskalte Mörderin? Da ist nichts, was auf Torwald und Ziemann hinweist.«

Er lügt, dachte Trojan. Zumindest verschweigt er mir etwas.

Sie musterten sich.

»Okay, Hilmar, dir bleibt keine andere Wahl, du musst die Mordaufklärung ...«

»Gar nichts muss ich! Ich werde diesen Fall nicht abgeben!«

»Merkst du denn nicht, wie sehr du dich in etwas verrennst? Du kannst doch gar nicht mehr klar denken.«

»Ich verbitte mir das! Es steht außer Frage, dass ich voll und ganz bei der Sache bin.«

»Eben hast du noch zugegeben ...«

»... dass ich mich um meine Frau sorge und nachts nicht mehr schlafen kann, na und? Wir haben alle unsere privaten Schwierigkeiten, aber wir sind nun mal Profis.«

Trojan verschränkte die Arme vor der Brust. »Ich schreibe jetzt Theresa zur Fahndung aus, und du gibst die Leitung der Ermittlungen wegen Befangenheit ab.«

Landsberg stand der Mund offen, für einen Moment war er wie erstarrt. Dann hob er die Hand und schien etwas sagen zu wollen, aber es gelang ihm nicht. Schließlich schlug er die Faust seiner gesunden Linken auf den Tisch.

»Verflucht, das wirst du nicht tun!«

Sie schwiegen. Es erschien Trojan wie eine Ewigkeit.

Plötzlich sprang Landsberg auf, packte Trojan am Kragen

seines T-Shirts und zog ihn zu sich heran. »Komm her, Nils, komm her, du hörst mir jetzt gut zu. Wir treffen eine Verabredung, ja?«

»Chef, wir haben Vorschriften, über einige setzen wir uns gerne hinweg, aber andere sind schlicht nicht zu umgehen.«

»Herrgott noch mal, warum bist du nur so dickköpfig!«

»Du reitest mich da ganz tief in was rein, und das gefällt mir nicht.«

Er ließ ihn los. Trojan strich sein T-Shirt glatt und rieb sich einmal über das Gesicht, bemüht, seine Aufregung im Zaum zu halten.

Der Chef nickte zum Stuhl hin. Trojan setzte sich und sah ihn an. Auch Landsberg nahm wieder Platz.

Er senkte die Stimme. »Nils, ich bin überzeugt, dass meine Frau mit der ganzen Sache nichts zu tun hat. Davon gehen wir jetzt einfach mal aus, okay?«

»Aber ich kann nicht …«

»Sei still und lass mich ausreden. Ich geb dir einen Hinweis, etwas, was mir aufgefallen ist. Ich vertraue dir, du bist mein bester Mann. Wir arbeiten zusammen, ich verschweige dir nichts. Du kannst dich darauf verlassen, dass ich dich unterstützen werde, aber der Name Theresa wird hier im Büro nicht mehr im Zusammenhang mit den Mordfällen genannt. Hast du mich verstanden?«

Trojan schluckte.

»Nils, verstehst du denn nicht, da will mir jemand ganz gehörig ans Bein pinkeln. Vielleicht kommt derjenige sogar aus den eigenen Reihen. Womöglich ist es …« Er brach ab. »Okay, ich gebe zu, ich hab auch schon überlegt, ob nicht unter Umständen du es bist, der auf meinen Posten scharf ist, mich ausschalten, mich fertigmachen will.«

»Ich? Bist du denn völlig übergeschnappt?«

»Nein, nein, du nicht! Du bist es nicht! Gott sei Dank. Auf dich ist Verlass.«

Er dreht langsam durch, dachte Trojan.

Landsberg lehnte sich vor und griff nach seiner Hand. »Ich kann dir vertrauen, nicht wahr? Und du vertraust mir?«

Er muss sich krankschreiben lassen, er ist ja nicht mehr ganz bei sich. Befangenheit, dachte er, das verstößt massiv gegen die Vorschriften.

»Was ist das für ein Hinweis?«, fragte Trojan.

Der Chef sank in seinem Stuhl zurück. »Theresa bekommt von mir ein monatliches Salär für ihre Einkäufe. Ich überweise es auf ein Konto, für das allein sie bevollmächtigt ist. Meine Vorgehensweise war nicht ganz legal, aber scheiß was drauf, jedenfalls hab ich bei ihrer Bank nachgefragt. Ohne richterlichen Beschluss dürfen sie mir eigentliche keine Auskünfte geben, aber ich konnte ... wie auch immer, ich hab da was gedreht.«

»Und?«

»Sie hebt jeden Monat einen gewissen Betrag ab, ich vermute, dass sie ihn bar bei einer anderen Bank einzahlt.«

»Wie viel?«

»Vierhundertdreißig Euro.«

»Immer die gleiche Summe?«

»Hmm. Ich denke, dass sie irgendwo in der Stadt eine Wohnung angemietet hat, zu welchem Zweck auch immer.«

Wieder schwiegen sie.

»Also wirklich, Hilmar, du wirfst mir da einen Brocken hin und glaubst, mich so auf deine Seite zu ziehen.«

»Wir sind doch Partner, Nils. Oder etwa nicht?«

»Du verschweigst mir was.«

»Nein, glaub mir doch.«

»Ich fasse zusammen: Deine Frau besitzt einen Schlüssel zur Tatortwohnung. Dort lässt du Fotos verschwinden, die sie belasten. Mal angenommen, du hast recht mit deiner Vermutung, sie wurde erpresst, das macht sie nicht unbedingt weniger tatverdächtig.«

»Hör endlich auf damit!«

»Was ist mit dem Mord an Carlotta Torwald und Paul Ziemann? Hilmar, ich frage dich zum letzten Mal: Hast du etwas bei deiner Frau gefunden, was in irgendeiner Weise vermuten lässt, sie könnte sich auch am Tatort in der Nansenstraße aufgehalten haben?«

Landsberg sah ihn bloß an.

»Chef, so läuft das nicht. Du hast Beweismaterial vernichtet, und du kommst mit der Wahrheit immer nur scheibchenweise zu mir, wie soll ich dir so vertrauen können?«

Landsberg erhob sich schwerfällig und ging zum Fenster. »Ich bin am Ende, Nils. Und ich bitte dich als Freund: Finde meine Frau. Mag ja sein, dass ein gewisser Anfangsverdacht gegen sie besteht, aber glaub mir, sie ist ein guter Mensch. Theresa ist unschuldig. Und ich hab große Angst, dass sie wieder versuchen wird, sich etwas anzutun. Darum finde sie, Nils. Bevor alles zu spät ist.«

Es berührte ihn zu sehen, wie sein Chef um Fassung rang.

»Du hast gesagt, sie betrügt dich unter Umständen. Mit wem? Wer könnte das sein?«

»Ich hab keine Ahnung.«

»Gib mir Material. Mach mir eine Aufstellung, bei wem sie war, wen sie kennt, ihren Tagesablauf, alles, was du weißt.«

Und mit diesen Worten verließ er das Büro.

DREIUNDZWANZIG

Sie hat geduscht, und sie ist noch tropfnass. Du siehst, wie sie das Badezimmer verlässt. Mein Gott, sie trägt nicht einmal einen Morgenmantel. Sie hat das Handtuch lässig um die Hüften geschlungen. Sie ist in Erwartung ihres Freundes, all ihren Gesten ist das anzumerken. Und du siehst, wie sie das Handtuch lockert, und da erst entdeckt sie, dass sie noch nicht trocken ist, und sie reibt mit dem Tuch über ihre Haut.

All das kannst du sehen.

Wie machst du das nur?

Es ist bloß dein Job. Du verhältst dich so, wie es dir eingeschrieben ist, du kannst nicht anders. Wie unauffällig du bist, so wird es auch bleiben, sie wird dich nicht bemerken.

Du siehst, wie sie vorm Spiegel steht, du näherst dich ein wenig, und doch bleibst du diskret, wie immer im Hintergrund.

Und nun greift sie mit beiden Händen in ihr Haar. Du schaust in ihre Achselhöhlen, die sind frisch rasiert, dir ist, als könntest du den Duft ihrer Hautcreme einatmen.

Und dann entfernst du dich wieder.

Du entfernst dich, und du bist leise, sehr leise. Hat sie dich auch wirklich nicht bemerkt?

Oh nein, du kannst ganz beruhigt sein, sie achtet nicht auf dich, hat andere Dinge im Kopf.

Dinge, die sie mit ihrem Freund anstellen will, zum Beispiel. Und schon schnarrt der Schlüssel im Schloss.

Er ist da.

Der Abend ist fortgeschritten. Du wünschst ihnen beiden eine gute Nacht. Es wird eine wunderbare Nacht für sie werden, einfach unvergessen.

Und unauffällig ziehst du dich zurück.

Du wechselst das Programm.

Schau nur, wie friedlich es hier ist. Ist friedlich das richtige Wort?

Ist es die Erlösung, die der Tod mit sich bringt?

Auflösung, Ende, nichts rührt sich mehr.

Komm näher.

Du solltest einen Blick riskieren, und du siehst, dass es draußen bereits dämmert. Wie schön, dass noch ein wenig Licht durch die Fenster hereinfällt. Überhaupt ist dir das die liebste Zeit, nicht wahr, wenn der Abend hereinbricht und die Sonne tief steht. Du kannst sogar den Baum vorm Fenster erkennen, sein gelbgefärbtes Laub, und da sind schon einige Äste kahl, und der Wind weht, du siehst, wie er durch die Blätter streicht.

Aber nun zurück, der Blick hinaus könnte dich melancholisch stimmen.

Widme dich lieber wieder deiner Aufgabe, bleib ruhig und unauffällig.

Du hältst dich eine Weile in der Küche auf, dann wechselst du in den Flur über, an der Schwelle zum Schlafzimmer hältst du kurz inne, ja, es ist der wichtigste Raum, und hier ist noch einiges zu tun, aber du hast Zeit, viel Zeit, also widmest du dich erst einmal dem Wohnzimmer, auch hier ist es noch einigermaßen hell, du kannst alles erkennen. Schon näherst du dich dem Sofa, und du musst daran denken, wie das Paar hier noch vor kurzem saß, nichtsahnend und unbeschwert, wie sie lachten, zusammen fernsahen, Wein tranken, ihre Gläser stießen klirrend aneinander, sie umarmten sich.

Und ja, einmal, du weißt es genau, einmal konnten sie es nicht abwarten, gingen nicht einmal hinüber zu ihrem Bett, sondern taten es gleich dort auf dem Sofa, ihre Kleidungsstücke flogen durch die Luft, und ihre nackten Leiber umschlangen sich. Sie waren völlig ungehemmt, und dir war, als täten sie es nur für dich.

Zu deiner Verachtung.

Nun bist du im Schlafzimmer, endlich.

Eine Unordnung ist das, du bist ein wenig schockiert, wie es hier aussieht, und doch, gib es zu, hältst du dich in diesem Raum am liebsten auf.

Die Matratze ist blutrot durchtränkt, was für ein Anblick.

Und das da, dort an der Wand? Genau über dem Bett, ist es ein Gemälde?

Die Umrisse eines Pyjamas? Ja, dort prangte er einmal an der Wand, und auch das Nachthemd hat Spuren hinterlassen. Handelt es sich dabei um Blut?

Ja, es ist Blut. Du schaust hinauf, und was du siehst, erfüllt dich mit Stolz.

Lange Zeit betrachtest du das Werk, versenkst dich darin, staunend und still, wie der letzte Besucher in einer überaus morbiden Galerie.

Aber Vorsicht, es wird dunkel, der Abend ist hereingebrochen.

Zeit zurückzukehren, Schlafenszeit.

Morgen ist auch noch ein Tag.

Und wieder bist du da. Doch diesmal an einem anderen Ort, bei einer anderen Frau.

Sie ist wichtig für dich, immens wichtig. Auf sie wirfst du einen besonderen Blick.

Du siehst, dass sie Angst hast. Du kannst es an ihren hastigen Schritten ablesen, an der Art, wie sie im Zimmer auf und ab geht. Mein Gott, sie ist fertig mit den Nerven, wenn du dich anstrengst, kannst du sogar die Schweißtropfen auf ihrer Haut erkennen.

Sie weiß nicht, was sie tun soll, sie wurde in die Enge getrieben.

Gut so.

Leider verschwindet sie jetzt aus deinem Blickfeld. Sie geht in Richtung Badezimmer. Du bleibst noch eine Weile im Zimmer, sie soll ja keinen Verdacht schöpfen.

Sie bleibt ziemlich lange weg. Du solltest vielleicht den Flur übernehmen. Ja, gut, der Flur taucht auf, die Deckenbeleuchtung, du machst nur deinen Job.

Und plötzlich ist sie wieder bei dir, sie hat sich hingesetzt, du bist jetzt ziemlich nah dran, du könntest jede einzelne Masche ihrer Strümpfe zählen, jede Faser ihrer Kleidung, sie merkt einfach nichts, ist das nicht schön?

Sie sitzt da und hält eine Tasse in der Hand, Tee vermutlich, und dann steht sie auf, sie muss sich Bewegung verschaffen, sie ist nervös, wieder geht sie im Kreis, und jetzt streift sie die Schuhe ab und lässt sich aufs Sofa sinken, streckt sich aus.

Weint sie?

Ja, sie weint.

Atmet schwer, ihr Brustkorb hebt und senkt sich.

Du bist bei ihr, ganz nah.

Sie ist in die Enge getrieben, sucht verzweifelt nach einem Ausweg, du kannst förmlich spüren, wie es in ihr arbeitet.

Sie ist am Ende ihrer Kräfte.

Zeit, sie ein bisschen allein zu lassen, den Rückzug anzutreten.

Hinaus aus dem Zimmer, zurück in den Flur.

Du hältst dich eine Weile auf Abstand. Erst dann näherst du dich dem Schlafzimmer.

Da ist ihr Bett. Da steht der Schreibtisch. Und über dem Schreibtisch hängt dieses Portrait.

Schau nur.

Du hebst den Blick zu der Person auf dem Bild. Sie hat diesem Menschen ein Denkmal gesetzt. Was für eine Ironie. Wenn es in deinem Programm vorgesehen wäre, müsstest du lachen.

Aber Gelächter kommt in deiner Matrix nicht vor.

VIERUNDZWANZIG

Trojan fuhr nach Halensee, parkte den Wagen, stieg aus und ging auf den Henriettenplatz zu. Die tief stehende Sonne warf lange Schatten. Sein Herz hämmerte, als er sich der Telefonzelle näherte, er konnte sich nicht erklären, warum. Ihm brach der Schweiß aus, was war nur los mit ihm? Hatte er zu wenig gegessen?

Es war eines dieser Telefone, die an einer Säule befestigt waren, im Zeitalter der Handys verschwanden die althergebrachten Zellen allmählich. An der Rückwand waren die üblichen Kritzeleien zu lesen neben einigen angehefteten Visitenkarten von Puffs und Go-go-Bars.

Er nahm den Hörer ab. Wenn es tatsächlich Theresa Landsberg gewesen war, die hier den Notruf abgesetzt hatte – was trieb sie in diese Gegend? Die Wohnung von Hilmar und ihr lag nicht allzu weit entfernt, in der Mordnacht aber war sie nicht daheim gewesen. Sollte sie sich etwa in der Nähe eine zweite Wohnung angemietet haben?

Der Verkehr vom Ku'damm brauste hin zum Rathenauplatz, von dort aus weiter zur Stadtautobahn. Der Lärm war ohrenbetäubend, und Trojan verspürte verstärkt diese Beklemmung und Unruhe, sein Mund wurde trocken, eine unerklärliche Panik legte sich um seinen Hals und drückte ihn zu. Er hatte Mühe zu atmen, taumelte, ließ den Hörer fallen und wankte von der Telefonzelle hin zu einer Bank, um sich zu setzen.

Wie sollte er seinen Beruf weiter ausüben, wenn sich diese Attacken häuften? Warum gab es kein Mittel dagegen?

Der Druck auf seiner Brust – deutete er auf einen Infarkt hin?

Nein, kein Infarkt, wenn er bloß im Entferntesten daran dachte, steigerte sich seine Angst ins Unermessliche.

Trojan versuchte, sich auf seinen Atem zu konzentrieren, er strömte ein, und er strömte aus, ruhig, ganz ruhig.

Nach und nach bekam er sich wieder in den Griff.

Woher kam nur diese Panik? Was wollte sie ihm sagen? Hatte er vielleicht etwas Wichtiges übersehen? Oder sich einem wesentlichen Punkt genähert?

War der Täter oder die Täterin womöglich ganz in der Nähe?

Schon Samstagfrüh, am Tatort in der Lausitzer Straße, hatte ihn doch ein solcher Anfall heimgesucht. Und kurz darauf war ihm diese Frau entwischt, die er für Theresa Landsberg hielt.

Abrupt stand er auf. Linker Hand befand sich ein Spätverkauf. *24 Stunden geöffnet*, versprach ein Schild.

Trojan ging hinein, nahm sich eine Cola aus dem Kühlregal und bezahlte. Er leerte die Flasche in wenigen Zügen und tauschte sie sogleich gegen das Pfandgeld. Daraufhin zog er das Foto von Theresa Landsberg aus der Jackentasche und zeigte es dem Mann hinter der Kasse.

»Kennen Sie diese Frau?«

Der andere schüttelte den Kopf.

»Ganz sicher?«

»Nie gesehen.«

»Sind Sie der Besitzer hier?«

»Hmm.«

»Öfter im Laden?«

»Zehn Stunden, sechsmal die Woche.«

Er sprach mit hartem Akzent, kam vermutlich aus Osteuropa. Eine speckige Lederweste spannte über seinem Bauch.

»Harter Job.«

»Kannst du laut sagen.«

Da entdeckte Trojan den Monitor hinter der Ladentheke, die Kasse, der Eingangsbereich und sogar ein Teil des Vorplatzes waren darauf zu erkennen. Sein Blick glitt hinauf zu der Kamera an der Wand. Er zückte seinen Dienstausweis.

»Ich ermittle in einer Mordserie. Könnte ich mal Ihre Überwachungsbilder sehen?«

»Polizei?« Er murmelte etwas in einer fremden Sprache, es klang nicht sehr freundlich.

»Bitte, es ist wichtig.«

»Ich will keinen Ärger haben.«

»Wie lange speichern Sie die Aufnahmen?«

»Kommt ganz drauf an. Mal achtundvierzig Stunden, mal länger. Hab viel Gigabyte auf der Festplatte.«

»Samstagfrüh. Sehr früh. Gegen fünf. Schauen Sie bitte nach.«

»Muss das wirklich sein?«

»Ich kann Sie auch vorladen, aber dann müssen Sie hier dichtmachen.«

Der Mann zog eine Grimasse.

Trojan trat zu ihm hinter den Tresen und beugte sich über den Computer. Widerwillig klickte der Ladenbesitzer auf einen Button, und schon wanderten die Bilder zurück, rechts oben waren Datum und Uhrzeit eingeblendet.

Und da erschien auch schon der Samstag, Trojan hatte Glück.

»Fünf Uhr siebenundvierzig«, sagte er aufgeregt. »Wer hat zu dieser Zeit hier gearbeitet? Waren Sie das?«

»Die Nachtschicht schaff ich nicht mehr, zu anstrengend. Das muss wohl Wassilij gewesen sein.«

»Kommen Sie aus Russland?«

»Nix Russland. Moldova. Moldawien.«

Die Minutenanzeige raste weiter.

»Stopp!«

Der Mann in der Lederweste gab einen Tastenbefehl ein.

Und dann sah Trojan, was er sich erhofft hatte.

5.47 Uhr, der exakte Zeitpunkt, als der Notruf eintraf. Die Kamera fing nicht nur den Kassenbereich und die Eingangstür ein, im Anschnitt war auch die Telefonzelle vor dem Laden zu erkennen.

Eine Frau in einem sandfarbenen Mantel eilte auf die Zelle zu, nahm den Hörer ab und warf Münzen ein.

»Können Sie das vergrößern?«

»Natürlich, gute Technik.«

Er zoomte heran.

Die Frau trug Kopftuch und Sonnenbrille. Während sie in den Hörer sprach, presste sie die Hand vor den Mund.

Es könnte Theresa Landsberg sein, er war sich sogar ziemlich sicher.

Sie legte auf, dann verschwand sie aus dem Bild.

»Es tut mir leid, aber ich muss den Computer beschlagnahmen.«

»Das geht nicht!«

»Beweismaterial.«

»Ist mein Eigentum, was fällt dir ein! Scheißpolizei!«

»Mal ganz langsam, schön ruhig bleiben. Sie bekommen

ihn ja wieder.« Er reichte ihm seine Karte. »Halten Sie sich für weitere Befragungen bereit.«

Der Moldauer begann, ihn in seiner Sprache wüst zu beschimpfen, aber Trojan ließ sich davon nicht beirren, baute den Rechner ab und brachte ihn in seinen Wagen.

Danach versuchte er, sich zu orientieren. Es hatte für ihn den Anschein gehabt, als sei die Frau auf dem Überwachungsvideo aus westlicher Richtung gekommen, also näherte er sich dem Rathenauplatz.

Der Kreisverkehr umtoste die Skulptur zweier in Beton gegossener Cadillacs, nach Trojans Meinung eines der hässlichsten Monumente in der Stadt, links davon befand sich ein Hochhaus, geradeaus eine Tankstelle, rechts eine Häuserzeile, direkt an der Auffahrt zur Stadtautobahn gelegen, am Horizont ragten der Funkturm und das ICC auf.

Er probierte es zunächst rechter Hand, suchte die Namensschilder an den Hauseingängen ab, jedoch war es wenig wahrscheinlich, dass sich Theresa Landsberg hier irgendwo unter ihrem richtigen Namen eingemietet hatte, also drückte er einfach wahllos auf die Klingelknöpfe.

Nachdem er eingelassen wurde, zeigte er einigen Bewohnern das Foto der Landsberg. Doch niemand erkannte sie wieder.

»Ist vor kurzem jemand neu zugezogen?«, fragte er eine alte Frau in buntgemusterter Kittelschürze.

»Von hier ziehen die Leute eher weg«, erwiderte sie, »zu viel Krach von der Autobahn. Aber versuchen Sie es doch mal in dem Hochhaus gegenüber. Da wird auch wochenweise vermietet.«

Er ging auf die andere Seite des Platzes. Das Gebäude hatte etwas zwanzig Stockwerke. Er machte den Hausmeister ausfindig, einen blässlichen Typen mit Hornbrille, Camouflagehose und hautengem Tanktop, der zunächst seinen Kampfhund ins Schlafzimmer sperren musste. Trojan zeigte ihm das Foto.

Der andere schüttelte den Kopf. »Ist ein Kommen und Gehen hier, kann mir nicht jedes Gesicht merken.«

Trojan stieß die Luft aus. »Geben Sie mir eine Liste aller Mieter.«

Der Hausmeister führte ihn widerstrebend in sein Büro, druckte die Aufstellung aus und reichte sie ihm.

Der Name Landsberg war natürlich nicht dabei.

Schließlich ging Trojan allein durch das Treppenhaus. Er stieg die Stufen immer weiter hinauf. Durch die schallisolierten Fenster war der Verkehrslärm der Stadtautobahn nur als entferntes Summen zu vernehmen.

Sollte er sich geirrt haben? Warum sollte sich Theresa Landsberg ausgerechnet hier eine Wohnung halten? Der einzige Grund dafür wäre, dass die Anonymität in diesem Haus gewahrt blieb und auf übertriebene Formalitäten offenbar verzichtet wurde.

Führte die Landsberg womöglich ein Doppelleben? Mit einem Mal musste er an Jana denken, es war an der Zeit, sich nach dem Streit wegen ihres Bruders endlich richtig mit ihr auszusöhnen.

Da wurde eine Wohnungstür geöffnet, eine rundliche Frau kam heraus, in den Händen zwei prallgefüllte Tüten. Sie ließ die Klappe zum Müllschlucker aufschnappen und warf die Tüten hinein.

Trojan hielt ihr das Foto hin. »Kennen Sie diese Frau?«

Sie starrte ihn begriffsstutzig an.

Er tippte auf das Papier. »Die Frau!«

Endlich schaute sie hin. Etwas rührte sich in ihrem faltigen Gesicht.

»Робот, Робот«, sagte sie plötzlich.

Trojan verstand nicht. »Wie?«

»Робот«, sagte sie wieder.

Und dann deutete sie mit ihren fleischigen Fingern nach oben.

»Робот вакуумной очистки.«

Er hob fragend die Augenbrauen.

Sie machte brummende Geräusche und vollführte kreisende Bewegungen mit den Fingern.

Als Trojan noch immer nicht verstand, winkte sie ihn in ihre Wohnung, wo eine heillose Unordnung herrschte. Es roch äußerst streng nach Essiggurken.

Sie zeigte auf die Zimmerdecke.

»Робот вакуумной очистки«, wiederholte sie.

Trojan hielt es für Russisch. Noch einmal imitierte sie das brummende Geräusch, dabei hielt sie sich die Ohren zu und mimte großen Unwillen.

Er nickte ihr dankend zu, verließ die Wohnung und stieg ein Stockwerk höher. An der Wohnungstür, die sich über der der Russin befand, stand kein Name am Schild. Er klingelte.

Nichts rührte sich.

Робот, Robot, dachte er, so ähnlich hatte doch eines ihrer Worte geklungen. Hieß das vielleicht Roboter?

Und abermals schlug sein Herz höher, und es kribbelte wie verrückt in seinen Fingerspitzen.

FÜNFUNDZWANZIG

Der Kriminaltechniker, der für Türschlösser zuständig war, klappte seinen Koffer mit den Gerätschaften auf. Er schien einigermaßen überrascht zu sein, Trojan allein vor der Wohnungstür anzutreffen.

»Und du brauchst wirklich keine Verstärkung?«, flüsterte er.

»Es ist nur ein vager Verdacht«, murmelte Trojan.

Der Schweißfilm auf seiner Stirn verriet das Gegenteil. Etwas stimmte in dieser Wohnung nicht. Und doch wollte er aus Loyalität seinem Chef gegenüber die Teamkollegen so lange aus der Sache heraushalten, bis er Klarheit darüber hatte, ob Theresa Landsberg tatsächlich in die Mordfälle verwickelt war.

»Hast du überhaupt die Befugnis, hier einzubrechen?«

»Stell bitte nicht so viele Fragen«, zischte Trojan und linste zum Türspion der gegenüberliegenden Wohnung hin, aber in diesem Haus schien sich niemand für seine Nachbarn zu interessieren.

»Okay, wie soll ich vorgehen?«

»Die Tür öffnen, ohne Spuren zu hinterlassen. Soll keiner merken, dass ich drin war. Kriegst du das hin?«

»Kein Problem.«

Heimlich rein, dachte Trojan, nachsehen, dann wieder raus.

Der Schlosser nahm ein Gerät aus dem Koffer, das aussah wie ein kleiner Akkubohrer.

»Das ist doch ein Elektropick, oder?«

»Ja. Das Teil dringt in den Schließzylinder ein und hebelt den Mechanismus aus, ohne ihn zu zerstören. Mit einem normalen Schraubenzieher kannst du das Schloss hinterher wieder zumachen. Und keiner merkt's.«

»Unglaublich.«

»Soll ich?«

Er nickte.

Der Experte schob einen Draht in das Schloss und gleichzeitig die Spitze des Elektropicks. Es gab ein kaum hörbares surrendes Geräusch wie von einem stark gedämpften Zahnbohrer. Es dauerte nur wenige Sekunden, dann war das Schloss offen.

Und wenn der Täter oder die Täterin nun ebenfalls so vorgegangen ist?, durchfuhr es Trojan.

»Kann man sich dieses Werkzeug auch verschaffen, wenn man nicht bei der Kriminaltechnik arbeitet?«, fragte er leise.

»Im Internet findest du heutzutage leider alles, illegal natürlich.«

»Verdammt.«

Der Schlosser grinste. »Viel Glück, Kollege.«

Er packte seine Sachen ein und verschwand so lautlos, wie er gekommen war.

Trojan zückte seine Waffe, atmete ein paar Mal tief durch, dann schob er die Tür auf.

Er glitt hinein und drückte sie sacht hinter sich zu, hielt kurz inne, dann schlich er durch den Flur, die Waffe im Anschlag. Rasch begriff er, dass sich niemand außer ihm in der Eineinhalbzimmerwohnung befand, also steckte er die Sig Sauer wieder ins Holster.

Die Fenster, so extrem schallisoliert, dass ihn das Gefühl

beschlich, unter Wasser zu sein, gingen nach vorn hinaus mit Blick auf den Funkturm und die Stadtautobahn, stockender Verkehr, aufblinkende Rücklichter, das alles so stumm, so fern, als sei die Welt draußen bloß noch ein schemenhaftes Erinnerungsbild.

Er ging in das größere der beiden Zimmer. Das Bett war ordentlich gemacht. Über dem Schreibtisch hing eine überdimensionale gerahmte Fotografie an der Wand, sie zeigte einen Mann in mittleren Jahren, der milde in die Kamera lächelte. Das Bild wirkte so mächtig und präsent, als sollte der Betrachter davor buchstäblich in die Knie gezwungen werden. Trojan kam es wie eine Art Heldenverehrung vor.

Wer war dieser Mann?

Er durchsuchte das Bad. Ihm fielen einige Toilettenartikel auf, die eindeutig auf eine weibliche Bewohnerin hinwiesen, Eau de Toilette, Deo, Seife in einem Spender, Bodylotion.

Die Küche war winzig, der Kühlschrank einigermaßen gut gefüllt, im Getränkefach standen drei Flaschen Biowein, allesamt mit Schraubverschluss.

Das halbe Zimmer war wohl mehr ein Ankleideraum. Er öffnete den Schrank, registrierte einige geschmackvolle Kleider. Die Frau, die sich hier für gewöhnlich aufhielt, schien Stil zu haben.

Ganz wie Theresa Landsberg.

Sein Herz schlug höher.

Er ging zurück ins Schlafzimmer, hob die Bettdecke an und erschrak.

Ausgebreitet auf dem Laken waren Nachthemd und Pyjama, nebeneinander, die Ärmel abgespreizt, so akribisch angeordnet wie die Nachtwäsche an den beiden Tatorten.

Wozu aber der Pyjama? Nichts außer diesem Kleidungsstück deutete auf die Anwesenheit eines Mannes hin. Trojan schaute wieder zu der Fotografie an der Wand hin.

Er musste herausfinden, wer die abgebildete Person war.

Dann bückte er sich und warf einen flüchtigen Blick unters Bett.

Und da entdeckte er es.

Das gleiche Gerät wie in der Wohnung von Mara Hertling und Ulrich Tretschok. Es war an die Ladestation angedockt. Unter einem Zeitschriftenstapel auf dem Nachttisch fand Trojan die Fernbedienung. Damit setzte er es in Gang.

Der Staubsaugerroboter kam unter dem Bett hervor und begann, auf dem Boden seine Kreise zu ziehen. Dabei gab er ein brummendes Geräusch von sich, das die Russin in der Wohnung im Stockwerk darunter offenbar als so störend empfand.

Soweit Trojan wusste, arbeiteten diese Geräte überwiegend eigenständig, nach einer bestimmten Programmierung, zu den vom Benutzer eingegebenen Zeiten. Die Bedienung per Hand war eigentlich bloße Spielerei.

Er ließ den Roboter eine Weile hin und her fahren.

Dann hielt er ihn an.

Eine kleine durchsichtige Scheibe auf dem kreisrunden Gerät erregte seine Aufmerksamkeit.

Er nahm sein Schweizer Taschenmesser hervor, das er stets an seinem Schlüsselbund bei sich trug, und versuchte, den Roboter zu öffnen. Schließlich gelang es ihm, die Scheibe abzulösen.

Darunter verbarg sich ein Gegenstand.

Als Trojan gewahr wurde, womit er es zu tun hatte, verschlug es ihm den Atem.

Da ist etwas. Eine Bewegung.

Du musst näher herangehen.

Jetzt hast du es.

Doch was du siehst, gefällt dir nicht. Ganz und gar nicht.

Anfangs erkennst du nur die Beine, dann den Rest des Körpers, schließlich taucht der Kopf auf.

Es ist ein Typ.

Er glaubt, allein zu sein, ganz allein, dabei hast du ihn im Visier. Du weißt, dass er bewaffnet ist, da lugt der Pistolengriff aus seinem Holster hervor, nur halb vom Saum seines T-Shirts verdeckt. Scheint sich um einem Bullen zu handeln, doch dafür hast du nur ein müdes Grinsen übrig.

Du schaust genauer hin. Prägst dir seine Gesichtszüge gut ein. Jedes Detail ist wichtig. Du siehst das kurzgeschorene Haar, an den Schläfen angegraut, und du siehst die braunen Augen, wachsame Augen. Er steht da mitten im Raum, beinahe verblüfft über das Wunderwerk der Technik. Sieht aus wie ein Junge, der sein Spielzeug bedient.

Aber es ist nicht sein Spielzeug, es gehört ihm nicht, für diesen Übergriff wird er büßen.

Du holst ihn dir noch näher heran, so nah, dass jede Pore seiner Haut sichtbar wird, jede Schweißperle auf seiner Stirn. Er ist aufgeregt, denn er glaubt sich am Ziel.

Er hat sich getäuscht. So einfach wirst du es ihm nicht machen. Du wirst ihm Steine in den Weg werfen, und er soll leiden, unendlich leiden.

Jetzt siehst du, wie das Bild stoppt, und er kommt näher, aber nicht von deiner Hand, er tut es eigenmächtig.

Jetzt ist sein Gesicht ganz dicht drauf, er bückt sich, und dann hat er das Messer in der Hand.

Schon beginnt das Bild zu wackeln, er hat den Deckel geöffnet.

Das Bild flackert.

Es bricht.

Gleich ist es hinüber.

Es macht dich wütend. Der Hass vibriert in deinen Gliedern, durchströmt dein Blut.

Du merkst dir sein Gesicht genau.

Das finale Bild von ihm, es brennt sich in dein Gehirn ein.

Fehler gemacht, Bulle!

Die letzten Pixel verschwimmen, bevor alles schwarz wird.

Du flüsterst ihm zu: Stirb!

Und er ist tot.

SECHSUNDZWANZIG

Ein Cuba Libre am Nachmittag, sie spielte mit dem Glas in der Hand, ließ die Eiswürfel klimpern. Dann stürzte sie den Rest hinunter. Was soll's, dachte sie, hat eh alles keinen Sinn mehr, und nickte der Barfrau zu. Ein Lächeln, schon war der nächste Drink gemixt, sie nahm ihn und trank, genoss das Brennen, dieses wohlige Gefühl in der Kehle, es wärmte Bauch und Herz.

Theresa Landsberg betrachtete die lange Reihe der Flaschen im Regal, von hinten beleuchtet, leise Musik im Hintergrund, der übliche Groove, das Wa-Wumm, Wa-Wumm der Bässe, entspann dich, Baby, raunten sie ihr zu, auch wenn es draußen viel zu hell ist, eigentlich noch Arbeitszeit, aber nicht für dich.

Ihre Handtasche angehängt an dem dafür vorgesehenen Haken unterhalb des Tresens, die Beine hinterm Barhocker verschränkt, versuchte sie, die Scham darüber, schon tagsüber Alkohol zu konsumieren, einfach wegzutrinken.

Sie war die Einzige hier bis auf eine verstreute Gruppe von Geschäftsleuten an den Tischen in der Ecke, die irgendwas zu feiern hatten und sie mit ihrem Gelächter provozierten. Mit jedem Gejohle und Schenkelschlagen schienen sie ihr beweisen zu wollen, dass ein kollektives Besäufnis um diese Uhrzeit weitaus unproblematischer verlief als das verdruckste Cocktailschlürfen einer Einzelgängerin, wie sie es war.

Sosehr sie auch diese Horde angetrunkener Krawattenträger verachtete, es beleidigte sie dennoch, nicht einen einzigen unzweideutigen Blick von ihnen aufzufangen, vermutlich war sie längst zu alt für ihr simples Beuteschema.

Für einen Moment malte sie sich aus, wie die Welt jenseits der Fensterfront ihren gewohnten Gang nahm, Geldverdienen, Kindergroßziehen, all die beflissentlichen Erledigungen, all die Betriebsamkeit, doch sie gehörte nicht mehr dazu.

Glas schwenken, Kopf heben, einen Schluck trinken, Glas wieder abstellen, beobachten, wie sich das Eis darin auflöst, mehr blieb ihr nicht.

»Was ist los mit dir, Schätzchen? Du siehst traurig aus.«

Die Barfrau schob ihr die Schale mit den Erdnüssen hin.

Theresa schaute zu ihr auf, der Pagenschnitt gefiel ihr, die asymmetrischen Fransen, ihr freundliches Lächeln, sie kannte sie, schließlich kam sie öfter hier vorbei, allerdings eher abends. Es gehörte zu ihrer Gewohnheit, bevor sie hinaufging in die Wohnung am Rathenauplatz, zu ihrem kleinen Rückzugsort.

»So niedergeschlagen heute, hmm?«

Theresa seufzte bloß, um ein Lächeln bemüht.

»Hast du denn schon was gegessen? Alkohol auf leeren Magen ist nicht gut.«

»Ein Sandwich am Mittag«, murmelte sie.

Eigentlich hatte sie keine Lust auf eine Unterhaltung. Und doch war es befriedigend festzustellen, dass sie überhaupt noch wahrgenommen wurde.

»Probleme?«

»Hat alles keinen Sinn mehr.«

Sie registrierte das Zittern in ihrer eigenen Stimme, so viel Selbstmitleid war ihr peinlich, sie sollte sich zusammenreißen, einen starken Kaffee trinken, und alles wäre wieder gut.

Wenn es nur so einfach ginge.

Plötzlich lag die Hand der Barfrau auf ihrem Unterarm.

»Na, sag schon, was liegt dir auf dem Herzen? Mir kannst du es doch erzählen.«

Wäre schön, dachte sie, reden hilft, doch fürchtete sie, vor ihr in Tränen auszubrechen.

Wie aufs Stichwort, als wolle man sie verhöhnen, drang lautes Gelächter von den Tischen der Geschäftsleute zu ihr herüber.

»Hab Ärger mit der Polizei.«

»Was Dummes angestellt?«

»Ich weiß es ehrlich gesagt nicht. Nicht mehr genau.«

Die Barfrau lachte, ein helles, kristallklares Lachen, tätschelte ihren Arm und nahm die Hand weg.

»War sicher alles halb so schlimm.«

Theresa versuchte, sich an ihren Namen zu erinnern, den hatte sie vor kurzem noch gewusst.

»Hatten Sie mal einen Filmriss?«, fragte sie scheu.

»Oh ja, schon oft. Kommt vom Alkohol, Schätzchen.«

Sie spürte, wie sie errötete, schwenkte das Glas, es war fast leer.

»Geben Sie mir noch einen?«

»Ob das gut für dich ist?«

Sie rutschte beschämt auf ihrem Hocker hin und her. Gerade jetzt war der Durst unermesslich.

Und plötzlich sagte die Barfrau: »Es geht um letzten Freitag, nicht wahr?«

»Wie?«

Ihr Atem stockte. Sollte sie sich verhört haben?

»Freitag war es sogar noch schlimmer als Dienstag, hab ich recht?«

Theresa stand der Mund offen. Vielleicht war sie doch betrunkener, als sie sich eingestehen wollte.

Die Barfrau polierte den Tresen. Ihre Ohrringe baumelten. Sie war hübsch, feste, spitze Brüste, Theresa schätzte sie auf Ende zwanzig. Und nun fiel ihr auch der Name wieder ein: Lisa.

»Schätzchen, du warst am Freitagabend hier! Du hast dich volllaufen lassen. Ich hab dich sogar nach Hause gebracht. Es war spät, und wir wollten schließen. Du warst so hinüber, dass ich dir helfen musste.«

»Mich nach Hause gebracht?«

Wieder dieses klare Lachen, volle rote Lippen, sie fuhr sich über ihren blonden Pagenkopf, und ihre Augen strahlten. Sie schien ein Parfüm zu benutzen, das auch Theresa mal ausprobiert hatte.

»Du wohnst doch in diesem Hochhaus am Rathenauplatz!«

Träumte sie etwa? Oder kam nun endlich Licht in das Dunkel ihrer Erinnerungen?

»Mensch, warst du abgefüllt.« Sie beugte sich vor und senkte die Stimme. »Ich hab dich ins Bett gebracht, Theresa.«

Sie kannte also ihren Namen.

Lisa lachte wieder.

Theresa wurde ein wenig schwindlig, ihr Herz klopfte so schnell. Sie leerte den letzten Tropfen aus ihrem Glas.

»Und Dienstag?«, fragte sie heiser. »Was war Dienstag?«

»Das war auch einer dieser Tage, nicht wahr, Schätzchen?

Du warst ziemlich aufgewühlt. Hast was von einem Kuchen erzählt, den du für jemanden gebacken hast. Warst immerhin nicht ganz so hinüber wie am Freitag, da hattest du wohl Streit mit einer Freundin, wie du mir gesagt hast.«

»Betrunken? Dienstag auch?«

»Alles halb so wild, Theresa, kann doch vorkommen. Dienstag hab ich dir ein Taxi gerufen, Freitag musste ich dich stützen und in deine Wohnung rüberbringen. Nenn es einfach Solidarität unter Frauen.«

Beide Male zu viel getrunken, durchfuhr es sie, das wäre doch eine hinreichende Erklärung für ihre Erinnerungslücken.

Mein Gott, sollte diese Barfrau ihr Schutzengel sein? Hatte sie der Himmel geschickt?

Theresa atmete tief durch, ihr war, als hätte sie seit Tagen die Luft angehalten, vielleicht würde nun auch bald dieser schreckliche Druck aus ihrer Brust entweichen.

»Sie nehmen mich doch nicht auf den Arm, oder?«

»Warum sollte ich?«

»Und das ist wirklich wahr?«

»So wahr ich hier stehe.«

»Es wäre nämlich nicht das erste Mal, dass ich ...«

»Was?«

»Ach, nichts.«

»Nun sag schon. Sprich es aus.«

»Zweifeln Sie auch manchmal an Ihrem Verstand? Wenn Ihnen alles zu viel wird, glauben Sie dann auch, allmählich verrückt zu werden?«

»Kommt in den besten Familien vor, Schätzchen. Du hattest eine harte Woche, nimm es nicht so schwer.«

Sie *war* ein Engel!

Und nun war sie es, die nach Lisas Arm griff. »Wären Sie«, fragte sie aufgeregt, »eventuell, ich meine, könnten Sie …?«

»Was denn, Theresa?«

Die Krawattenträger lachten höhnisch auf, aber sie scherte sich nicht mehr darum, denn es schien einen Ausweg für sie zu geben, jemand hatte ihre Gebete erhört.

»Könnten Sie das bezeugen«, wisperte sie, »wären Sie zu einer Aussage bereit?«

»Du meinst deinen Stress mit den Bullen?«

»Ja, es ist so, dass ich … aber nur wenn ich Ihnen damit nicht zu sehr zur Last falle, jedenfalls, wenn Sie zu Protokoll geben könnten, dass ich Dienstag und Freitag … dass ich hier war und …«

Die Barfrau sah sie lächelnd an. »Na klar, Schätzchen. Kein Problem.«

Und mit einem Mal strich sie mit dem Handrücken über Theresas Wange.

»Komm doch heute Abend einfach zu mir. Dann besprechen wir das alles. Was hältst du davon?«

Sie nickte verblüfft.

Und Lisa nahm Zettel und Stift und schrieb ihr die Adresse auf.

»Freundinnen müssen sich gegenseitig helfen, das versteht sich doch von selbst.«

Sie zwinkerte ihr zu.

»Jetzt solltest du aber heimgehen und dich noch ein bisschen ausruhen, Schätzchen.«

»Und Sie würden das wirklich für mich tun?«

»Aber ja, sei um acht bei mir. Ich hab den ganzen Abend frei.«

Theresa war mit einem Mal eigenartig beglückt.

Sie zahlte die Rechnung, gab Lisa ein ordentliches Trinkgeld, steckte den Zettel mit der Adresse ein, nahm ihre Handtasche und ging.

Meine Rettung, dachte sie.

SIEBENUNDZWANZIG

Der Fahrstuhl war mal wieder kaputt, sie musste die Treppen hinaufsteigen. Da vernahm sie das Stimmengewirr im Stockwerk über ihr. Schon vor dem Eingang waren ihr die Wagen aufgefallen, quer auf dem Gehweg geparkt, Marke VW Passat, allesamt unauffällig, aber auch ein BMW befand sich darunter, so einen fuhr Hilmar im Dienst. Nun meinte sie sogar, die Stimme von Nils Trojan herauszuhören. Erschrocken kehrte sie um. Als ihr jemand entgegenkam, senkte sie rasch den Kopf.

Sie eilte aus dem Haus, hoffentlich hatte sie niemand erkannt. Erst ein paar Straßenecken weiter fühlte sie sich etwas sicherer. Sie ging noch immer schnell, und ihr Herz pochte. Normalerweise wäre sie in Panik geraten, aber sie hatte doch nun einen Schutzengel. Lisa, sie würde alles bezeugen, was sie gesehen hatte. Und Theresa schwor sich, nie, niemals mehr so viel Alkohol zu trinken, dass sie am nächsten Morgen einen Filmriss hätte.

Wie sollte sie die Zeit bis zum Abend verbringen? Zurück in die Suarezstraße konnte sie nicht, noch nicht, doch schon bald würde sie sich mit Hilmar versöhnen, wenn sie ihn nur erst von ihrer Unschuld überzeugt hatte.

Denn sie war doch unschuldig oder etwa nicht? Lisas Erklärungen klangen schlüssig, Lisa schien als Einzige zu wissen, was mit ihr in diesen beiden Nächten geschehen war.

Nein, sie war keine Mörderin. Allein ihre Gedanken schienen ihr manchmal vorzugaukeln, sie habe etwas Schreckliches getan.

Und ihre Träume.

Mit einem Mal verwirrt blieb sie stehen und vergrub die Fingernägel in den Händen.

Ruhig, ganz ruhig, alles würde sich aufklären.

Ziellos ging sie weiter durch die Straßen, bis sie sich plötzlich in ihrem alten Viertel wiederfand, ganz in der Nähe von Hilmars und ihrer Wohnung, als habe sie die Sehnsucht unbewusst heimgetrieben.

Doch noch musste sie vorsichtig sein.

Am Lietzensee ruhte sie auf einer Parkbank aus. Es war kühl geworden, sie schlang den Mantel enger um sich.

Später aß sie eine Kleinigkeit in einem Bistro, trank einen starken Kaffee und vertrieb sich die Zeit damit, einige Illustrierte durchzublättern.

Schließlich traf sie vor dem Haus in der Joachim-Friedrich-Straße ein, eine halbe Stunde zu früh. Sie fand den Namen von Lisa Brobrowski am Klingelschild, und ihr Herz schlug höher.

Sie musste sich noch eine Weile gedulden und streifte durch die Gegend.

An der Ecke zum Kurfürstendamm trat ein kleines Mädchen auf sie zu. Sie trug ein geblümtes Kleid, ihr Haar war zu Zöpfen geflochten. Mit einem verschmitzten Grinsen hielt sie ihr einen Korb mit Süßigkeiten hin.

»Möchten Sie einen Glückskeks?«

Theresa war überrascht.

»Ach, das ist aber lieb von dir.«

Die Kleine schien die Kekse eigenhändig eingewickelt zu

haben, in farbenfrohes Geschenkpapier, gelbe Schleifen waren darumgebunden.

»Die sind aber hübsch. Was möchtest du denn dafür haben?«

»Gar nichts. Sie dürfen sich einen aussuchen.«

Das Mädchen lächelte, es hatte eine breite Zahnlücke.

»Wirklich?«

»Oder Sie geben mir eine kleine Spende, wenn Sie möchten.«

»Aber natürlich.«

Sie war entzückt. Vielleicht war ja heute ihr Glückstag. Erst kam ein Schutzengel zu ihr und dann dieses reizende Kind.

Sie suchte sich einen Keks aus und gab ihr einen Euro dafür. Die Kleine deutete höflich einen Knicks an.

»Sie müssen ihn gleich essen.«

»Jetzt sofort?«

»Ja, sonst wissen Sie nicht, wie der Spruch lautet.«

»Da hast du recht.«

Sie musste lachen. Wie sehr sie doch Kinder mochte. Mein Gott, wenn sie nur damals nicht diese Fehlgeburt gehabt hätte. Sie durfte nicht daran denken, nicht heute, da ihr alles wie ein Wunder vorkam.

Sie wickelte den Keks aus, biss hinein und zog den Zettel heraus.

»Was steht drauf?«

Theresa las vor: »*Heute ist der erste Tag vom Rest deines Lebens.*«

»Ein schöner Satz.«

»Finde ich auch.«

Sie aß den Keks auf, und das Mädchen freute sich.

Dann drehte sie sich um und rannte davon.

Nur kurze Zeit später stand Theresa wieder vor dem Haus, in dem Lisa wohnte.

Gespannt drückte sie auf den Klingelknopf.

ACHTUNDZWANZIG

Möchtest du was trinken?«

Theresa nickte.

Die Wohnung war im Retrostil der 70er Jahre eingerichtet, mit großgemusterten Tapeten, extravaganten Lampen und Flokatiteppichen. Lisa trug einen kurzen Rock und eine um den Bauch verknotete Bluse, für Theresas Geschmack hatte sie sich etwas zu auffällig geschminkt. Und sie duftete wieder nach diesem Parfüm, so intensiv, dass es ihr den Atem nahm. Während Lisa im Wohnzimmer die Drinks mixte, ging Theresa verlegen vor dem Bücherregal auf und ab. Da war eine umfangreiche Sammlung von Kunst- und Fotobänden, sie nahm einen davon heraus und blätterte darin. Sie errötete heftig, als sie feststellen musste, dass es sich um pornographische Aufnahmen handelte.

Plötzlich stand Lisa in ihrem Rücken.

»Gefallen dir die Bilder?«

Sie klappte das Buch zu und schob es zurück ins Regal.

»Ich weiß nicht, ich bin … wie soll ich sagen … eher etwas prüde aufgewachsen.«

Sie wünschte, es hätte auch einmal eine Zeit in ihrem Leben gegeben, in der es ihr gestattet war, all ihre Hemmungen abzulegen, frei und unbeschwert zu sein, um ihre Sinnlichkeit auszuleben und sie mit jeder Faser ihres Körpers und ihrer Seele zu genießen. Es war nicht so, dass sie es nicht versucht hätte. Ein Mal hatte sie sich sogar aus Neugier dazu bereit erklärt, beim Liebesspiel eines Pärchens anwesend zu sein, aber das war eine furchtbare Erfahrung für sie gewesen.

Als sie sich zu Lisa umwandte, bemerkte sie, dass ihre Bluse noch weiter aufgeknöpft war, sie schien keinen BH zu tragen. Lisa reichte ihr den Drink und streifte dabei ganz sacht mit den Fingern ihren Arm, es verursachte bei ihr eine Gänsehaut.

»Setz dich.«

Es waren Schalensessel, in denen sie beide versanken. Theresa trank hastig. Lisa schlug die Beine übereinander.

»Nervös?«, fragte sie.

»Ja.«

Sie sollten sich jetzt lieber konzentrieren, die Zeugenaussage durfte keine Lücke aufweisen, sie wusste doch, wie pingelig bei der Polizei gearbeitet wurde, sie kannte die Fangfragen, Gegenfragen, die Spielchen, die sie mit einem trieben. Hilmar hatte ihr das einmal erklärt in einem der seltenen Momente, da er mit ihr über seine Arbeit sprach, und ihr vorgemacht, wie er einen Verdächtigen in die Mangel nahm.

»Ich bin auch ziemlich aufgeregt«, sagte Lisa und nippte an ihrem Drink.

Dann stand sie auf und bediente die Stereoanlage. Die Musik, die aus den Boxen drang, war träge und lasziv, sie deutete ein paar tänzelnde Bewegungen an, ihre Pumps hatten extrem hohe Absätze, Theresa konnte nicht anders, als an ihren Beinen hochzuschauen. Es waren schöne Beine, überhaupt war sie sehr attraktiv.

Vieles an ihr erinnerte Theresa an die junge Frau, zu der sie selbst hätte werden können, munter, voller Energie, begehrenswert und stets zu einem Lächeln bereit. Lisa war wie ein Spiegel für sie, in dem sie sich als die Person betrachten konnte, die sie selbst gern wäre.

Und letztlich hatte Lisa auch eine gewisse Ähnlichkeit mit Mara. Nicht unbedingt im Aussehen, sondern in ihrem Wesen.

Es war das Lachen.

Ja, auch Mara konnte so hell und klar lachen.

Arme Mara. Würde sie den Mordanschlag überleben? Jemals wieder froh sein können?

Nein, es war ihr bestimmt zu sterben.

Plötzlich saß Lisa dicht bei ihr auf der Kante des Sessels.

»Ich freue mich, dass du hier bist, Theresa.«

»Könnten Sie … würden Sie …« Sie brachte es nicht mehr fertig, sie zu duzen, und ihr fehlten die Worte.

»Was?«

»Wir müssen anfangen.«

»Aber ja.«

Lisa nahm ihr das Glas weg.

»Deine Hände sind ganz kalt. Soll ich sie dir wärmen?«

»Wir müssen die Zeugenaussage durchgehen.«

Sie lächelte.

»Die Aussage, klar.«

Theresa wurde mulmig zu Mute. Mit einem Mal verschwamm Lisas Gesicht vor ihren Augen. Sie wischte sich über die Stirn, ihr war heiß, unglaublich heiß.

»Was ist denn?«

Sie konnte nichts erwidern.

»Du bist schüchtern, kleine Theresa.« Ihr Mund war dicht an ihrem Ohr. »Und das gefällt mir an dir.«

Was geschah nur mit ihr? Träumte sie das bloß?

Und dann spürte sie Lisas Hand in ihrem Nacken.

»Du trägst ein schönes Kleid.«

»Ich bin ein wenig durchgeschwitzt. Konnte mich nicht mehr zurechtmachen.«

»Warum nicht?«

»Meine Wohnung.«

Die geheime Wohnung am Rathenauplatz, hallte eine Stimme in ihrem Kopf. Kurzzeitig entfernte sich alles von ihr. Das machte ihr Angst.

»Komm, wir tanzen.«

Sie wurde von Lisa hochgezogen, konnte sich nicht dagegen wehren. Und schon war sie dicht an sie gepresst und wiegte sich mit ihr in den Hüften.

»Kennst du das alte Lied?«

Ja, dachte sie. Das ist von *Sade*.

»*Smooth Operator*.« Lisa summte an ihrem Ohr die Melodie mit.

Natürlich kannte sie es. Es stammte aus einer Zeit, in der sie sich oft zur Musik bewegt hatte. Tanzen war doch einmal ihr Leben gewesen. Wenn die Klänge durch ihren Körper gewandert waren, hatte sie alles um sich herum vergessen können.

Und für einen Moment konnte sie sich entspannen. Die Situation war komisch, sie allein mit einer Frau, eng umschlungen, sie spürte Lisas Brüste an den ihren, und ihr war beinahe, als dürfte sie es sich gefallen lassen. Sie musste daran denken, dass sie als Schülerin einmal mit einer Freundin auf einer Party Blues getanzt hatte, beschwipst, vergnügt und irgendwie auch einen Tick zu verschmust.

»Schön ist das«, sagte eine Stimme, und Theresa verstand erst nicht, und plötzlich pressten sich Lisas Lippen auf ihren Mund, und das ging ihr dann doch zu weit.

»Gut, sehr gut«, sagte die Stimme, aber es war nicht Lisa, die da sprach, das war ja nicht möglich, denn Lisa küsste sie gerade, Theresa hatte ihre Zunge im Mund, und sie schwitzte, bekam keine Luft mehr, ihr wurde schwindlig, und die Stimme kam jetzt näher.

»Oh ja, das ist wundervoll!« Sie erschrak, denn es war eine männliche Stimme.

Theresa machte sich von Lisa los und taumelte zurück.

»Hallo, ich bin Claude.«

Sie verstand noch immer nicht. Was hatte das alles zu bedeuten?

Lisa lachte ihr Kristalllachen. »Darf ich euch bekannt machen? Theresa, mein Freund Claude, Claude, das ist die Schüchterne aus der Bar, von der ich dir erzählt hab.«

Die Schüchterne? Was sollte das?

Sie blickte zu dem Mann hin, er schien aus dem Nebenzimmer gekommen zu sein und war viel älter als Lisa, sie schätzte ihn auf Mitte, Ende vierzig. Und er trug nur einen Bademantel.

Sie wurde panisch, musste hier raus, doch ihre Beine versagten ihr den Dienst, und sie sank hin.

Claude fing sie auf.

»Hoppla«, sagte er und lachte.

»Ich … ich muss jetzt gehen.«

»Nicht doch«, sagte Lisa, »wir haben doch gerade erst angefangen. Macht es dir etwa keinen Spaß?«

Es gab einen Sprung. Theresa fand sich plötzlich auf dem Sofa wieder, sie weinte ein wenig. Lisa hielt sie im Arm und tupfte ihr die Tränen weg.

»Ist ja gut, meine Kleine, das kommt von der Aufregung. Ich hör dein Herz klopfen.«

Für eine Weile legte Lisa den Kopf auf ihre Brust. Dann richtete sie sich auf, schlang die Arme um sie und öffnete ihr das Kleid. Theresa hörte das Ratschen des Reißverschlusses.

»Lassen Sie das, bitte.«

Lisa lachte nur.

Theresa hob den Kopf. Claude stand vor ihr. Er war nackt, in seinen Händen hielt er einen Kuchen.

»Appetit?«, fragte er.

Sie sah an seinem Körper hinunter, er war erregt, es verschlug ihr den Atem.

Er brach ein Stück von dem Kuchen ab, beugte sich zu ihr herab und schob es ihr in den Mund.

Theresa leistete keinen Widerstand, ihr fehlte die Kraft, alles war so bleiern.

»Jetzt du«, sagte Claude und reichte ihr den Kuchen.

Sie starrte auf das Gebäck.

»Schokolade. Magst du doch.«

Lisa stieß ein Kichern aus.

»Nimm ein Stück und füttere sie«, sagte er.

Da erinnerte sich Theresa an ihre Alpträume. Der Kuchen, der Mann, all das hatte sie doch schon einmal erlebt.

»Nun mach schon«, sagte Claude, und seine Stimme war jetzt fordernder.

Lisa streifte ihr das Kleid ab und hakte den BH auf.

»Nein, nein«, murmelte Theresa, sie wollte schreien, aber sie war zu schwach. Und ihr war schwindlig, furchtbar schwindlig.

Sie spürte, wie Lisa ihre Brüste streichelte, und wieder sah sie an dem nackten Körper von Claude herab, er stand vor ihr, so dicht und so erregt.

»Nun füttere sie damit«, sagte er.

Theresa sah, wie sie ihre Hand in die breiige Masse eintauchte.

»Süß«, schnurrte Lisa und küsste ihren Hals.

»Schieb ihr Stücke in den Mund«, befahl Claude.

Theresa weinte.

»Nun mach schon.«

Mit einem Mal kniete er vor ihr auf dem Sofa. Sie wollte von ihm abrücken, aber er hielt sie fest.

»Nein«, stammelte sie, »nein, nein!«

Wieder hörte sie Lisas helles Lachen.

»Gib es ihr«, sagte Claude.

Er hatte sie an den Haaren gepackt.

»Füttere sie!«

Sie durfte das nicht zulassen.

Mit letzter Kraft riss sie die Arme hoch.

Und sie schrie.

NEUNUNDZWANZIG

Als sie erwachte, wusste sie nicht, wo sie war. Ihr Blick irrte an der Zimmerdecke umher. Da war eine große Spinne, sie krabbelte vom Lampenhaken in Richtung Fenster, vor dem ein dunkler Vorhang hing.

Theresa beobachtete eine Weile die staksigen Bewegungen des Insekts. Dann fielen ihr wieder die Augen zu, sie war müde, unendlich müde.

Sie wusste nicht, wie viel Zeit vergangen war, als sie die Augen erneut öffnete. Nun fiel ihr die Tapete an der Wand auf, dieses Muster kannte sie von irgendwoher, ovale Formen, braun und orange, tropfenförmige Spitzen, ineinanderfließend, es machte sie schwindlig, die Linien mit dem Blick zu verfolgen, und Übelkeit meldete sich in ihrem Bauch.

Sie musste sich an der Bettdecke festklammern, dabei ertasteten ihre Finger krustige Stellen, da schienen einige Flecken auf dem Bezug zu sein. Sie zuckte zurück und verzog das Gesicht.

Was gäbe sie dafür, nicht mehr in die Welt zurückkehren zu müssen. In den letzten Stunden, als sie tief und traumlos geschlafen hatte, war alles beglückend weit weg gewesen, ihre Ängste, ihre Sorgen. Dieser Schlaf hatte etwas von einer erlösenden Ohnmacht für sie gehabt.

Doch allmählich drang ein eigenartiger Geruch in ihr Bewusstsein.

Er kam aus dem Bett. Zu ihrer Rechten. Er war ganz nah. Aber sie wagte es nicht, sich danach umzudrehen.

Sie wollte leugnen, was sie damit assoziierte. Denn es verhieß nichts Gutes.

Schließlich wandte sie doch den Kopf um.

Jemand stierte sie an.

Seine Augen waren unnatürlich weit aufgerissen. Das Gesicht wächsern, zu einer Fratze erstarrt.

Ein Mann. Wer war das?

Schlagartig fiel ihr der Name ein. Claude. Er lag neben ihr, auf dem Bauch. Was war bloß geschehen?

Nun konnte sie auch den Geruch zuordnen.

Es war Blut.

Ihr Blick glitt weiter, hin zu der Frau, die unter ihm lag, ihr Haar auf dem Kissen ausgebreitet, die blonde Pagenfrisur zerwühlt, der Kopf zur Seite gedreht, ein schwarzes Tuch war hinten verknotet. Theresa konnte das Gesicht nicht erkennen, aber sie wusste, wer es war.

Sie war so entsetzt, dass sie sich nicht rühren konnte. Ihre Glieder waren wie gelähmt, und mit einem Mal war ihr, als würde ihr Herzschlag aussetzen.

Sie gab einen röchelnden Laut von sich, dann pochte das Herz, schnell, immer schneller, und sie spürte, wie das Adrenalin durch ihre Adern schoss.

Und wieder ein Röcheln, sie glaubte, sich übergeben zu müssen. Presste beide Hände vor den Mund und schluckte die Übelkeit hinunter.

Da erblickte sie die weiße Wäscheleine, die um die beiden nackten Körper geschlungen war, und sie erkannte die Hirnmasse auf dem deformierten Schädel des Mannes.

Und sie sah, dass Lisas Arme und Beine ausgebreitet waren, als wolle sie Claude im Liebesakt empfangen. Und dann registrierte sie die Schnitte, das geronnene Blut, die geöffneten Pulsadern.

Das Blut war überall. Theresa lag darin. Die Laken waren klamm.

Sie schrie auf.

Irgendwie musste sie an den beiden Toten vorbei, doch links von ihr befand sich die Wand, und über die Leichen hinwegzusteigen war ihr unmöglich.

Keuchend robbte sie an das Bettende und setzte die Füße auf die Dielen.

Dabei tappte sie in die blutige Nachtwäsche, die unter ihr ausgebreitet war, ein Pyjama und ein Nachthemd.

Das Zimmer drehte sich um sie herum.

Mein Gott, was hatte sie nur getan!

Ihr fehlten jegliche Erinnerungen an die vergangene Nacht, bloß ein Abgrund tat sich vor ihr auf, dunkel, bodenlos.

An den Tanz mit Lisa dagegen erinnerte sie noch genau, auch an den Moment, da Claude aufgetaucht war. Er hatte sie bedrängt. Das perverse Spiel mit dem Kuchen! Und dann?

Nichts. Bloß Leere in ihrem Kopf.

Sie blickte an sich herab, auch sie war nackt.

Allmächtiger, von welchen Furien war sie getrieben?

Verzweifelt suchte sie ihre Sachen, fand sie fein säuberlich zusammengelegt auf einem Stuhl und zog sich an. Da waren auch ihre Schuhe, sie schlüpfte hinein.

Ein letztes Mal starrte sie zu den beiden Toten hin.

Lisas Lippen waren mit dem Tuch verschlossen, ihre Augen erloschen.

Für einen Moment war sie versucht, ein Gebet für sie zu sprechen.

Doch bloß ein Stammeln kam aus ihrem Mund.

Theresa riss die Schlafzimmertür auf und ergriff die Flucht.

VIERTER TEIL

DREISSIG

Landsberg saß zusammengesunken auf dem Bett in der Wohnung am Rathenauplatz. Sein rechter Arm hing noch immer in der Schlinge, er war seit Tagen unrasiert, um seine Augen hatten sich dunkle Ringe gebildet.

Trojan hatte ihn allein hergebeten, noch wussten die Kollegen nicht Bescheid, doch die Zeit drängte. Ungeduldig stand er vor ihm.

»Nun sag schon, Hilmar.«

Der Chef rührte sich nicht.

»Sprich es aus. Bitte.«

Er verzog das Gesicht, als habe er Schmerzen. Schließlich hob er den Kopf und sagte leise: »Ja, es ist ihr Nachthemd. Ich erkenne es wieder. Und auch die Kleider im Schrank gehören ihr.« Er schluckte. »Du hast gute Arbeit geleistet. Nun habe ich also Gewissheit darüber, dass meine Frau ein Doppelleben führt.«

»Tut mir sehr leid.«

»Aber nicht doch. Es ist dein Job, unangenehme Wahrheiten herauszufinden.«

Trojan zögerte. »Da ist noch etwas. Ich hab an der Telefonzelle am Henriettenplatz, ein paar hundert Meter von hier entfernt, eine Überwachungskamera ausfindig gemacht. Ich hatte Glück, die Bilder von Samstagfrüh sind noch drauf.«

»Und?«

»Ich glaube, deine Frau wiedererkannt zu haben. Sie war es wohl, die den Notruf abgesetzt hat.«

Landsberg stieß die Luft aus. »Okay. Ich bin am Ende.«

»Hilmar, damit ist noch nichts bewiesen.«

»Scheiß was drauf! Ich erzähl's dir, ja? Ich erzähl's dir einfach.« Seine Stimme zitterte. »Hier, fürs Protokoll, damit alles noch schlimmer wird.« Er deutete auf die zurückgeschlagene Bettdecke und die Nachtwäsche darunter. »Sieh nur hin, sieh genau hin, es ist die typische Art, wie Theresa einen Pyjama ausbreitet und wie sie das Nachthemd daneben drapiert, so als würden Mann und Frau friedlich nebeneinanderliegen. So macht sie es bei uns zu Hause auch, wenn sie das Schlafzimmer aufräumt, das ist Theresa, das ist meine Frau. Die Anordnung der blutbefleckten Wäsche am Tatort in der Nansenstraße hat mich sofort an sie erinnert.«

»Ist das wahr?«

Er stand auf. »Nils, meine Frau ist keine skrupellose Mörderin, ich bitte dich, das endlich einzusehen. Der Täter treibt einen makabren Scherz mit ihr, indem er ihre Eigenarten kopiert. Der Kuchen ...«

»Was ist damit?«

»Der Zuckerguss, auch das ist etwas, was mir sogleich auffiel, das Herz mit dem Pfeil!« Es brach aus ihm heraus, endlich darüber reden zu können erleichterte ihn offenbar. »In der Nansenstraße, als wir beide in der Küche standen, weißt du noch? Verdammt, Nils, wie oft hat Theresa schon für mich einen solchen Kuchen gebacken, mit genau der gleichen Verzierung. Es war verrückt, ich wollte es mir nicht eingestehen, hielt es für einen blödsinnigen Zufall, aber es ließ mich nicht mehr los.«

Trojan nickte. Jemand kopiert Eigenarten, durchfuhr es ihn, das war eine wichtige Einschätzung.

»Hilmar«, sagte er und deutete zu dem Porträt an der Wand über dem Schreibtisch, »hast du eine Ahnung, wer dieser Mann sein könnte?«

»Nein.«

»Denk scharf nach. Hast du ihn irgendwo mal gesehen? Vielleicht in Fotoalben, die deine Frau mit in die Ehe gebracht hat? Oder könnte es sein, dass sie ihn dir beiläufig vorgestellt hat, als alten Freund oder flüchtigen Bekannten? Ist er entfernt mir ihr verwandt?«

Landsberg starrte das Bild an. »Ich weiß es nicht. Meine Frau wird mir immer fremder. Wozu diese Wohnung? Wem gehört der Pyjama auf dem Bett?«

»Mir ist aufgefallen, dass er frisch gewaschen ist. Sieht nicht aus, als hätte ihn jemand getragen.«

Sie schauten beide aufs Bett.

»Das sagst du nur, um mich zu beruhigen.«

Es entstand eine Pause.

Dann sagte Landsberg leise: »Nils, kannst du dir vorstellen, wie es ist, wenn man allmählich Angst vor seiner eigenen Frau bekommt? Vor ihren Schattenseiten erschrickt? Ihren dunklen Geheimnissen? Wer ist diese Frau, mit der ich all die Jahre zusammengelebt habe? Wer ist sie?«

Trojan blickte ihn wortlos an. Er wusste nicht, was er ihm darauf erwidern sollte.

Schließlich sagte er: »Ich hab da noch was Entscheidendes entdeckt. Komm mit.«

Er führte ihn zu dem Staubsaugerroboter. Die Scheibe war geöffnet. Sie bückten sich davor.

Trojan deutete in das Innere.

»In der Tatortwohnung in der Lausitzer Straße befindet sich ebenfalls so ein Gerät, das ist mir schon neulich aufgefallen. Allerdings konnte ich damals nicht wissen, was darin verborgen ist. Ich hab gerade Holbrecht und Kolpert dorthin geschickt. Sie haben mir am Telefon bestätigt, dass sich auch in dem anderen Staubsaugerroboter etwas befindet, das eigentlich nicht hineingehört.«

Landsberg blickte auf das eingebaute Teil und hob die Augenbrauen. »Eine Webcam!«

»So ist es.«

»Die Opfer wurden überwacht!«

»Ja. Vermutlich wurden sie einige Zeit lang ausspioniert, bevor sie sterben mussten. Und das Erschreckende daran ist …«

»… dass wir unter Umständen auch bei unserer Arbeit am Tatort beobachtet wurden«, ergänzte Landsberg.

»Möglich, aber unwahrscheinlich. In der Lausitzer Straße stand das Gerät unter dem Sofa, wo auch die Ladestation ist, von dort hatte die Kamera keine Einsicht in den Raum. Ich hab aber den Verdacht, dass der Apparat von außen ferngesteuert werden kann. Näheres muss die Kriminaltechnik klären.«

»Der Täter könnte sich demnach auch an den Tagen nach den Morden an dem Schauplatz seines Verbrechens ergötzt haben.«

»Ja, indem er die Kamera in dem Roboter durch die Räume fahren ließ.«

»Hast du …?« Landsberg nickte zu der Apparatur hin.

»Ich hab das Kabel durchtrennt.« Trojan zeigte auf die Stelle, wo er es aus der Webcam gezogen hatte.

»Gut. Wir sind hier also hoffentlich unter uns.«

»Davon gehe ich jetzt mal aus.«

»Vielleicht sind die Räume auch verwanzt.«

Sie erhoben sich beide und entfernten sich von der Kamera.

»Ich hab bisher nichts in der Richtung entdecken können.«

»Was ist mit der Wohnung in der Nansenstraße?«

»Stefanie und Ronnie Gerber waren noch einmal dort, konnten aber beim besten Willen keinen Roboter finden.«

»Das ist merkwürdig.«

»Eventuell wurde er entfernt, von wem auch immer. Ich hab die Kriminaltechniker mit der Sache beauftragt. Sie überprüfen nun, wohin die Bilder gesendet wurden. Und auch dieses Gerät werde ich zu ihnen ins Labor bringen.«

»Nils, für eine Überwachung in diesem Ausmaß benötigt man einen großen technischen Sachverstand, ich kann nicht glauben, dass Theresa etwas damit zu tun hat!«

»Fassen wir zusammen. Sie setzt am Samstagfrüh den Notruf ab, um fünf Uhr siebenundvierzig. Gegen sieben Uhr sehe ich sie am Tatort.«

Landsberg wiegte den Kopf. »Ich weiß, worauf du wieder hinauswillst.«

»Hilmar, ich möchte wirklich keine voreiligen Schlüsse ziehen.«

»Gut, also schön, versetzen wir uns in ihre Lage. Mal angenommen, es gab einen Streit mit Mara Hertling. Möglich, dass sie darüber so aufgewühlt war, dass sie …« Er brach ab. »Nein, es ist unvorstellbar.«

»Sie gerät in Wut«, versuchte es Trojan weiter. »Sie tut etwas, was sie hinterher bereut. Sie zieht sich Freitagnacht hierher in ihre geheime Wohnung zurück. Am frühen Morgen treibt es sie hinaus auf die Straße.«

»Glaubst du, sie hat in geistiger Umnachtung gehandelt?«

»Du hast selbst einmal erwähnt, dass sie gelegentlich Stimmen hört. Erinnerst du dich? Es war in der Zeit, als wir den *Federmann* gejagt haben, damals hast du mir dieses überraschende Geständnis gemacht.«

»Ja, verdammt, und es war ein Fehler. Theresa hatte ihre psychischen Krisen, mehr aber auch nicht. Sie ist keine Psychopathin, wie oft soll ich dir das noch sagen.«

»Schon gut, beruhige dich. Sie wählt also in der Telefonzelle unten am Henriettenplatz die 110, natürlich benutzt sie nicht ihr Handy, um nicht entlarvt zu werden. Danach fährt sie wieder nach Kreuzberg, mischt sich unter die Schaulustigen. Sie ist erschrocken, wie von Sinnen. Ich entdecke sie, sie läuft vor mir weg. Du stellst sie später zur Rede, und vor deinen Augen versucht sie, sich das Leben zu nehmen. Du kannst es in letzter Sekunde verhindern, sie flieht aus der Wohnung. Seitdem ist sie verschwunden.«

Landsberg ließ die Schultern sinken. »Okay, du hast gewonnen. Ich gebe den Fall ab.«

»Das hat nichts mit Sieg oder Niederlage zu tun.« Trojan blickte ihn an. »Aber es wird dich befreien. Es nimmt dir die Last von den Schultern.«

»Theresa ist unschuldig.«

»Das hoffe ich mindestens genauso sehr wie du.«

»Finde den wahren Täter. Finde ihn.«

Trojan nickte.

»Du schreibst sie zur Fahndung aus?«

»Mir bleibt nichts anderes übrig.«

»Tu, was du für deine Pflicht hältst.«

Landsberg schaute sich in dem Zimmer um.

»Eine Sache noch, bevor ich mich aus den Ermittlungen

verabschiede: Theresa kennt sich mit technischen Raffinessen nicht aus, eine versteckte Kamera, das ist nicht ihre Handschrift.«

»Leuchtet mir ein.«

»Und warum ausgerechnet hier? Selbst wenn sie der Teufel reitet, sie unschuldige Liebespaare ausspioniert, ihnen präparierte Staubsaugerroboter auf welche Art auch immer zukommen lässt, selbst wenn das hier der geheime Ort für ihre perversen Planungen ist – warum befindet sich eine so rätselhafte Apparatur in ihrer eigenen Wohnung? Sie lässt sich doch nicht selbst überwachen!«

»Da hast du recht, das frage ich mich auch schon die ganze Zeit. Es sei denn ...«

»Was?«

»Es ist immerhin denkbar, dass sie dieses Gerät für einen weiteren Einsatz getestet hat.«

»Für das nächste Paar? In der nächsten Wohnung? Um den nächsten Doppelmord zu begehen?«

»Ich weiß, wie entsetzlich das für dich klingen muss. Und ich versichere dir, Chef, ich werde alles dafür tun, die Unschuld deiner Frau zu beweisen.«

»Also hältst du sie doch nicht für die Täterin!«

»Ich habe meine berechtigten Zweifel, aber ich muss nun mal in alle Richtungen denken.«

Landsberg atmete tief durch.

»Okay, du weißt, was du zu tun hast, die Roboter müssen akribisch nach Spuren untersucht werden, ihr müsst herausfinden, wer diese Dinger herstellt, wo sie vertrieben werden, wer in letzter Zeit eine größere Menge davon gekauft hat, und natürlich müsst ihr die Übermittlung der Überwachungsbilder zurückverfolgen.«

»Klar, Chef.«

Sie sahen sich an. Hilmar war so bleich, dass Nils befürchtete, er könnte jeden Augenblick vor ihm zusammenbrechen.

»Fahr nach Hause und ruh dich ein bisschen aus. Wir schaffen das schon.«

Landsberg trat dicht an ihn heran.

»Hinter alldem«, murmelte er, »steckt ein perfider Plan. Möglicherweise geht es gegen mich. Meine Karriere soll ruiniert werden. Aber das ist alles halb so wild, viel schlimmer ist, was meiner Frau am Ende blüht. Ich meine, du weißt, wie labil sie ist. Noch ein Schock für Theresa, und ihre Seele ist für immer zerbrochen.«

»Ja, Hilmar.«

»Wenn sie überhaupt noch am Leben ist.«

»Ich kümmere mich darum.«

Und so verließ sein Chef das Hochhaus in Halensee.

Trojan wartete ein paar Sekunden ab, dann alarmierte er per Handy die Kollegen und ordnete an, die Wohnung gründlich zu durchsuchen und rund um die Uhr bewachen zu lassen, falls ihre Bewohnerin hierher zurückkehren sollte. Gleich darauf rief er in der Zentrale an.

Nur wenige Augenblicke später war Theresa Landsberg zur Fahndung ausgeschrieben.

EINUNDDREISSIG

In Kolperts Büro herrschte das übliche Chaos, Akten, Datenträger, geleerte Kaffeebecher und Pizzakartons lagen überall verstreut herum, auszuwertende Computer von Zeugen und Beschuldigten aus bisher unaufgeklärten Mordfällen stapelten sich bis zur Decke.

Trojan setzte sich zu ihm an den Schreibtisch. Über den Monitor flimmerten rätselhafte Zahlenreihen.

Auch Max war an diesem Montagabend die Erschütterung darüber anzusehen, dass der Chef von den Ermittlungen zurückgetreten war, da seine Ehefrau als Verdächtige eingestuft werden musste.

»Möchtest du einen Kaffee, Nils?«, fragte er. »Siehst aus, als könntest du einen vertragen.«

»Lass mal, ich hab heute schon literweise Koffein zu mir genommen. Also, was hast du herausgefunden?«

Kolperts Gesicht verzog sich zu einer Grimasse.

»Leider nicht viel.«

»Hast du mit den Technikern im Labor gesprochen?«

»Ja, es wurden einige Spuren an dem Staubsaugerroboter in der Wohnung in der Lausitzer Straße gesichert. Nach ersten Abgleichen handelt es sich dabei um die Fingerabdrücke von Ulrich Tretschok und Mara Hertling.«

»Gab es Spuren am Gerät aus der Wohnung am Rathenauplatz?«

Kolpert nickte. »Hier fehlt natürlich der Vergleich. Sollten es die Fingerabdrücke von … «, er schluckte, senkte betreten die Stimme, »… Theresa Landsberg sein, können wir uns zumindest dahingehend beruhigen, dass diese Abdrücke nicht an dem anderen Gerät gefunden wurden.«

»Immerhin etwas.«

»Auch wenn das nicht viel Aussagekraft hat. Sollte sie tatsächlich die Täterin sein – und mit Verlaub, Nils, daran will ich einfach nicht glauben –, wird sie nicht so unvorsichtig gewesen sein, überall ihre Spuren zu hinterlassen.«

»Schon klar. Weiter, was ist mit den eingebauten Kameras?«

»In der Lausitzer Straße lief das so ab: Die Webcam sendete die Bilder zu einem offenen Netzwerk in einer Kneipe in der Nähe der Wohnung, von dort aus startete die Übertragung via Internet.«

»Also müsste der Empfänger doch leicht auszumachen zu sein.«

»Theoretisch schon, und natürlich haben wir auch die erforderlichen richterlichen Beschlüsse bekommen, die die Mitarbeiter der Internetprovider dazu verpflichten, uns Auskünfte zu erteilen.«

»Und?« Trojan irritierte, dass Kolpert so zögerlich sprach. »Wo ist der Haken an der Sache? Bei den Servern werden doch die jeweiligen IP-Adressen der User gespeichert.«

Kolpert zog einen Flunsch. »Das ist richtig. Aber hier setzt das ein, was ich längst befürchtet habe. Die Bilder sind über ein Verschlüsselungsprogramm gelaufen, ein sogenanntes Anonymisierungstool.«

»Was heißt das?«

»Konkret bedeutet es, dass uns der Provider eine IP-

Adresse aus Aserbeidschan genannt hat, bei der die Bilder gelandet sind.«

»Moment mal, willst du damit sagen, während Paul Ziemann und Mara Hertling in ihrer Wohnung überwacht wurden, schaute sich das jemand in Aserbeidschan auf seinem Rechner an?«

»Nein, Nils, so funktioniert das nicht. Der Täter oder die Täterin konnte die Bilder natürlich bequem bei sich zu Hause empfangen, und das vermutlich hier irgendwo in der Stadt. Aber das Anonymisierungstool, das er auf seinem Computer installiert hat, bewirkt, dass all seine Internetanforderungen, in diesem Fall der Empfang der Bilder auf der dafür eingerichteten Website, auf einen fremden Server umgeleitet werden, so dass nicht mehr seine eigene IP-Adresse für uns sichtbar wird, sondern die des Providers im Ausland. Aserbaidschan lässt grüßen.«

»Was für eine Scheiße! Aber auf irgendeinem verdammten Großrechner in Vorderasien muss doch noch zu erkennen sein, wie die wirkliche IP-Adresse des Empfängers lautet.«

»Unter Umständen, ja, wir müssen ein Amtshilfeersuchen stellen, doch es kann Monate dauern, bis wir ein Ergebnis bekommen, wenn überhaupt, du weißt ja, wie die Behörden dort arbeiten. Nicht umsonst werden ausgerechnet solche Länder für diese Spielchen ausgewählt.«

»Du willst mir doch nicht weismachen, dass wir nicht über irgendeine Software verfügen, die die Verschlüsselung rückgängig machen kann!«

»Die Software ist vorhanden, aber um sie einzusetzen, brauchen wir eine Ewigkeit, und es ist nicht sicher, ob wir am Ende die wahre Identität des Users herausbekommen.«

»Versuch es wenigstens!«

Kolpert stieß die Luft aus. »Was meinst du, womit ich mich hier die ganze Zeit beschäftige?«

»Okay, schon gut. Kommen wir zum nächsten Punkt. Das Gerät in den Wohnräumen am Rathenauplatz. Stand es nur für weitere Einsätze parat, oder hat es bereits Bilder übertragen?«

»Die Webcam war in Betrieb, daran besteht kein Zweifel. Die Wohnung wurde überwacht, und zwar auf die gleiche Art wie in der Lausitzer Straße, nur mit dem Unterschied, dass die Kamera die Bilder an den WLAN-Router sendete, den wir im Schlafzimmer vorgefunden haben. Von dort aus liefen sie wieder verschlüsselt über eine IP-Adresse im Ausland. Und abermals Grüße aus Aserbeidschan.«

»Auf welchen Namen läuft der Router?«

Kolpert rieb sich das Kinn. »Angemeldet hat ihn eine gewisse Frau Theresa Landsberg«, erwiderte er beinahe flüsternd.

Sie schwiegen einen Moment.

»Aber Nils, auch das muss nichts heißen. Wer sich mit Anonymisierungstools auskennt, kann sich auch leicht in einen WLAN-Router hacken.«

»Du denkst also, sie weiß überhaupt nicht, dass sich in ihrer geheimen Zweitwohnung eine versteckte Kamera befindet?«

»Genau. Warum sollte sie sich auch selbst überwachen?«

»Der einzige Grund dafür wäre, dass ihr das Versteck am Rathenauplatz gewissermaßen als Versuchslabor diente, um die Funktionsweise ihrer Technik zu testen.«

»Daran glaubst du doch nicht im Ernst, oder? Für mich ist die Frau unseres Chefs unschuldig.«

»Das hoffe ich natürlich auch«, sagte Trojan leise. »Sollte es so sein, hieße das jedoch im Umkehrschluss …«

»… dass der Täter auch sie im Visier hat«, ergänzte Kolpert, »vermutlich schon seit einiger Zeit.«

»Demnach wäre sie in großer Gefahr.«

Max nickte.

Dem Mörder aber geht es um Paare, dachte Trojan, ob die Landsberg womöglich einen Liebhaber hat, dem auch der Pyjama auf ihrem Bett gehört?

»Weiter«, sagte er nach einer Pause. »Was hast du noch?«

»Die Fernbedienung.«

»Was ist damit?«

»Im Labor fand man heraus, dass die beiden Roboter auch aus größerer Entfernung bedient werden können, sie wurden eigens dafür präpariert. Allerdings gehen die Kriminaltechniker davon aus, dass die Reichweite nicht größer als hundert Meter ist.«

»Wir können also vermuten, dass der Täter oder die Täterin sich auch nach dem Doppelmord in der Lausitzer Straße in der Nähe des Tatorts aufhielt, das Gerät durch die Wohnung fahren ließ und sich an den Spuren seines Verbrechens ergötzte.«

»Ja, aber noch etwas ging mir in diesem Zusammenhang durch den Kopf. Es ist nicht auszuschließen, dass sich der Täter auf diese Weise selbst bei seinen Morden gefilmt hat, den Apparat in Position fuhr, nah ans Bett, um dort …« Er brach ab.

Trojan lief ein Schauer über den Rücken. »Die Vorstellung allein ist entsetzlich.«

»Ja, es ist grausam.«

Wieder schwiegen sie.

»Hast du die Hersteller der Apparate überprüft?«, fragte Trojan schließlich.

Kolpert nickte. »Es sind handelsübliche Haushaltsgeräte, wir haben bereits in allen großen Elektromärkten und in den Kaufhäusern nachgefragt, ob in letzter Zeit vielleicht eine Einzelperson eine größere Stückzahl geordert hat. Wir checken das im Moment intensiv, sind damit aber noch nicht wirklich weit gekommen.«

»Bleib dran.«

»Okay.«

»Der Täter muss doch diese Roboter, nachdem er sie für seine Zwecke umgebaut hat, seinen künftigen Opfern auf irgendeine Art und Weise zugestellt haben.«

»Ja, darüber hab ich auch schon nachgedacht. Wir haben uns im Bekanntenkreis von Tretschok und Hertling umgehört, das Seltsame ist, dass niemand etwas von der Existenz eines solchen Staubsaugerroboters wusste.«

»Das ist merkwürdig.«

»Man müsste Mara Hertling selbst dazu befragen, aber ihr Zustand ist nach wie vor sehr kritisch. Sie ringt mit dem Tod.«

Trojan schlug die Augen nieder, dabei dachte er angestrengt nach. »Warum war in der Wohnung von Carlotta Torwald und Paul Ziemann so ein Überwachungsgerät nicht zu finden, was glaubst du? Es war der erste Doppelmord, alles Weitere deutet auf ein gewisses Muster hin, warum also diese Abweichung?«

»Keine Ahnung.«

Trojan blickte auf. »Ich werde mal mit dem Jungen darüber reden.«

»Mit welchem Jungen?«

»Mikael, der Sohn aus erster Ehe, der seinen ermordeten Vater gefunden hat!«

Schon war Trojan zur Tür hinaus.

Im Gang kam ihm jemand entgegen, breit grinsend, das Kinn vorgestreckt.

Zunächst hätte er ihn kaum erkannt, so sehr hatte er sich verändert. Abgemagert, hohlwangig, und diese Augen, wie irr starrten die Pupillen aus der Iris hervor. Verdammt, wahrscheinlich hatte er beschlossen, sich systematisch ins Grab zu saufen, nachdem er seinen Job hier verloren hatte.

»Nils, wie läuft's denn so?«

Sie blieben beide stehen, musterten sich.

»Du hier?«, fragte er.

Ihm war die Begegnung äußerst unangenehm. Schließlich hatte er der Alkoholsucht des Exkollegen seinen Posten zu verdanken. Lukas Kilian war im Suff ausgerastet und hatte den Lauf seiner geladenen Sig Sauer auf seine Frau gerichtet. Eigentlich sollte die Geschichte vertuscht werden, doch über Umwege war sie Landsberg zu Ohren gekommen, und der hatte persönlich für Kilians Suspendierung vom Polizeidienst gesorgt und sich dafür eingesetzt, dass dafür Trojan erster Mitarbeiter in seiner Mordkommission wurde.

»Warum auch nicht? Hatte plötzlich große Sehnsucht nach euch. Ihr wart mir doch immer die liebsten Kollegen.« Seine Zähne blitzten auf. »Aber Mensch, hier ist ja der Teufel los. Man erzählt sich so allerhand.«

Sofort wurde Trojan wachsam.

»Worauf willst du hinaus?«

Kilian trat einen Schritt näher an ihn heran. Sein Atem war ungewöhnlich frisch, als habe er gerade mit Mentholwasser gegurgelt.

»Das Boot ist führungslos, hab ich gehört. Der Kapitän musste von Bord.«

Sein Grinsen wurde breiter. Trojans Nacken verkrampfte sich.

»Nein, im Ernst, Nils, tut mir wirklich leid, was ich da über Landsberg erfahren musste.«

»Ach ja?«

Kilian setzte eine scheinheilige Miene auf. »Wirklich. Das muss doch echt Scheiße für ihn sein. Die eigene Frau tatverdächtig? Oh verflucht.«

»Wer erzählt denn so was?«

»Ach Nils, du weißt doch, der Flurfunk. Solche Nachrichten verbreiten sich wie ein Lauffeuer.«

»Und deshalb schaust du mal eben vorbei, ja?«

»Reiner Zufall, dass ich gerade in der Gegend war.«

»Und? Was treibst du so?«

Wieder dieses Grinsen. »Ich schreib an meinen Memoiren. Du kommst auch darin vor, Nils.«

»Tatsächlich?«

»Ich lob deine Arbeit in den höchsten Tönen, glaub mir.«

Trojan war um Beherrschung bemüht. »Wie geht's denn der Gattin so?«, fragte er betont leise.

Kilians Augen verengten sich zu Schlitzen. »Wer im Glashaus sitzt, Trojan. Du weißt doch selbst, wie so eine Scheidung abläuft. All die schmutzige Wäsche, solltest du kennen.«

»Wenn du mich entschuldigen würdest, ich hab zu tun.«

Er wandte sich von ihm ab und ging wortlos den Flur hinunter.

»Viel Glück, Mann«, rief Kilian ihm nach.

ZWEIUNDDREISSIG

Hanna Thiel parkte ihren VW Passat auf dem kleinen Schotterplatz, stieg aus, nahm vom Rücksitz den Topf mit der Suppe, um den sie ein Handtuch geschlungen hatte, schloss den Wagen ab und steuerte auf den Hauptweg der Laubenkolonie zu. Sie brauchte etwa fünf Minuten, bis sie vor dem kleinen Häuschen mit den grauen Schiefern stand. Sie hielt kurz inne und dachte wehmütig an all die schönen Wochenenden und Urlaubstage zurück, die sie hier verbracht hatte, allein, natürlich allein. Aber irgendwann hatte sie für ihre Ausflüge ins Grüne die Lust verloren, und auch die Gartenarbeit machte ihr keine Freude mehr.

Sie schob das Tor auf und näherte sich der Eingangstür. Nachdem sie aufgeschlossen hatte, machte sie in der Küche Licht und stellte den Topf ab. In den beiden hinteren Räumen war es so finster, dass sie für einen Moment glaubte, ihre Schwester habe das Haus längst wieder verlassen.

Nur wenig später aber sah sie sie im Halbdunkeln auf dem Bett hocken, mit einem Gesichtsausdruck, als sei ihr soeben der Leibhaftige persönlich erschienen.

Beherzt knipste sie auch im Schlafzimmer die Lampe an.

»Theresa, was ist los mit dir?«

»Mach das Licht aus!«

»Aber warum?«

»Tu es einfach!«

»Was hast du nur?«

»Ist dir jemand gefolgt?«, flüsterte sie.

»Aber nicht doch. Beruhige dich.«

»Im Auto. Ist dir jemand nachgefahren?«

Hanna Thiel stützte die Arme in die Hüften. »Theresa, du siehst erbärmlich aus. Hast du heute schon was gegessen?«

Sie schüttelte den Kopf. »Keinen Hunger.«

»Ich hab dir was mitgebracht.«

»Ich krieg nichts runter.«

Hanna setzte sich zu ihr auf die Bettkante. »Willst du mir nicht endlich erzählen, was passiert ist?«

Wieder schüttelte sie nur den Kopf.

»Man hat nach dir gefragt.«

»Wer war das?«, fragte Theresa misstrauisch.

»Kollegen von Hilmar.«

»Was hast du geantwortet?«

»Dass ich nicht weiß, wo du bist.«

»Gut. Sehr gut.«

»Nun sag mir schon, was du angestellt hast. So schlimm kann es doch nicht sein.«

Theresa starrte sie bloß an.

Sie wollte sie an der Schulter berühren, ihre Schwester aber zuckte vor ihr zurück. »Komm mit in die Küche und iss etwas, ich hab eine Hühnersuppe für dich gekocht.«

»Hast du die Tür abgeschlossen?«

»Warum sollte ich, hier draußen ist niemand zu dieser Jahreszeit.«

»Du musst tun, was ich dir sage, geh nach vorn in die Küche und kontrolliere die Tür. Und du darfst kein Licht machen, hörst du?«

»Sollen wir etwa im Dunkeln sitzen?«

Sie begann, am ganzen Körper zu zittern. »Bitte, ich flehe dich an!«

Sie wirkte so verstört auf sie, dass Hanna es für das Klügste hielt, ihr nicht länger zu widersprechen. Also stand sie auf und ging in die Küche.

Kaum hatte sie die Tür verriegelt, nahm sie den Topf mit der Hühnersuppe und brachte ihn ins Schlafzimmer.

»Nun iss aber was«, sagte sie sanft.

Im Morgengrauen hatte Landsberg die fieberhafte Illusion, Theresa sei zu ihm zurückgekehrt. Ihm war, als hörte er sie neben sich atmen, als spürte er die Wärme ihres Körpers im Bett. Da war der Arm, da ihre Hand, er tastete danach und umschloss sie fest. Für einen Moment war die Vorstellung so real, dass er sich zu ihr umwandte, um sie zu umarmen. Er umklammerte die Bettdecke, nahm ganz entfernt den Hauch ihres Parfüms wahr. Beklommen flüsterte er ihren Namen.

Nur kurz darauf schüttelte er sich und setzte sich auf.

Sein Kopf war von der Schlaflosigkeit dumpf und schwer, auf der Zunge hatte er den pelzigen Geschmack unzähliger Zigaretten und fataler Cocktails aus Bourbon und Medizin.

Er war beinahe dankbar dafür, dass sich sein Rücken vor Schmerzen krümmte, denn mit dieser Pein konnte er umgehen, die Sorge um seine Frau war ein weitaus mächtigerer Feind.

Er fingerte nach seinem Verband. Selbst eine Schussverletzung war für ihn erträglicher als die Schmach, die Aufklärung einer Mordserie aufgeben zu müssen.

Niederlage, durchfuhr es ihn.

Im Bad mied er den Blick in den Spiegel.

Als er in der Küche Kaffee trank und seine Morgenkippe

anzündete, verzog sich vor Anspannung sein Gesicht. Er war es nicht gewohnt zu verlieren. Seine Karriere war bisher immer gradlinig verlaufen. Das Schlimmste aber waren die Zweifel, die an ihm nagten, das Gefühl, tief unten auf dem Grund von Theresas Seele habe über all die Jahre etwas Monströses geschlummert, das nun jäh erwacht und ausgebrochen war. Er durfte diese Zweifel nicht zulassen, das gemeinsame Leben mit ihr nicht verraten.

Er zwang sich, etwas zu essen, knabberte lustlos an einer Scheibe Brot, danach schluckte er sein Schmerzmittel.

Verdammt, er vermisste Theresa, und er witterte noch weitaus größeres Unheil. Irgendwo da draußen gab es eine geisteskranke Kraft, die es sich zum Ziel gesetzt hatte, sie beide niederzuringen, und er wusste nicht, ob nicht einer von ihnen diesen mörderischen Wahnsinn selbst geboren hatte.

Er wollte seine Frau nicht an diesen Furor verlieren, ihm blieb nichts anderes übrig, als zu kämpfen.

Wenig später beobachtete er sich dabei, wie er durch die Wohnung lief und unzusammenhängende Sätze vor sich hin sprach. Mein Gott, war er denn auch schon dabei, den Verstand zu verlieren?

Da klingelte das Telefon. Er eilte hin und schaute auf das Display.

Eine unbekannte Rufnummer wurde ihm angezeigt. Er hob ab.

»Hallo?«

Vom anderen Ende der Leitung kamen Atemgeräusche.

»Hallo?«, fragte er noch einmal.

Kurz darauf vernahm er eine gepresste Stimme.

»Sie hat es wieder getan.«

»Wer spricht da?«

»Seien Sie still. Hören Sie mir genau zu.«

Landsberg hielt unwillkürlich die Luft an.

»Joachim-Friedrich-Straße 15«, raunte der Anrufer, »Sie werden dort ein ermordetes Paar finden.«

Sein Herz schlug höher.

Es folgte ein kehliges Lachen aus dem Telefon, unheimlich, gedämpft. »Ihre Frau hat mal wieder ganze Arbeit geleistet.«

»Wer sind Sie?«

»Kein Kommentar.«

»Was ...?«

»Unterbrechen Sie mich nicht, *ich* führe hier das Gespräch! Und jetzt passen Sie gut auf, ich habe die Beweismittel in der Hand, die Ihre Frau belasten. Das Material reicht aus, sie der Täterschaft zu überführen. Und das nicht nur an *einem* Mord, sondern an einer ganzen Serie. Ich werde Ihre Kollegen nicht benachrichtigen, wenn Sie von nun an strikt meine Anweisungen befolgen.«

»Das ist ...«

»Halten Sie den Mund! Ich nenne Ihnen nun eine Adresse. Wenn Ihnen etwas daran liegt, dass Ihre Frau noch irgendwie heil aus der Sache herauskommt, sollten Sie verdammt noch mal schleunigst Ihren Arsch hierherbewegen.«

Für einige Sekunden war Landsberg wie gelähmt. Dann ging er ins Schlafzimmer, klemmte das Telefon zwischen Schulter und Ohr, rückte die Wäschekommode von der Wand ab, kniete sich hin und nahm die gelockerte Bodendiele heraus.

Aber die Schatulle, die er darunter versteckt hatte, das Kästchen, in dem sich Carlotta Torwalds Brille, das rote Halsband und der Schlüssel zu der Wohnung von Mara Hertling und Ulrich Tretschok befand, war fort.

Ihm brach der Schweiß aus, sein Puls raste.

»Sind Sie noch dran, Bulle?«

»Ja.«

»Das ist gut.« Der Anrufer lachte höhnisch. »Ich denke, Sie haben den Ernst der Lage kapiert, oder etwa nicht?«

Was sollte er nur tun?

Und schließlich traf Landsberg eine Entscheidung.

Um einen ruhigen Tonfall bemüht fragte er den Anrufer, wo er ihn treffen könne.

Mikael Ziemann sah aus, als habe er in letzter Zeit nicht eine einzige Minute Schlaf gefunden. Seine Augen waren gerötet, die Schatten darunter so tief, dass Trojan den Impuls verspürte, nach seiner Hand zu greifen, um sie zu drücken, doch der Junge hielt beide Arme vor der Brust verschränkt und machte den Eindruck, als sei ihm jegliche Form menschlicher Berührung unangenehm. Zusammengesunken saß er auf dem Bett seines Zimmers und fixierte einen Punkt an der Wand. Frau Ziemann war kaum imstande, ihren Sohn unbeaufsichtigt zu lassen, doch Trojan hatte darauf bestanden, das Gespräch ohne sie zu führen.

Zögerlich nahm Mikael seine Kopfhörer ab, aus denen Fetzen kruder Hip-Hop-Beats drangen.

»Ein Staubsaugerroboter«, sagte er und blickte Trojan finster an. »Ja, so einen hat Carlotta mal besessen.«

»Wann war das?«

»Ist noch nicht lange her. Vor zwei, drei Wochen, sie hat gesagt, das sei ein Werbegeschenk.«

»Wofür?«

»Ein Zeitungsabo, glaube ich. Sie wissen doch, da quatscht dich jemand auf der Straße oder im Café an, du unterschreibst einen Wisch und bekommst für eine Weile die Zeitung zugeschickt. Und als Dankeschön kriegst du ein Geschenk.«

So könnte sich der Täter seine Opfer ausgesucht haben, dachte Trojan. Oder die Täterin. Er oder sie beobachtet die Paare durch die versteckte Kamera in dem als Werbegeschenk getarnten Gerät, bis die Nacht gekommen ist, in der sie sterben müssen.

Er schluckte.

»Merkwürdigerweise kam aber gar keine Zeitung. Dafür wurde der Staubsauger geliefert.«

»Hat ihn jemand vorbeigebracht?«

»Der traf mit der Post ein, glaube ich.«

Trojan bemerkte das Kribbeln in seinen Fingern, das ihn immer überkam, wenn er sich einem wichtigen Punkt in den Ermittlungen genähert hatte.

»Kannst du dich an einen Absender erinnern?«

Ein kaum wahrnehmbares Kopfschütteln. Vermutlich war der Junge von einem starken Medikament sediert.

Trojan hatte Mitleid mit ihm, plötzlich musste er an Emily denken. Niemals sollte ihr etwas Böses zustoßen. Er wünschte sich nichts sehnlicher, als dass er mehr Zeit für sie hätte.

»Habt ihr den Karton aufbewahrt?«, fragte er.

Nur die Ahnung eines Zuckens um die Mundwinkel. »Nein, glaube ich nicht.«

»Wo ist der Roboter jetzt?«

Der Junge schniefte verächtlich. »Was bringt das alles noch? Mein Vater ist tot. So ein Scheißteil macht ihn auch nicht wieder lebendig.«

»Mikael, ich weiß, du hast Entsetzliches durchgemacht, aber bitte erinnere dich. Wo ist dieses Gerät? Wir konnten es in der Wohnung in der Nansenstraße nämlich nicht finden.«

Der Junge schwieg.

»Du willst doch auch, dass wir den Mörder deines Vaters und seiner Freundin fassen. Also hilf uns bitte.«

Endlich sagte Mikael leise: »Carlotta hat den Roboter eine Zeit lang ausprobiert. Auch ich hab das Ding mal bedient. Ist schon ziemlich praktisch, aber irgendwie hat es sie gestört, dass es so eigenmächtig in der Wohnung herumkurvte. Ich denke, sie fand es auch ein bisschen unheimlich. Aber warum interessieren Sie sich eigentlich dafür?«

Trojan wollte ihm nichts von der versteckten Webcam verraten, also sagte er bloß: »Das sind interne Ermittlungsdetails, mit denen ich dich nicht belasten möchte, also antworte einfach auf meine Frage.«

Er zuckte mit den Schultern. »Keine Ahnung, wem das Teil jetzt gehört. Carlotta hat es bei eBay vertickt.«

Trojan stieß die Luft aus. »Verdammt! Weißt du noch …?«

In diesem Moment vibrierte das Handy in seiner Jackentasche. Er nahm es hervor und drückte auf die grüne Taste.

Es war Gerber.

»Nils, du musst kommen, schnell.«

»Was ist los?«

»Wieder ein ermordetes Paar. Aneinandergefesselt und … Scheiße, Mann, beeil dich.«

Trojan war, als würde eine eiskalte Hand an seine Kehle fahren.

DREIUNDDREISSIG

Der Boden unter seinen Füßen war mit einem Mal so unsicher, dass er zu schwanken schien. Stefanie griff nach seinem Arm.

»Alles in Ordnung, Nils?«

»Nichts ist in Ordnung, gar nichts!«

Das Schlafzimmer war voll mit Gestalten in weißen Overalls, Kollegen der Spurensicherung und des Teams. Trojan schwitzte im Licht der Scheinwerfer. Es roch nach Blut.

Er stand mit Stefanie am Fußende des Bettes, vor ihnen die ausgebreitete Nachtwäsche, der Pyjama und das Nachthemd, rot besudelt, nebeneinanderdrapiert wie an den anderen Tatorten.

Trojan schaute auf die nackten Füße der Opfer, dann wanderte sein Blick weiter, er sah die Wäscheleine, den Rücken des Mannes, den eingeschlagenen Schädel. Er sah die ausgebreiteten Arme der Frau, die senkrechten Schnitte, an denen sie verblutet war, ihre geöffneten Beine.

Stefanie raunte ihm die Namen zu: »Lisa Brobrowski und Claude Haller. Sie lebten schon seit einigen Jahren gemeinsam in dieser Wohnung.«

Wieder war der Mann weitaus älter als die Frau, und auch die Anordnung der Leichen passte ins Muster. Abermals war dem weiblichen Opfer der Mund mit einem schwarzen Tuch verschlossen worden.

Aber Trojan fiel noch etwas anderes auf, er trat an die Kopfseite des Bettes und beugte sich hinab.

Nun hatte er Lisa Brobrowskis Gesicht dicht vor sich.

Er durfte sich nicht ausmalen, wie qualvoll ihre letzten Lebensminuten gewesen waren, an ihren ermordeten Freund gebunden, langsam verblutend. Dieser grausame Übergang, die Angst, dem Ende so nah, den Tod bereits spürend auf der nackten Haut, der liebste Mensch an einen gepresst und doch schon kalt, und dann das Aus.

Und wieder war er zu spät gekommen. Er musste diesem Wahnsinn Einhalt gebieten, den Täter oder die Täterin endlich zur Strecke bringen.

Er musste seine eigene Angst überwinden, diese plötzliche Schwäche in seinen Gliedern ignorieren.

Das Antlitz der Toten verschwamm vor seinen Augen. Er bekam keine Luft mehr, sein Herz schlug immer höher. Er fasste sich an den Kragen.

Stefanie war bei ihm. »Nils, wenn du eine Pause brauchst …«

»Nein, verdammt!«

Ihn packte die Wut. Er würde diese Serie aufklären, seine letzten Kräfte mobilisieren.

Und endlich konnte er wieder scharf sehen, er betrachtete das rote Band am Hals der Frau, ein Merkmal, das ihn irritierte, denn keines der anderen Opfer hatte Schmuck getragen. Solche Accessoires legten Frauen doch normalerweise vor dem Zubettgehen ab. Dr. Semmler hatte den Todeszeitpunkt bereits auf Mitternacht geschätzt, anzunehmen, dass auch dieses Paar im Schlaf überrascht worden war.

Sollte das Band der Frau etwa nachträglich angelegt worden sein?

Trojan streifte sich ein Paar Latexhandschuhe über und berührte die Perle an dem Band. Er drehte sie um. Auf der Rückseite war ein *M* eingraviert.

»M. Wieso M?«, murmelte er.

Er richtete sich auf.

»Wer hat die beiden gefunden?«, fragte er Stefanie.

»Eine Anastasia Konwiscny, sie arbeitet als Putzfrau hier.«

»Wo ist sie?«

»Sie wartet in der Küche.«

Trojan ging zu ihr. Die junge Frau wirkte erstaunlich gefasst.

Er stellte sich kurz vor, dann bat er sie, die Ereignisse für ihn zusammenzufassen.

»Ich kam um halb zehn in die Wohnung, um sauberzumachen.«

»Sie haben einen Schlüssel?«

»Ja.«

»Irgendetwas Auffälliges am Schloss?«

»Nichts.«

»War von innen abgeschlossen?«

»Die Tür war nur zugezogen.«

»Okay, was dann?«

»Ich spürte gleich, dass etwas nicht stimmte.«

»Weshalb?«

»Kann ich nicht sagen. Es war so ein vages Gefühl von Unheil. Und dieser Geruch.«

»Was für ein Geruch?«

»So ... tot.« Ihre Stimme begann zu zittern. »Wie an einer Fleischtheke.«

Trojan schlug für einen Moment die Augen nieder. »Weiter.«

»Na ja, ich bin nach einer Weile ins Schlafzimmer rein, und da lagen die beiden.«

Ihr kamen die Tränen. Die Fassade ihrer Gefasstheit bröckelte.

»Warum tun sich Menschen so etwas an?«, fragte sie heiser.

Er schwieg.

»Sie sind von der Kripo, Sie haben doch öfter mit diesen Grausamkeiten zu tun. Sagen Sie mir: Warum?«

»Ich weiß es nicht.« Er rieb sich die Schläfen. »Erzählen Sie mir etwas über die beiden.«

»Er war Geschäftsmann, soviel ich weiß, irgendwas mit Designobjekten, und sie hat als Tresenkraft in einer Bar gearbeitet, hier ganz in der Nähe.«

»Was wissen Sie noch über sie?«

»Na ja, sie haben ganz gerne gefeiert, es gab öfter Partys, ich musste dann hinterher aufräumen. Ein-, zweimal sollte ich auch beim Büfett aushelfen. Dabei hab ich schon mal was mitbekommen, was gesehen und so.«

Trojan wurde wachsam. »Was meinen Sie damit?«

Sie kratzte sich verlegen am Unterarm. »Das ging mich ja alles nichts an.«

»Nun sagen Sie schon.«

»Es lief manchmal …«

»Also was?«

»… recht freizügig ab. Partnertausch und so was.«

Trojan hob die Augenbrauen.

»Lisa, also, ich meine Frau Brobrowski, hat mir mal was von einem Swingerclub erzählt, in dem sie und ihr Freund Leute kennengelernt haben. Und sie haben wohl auch entsprechende Kontaktanzeigen aufgegeben.«

»Wie heißt der Club?«

»Keine Ahnung.«

»Denken Sie nach!«

Anastasia Konwiscny blickte ihn reglos an. Schließlich schüttelte sie den Kopf. »Ehrlich, das hat mich nicht weiter interessiert. Meine Eltern stammen aus Polen, ich bin zwar hier aufgewachsen, aber …«

»Aber was?«

»Ich bin sehr katholisch erzogen worden.«

»Verstehe. Haben Herr Haller oder Frau Brobrowski Sie mal belästigt?«

»Wie meinen Sie das?«

»Sexuell.«

Sie errötete. »Nein!«

»Tut mir leid, wenn ich Ihnen zu nahe getreten bin.«

Sie schluckte, verschränkte die Arme vor der Brust. Die Röte in ihrem Gesicht nahm zu.

»Ist Ihnen an Frau Brobrowski mal ein rotes Halsband aufgefallen? Mit einer Perle dran?«

»Nein.«

»Ganz sicher?«

Sie nickte. »Ich kann mich bloß erinnern, dass sie öfter Ohrringe trug. Silberne.«

Auf einmal stand Max Kolpert in der Küche. Er tippte Trojan an und nickte zum Flur hin. Trojan entschuldigte sich bei der jungen Frau und folgte seinem Kollegen zurück ins Schlafzimmer.

In einer Ecke befand sich ein Gegenstand, der ihm sehr vertraut vorkam.

Sein Puls beschleunigte sich.

»Es ist das gleiche Modell«, flüsterte Kolpert.

»Öffne die Scheibe«, sagte Trojan leise.

Kolpert streifte Latexhandschuhe über, kniete sich vor den Staubsaugerroboter und löste mit einem Schraubenzieher die transparente Abdeckung.

Trojan hielt die Luft an. Er bemerkte, wie Kolpert die Schultern hochzog.

Eine Zeit lang rührte er sich nicht.

»Was ist?«

Kolpert wiegte bloß den Kopf.

Trojan ging neben ihm in die Hocke. Als er in das Innere des Roboters blickte, zuckte er zusammen.

Dort, wo die Kamera eingebaut gewesen war, waren nur noch lose Kabel. Dafür lag der Computerausdruck einer Bildaufnahme gut sichtbar im Hohlraum des Geräts.

Und diese Aufnahme zeigte niemand anders als Trojan selbst.

Sein überraschtes Gesicht, als er den Roboter öffnete, im Hintergrund war das Zimmer in der Wohnung am Rathenauplatz zu erkennen.

Es verschlug ihm die Sprache.

Er ballte die Hand zur Faust.

»Dieses Schwein«, zischte er schließlich, »wer immer es ist, er oder sie spielt mit uns.«

»Das ist keine Frau. Garantiert nicht. Ein Technikfreak männlichen Geschlechts, wenn du mich fragst.«

»Ein Scheißkerl ist das!«

Kolpert stieß die Luft aus.

»Sei vorsichtig, Nils. Das ist eine Warnung. Er hat dich längst im Visier.«

Das Radisson Blu war ein imposantes Gebäude direkt an der Karl-Liebknecht-Straße, unweit vom Alexanderplatz. Landsberg schaute an der Fassade hinauf, dann betrat er die Lobby. Der Anrufer hatte ihm gesagt, er solle an der Rezeption nach einem gewissen Ulli Kanaski fragen. Ihm blieb nichts anderes übrig, als den Anweisungen zu folgen.

Die Empfangsdame in adretter Uniform schenkte ihm ein Lächeln, schaute in ihrem Computer nach und sagte dann: »Herr Kanaski wartet im Zimmer 712 auf Sie. Die Aufzüge befinden sich gleich dort drüben.«

Landsberg nickte ihr zu. Im Fahrstuhl war ihm beklommen zu Mute, er stieg aus und wandte sich nach rechts, seine Schritte wurden auf dem dichten Teppich gedämpft.

Vor Nummer 712 blieb er stehen und klopfte an die Tür.

Nichts tat sich.

Er klopfte noch einmal.

Kurz darauf erklang ein Summen, und er konnte die Tür aufdrücken.

Landsberg trat ein und tastete unwillkürlich nach der Stelle, wo sich sein Holster befinden müsste. Aber die Sig Sauer war auf dem Revier und er zurzeit ein Bulle ohne Waffe und ohne Fall.

»Treten Sie näher«, sagte eine Stimme.

Da war eine Sitzgruppe, und da saß jemand, mit dem Rücken zu ihm.

Er näherte sich ihm, seine Nackenhaare stellten sich auf. Wenn das hier nur keine Falle war.

In diesem Moment schoss jemand aus dem Sessel hoch, wandte sich ihm zu, grinste breit und sagte: »Willkommen im Radisson Blu, Hilmar.«

Landsberg erstarrte.

»Hast du schon das Aquarium im Innenhof gesehen? Dieses Riesending? Der Wahnsinn, oder? Ich checke hier manchmal nur ein, um das Teil anzuschauen, beruhigt mich irgendwie. Komm mit ans Fenster, da kannst du es sehen.«

Hilmar stieß die Luft aus. »Ulli Kanaski, ja?« Er streckte das Kinn vor, ballte die Linke zur Faust, seinen rechten Arm trug er noch immer in der Schlinge.

»Nette Buchstabenverdrehung, nicht wahr?«

»Lukas Kilian, du verfluchtes Arschloch«, zischte er.

»Langsam, langsam. Willst du was trinken? Komm, wir genehmigen uns einen und schauen die Fische an, das ist gut für die Nerven.«

Landsberg blickte zu der Whiskyflasche auf dem Glastisch. »Zu früh für mich.«

»Bist du etwa im Dienst?«

Er lachte höhnisch, schnappte sich die Flasche und trank einen großen Schluck.

»Setz dich doch.«

Landsberg rührte sich nicht. »Machen wir es kurz, Kilian. Ich hab keine Lust auf Spielchen.«

»Du hast doch auch gerade 'ne Menge Zeit totzuschlagen, Hilmar, oder etwa nicht? Da können wir doch mal ganz locker plaudern.«

»Halt die Fresse, Kilian. Was willst du von mir?«

»Nun, wie ich schon sagte …«, er verstellte die Stimme, so dass sie klang wie heute Morgen am Telefon, »… ich hab da was Interessantes für dich.«

»Beweismittel, ja?«

»Ganz recht. Scheiße, Hilmar, das muss ein komisches Gefühl sein, wenn die eigene Frau …«

»Spielst du jetzt Privatdetektiv, oder was?«

»Ach, weißt du …«

»Zeig her, was du hast!«

»Nun mal ganz ruhig, Hilmar, lass mich ein bisschen weiter ausholen. Ich meine, ich finde es sehr faszinierend, was da gerade abläuft. Erst sorgst du dafür, dass ich meinen Job verliere, spielst den starken Bullen, du lässt Trojan befördern, und ich bin draußen. Und dann kommt mir zu Ohren, dass du in eine Mordserie verwickelt bist.«

»Ich bin nicht verwickelt!«

»Aber deine Frau.«

»Das alles ist ein Riesenirrtum.«

»Was soll ich davon halten? Ich hab 'ne schwierige Zeit hinter mir. Was hab ich nicht schon alles versucht, Objektschutz, Personenschutz, Schnüffeleien in Eheangelegenheiten und bei Versicherungsbetrug. Na ja, im Moment arbeite ich an einem Buch, ich war doch schon immer ganz gut im Berichteschreiben.«

»Deine Berichte waren das Letzte, schlampig und lückenhaft.«

»Nimm den Mund nicht zu voll, Hilmar. In dem Buch geht es um True Crime, wenn du verstehst, was ich meine. Ich schreibe unter einem Pseudonym, der Name ist aber auch schon alles, was ich abgewandelt habe. Es wird sich um wahre Fälle drehen, und mein Storyhöhepunkt ist die Akte Theresa Landsberg.«

Hilmar straffte die Schultern, dabei meldete sich ein stechender Schmerz, und er zuckte zusammen.

»Was ist das eigentlich für eine hübsche Verletzung? Hast du die aus einem Einsatz?«

»Schluss jetzt! Kommen wir zur Sache. Du hast dreißig Sekunden Zeit.«

»Na schön, ich liefere dir das Beweismittel, verzichte auf die Theresa-Story in meinem Buch und verlange dafür nichts weiter als einen kleinen Gefallen.«

»Und der wäre?«

Lukas Kilian grinste breit. Er war blass, abgemagert, sein dunkles Sakko an den Ärmeln abgewetzt.

Hilmar stieg die Zornesröte ins Gesicht: »Bilde dir nur nicht ein, dass du es jemals wieder zurück in unsere Reihen schaffst.«

»Ach, ich weiß ja, mein Ruf ist dahin. Du wirst schon noch merken, wie das ist, Landsberg, so eine Karriere ist schnell den Bach runter.«

Hilmar presste die Lippen zusammen.

»Du fuchtelst mit der Waffe rum, weil du Stress hast, du hast einen miesen Tag erwischt, du brüllst, tobst, und plötzlich ist deine eigene Frau in der Schusslinie. Aber du wolltest doch nicht abdrücken, niemals wolltest du abdrücken. Du hast diese Frau geliebt, sie war dein Halt, dein Leben, alles. Verdammt, Hilmar, ein einziger Tag. Sie erzählt es einer Freundin, die Freundin einem Kollegen von der Kripo. Der kann das Maul nicht halten. Die Sache sickert durch. Es kommt zum Disziplinarverfahren. Du bist deinen Job los, du hast Zeit, verdammt viel Zeit. Du bittest deine Frau um Entschuldigung, aber alles, was ihr noch einfällt, ist, die Scheidung einzureichen, und du bist für immer allein mit deiner Reue.«

»Kommen wir zur Sache.«

Er schlug die Augen nieder. »Okay.«

»Was hast du für mich?«

Er sah ihn an, in seinen Augen war ein merkwürdiger Schimmer. »Um es kurz zu machen: Ich mag Theresa, mochte sie schon immer. Und auch rein äußerlich gefällt sie mir sehr gut.«

Landsberg blieb die Luft weg. »Kilian, du bist und bleibst ein Arschloch!«

Der Expolizist breitete die Arme aus. »Was denn? Sie ist eine attraktive Frau. Nimm es als Kompliment.«

Ein hoher Pfeifton, irgendwo in seinem Innenohr. Er durfte jetzt keinen Fehler machen, ihm nicht die Whiskyflasche über den Kopf ziehen, sich bloß nicht provozieren lassen.

Kilian ließ die Schultern sinken.

»Es war auf einer Dienstfeier«, sagte er leise, »du weißt schon, diese dumpfen Besäufnisse zu Weihnachten im Kommissariat, irgend so ein Vollidiot kam auf die Idee, diesmal mit Anhang zu feiern, also waren die Frauen dabei, mal abgesehen von meiner, denn wir hatten Streit. Du kamst mit Theresa, sie trug ein umwerfendes Kleid, rot, hinten ausgeschnitten, ihr schöner Rücken frei. Zu später Stunde haben wir getanzt, du hast es, glaube ich, noch nicht mal gemerkt, hast mit den Kollegen wieder über irgendwelche Fälle schwadroniert, du kennst ja nichts außer Arbeit.« Er seufzte. »Wir tanzten eng, waren beide längst beschwipst. Und ich sagte zu ihr: ›Theresa, ich hab eine Schwäche für dich.‹ Und du hättest ihren Blick sehen sollen, erst erschrocken, dann ein wenig belustigt, und schließlich sagte sie mit einem seltsamen Lächeln: ›Lukas, ich bin nicht die Frau, für die du mich hältst. Ich bin eher schüchtern, beinahe verkrampft.‹«

Es entstand eine Pause.

»Dieses Geständnis hat mich gerührt«, murmelte er. »Es ließ mich nicht mehr los. Und weißt du was? Es hat mich angefeuert, ich wollte derjenige sein, der sie zu neuer Lust erweckt.«

Mit einem Satz war Landsberg bei ihm und packte ihn mit der linken Hand am Kragen. »Willst du, dass ich dir die Scheiße aus dem Körper prügle?!«

Kilian machte sich von ihm los.

»Ich liefere dir das Material und du mir deine Frau. Ich verlange nur eine Nacht mit ihr, eine einzige Nacht.«

Landsberg starrte ihn entgeistert an.

Kilian lächelte. »Seit meinem ehelichen Amoklauf hab ich die Seiten gewechselt, Hilmar, vergiss das nicht, ich bin froh, dass ich mich nun völlig ungeniert benehmen kann. Und Sex mit einer Irren wäre eine gute Therapie für mich.«

Wegen seines Verbands musste Landsberg mit der Linken zuschlagen, die nicht ganz so kräftig war, aber er traf ihn am Kiefer, dass es krachte.

Kilian wirbelte durch den Raum und ging zu Boden.

Nach einer Weile rappelte er sich auf, gab ein irres Kichern von sich und sagte: »Aber nicht doch, Leiter der Fünften Mordkommission a. D., willst du dir nicht erst mal ansehen, was ich für dich habe?«

Er fuhr mit der Hand in die Innentasche seines Sakkos. Instinktiv duckte sich Landsberg weg, doch es war keine Waffe, die er hervorzog, sondern ein brauner Umschlag.

»Hier. Wirf mal einen Blick darauf.«

Landsberg riss ihm den Umschlag aus der Hand.

»Aber glaub ja nicht, dass es einen Sinn hat, das Foto zu vernichten. Die Datei ist mehrfach gesichert.«

Landsberg nahm es heraus. Prompt wich ihm das Blut aus dem Gesicht.

Lange Zeit schaute er es an. Fassungslos. Dann ließ er es sinken.

Lukas Kilian grinste triumphierend.

VIERUNDDREISSIG

Schon am Abend lagen Trojan die Berichte aus dem Labor vor. Unruhig schob er den Stapel Unterlagen auf seinem Schreibtisch hin und her. Immer wieder drängte es ihn, aufzustehen und ans offene Fenster zu treten, um frische Luft in seine Lunge zu saugen. Er verspürte eine diffuse Beklemmung in der Brust, denn das Fazit, das er nach dem Studium der Tabellen und Notizen ziehen musste, gefiel ihm ganz und gar nicht.

Schließlich setzte er sich und las die Seiten noch einmal gründlich durch, aber an den Befunden der Kriminaltechniker gab es keinen Zweifel. Einige Fingerspuren am Tatort in der Joachim-Friedrich-Straße deckten sich mit denen in der Wohnung am Rathenauplatz, und die DNA eines dunkelblonden Haars, das man auf dem Bett der beiden Ermordeten gefunden hatte, stimmte mit einer Haarprobe aus dem Kamm im Bad des Wohnsitzes in Charlottenburg überein, von dem sie vermuten mussten, dass er heimlich von Theresa Landsberg angemietet worden war.

Trojan wusste, was er nun eigentlich zu tun hätte: beim Untersuchungsrichter einen Beschluss für die Durchsuchung der Landsberg'schen Wohnung in der Suarezstraße erwirken und dort ebenfalls eine Haarprobe entnehmen. Ein einziges blondes Haar von Theresa Landsberg aufsammeln und es ins Labor schicken, so dass sie Gewissheit hätten.

Den Beschluss würde er sofort bekommen, schließlich galt diese Frau längst als tatverdächtig.

Und doch hatte er sich bereits dagegen entschieden, und den Bericht aus dem Labor hätte er am liebsten vernichtet.

Ich bin ja selbst befangen, durchfuhr es ihn. Es wollte einfach nicht in seinen Kopf hinein, dass die Frau seines Chefs für diese entsetzliche Mordserie verantwortlich sein sollte.

Er griff zum Hörer und wählte gedankenverloren Hilmars Nummer, doch dann besann er sich und legte wieder auf. Stattdessen ging er hinaus in den Flur, um sich am Automaten ein Getränk zu ziehen, er brauchte Abwechslung, in seinem Büro hatte er das Gefühl zu ersticken. Er wünschte, er könnte jetzt bei Jana sein, sie hatte wieder nicht auf seine SMS geantwortet. Der Streit wegen Boris verlangte endlich nach einer Klärung, aber wie immer fehlte ihm die Zeit für die wichtigen Dinge im Leben. Mein Gott, vor einer Woche hatte er noch geglaubt, vor lauter Verliebtheit würden ihm Flügel wachsen, und nun ertrank er in Arbeit, rang fassungslos mit einem unsichtbaren Gegner, der grausam mordete und sich am Blut seiner Opfer zu berauschen schien.

Trojan kramte in seiner Hose nach Münzen, schob sie in den Schlitz am Automaten, zog sich einen Energydrink und schnalzte die Dose auf.

Als er wenig später wieder an seinem Schreibtisch saß, trat Gerber zu ihm ins Büro.

»Nils, da draußen ist ein junges Mädchen, es ist sehr aufgebracht. Du solltest dir mal anhören, was sie zu erzählen hat. Es geht um Mara Hertling.«

Sie war im Teeniealter und stellte sich als Daniela Schmidt vor. Ihre Worte überschlugen sich, so dass Trojan erst nach einer Weile begriffen hatte, worum es eigentlich ging.

»Wie heißt deine Schulfreundin?«

»Siri. Siri Hoffstätter.«

»Und sie ist verschwunden?«

»Ja, seit ein paar Tagen. Kam nicht zur Schule. Ihr Handy ist ausgeschaltet, sie reagiert nicht auf meine Nachrichten auf der Mailbox. Ich war vor ihrer Wohnungstür. Hab geklingelt und geklopft. Niemand hat aufgemacht, da stimmt etwas nicht.«

»Und ihre Eltern?«

»Ihre Mutter ist zur Kur, ich kann sie nicht erreichen. Und ihr Stiefvater geht nicht ans Telefon.«

»Tut mir leid, das ist ein Fall für die Vermisstenstelle, aber nicht für uns.«

»Ich sagte Ihnen doch, es geht um diese schwerverletzte Frau. Mara Hertling. Siri hat sie gekannt.«

»Und?«

»Siris Stiefvater hatte ein Verhältnis mit ihr, das hat Siri selbst herausgefunden. Daraufhin hat sie Mara Hertling zur Rede gestellt. Und bei diesem Treffen trug die Hertling das rote Halsband von Siris verstorbener Schwester.«

Trojan wurde hellhörig. »Ein rotes Halsband?«

»Ja, Andras, ihr Stiefvater, muss es dieser Frau geschenkt haben. Siri hat es genau wiedererkannt. An dem Band hängt nämlich eine Perle, und auf der Rückseite ist ein M eingeritzt. Keine Gravur, wissen Sie. Mehr ein Kratzer.«

Trojan traute seinen Ohren nicht. Er ließ sich das Schmuckstück noch einmal von ihr schildern. Sollte das ein Zufall sein?

»Siri konnte sich nicht erklären, wie es in Andras' Besitz geraten konnte. Jedenfalls schenkt er es dieser Frau. Und dann wird sie überfallen, und ihr Freund wird ermordet, und sie stirbt auch beinahe dabei. Siri hatte große Angst, als sie mich das letzte Mal anrief. Sie glaubte wohl, dass Andras etwas mit dem Mord zu tun haben könnte.«

Er bat das Mädchen, kurz zu warten, ging ins Nebenzimmer, wo sie die Asservate der Mordserie aufbewahrten, nahm den nummerierten Plastikbeutel mit dem Halsband darin und legte ihn vor Daniela auf den Tisch.

»Könnte das das Halsband sein?«

Sie schaute es an.

»Ich hab es selbst nie gesehen. Aber so hat es Siri mir beschrieben. Da, dieses M, es sieht aus, als hätte ein Kind es eingraviert. Und wissen Sie, Andras kannte Siris Schwester angeblich überhaupt nicht. Erst nachdem sie ums Leben gekommen ist, hat er sich an Siris Mutter herangemacht.«

»Wie starb denn Siris Schwester?«

»Bei einem Autounfall. Am Tag ihres Todes hatte sie das Halsband um. Danach galt es als verschollen.«

Sie blickte verstört zu ihm auf.

»Woher haben Sie es? Trug diese Frau es etwa vor ihrem Tod?«

Er schüttelte den Kopf. Nicht Mara Hertling, dachte er, sondern das nächste Opfer, doch das verschwieg er ihr lieber.

Sollte das Halsband etwa ein wanderndes Souvenir des Täters sein? Er nimmt der einen Ermordeten das Schmuckstück ab und ziert damit sein nächstes Opfer?

So würde er eine makabre Visitenkarte hinterlassen.

Demnach müsste etwas aus Carlotta Torwalds Besitz bei

Mara Hertling gelandet sein, doch bei ihr hatten sie nichts gefunden.

Entweder es war ihnen entgangen, oder der Mörder war erst später auf diese perverse Idee gekommen.

»Wie heißt der Stiefvater deiner Schulfreundin?«, fragte er.

»Er heißt auch Hoffstätter. Andras Hoffstätter.«

»Gib mir die Adresse, schnell.«

Es war an jenem Dienstagabend Anfang Oktober, als Mara Hertling zum letzten Mal in ihrem Leben die Augen öffnete. Sie hatte das Gefühl, sie erwache aus einem tiefen Schlaf, doch sie wusste weder das Datum, noch konnte sie sich erinnern, wie sie in diesen Raum gekommen war.

Als sie eine Bewegung machen wollte, spürte sie eine Kanüle in ihrem Arm, außerdem war da ein Schlauch in ihrer Nase. Sie wollte etwas sagen, doch ihr Mund war so trocken, dass sie es bleiben ließ.

Und dann kam die Angst. Überfallartig. Ein Erinnerungsbild zuckte auf. Ulrich, der über ihr lag. Ulrich, der erschlagen war.

Sie wollte nach ihm rufen, doch es war zwecklos, er würde nicht mehr antworten können.

Nun müsste sie kämpfen.

Sich aufbäumen.

Sie spürte, dass sie sich nicht mehr zurückfallen lassen durfte. Doch ihr fehlte die Kraft, und die Verlockung, einfach aufzugeben, war zu groß.

Auf einmal wusste Mara Hertling, dass sie diesen Kampf nicht mehr gewinnen würde.

Ihr fiel noch ein, dass sie etwas geträumt hatte. In dem

Traum hatte sie eine Melodie vernommen, ganz nah an ihrem Ohr.

Dabei erinnerte sie sich wieder an das Visier, an die Ledergestalt an ihrem Bett.

Und an das Lied, das die Gestalt gesummt hatte: *Schlaf, Kindlein, schlaf.*

Diese Erinnerung war entsetzlich, sie wollte sie loswerden.

Sie musste sprechen. Jemandem von der Melodie erzählen, jemand müsste kommen und für sie da sein.

Doch sie war allein.

Und dann hörte sie Pieptöne, das war wohl ihre Herzfrequenz. Sie hörten sich bedrohlich an. Und wieder wünschte sie sich, jemand wäre bei ihr.

Aber es war zwecklos, niemand kam.

Und schon vermischten sich die Töne auf dem Herzmonitor mit der Melodie in ihrem Kopf. *Schlaf, Kindlein, schlaf.* Verzerrte Klänge, die ihr den Tod bringen würden.

Es dauerte nicht lange, da erscholl ein Warnsignal. Die Linie auf dem Monitor zeigte keinen Ausschlag mehr.

Eine Krankenschwester stürmte in den Raum.

Doch es war zu spät.

Mara Hertling hatte ihre Augen für immer geschlossen.

FÜNFUNDDREISSIG

Allein ihre Stimme deprimierte ihn. Wie sehr hatte er einmal ihren Klang geliebt, wenn sie ihm sanfte Worte ins Ohr geflüstert hatte. Dann war er sich stark und mächtig vorgekommen, davon überzeugt, dass sein Plan tatsächlich aufging, er seine dunkle Vergangenheit zurechtbiegen, sein wahres Gesicht vor ihr verbergen konnte. Doch nun war ihre Stimme brüchig, und Sanne erzählte während ihrer Telefonate bloß noch von ihrem Haarausfall und wie ermattet sie sich fühlte, dass sie glaube, den Krebs niemals besiegen zu können. Er hörte sich selbst dabei zu, wie er mit den immer gleichen aufmunternden Phrasen antwortete. Und manchmal ertappte er sich bei der Überlegung, es sei für sie beide die bessere Lösung, wenn sie den Kampf gegen ihre Krankheit tatsächlich verlieren würde.

Ein abscheulicher Gedanke, für den er sich schämte.

»Was macht Siri?«, fragte sie ihn durch den Hörer hindurch.

»Sie schläft.«

»Um diese Zeit schon? Es ist doch gerade mal sieben.«

»Sie fühlt sich nicht besonders wohl. Vielleicht brütet sie irgendeinen Infekt aus.«

Er nahm das Telefon in die andere Hand und sah zu Siri hin. Da lag sie auf dem Sofa, bleich und reglos. Es war ein gefährliches Spiel mit den Medikamenten, das wusste er, aber so hatte er die Kontrolle über sie und hinderte sie zu sprechen.

Nicht auszudenken, wenn sie vor ihrer Mutter alles ausplaudern würde, was sie über ihn herausgefunden hatte.

Er tastete nach ihrem schwachen Puls. Nur keine Sorge, das Mädchen war robust genug.

Sanne hörte nicht auf zu reden. Wie sehr er ihre larmoyanten Monologe hasste. Reichte es denn nicht aus, dass er in seinem Beruf ständig mit Krankheiten zu tun hatte?

Sie schien ihm eine Frage gestellt zu haben.

»Was hast du gesagt?«

Da vernahm er ein Geräusch. Er ließ den Hörer sinken und lauschte.

Gedämpfte Stimmen vor der Wohnungstür. Danach drückende Stille. Irgendwas stimmte da nicht.

Dabei hatte er doch Siri mittlerweile in der Schule wegen einer angeblichen Grippe entschuldigt, und die Praxis war wegen Urlaubs geschlossen. Was um alles in der Welt war da draußen los?

Seine Nackenhaare stellten sich auf.

»Ich muss Schluss machen«, raunte er ins Telefon und drückte die rote Taste. Er erhob sich und zog das Kabel aus der Dose. Danach schaltete er auch sein Handy aus. Sanne würde nicht aufhören, ihn anzurufen, wieder und wieder würde sie es versuchen.

In diesem Moment schlug Siri die Augen auf, und er erschrak vor ihrem Blick. Ihre Pupillen verdrehten sich, und sie begann zu röcheln.

Dann ging alles sehr schnell. Ein lauter Knall, und die Wohnungstür flog auf. Plötzlich waren da überall schwerbewaffnete Männer in Kampfanzügen. Andras schrie etwas.

Schon lag er bäuchlings auf dem Boden, sie zerrten ihm die Arme auf den Rücken. Handschellen klickten.

Wieder schrie er.

Und dann hörte er, wie jemand rief: »Das Mädchen! Es kollabiert. Wir brauchen den Notarzt!«

Trojan schloss die Stahltür zum Verhörraum hinter sich und musterte ihn. Dunkle Locken, blasser Teint, feingliedrig, hochgewachsen, recht gut aussehend. Er ahnte, dass man auf die sanfte Tour bei ihm am weitesten kommen würde.

Als er sich zu ihm an den Tisch setzte, rührte Hoffstätter sich nicht. Durch den Einwegspiegel und die Mithöranlage wurde er vom Nebenraum aus beobachtet und belauscht. Dort hatten sich die Kollegen versammelt, Stefanie, Dennis, Ronnie, Albert und Max, sie alle waren aufs Äußerste gespannt, sie alle hofften, dass der Fall nun endlich abgeschlossen werden konnte und der Täter seine gerechte Strafe erhielt.

Trojan wartete einen Moment ab. Dann fragte er leise: »Sie kannten also Mara Hertling?«

Hoffstätter schwieg.

»Sie kannten sie sogar sehr gut, nicht wahr?«

Keine Regung.

»Sie haben mit ihr geschlafen. Und Sie wurden rasend vor Eifersucht, weil Sie einen Freund hatte, von dem sie sich nicht trennen wollte.«

Nur die Atemzüge seines Gegenübers waren zu vernehmen.

»Ulrich Tretschok. Der Name sagt Ihnen doch was? Sie haben ihn erschlagen. Mit einem Hammer, habe ich recht?«

Er sagte es so beiläufig, als wollte er über das Wetter der

vergangenen Woche mit ihm sprechen, doch seine Worte hatten ihre Wirkung nicht verfehlt. Hoffstätters Gesichtsmuskeln zuckten.

»Bei Mara haben Sie sich mehr Zeit gelassen. Sie haben ihr die Pulsadern aufgeschnitten. Sie hat viel Blut verloren. Als wir sie fanden, lebte sie noch. Aber wissen Sie was?« Er machte eine lange Pause, sein Herz klopfte, doch er ließ sich seine Anspannung nicht anmerken. »Vor kurzem kam ein Anruf aus der Klinik. Sie hat es nicht geschafft. Mara Hertling ist tot.«

Ein gehetzter Blick. Schon schlug er die Augen nieder.

Wieder ließ Trojan etwas Zeit verstreichen. Dann fragte er sanft: »Warum die anderen Paare? Sie haben sie beobachtet, nicht wahr? Regelrecht ausspioniert haben Sie sie. Diese Paare haben Ihnen etwas vorgelebt, das Ihnen fehlt. Glück, Liebe. Was haben Sie empfunden, wenn sie sie belauert haben? Verachtung? Hass? Es gibt Menschen, die sind geschützt im inneren Kreis, und es gibt andere, die sind ausgeschlossen, draußen. Auch wenn man verheiratet ist so wie Sie, auch wenn man ein Kind hat, und sei es nur ein angenommenes, selbst wenn man einen angesehenen Beruf ausübt, kann man sich verdammt einsam und ausgestoßen fühlen, nicht wahr? Weil einem die Unbeschwertheit nicht vergönnt ist, die Harmonie, die diese Menschen hatten. Und dafür mussten sie sterben.«

Schweigen.

»Kommen Sie, Andras Hoffstätter, packen Sie aus. Ich höre Ihnen zu. Wir sind allein, also reden Sie. Es ist eine einmalige Gelegenheit. Wahrscheinlich war es Ihnen noch nie möglich, über Ihre wahren Gefühle zu sprechen. Immer diese Fassade, der kompetente Internist in seiner Praxis, immer ein offenes Ohr für die Probleme anderer, stets ein Lächeln auf den Lippen. Aber wie sieht es innen aus, ist da ein Abgrund, Hoffstätter, etwas Dunkles, das Sie loswerden wollen? Dann tun Sie es. Ich bin für Sie da. Betrachten Sie mich als einen Freund. Nichts von dem, was Sie mir sagen werden, kommt ins Protokoll, mein Ehrenwort darauf.«

Schweiß perlte auf seiner Stirn. Sie hatten absichtlich die Heizung aufgedreht, obwohl es draußen noch einigermaßen warm war.

Und Trojan setzte nach, gedämpft, beschwörend, behutsam: »Fangen wir doch einfach bei dem roten Halsband an. Es hat eine besondere Bedeutung für Sie, eine Geschichte, nicht wahr? Und darum haben Sie es auch Ihrem dritten weiblichen Opfer umgelegt. Lisa Brobrowski. Sie haben sie auf die gleiche Art getötet wie Carlotta Torwald und Mara Hertling. Und auch bei den Männern haben Sie die immer gleiche Methode angewendet: Paul Ziemann, Ulrich Tretschok, Claude Haller. Das sind sechs Menschenleben, Hoffstätter, mein Gott, es muss doch für Sie eine Riesenbelastung sein. Also raus damit. Worauf warten Sie noch?«

Andras schluckte.

»Zurück zu dem Halsband. Damit fängt alles an, nicht wahr? Warum nicht schon bei Carlotta Torwald? Hatten Sie nicht auch vor, ihren Leichnam zu schmücken? Haben Sie es vielleicht getan und das Band wieder abgenommen? Was haben Sie alles mit der Leiche angestellt? Sagen Sie schon.«

Hoffstätter schlug die Faust auf den Tisch. »Schluss jetzt!«

Trojan huschte ein Lächeln über die Lippen. Gut so, nun hatte er ihn aus der Reserve gelockt.

»Hören Sie auf damit! Diese Leute kenne ich nicht. Und auch Mara Hertling habe ich nichts angetan.«

Nils lehnte sich zurück, verschränkte die Arme vor der Brust. Er wusste, dass er nun einen besonders schmeichlerischen Tonfall annehmen musste, um den anderen bei seiner Eitelkeit zu packen, ihn dazu zu bringen, mit seinen Taten zu prahlen, anstatt sie zu leugnen.

»Sie hätten Ihre Stieftochter beinahe mit einer Überdosis Schlaftabletten vergiftet. Man musste ihr in der Klinik den Magen auspumpen. Möchten Sie etwa behaupten, Ihnen fehle es an krimineller Energie? Sie sind doch kein Schlappschwanz, Hoffstätter, im Gegenteil, Sie sind noch mit ganz anderen Wassern gewaschen. Nach außen wirken Sie recht smart, aber mir machen Sie nichts vor. Ich weiß, was in Ihnen schlummert. Es verschafft Ihnen eine gewisse Befriedigung zu töten. Es erleichtert Sie, es ist das Ventil, das Sie gelegentlich öffnen müssen. Und das macht mich neugierig. Erzählen Sie mir davon, ich will alles wissen. Sie haben es so klug eingefädelt, all diese Vorbereitungen, Beobachtungen, das Studieren Ihrer Opfer, das Sammeln von Material, wie ein Künstler, der unendlich viele Skizzen anfertigt, bevor er mit seinem großen Werk beginnt. Das ist genial, Hoffstätter, was ist schon die Arbeit eines Internisten gegen die Vorgehensweise eines Mordoperateurs? Und so einer sind Sie, wahrhaftig, das sehe ich Ihnen an.«

Der Delinquent blickte auf. Trojan wartete. Er schwieg so lange, bis Hoffstätter die Stille nicht mehr ertrug.

»Ich bin nicht der, für den Sie mich halten«, stieß er hervor.

»Ach ja?« Er tat erstaunt. »Wer sind Sie dann?«

Es kam keine Antwort.

Nach einer Weile zog Trojan den Asservatenbeutel mit dem Halsband aus der Hosentasche hervor und warf ihn auf den Tisch.

»Die Perle«, sagte er, »das M auf der Rückseite. Ist das

nicht rührend? Es handelt sich dabei ja nicht um die Gravur eines Juweliers, sondern um das ungelenke Zeichen eines Kindes. Der Anfangsbuchstabe seines Namens. Wie mag es das wohl angestellt haben? Mit einer Haarnadel? Die kleine Marie, Siris Schwester, hat das Initial eingeritzt, nicht wahr? Und Sie haben sie gekannt.«

Hoffstätter starrte auf das Schmuckstück in dem Plastikbeutel.

»Wir alle haben unsere kleinen Geheimnisse«, sagte Trojan. »Es gibt Dinge in unserem Leben, die niemand erfahren soll. Manchmal ist es nur ein Gegenstand, den wir ganz hinten in einer Schublade verbergen müssen, damit niemand ihn findet. Aber eines Tages, warum auch immer, holen wir ihn aus dem Versteck hervor, vielleicht weil wir diese Heimlichkeiten nicht mehr aushalten können. Möglicherweise verspüren wir den unbewussten Wunsch, endlich darüber zu sprechen, um unser Gewissen zu erleichtern.«

Hoffstätters Blick irrte im Raum umher.

»Marie. Die kleine Marie. Erzählen Sie mir von ihr.« Trojan schob das Schmuckstück dichter an ihn heran.

Andras atmete schwer. »Da gibt es nichts zu erzählen.«

»Oh doch.«

»Ich bin unschuldig.«

»Niemand ist gänzlich frei von Schuld. Und dass Sie etwas bedrängt, das sehe ich Ihnen an. Da ist ein dunkler Fleck auf Ihrer Seele.«

»Lassen Sie mich!«

»Sie wollen reden, Hoffstätter, das spüre ich. Denn Sie müssen es loswerden, der Druck ist zu stark.«

»Ich weiß nicht, wo ich anfangen soll.«

»Beginnen Sie ganz von vorn. Ich habe Zeit, viel Zeit.«

Und endlich öffnete sich sein Mund, und mit einem Mal sprudelten die Worte aus ihm heraus.

»Es war in Süddeutschland, in der Gegend, wo ich aufgewachsen bin. Ich kam während meines Studiums öfter dorthin zurück, weil ich unter Heimweh litt. Und da sah ich sie eines Tages, ein junges Mädchen, etwa vierzehn Jahre alt. Sie wurde von ihren Freundinnen Marie gerufen. Ich ging ihr nach, bald fand ich alles über sie heraus, wo sie wohnte, welche Gewohnheiten sie hatte. Ich … ich fühlte mich zu ihr hingezogen. Ich weiß, wie furchtbar das klingt. Aber ich konnte nichts dagegen tun. Um es kurz zu machen – ich hab mich unsterblich in dieses Mädchen verliebt. Fortan folgte ich ihr wie ein Schatten, es war stärker als ich. Ich verachtete mich selbst dafür, glauben Sie mir. Und ich hegte keine bösen Absichten, wollte bloß in ihrer Nähe sein. Anfangs zumindest. Natürlich wurde der Drang stärker, sie zu berühren und …«

Er brach ab.

Trojan schluckte. »Weiter«, sagte er kaum hörbar.

»Es wurde zum Zwang. Ich musste ihr nachgehen, immer. Dabei verhielt ich mich geschickt. Sie war völlig ahnungslos. Mittlerweile wusste ich auch von dem Waldstück, durch das sie radelte, auf ihrem Weg zum Musikunterricht. Sie spielte Klarinette, und das ziemlich gut, ich hab ihr oft von draußen zugehört, es war im Sommer, alle Fenster der Musikschule standen offen. Wissen Sie, es war nicht so, dass ich bei Frauen keinen Eindruck hinterließ, ich war zu der Zeit sogar locker mit einer Kommilitonin liiert, aber Marie … von ihr träumte ich, und sie war es, die meine Gedanken besetzte.«

Trojan war um Fassung bemüht, er durfte sich nicht anmerken lassen, wie sehr ihn diese Rechtfertigungsversuche anwiderten. Mit einer knappen Geste bedeutete er Hoffstätter fortzufahren.

»An einem sonnigen Julitag wartete ich in dem Waldstück auf sie. Als ich sie kommen sah, stellte ich mich ihr in den Weg. Sie stieg vom Rad. Ich wollte mit ihr nur reden. Einfach nur reden. Aber sie bekam Angst vor mir. Sie ließ die Lenkstange los, und ihr Fahrrad fiel ins Gras. Dann rannte sie los. Ich musste ihr nach. Ich musste doch verhindern, dass sie schlecht von mir sprach. Ich wollte nicht für einen Perversling gehalten werden. Und sie sollte doch auch nichts Falsches von mir denken. Sie war schnell, doch dann holte ich sie ein. Ich stammelte ihren Namen, rief, sie solle stehen bleiben. Das versetzte sie erst recht in Panik. Sie schrie etwas. Ich packte sie am Nacken, aber sie konnte sich befreien. Bloß das Halsband bekam ich zu fassen. Dieses Schmuckstück, das sie immer trug.«

Er schaute auf das Plastiktütchen vor ihm auf dem Tisch.

»Weiter«, murmelte Trojan, »was geschah dann?«

»Ich hielt das Halsband in der Hand. Es ist das Einzige, was mir von ihr blieb.«

»Was ist passiert?«

»Das Waldstück endet an einer Bundesstraße. Sie rannte weiter, ohne nach links und rechts zu schauen. Da kam ein LKW. Erfasste sie und schleifte sie einige Meter mit sich fort.«

Trojan stieß die Luft aus.

»Ich zog mich in den Wald zurück. Der Fahrer hatte mich wohl nicht gesehen. Niemand hat mich gesehen. In der Zeitung las ich, dass Marie auf der Stelle tot war. Ich ging heimlich zu ihrer Beerdigung, dabei sah ich ihre Mutter, Sanne, und Siri, ihre Schwester. Der leibliche Vater ließ sich nicht blicken. Ich stellte Nachforschungen an, dabei fand ich heraus, dass Sanne alleinerziehend war. Einige Wochen später brachte ich den Mut auf, sie anzusprechen.«

»Warum?«

»Ich hatte Schuldgefühle, wollte es irgendwie wiedergutmachen. Ich hörte ihr zu, spendete ihr Trost. Mehr konnte ich doch nicht tun.«

»Und sie hat nie erfahren, dass Sie Marie im Wald gefolgt waren?«

Er schüttelte den Kopf.

»Und Siri?«

»Sie fand vor kurzem das Halsband bei mir und stellte mich zur Rede. Ich leugnete alles.«

»Und da sie Ihnen gefährlich wurde, gaben Sie ihr die Schlaftabletten.«

Er schwieg.

»Kommen wir zu Mara Hertling. Wie haben Sie sie kennengelernt?«

»Ich sah sie eines Tages an einer Bushaltestelle. Es traf mich wie ein Schlag. Sie hatte eine unglaubliche Ähnlichkeit mit dem Mädchen von damals, sie sah aus, als sei sie die erwachsene Marie. Ich musste sie ansprechen, lud sie auf einen Kaffee ein. Sie wollte erst nicht, aber ich blieb hartnäckig. Es ist eigentlich nicht meine Art, wildfremde Frauen auf der Straße anzusprechen, aber es war wie ein Zwang. Und als ich dann auch noch hörte, dass sie beinahe den gleichen Namen hatte, war es für mich wie eine Fügung. Wir trafen uns wieder, und dann gab ich ihr das Halsband, ich bat sie, es für mich umzulegen. Ich musste sie immerzu anschauen, wenn sie es trug. Es machte mich halb wahnsinnig, Marie war wieder da, und nichts sprach dagegen, mit ihr zusammen zu sein.«

Trojan hob die Stimme. »Marie ist tot.«

Andras' Rücken krümmte sich.

»Und Mara auch. Sie konnten es nicht ertragen, dass sie mit Ulrich Tretschok zusammenlebte.«

»Nein, Kommissar, nein, ich habe nichts mit diesem Mord zu tun. Und auch mit den anderen Morden nicht.«

Abrupt war der Schmusekurs beendet. »Wo waren Sie in der Nacht auf letzten Samstag?«, fragte Trojan scharf.

Hoffstätter hob die Schultern.

»Zu Hause.«

»Wer kann das bestätigen?«

»Siri. Meine Tochter.«

»Ihr Stiefkind, das Sie beinahe umgebracht hätten?«

Andras reagierte nicht.

»Und gestern Nacht?«

Er schwieg.

»Ich werde Ihnen sagen, wo Sie gestern Nacht waren. In der Wohnung von Lisa Brobrowski und Claude Haller. Und dort haben wir auch dieses Halsband gefunden.«

»Das ist unmöglich«, flüsterte er.

Trojan erhob sich. »Ich werde Sie nun zurück in Ihre Zelle bringen lassen. Dort können Sie in Ruhe über ein Geständnis nachdenken.«

»Sie haben den Falschen erwischt!«, stieß Hoffstätter hervor.

Trojan aber drückte wortlos auf den Signalknopf, so dass ihm von außen die Stahltür geöffnet wurde, und verließ den Verhörraum.

SECHSUNDDREISSIG

Wie schön sie aussah. Wie gut es tat, in ihrer Nähe zu sein. Entspannt saß sie auf dem Sofa, blätterte in einem Buch, die Beine übereinandergeschlagen, eine Haarsträhne im Gesicht. Ungeduldig hatte er auf sie gewartet, den Wein für sie gekühlt, und nun war sie endlich da.

Jana blickte kurz zu ihm auf, er lächelte sie an. Er brauchte keine abendliche Beschäftigung, es genügte ihm, sie anzuschauen. Wenn er doch immer mit ihr allein sein, sie ganz für sich haben könnte.

Er sollte dafür sorgen, dass sie sich nie wieder auch nur einen Schritt von ihm entfernte. Mit niemandem da draußen wollte er sie teilen. Wann würde sie endlich begreifen, dass ihr all diese Patienten, die sie tagein, tagaus mit ihren Problemen volljammerten, nicht guttaten. Allein die Vorstellung, wie viele Männer darunter waren, die sie mit ihren Wünschen und Projektionen in Beschlag nahmen, machte ihn rasend.

Und längst war es passiert. Einer dieser Patienten machte ihr den Hof, und sie fiel darauf rein. Wie abscheulich das war, wie erbärmlich.

Was taugte schon ein Bulle, der zu einer Psychologin ging. Was für ein Heuchler, ein Weichei! Er hoffte nur, sie eines Tages davon überzeugen zu können, dass es besser für sie wäre, diesen Typen nie wiederzusehen.

»Hey.«

»Ja?«

»Ich kann nicht lesen, wenn du mich die ganze Zeit anstierst.«

»Aber ich stiere nicht.«

Er liebte diese Falte oberhalb ihrer Nasenwurzel, die sich immer dann bildete, wenn sie zornig wurde. Das erinnerte ihn an ihre kleinen Kabbeleien als Kinder. Schon damals hatte sie ihn so angesehen, aber er wusste ja, dass sie ihm nicht lange böse sein konnte. Und er musste schmunzeln, wenn er an die zärtlichen Umarmungen dachte, mit denen sie als Halbwüchsige ihre Streitereien beendet hatten.

»Schon gut, Schwesterherz, reg dich nicht auf.«

Sie klappte ihr Buch zu. »Ich finde, es ist an der Zeit, dass du dir wieder eine eigene Wohnung suchst.«

Es war wie ein Fausthieb für ihn.

»Was soll das, ich … ich …« Er brachte keinen Ton mehr heraus, da war auf einmal dieser Druck in seinem Kopf, als würde er platzen. Eben war doch alles noch so harmonisch zwischen ihnen gewesen. Und jetzt?

»Ich helfe dir dabei. Wir finden was für dich. Hör mal, für einen erwachsenen Mann ist es wichtig, auf eigenen Beinen zu stehen.«

Nun fing sie wieder mit ihrem Psychologengewäsch an, wie er das hasste.

Nach einer Weile fand er seine Stimme wieder: »Du weißt doch, wie schlimm das alles für mich war. Man hat mich rausgeworfen. Die sind mit der Polizei angerückt. Wie ein Stück Dreck haben die mich behandelt.«

»Du hast die Miete nicht bezahlt. Monatelang. Hast einfach stillgehalten. Ich hätte dir was borgen können.«

»Das war ein dreckiges kleines Loch! In der Küche gab es Wanzen. Wer bezahlt denn für so was Geld!«

»Es gibt nun mal gewisse Regeln, an die muss man sich halten.«

»Warum kann ich denn nicht einfach hierbleiben? Wir verstehen uns doch so gut. Jana, ich möchte, dass wir beide ...«

In diesem Moment klingelte ihr Handy. Es versetzte ihm einen Stich. Wer war das noch? Um diese Zeit? Ihr Gesichtsausdruck verriet sie, als sie auf das Display schaute. Schon eilte sie aus dem Zimmer. Er hörte, wie sie leise im Nebenraum ins Telefon sprach. Diese eigenartige Intonation, das Verhauchen der Silben, er kannte das an ihr.

Ein furchtbares Gesäusel, das er nicht verstand, aber er wusste, was da lief.

Plötzlich lachte sie auf, sie klang so fröhlich, so beschwingt mit einem Mal. Wieder versetzte es ihm einen Stich.

Er musste sich gegen diesen Kerl zur Wehr setzen. Er brauchte einen Plan. Er würde es nicht zulassen, dass dieses Bullenschwein seine Schwester noch länger beschmutzte.

Da war das Gespräch beendet.

Kleiderbügel klickten im Schrank aneinander, Stoff raschelte. Sie war aufgeregt, das konnte er spüren.

»Ich gehe noch mal weg«, rief sie ihm zu.

Am Türrahmen lehnend beobachtete er, wie sie sich vor dem Flurspiegel die Lippen anmalte, rot, viel zu rot.

Der Bulle würde Dinge mit ihr anstellen, heute Nacht. Sie würde sich von ihm begrabschen lassen, überall. Es widerte ihn an.

»Du gehst zu ihm«, sagte er leise.

Sie antwortete nicht.

»Bis vor kurzem warst du seinetwegen noch ziemlich verärgert.«

Keine Reaktion.

»Er ist gewalttätig. Hat sich nicht im Griff. Gemeingefährlich, wenn du mich fragst. Und das in seinem Job.«

Sie zog sich den Mantel an, warf ihm einen kurzen Blick zu. »Denk darüber nach, worüber wir eben gesprochen haben.«

»Was meinst du?«

»Eine Wohnung für dich. Was Eigenes.«

»Psychologenscheiße!«

Dann war sie zur Tür hinaus.

Er atmete schwer.

Schließlich holte er aus und rammte seine Faust gegen die Wand.

Der Schmerz war heftig. Er tat ihm gut.

Trojan war nach Hause gekommen, hatte sich ein Bier aufgemacht und danach kurzerhand ihre Nummer gewählt, ohne länger darüber nachzudenken. Zu seiner Überraschung hatte sie nicht nur sofort abgehoben, sondern auch gleich eingewilligt, zu ihm zu kommen.

Nervös durchforstete er Kühlschrank und Vorratsregal, vielleicht hatte sie ja noch Hunger, er sollte zumindest darauf vorbereitet sein, etwas für sie zu kochen. Doch mit mehr als Spaghetti und Tomatensoße konnte er wieder einmal nicht dienen.

Schon klingelte es an der Tür. Er drückte auf den Summer.

Nur wenig später stand sie vor ihm. Bloß ein winziger Moment des Zögerns, dann fiel sie ihm in die Arme.

»Jana, du hast mir so gefehlt.«

»Du mir auch, Nils. Verzeih, dass ich auf deine Nachrichten nicht geantwort hab.«

»Schon gut, jetzt bist du ja da.«

Sie blickte ihm tief in die Augen.

»Wie geht es deinem Bruder?«, fragte er vorsichtig.

»Eigentlich ganz gut, bis ihm klar wurde, dass ich zu dir fahren würde.«

Trojan versuchte es mit einem Lächeln. »Täusche ich mich, oder kann er mich nicht besonders leiden?«

»Es wäre schön, wenn ihr euch irgendwann mal treffen könntet.«

»Du meinst ganz locker auf ein Bier?«

»Wenn das für dich in Ordnung wäre. Du könntest ihm ein bisschen von dir erzählen. Ich bin mir sicher, dass das helfen würde.«

»Wie kommt es eigentlich, dass ich immerzu das Gefühl habe, wir redeten über ein kleines Kind?«

»Das habe ich dir doch schon einmal erklärt. Du darfst bei ihm nicht die gleichen Maßstäbe ansetzen wie bei einem Erwachsenen.«

»Ist er denn geistig zurückgeblieben?«

»Nein! Er ist nur sehr zerbrechlich. Es gibt Menschen, die sind zu sensibel für diese Welt.«

So sensibel, dass er mir eine Bierflasche über den Kopf ziehen wollte, dachte Trojan, doch hielt er es für klüger, es nicht laut auszusprechen.

Stattdessen fragte er: »Was ist mit dir, Jana? Immerzu übernimmst du Verantwortung, privat und in deinem Beruf. Denkst du dabei auch mal an dich selbst?«

»Ich pass schon auf mich auf«, sagte sie leise.

Er strich mit der Hand über ihre Wange.

»Nils?«

»Ja?«

»Da ist noch etwas.«

Er hielt inne.

»Es tut mir sehr leid, aber ich war nicht ganz aufrichtig zu dir.«

»Was ist denn los?«

Sie schlug die Augen nieder.

»Es war Boris, mit dem ich nach Kanada gereist bin.«

»Was?«

»Ich wollte es dir eigentlich schon vor dem Abflug sagen, aber es war alles noch so neu für uns beide, und ich wusste nicht, wie du es aufnehmen würdest. Es war längst an der Zeit, mich mal wieder intensiver um meinen Bruder zu kümmern. Und er war so glücklich dort. Es hat ihm so gut gefallen.«

»Jana, das hättest du mir wirklich sagen können.«

»Verzeih, es war ein Fehler.«

»Die beste Freundin war also eine glatte Lüge?«

»Eine Notlüge. Bitte sei nicht sauer auf mich, ja?«

Er atmete tief durch.

Und plötzlich begriff er, wie groß die Scham war, die Jana wegen ihres Bruders empfand.

»Okay«, sagte er nach einer Pause. »Ich denke, Boris bleibt ein schwieriges Thema für uns.«

»Ja, also lassen wir es für heute gut sein.«

»Einverstanden. Hast du Hunger? Ich könnte uns eine Kleinigkeit kochen.«

Sie lächelte. »Lieber nicht.«

»Wie wär's mit einem Wein?«

»Sehr gern.«

Wenig später saßen sie bei Kerzenlicht am Küchentisch, stießen mit den gefüllten Gläsern an, und plötzlich lag ihre Hand in der seinen, und seine Verstimmung wegen Boris verflog, und ein Glücksgefühl breitete sich in seiner Brust aus.

Doch als Jana erwähnte, sie habe in der Zeitung gelesen, dass wieder ein Liebespaar ermordet worden sei, krampfte sich alles in ihm zusammen.

»Habt ihr schon einen Tatverdächtigen?«

Er nickte.

»Willst du mir davon erzählen?«

»Soll ich uns den Abend verderben?«

»Aber Nils, ich sehe dir doch an, wie sehr dich dieser Fall belastet.«

Und so berichtete er ihr von den Einzelheiten der Ermittlungen, der Entdeckung der rätselhaften Wohnung am Rathenauplatz, den Hinweisen, die Theresa Landsberg belasteten, der Festnahme von Andras Hoffstätter und dem Verhör.

Schließlich räumte er ein, dass er sich anfangs um eine Durchsuchung der Landsberg'schen Wohnung gedrückt, sie aber vor etwa drei Stunden doch noch angeordnet habe.

»Obwohl ihr diesen Hoffstätter gefasst habt?«

»Ja, denn mittlerweile gibt es berechtigten Zweifel an seiner Schuld.«

»Wieso?«

»Zugegeben, von ihm stammt das rote Halsband, und das belastet ihn schwer. Und in der Vernehmung konnte er mir auch kein wasserdichtes Alibi für die beiden letzten Tatzeiten nennen. Doch urplötzlich taucht sein Anwalt bei uns auf und verliest eine Erklärung seines Mandanten. Und darin heißt es, dass er eindeutig nachweisen kann, wo er in der Nacht gewesen ist, in der das erste Paar ermordet wurde.«

Jana hob die Augenbrauen.

Trojan stieß die Luft aus. »Er war nämlich vom fünfundzwanzigsten bis zum achtundzwanzigsten September auf einer Medizinertagung in Lüneburg. Wir haben die Bestätigung bereits eingeholt.«

»Und von dort kann er sich nicht heimlich entfernt haben?«

»Möglich, aber unwahrscheinlich. Vorerst bleibt er in Untersuchungshaft. Wegen dieser Neuigkeit aber war ich erst recht gezwungen, meine Leute anzuweisen, den Durchsuchungsbeschluss für die Räume in der Suarezstraße umzusetzen. Ich konnte Landsberg vorher nicht mal erreichen. Sein Handy ist schon seit längerer Zeit ausgeschaltet. Mittlerweile mache ich mir große Sorgen um ihn.«

»Es war dir sehr unangenehm, in seine Privatsphäre einzudringen, nicht wahr?«

Er nickte.

»Das kann ich gut verstehen. Du schätzt Landsberg sehr, hab ich recht?«

Wieder nickte er.

»Was hat die Durchsuchung denn ergeben?«

»Nichts, was irgendetwas über den Aufenthaltsort von Theresa preisgeben würde. Und wir haben auch keine Unterlagen, Notizen, ja nicht einmal einen Computer mit Dateien gefunden, die sie in irgendeiner Form belasten könnten. Aber wir haben eine Haarprobe aus ihrem Kamm entnommen, um die DNA mit dem Haar auf dem Bett des ermordeten Paares in der Joachim-Friedrich-Straße abzugleichen.«

»Und? Habt ihr schon ein Ergebnis?«

»Ja. Es ist leider so, dass die DNA übereinstimmt.«

Jana nagte an ihrer Unterlippe. »Das heißt also, Theresa Landsberg war am Tatort.«

»Hmm.«

»Und Hoffstätter hat mit den Morden nichts zu tun?«

»So wie es aussieht: nein. Allerdings ist er für den Tod dieses jungen Mädchens verantwortlich, und dafür will ich ihn noch drankriegen.«

»Aber was ist mit dem Halsband?«

»Es könnte Mara Hertling gestohlen worden sein. Von ihrem Mörder. Oder ihrer Mörderin.«

Urplötzlich war ihm, als würde sich das Zimmer um ihn herum drehen. Er rang nach Luft, griff nach ihrer Hand.

»Ganz ruhig«, sagte sie leise.

Es war wieder diese Panik. Würde das denn nie aufhören? Ausgerechnet vor Jana in diesem Zustand zu sein war ihm zutiefst unangenehm.

»Zähle innerlich bis hundert.« Sie holte ihm ein Glas Wasser. Er trank es in einem Zug leer.

Sein Herz pochte wie wild, doch schließlich hatte er sich wieder halbwegs gefangen. »Verzeih, Jana, das ist die Erschöpfung.«

»Das ist nicht nur Erschöpfung, Nils. Wovor hast du Angst?«

»Ich weiß es nicht.«

»Es hat mit dem Fall zu tun. Mit der Wahrheit. Etwas daran verschreckt dich.«

»Sie ist es nicht!«, stieß er hervor. »Theresa Landsberg ist unschuldig!«

»Beruhige dich.«

»Er ist ganz in der Nähe, das kann ich spüren«, sagte er atemlos.

»Wer?«

»Der Täter. Er hat uns im Visier.«

»Komm her. Komm her zu mir.«

Er stand auf, und sie zog ihn dicht zu sich heran, ihre Hände strichen über seinen Rücken.

»Du brauchst Abstand. Du musst mal weg von all diesen Grausamkeiten. Wann hattest du das letzte Mal Urlaub?«

»Keine Ahnung. Würdest du mit mir wegfahren? Irgendwohin, wo es schön ist?«

Sie lächelte. »Warum nicht.«

Und dann küsste er sie.

Wie ferngesteuert bewegten sie sich langsam auf sein Schlafzimmer zu, während sie sich gegenseitig von ihren Kleidungsstücken befreiten.

Trojan fingerte nach seinem Holster und schnürte es ab. Waffe und Holster glitten neben das Bett.

Alle Last fiel von ihm, als er ihren nackten Körper mit Küssen bedeckte, und dann presste er sich an sie, und ihre Fingernägel bohrten sich in seinen Rücken. Heiß drang ihr Atem an sein Ohr, und sie flüsterte seinen Namen.

Später lagen sie da, ihr linkes Bein ruhte auf seiner Hüfte, ihr Kopf an seiner Schulter.

Lange Zeit schwiegen sie.

Doch dann sagte sie leise: »Dein Fall lässt mich nicht mehr los. Ich muss immerzu an diese Wohnung am Rathenauplatz denken, von der du mir erzählt hast. Warum richtet sich die Frau deines Chefs heimlich ein Domizil ein? Und dieses Bild an der Wand …?«

»Hmm.«

»Du hast es mir als sehr groß und irgendwie dominant beschrieben.«

»Ja.«

»Hast du schon mal darüber nachgedacht, dass der Mensch auf diesem Foto eventuell längst tot sein könnte?«

»Wie kommst du darauf?«

»So wie du es schilderst, erscheint es mir wie eine Art Kult, eine Verklärung oder Heldenverehrung. Und wenn du von Theresa Landsberg sprichst, ihrem Wesen, ihrem Verhalten, habe ich den Eindruck, als lebe diese Frau überwiegend in der Vergangenheit. Ein unbenutzter Pyjama neben ihrem Nachthemd, keine männlichen Utensilien in der Wohnung, eine Fotografie wie ein Altarbild ... Was wäre denn, wenn sie diese Wohnung angemietet hat, um mit einem Toten zusammenzuleben?«

Er starrte sie wortlos an.

»Es ist nur eine Vermutung.«

»Aber ist das nicht völlig irre?«

»Ich habe es gelernt, nicht in diesen Kategorien zu denken. Ich versuche bloß, die Zeichen zu deuten. Bei Theresa Landsberg scheint es sich offenbar um eine Frau zu handeln, die von psychischer Labilität und Unsicherheit geprägt ist, möglicherweise hält sie zwanghaft an einer Episode aus ihrem Leben fest.«

»Und die Paare? Meinst du, sie hat etwas mit den Morden zu tun?«

»Ehrlich gesagt will ich das nicht recht glauben. Was du mir von diesem unheimlichen Staubsaugerroboter erzählt hast, deutet doch darauf hin, dass sie selbst von dem Täter beobachtet wurde.«

Er nickte. Von dem Foto in dem anderen Roboter, das ihn selbst zeigte, hatte er ihr lieber nichts erzählt.

»Vielleicht macht sich der Täter ganz bewusst Dinge aus ihrer Vergangenheit zu eigen«, sagte Jana. »Er hält ihr quasi mit seinen Taten einen Spiegel vor. Du hast die Art erwähnt, wie sie die Nachtwäsche drapiert. Dein Chef hat darin eindeutig eine Eigenart seiner Frau wiedererkannt.«

»Ja. Der Täter kopiert Eigenschaften, das hat Landsberg neulich selbst gesagt.«

»Das ist ein Ansatzpunkt, Nils. Denk darüber nach. Frau Landsberg scheint an allen drei Tatorten gewesen zu sein, beim ersten deutet der spezielle Zuckerguss des Kuchens darauf hin, beim zweiten der Umstand, dass sie das weibliche Opfer gekannt hat und wohl auch vor ihrer Wohnungstür gesehen wurde, beim dritten ist es das Haar auf dem Bett des ermordeten Paares. Als ihr Mann sie das letzte Mal sah, machte sie auf ihn einen äußerst verwirrten Eindruck. Sie scheint selbst einen verzweifelten Notruf abgesetzt zu haben, nachdem der Doppelmord in der Lausitzer Straße geschah. Es ist nicht auszuschließen, dass sie unter Amnesien leidet, Gedächtnislücken auf Grund von Stress, Medikamenten, Drogen oder was auch immer. Dennoch muss ihr klar sein, dass sie sich annähernd zu den Tatzeiten in den Wohnungen der Opfer aufhielt. Mit diesen erschreckenden Tatsachen ist sie konfrontiert, und das könnte sie allmählich an ihrem Verstand zweifeln lassen. Vielleicht ist das der entscheidende Punkt.«

»Du meinst, der Täter will erreichen, dass sie sich für die Mörderin hält?«

»Das wäre denkbar, denn so ist er selbst fein heraus, er kann morden ...«

»... und ihr die Taten in die Schuhe schieben.«

»Ja. Und noch etwas solltest du nicht außer Acht lassen, nämlich was augenblicklich mit deinem Chef passiert.«

Er sah sie fragend an.

»Seine Karriere geht den Bach runter«, sagte sie, »alles, wofür er gekämpft hat. Du beschreibst ihn selbst als Arbeitstier, und dann trifft ihn aus heiterem Himmel diese Schmach, er muss den Fall abgeben, weil seine eigene Frau als tatverdächtig gilt.«

»Das hieße in der Konsequenz …«

»… dass da jemand einen großen Hass auf die Polizei hat.«

»Eine persönliche Rache.« Trojan setzte sich auf. »Jana, du bist nicht nur eine umwerfende Frau und eine großartige Psychologin, sondern du verfügst auch über eine gehörige Portion kriminalistischen Scharfsinn. Du solltest bei uns als Profilerin anfangen!«

»Nein, Nils, niemals.« Er war ein wenig erschrocken darüber, wie ernst sie das sagte. »Ich möchte nicht auf deiner Seite arbeiten. All diese furchtbaren Verbrechen, mit denen du tagein, tagaus zu tun hast, das könnte ich nicht ertragen.«

Er nickte ihr im Halbdunkeln zu.

Der Schlaf traf ihn wie ein Genickschlag, rasch und gezielt. Er irrte durch einen wabernden Traum, da war dichtes Gehölz, Zweige schlugen ihm ins Gesicht, Tannennadeln stachen in seine nackten Fußsohlen. Einmal streckte er sich auf einer Lichtung aus, starrte in den Himmel, Wolkenfetzen ballten sich rund um einen vollen Mond. Er lief weiter. Sein Atem war wie das Raunen in den Bäumen, der Herzschlag wie seine stampfenden Schritte im Laub. Je weiter er ging, desto mehr löste er sich auf, er wurde zum Ruf der Nachtvögel, dem

Rascheln und Zischen von Nattern und Würmern, er war der Klang der Luft, er war der Odem des Walds.

Plötzlich spürte er eine Hand auf seiner Brust. Er tastete danach. Und schon verstand er: Es war ihre Hand, sie war es, sie!

Er erwachte, öffnete die Augen. In seinem Taumel hatte er vergessen, die Vorhänge zuzuziehen. Das Mondlicht fiel durchs Fenster, so satt, so verstörend hell, dass er kurz erschauderte.

Er drehte sich zu Jana um und sagte leise ihren Namen.

Sie lächelte ihn an, von diesem irren weißen Glanz erhellt.

»Kannst du nicht schlafen?«

»Nein«, flüsterte sie, »aber das macht nichts.«

»Diese Nacht ist wunderschön.«

»Ja.«

Mit dem Finger fuhr er die Linie ihrer Lippen nach. Und dann glitten seine Hände über ihren Körper, und wieder zog sie ihn an sich, und wieder wölbte sie sich ihm entgegen.

Und der Tanz begann von vorn, nur langsamer jetzt, träge, und er sah sie die ganze Zeit dabei an, ihre Augen waren ein Spiegel für ihn, so schimmernd, so lüstern und beglückt.

Doch plötzlich glitt ihr Blick von ihm ab, und ihr Gesicht erstarrte.

Da war etwas.

Etwas schien im Zimmer zu sein.

Hinter ihm.

Und Jana schrie.

Es war ein entsetzlicher Schrei, er fuhr ihm bis ins Mark.

Er spürte einen Lufthauch, wirbelte herum. Entsetzt blickte er in ein verspiegeltes Visier. Da war eine Gestalt, ganz in Leder, direkt vor ihm.

Und da war ein Hammer. Der schnellte auf ihn herab.

Trojan riss die Arme hoch, um seinen Kopf zu schützen. Der Schmerz traf ihn an der Schulter, raubte ihm den Atem.

Jana schrie. Noch nie in seinem Leben hatte er Schreie wie diese gehört.

Sie schrie immer weiter, und das Blut toste in seinen Ohren. Aufs Neue sauste der Hammer auf ihn herab, diesmal erwischte es ihn am Rücken, und er begann zu röcheln.

Grelle Blitze zuckten durch sein Blickfeld. Die Versuchung, sich der Ohnmacht zu ergeben, benebelte seine Sinne. Doch dann bäumte er sich auf, er packte den ledernen Arm, verdrehte ihn, bis der Hammer aus der schwarzglänzenden Hand glitt. Und er schlug zu, einmal, zweimal, und sie stürzten vom Bett hinunter, sie wälzten sich am Boden.

Das Adrenalin kochte in seinen Adern. Sein Herz hämmerte. Er teilte Schläge aus, wild, wütend, einen nach dem anderen.

Die Waffe, durchfuhr es ihn. Sein Holster, wo hatte er es abgelegt? Irgendwo am Bett, dachte er, aber er war zu weit davon entfernt.

Er schaute kurz in die Richtung, wo er die Sig Sauer vermutete, irgendwie müsste er sie zu fassen kriegen. Da war Jana, sie hockte auf dem Bett, ihre Schreie waren verstummt. Sie hatte die Decke an sich gerissen, hielt sie vor ihrem Körper umklammert. Ihre Augen waren geweitet, angststarr, sie war wie paralysiert in diesem irreal lunaren Licht.

Er versuchte ihr ein Zeichen zu geben, doch sie reagierte nicht, und schon traf ihn ein Faustschlag am Kinn. Er war benommen, schüttelte sich, dann holte er zum Gegentreffer aus und traf die Lederkluft dort, wo der Solarplexus sein musste. Weiter, dachte er, weiter, nicht nachlassen.

Und noch einen Treffer landete er und noch einen, er hörte das Keuchen unter dem Helm, und das feuerte ihn an.

Ein letzter Schlag.

Nun umklammerte er mit beiden Händen den Hals und drückte zu, lange, bis der Widerstand schwächer wurde.

Vom Bett kam ein leises Wimmern, dann war Jana wieder still, so still, als sei etwas in ihr abgestorben.

Schließlich glitt seine Hand über das Visier des Helms. Er wollte es aufschieben. Er war kurz davor.

Gleich würde das Gesicht zum Vorschein kommen.

Er war kurz irritiert, bemerkte, wie sich der rechte Lederarm zur Seite ausstreckte.

Die Hand tastete nach etwas.

Der Hammer am Boden, durchfuhr es ihn.

Doch da war es schon zu spät, er konnte den Schlag nur noch leicht abstoppen, indem er den Ellenbogen hochriss.

Jana stieß wieder einen Schrei aus, gellend, irr, als ihn der Hammer am Kopf traf.

Etwas explodierte in seinem Hirn.

Er sackte zusammen.

SIEBENUNDDREISSIG

Der Raum war hell und freundlich. An den weißgestrichenen Wänden hingen ein paar abstrakte Bilder in pastelligen Farben. Ein intensiver Geruch strömte in ihre Nase. Sie konnte erst nicht zuordnen, was es war, doch dann entdeckte sie die Duftlampe auf dem kleinen Tischchen, unter der ein Teelicht flackerte, und schon war sie sich sicher, dass es sich um Orangenöl handelte, eine Essenz, die angeblich für gute Träume sorgte, das hatte sie einmal in einem Magazin gelesen.

Theresa schaute zu den beiden Fenstern hin, die cremefarbenen Vorhänge waren beiseitegeschoben und gaben den Blick frei auf einen Baum, dessen Laub im Oktoberlicht erstrahlte. Im Hintergrund stand eine Brandmauer, die mit Wein überrankt war.

Wo war sie hier?

Vollständig angezogen lag sie auf einer rubinroten Chaiselongue mit einem edlen Rosenmuster. Sie schien geschlafen zu haben, mehrere Stunden lang, tief und fest, so kam es ihr vor.

»Wie geht es dir?«, fragte plötzlich eine Stimme.

Erschrocken hob sie den Kopf von der Unterlage.

Vor ihr saß jemand, aufrecht auf einem Stuhl, und lächelte sie an. Sie kannte diese Person.

Theresa ließ den Kopf wieder sinken und blickte zur Zimmerdecke hinauf. Nun erkannte sie auch den Raum wieder.

»Wie bin ich hierhergekommen?«, fragte sie.

»Dein Mann hat dich hierhergebracht.«

»Hilmar?«

Die Person auf dem Stuhl nickte.

»Wo ist er?«

»Zu Hause. Er ist deinetwegen in großer Sorge.«

Eine Erinnerung flackerte auf. Sie war doch in der Gartenlaube gewesen. Sie hatte von der Hühnersuppe gegessen. Und was war dann passiert? Sie wusste es einfach nicht. Ein dunkles Loch tat sich vor ihr auf.

»Wie hat er mich gefunden?«

»Er griff dich auf der Straße auf. Du warst in einem erbärmlichen Zustand.«

»Was?«

»Er bat mich, mit dir zu sprechen. Er sagte, du hättest einen Haufen Sorgen und Probleme, die dir allmählich über den Kopf gewachsen seien.«

Die Person auf dem Stuhl räusperte sich.

»Zeit, sich endlich alles von der Seele zu reden, höchste Zeit. Wollen wir vielleicht an dem Tag anfangen, als du einer gewissen Carlotta Torwald einen Kuchen gebacken hast?«

Der Kuchen. Ihr Besuch bei dieser Frau. Es versetzte ihr einen Stich.

»Das war nicht ganz freiwillig, nicht wahr? Man hat dir einen anonymen Brief zukommen lassen. Darin hieß es, man habe dich dabei beobachtet, wie du bei deiner Freundin Mara Hertling heimlich ein und aus gingst.«

»Woher weißt du das alles?«

»Dein Mann hat mir einige Informationen zusammengestellt. Ermittlungsergebnisse. Unterschätze nicht seine Arbeit.«

Das Blut schoss ihr in den Kopf.

»Du brauchst keine Angst zu haben. Es ist alles mit ihm abgesprochen. Solltest du etwas Unrechtes getan haben, wirst du dafür juristisch nicht belangt werden, das kann er dir versichern. Denn vorsichtig ausgedrückt,warst du in letzter Zeit nicht ganz zurechnungsfähig.«

Theresa schnappte nach Luft. »Er will mich in die Psychiatrie einweisen?«

»Wenn du schuldig bist, bleibt ihm keine andere Wahl.«

»Ich will da nicht hin. Das eine Mal hat mir genügt.«

»Beruhige dich.«

»Er will mich loswerden!«

»Ganz ruhig. Hab Vertrauen. Und sprich. Du musst etwas loswerden, nicht wahr?«

Sie begann zu zittern. War das ein Verhör? Was sollte das?

»Wollen wir bei Mara Hertling anfangen?«, fragte die Person auf dem Stuhl sanft.

Theresa schwieg.

»Beginnen wir bei deiner Kleptomanie. Du bist doch Kleptomanin, oder sollte ich mich da täuschen?«

Sie schluckte.

»Gewisse Gegenstände, Stoffe, Schmuck, die Kleidung anderer Frauen üben einen großen Reiz auf dich aus, nicht wahr? Dinge, die dir nicht gehören, willst du an dich reißen, du musst sie in deinen Besitz bringen, unbedingt. Es ist ein Zwang und eine Lust für dich.«

Theresa schlug die Augen nieder.

»Es ist doch so, oder?«

»Ja«, sagte sie kaum hörbar.

»Na also. Ein erster Schritt. Ein erstes Geständnis. Wie fühlst du dich jetzt?«

Sie zuckte mit den Schultern.

»Erzähl mir von Mara Hertling. Was hattest du bei ihr zu suchen?«

Die Person wartete ab.

Lange Zeit schwiegen sie.

Schließlich entschied Theresa, es sei besser zu reden. Es überraschte sie, wie sehr es sie erleichterte. Je länger sie sprach, desto befreiter fühlte sie sich. Vielleicht meinte Hilmar es ja nur gut mit ihr, vielleicht war dieses Gespräch tatsächlich hilfreich.

Sie begann damit, wie sie Mara in einem Café kennengelernt hatte, wie sich alsbald eine Freundschaft daraus entwickelte und wie sie nun immer öfter bei ihr zu Besuch in der Lausitzer Straße war.

»Mara war so jung und unbeschwert, und sie hatte eine Art zu lachen, die mir gefiel. Und ich hab mir immer gewünscht, so sein zu können wie sie.«

»Und der Schlüssel?«

»Das weißt du auch von Hilmar?«

»Hmm.«

»Ich habe ihren Wohnungsschlüssel kurzzeitig entwendet, um mir ein Duplikat anfertigen zu lassen.«

»Warum?«

»Wenn ich mich für ein paar Stunden heimlich in ihren Räumen aufhielt, während sie fort war, wenn ich Sachen von ihr trug, unter ihrer Bettdecke lag, hatte ich das Gefühl, in ihre Haut schlüpfen zu können.«

»Aber dann kam dieser verhängnisvolle Brief, nicht wahr, und jemand drohte, dein Geheimnis zu verraten.«

Sie nickte. »Der Erpresser schrieb mir seine Bedingungen, und die waren äußerst merkwürdig. Er forderte mich auf, seine Freundin noch am selben Abend, als ich den Brief erhielt, mit einem selbstgebackenen Schokoladenkuchen zu überraschen. Ich sollte ihr sagen, ich käme von einem Lieferservice. Würde ich mich nicht darauf einlassen, sollte nicht nur Mara, sondern auch Hilmar von meinem heimlichen Treiben erfahren, und das war mir zutiefst unangenehm, schließlich würde es ja auch seine Karriere gefährden.«

»Und der Name der Frau, bei der du den Kuchen abliefern solltest, war also Carlotta Torwald?«

»Ja. In dem Brief stand ihre Adresse. Ich tat alles, was mir aufgetragen wurde. Doch kaum hatte ich den Kuchen abgegeben und war wieder unten am Wagen, fand ich einen Zettel, der an die Windschutzscheibe geklemmt war. Und auf diesem Zettel verlangte der Erpresser unverschämte Dinge von mir.«

»Was für Dinge?«

Plötzlich musste sie weinen. Die Person auf dem Stuhl reichte ihr ein Taschentuch.

Unter Tränen fuhr sie fort. »Es ging um ein perverses Spiel. Er schrieb mir, das nächste Mal solle ich wieder mit einem Kuchen ankommen, aber diesmal wäre seine Freundin nackt, und auch ich müsste unbekleidet sein. Ich sollte sie füttern, und er wäre dabei. Danach würden wir es zu dritt treiben.«

»Hast du so etwas schon einmal getan?«

Sie stieß die Luft aus.

»Sag schon, Theresa. Es wird dich erleichtern.«

»Es gab einmal ein Erlebnis, das ich in meiner Zeit als Referendarin hatte. Es ging dabei auch um einen Kuchen.«

»Ich erinnere mich. Du hast mir mal beiläufig davon erzählt. Dieses junge Pärchen, das du auf einer Party kennengelernt hast.«

»Ich war doch so schrecklich schüchtern. Aber die beiden waren nett, alles wirkte so leicht und ungezwungen auf mich, und als sie mir verrieten, dass sie gewisse Spielchen zu dritt ganz interessant fänden, konnte ich nicht widerstehen. Allerdings bestand ich darauf, nur passiv zu sein.«

»Du wolltest zusehen.«

»Ja.«

»Du hattest eine große Sehnsucht, dabei zu sein, während sie es trieben.«

»Passiv. Außen vor. So wie ich immer war.«

»Hast du sie um ihre Lust beneidet?«

»In gewisser Weise schon.«

»Und dann lief alles schrecklich aus dem Ruder, nicht wahr?«

»Es lag an dem Kerl. Er gab mir Befehle. Da war dieser Schokokuchen. Ich sollte seine Freundin damit füttern, während er … Es war entsetzlich. Ich wurde panisch und lief aus dem Zimmer.«

»Ich verstehe. Und nun, Jahre später, verlangt dieser Erpresser dasselbe von dir, und wieder verspürst du Panik.«

»Ja, ich fand es empörend, und ich fragte mich, wo das alles enden sollte.«

»Wie hat es denn geendet?«

Sie schwieg.

»Theresa, sag mir, was ist passiert?«

»Ich weiß es nicht.«

»Leidest du unter Gedächtnislücken?«

»Gelegentlich, ja.«

»Meinst du nicht auch, dass das eventuell ein Verdrängungsmechanismus ist?«

»Worauf willst du hinaus?«

»Möglicherweise willst du dich nicht mehr daran erinnern, dass du, nachdem du bei Carlotta Torwald den Kuchen abgegeben und den perversen Zettel deines Erpressers an deinem Auto gefunden hast, in der Nacht noch einmal zurückgekehrt bist und dir Zutritt zu der Wohnung verschafft hast.«

»Aber nicht doch!«

»Jegliche Erinnerung an das, was geschah, als Carlotta Torwald und Paul Ziemann starben, ist in deinem Gehirn ausgelöscht, weil es viel zu grausam ist.«

»Nein!«, stieß sie hervor. Ihre Hände begannen zu schwitzen.

Unvermittelt fragte die Person auf dem Stuhl: »Kannst du mit einem Elektropick umgehen?«

Sie antwortete nicht.

»Du weißt doch, was das ist. Du hast es mir gegenüber in einem Gespräch selbst einmal erwähnt.«

»Hilmar hat mir davon erzählt.«

»Richtig. Und du warst irritiert darüber.«

»Ja. Mit diesem Gerät lassen sich fremde Türen öffnen.«

»Überaus irritierend. Aber auch faszinierend, nicht wahr?«

Sie schwieg.

»Theresa, hast du die Brille von Carlotta Torwald gestohlen?«

Sie nickte kaum merklich.

»Warum?«

Ihre Stimme war brüchig. »Ich wollte sie haben, sie war so schön.«

»Wann hast du sie gestohlen? In der Nacht, als du noch einmal zurückkamst?«

»Oder davor. Ich kriege das nicht mehr genau zusammen.«

Sie zitterte.

»Brauchst du eine Pause?«

Abermals nickte sie.

Die Person erhob sich, lächelte sie an und ging aus dem Zimmer.

Theresa hörte noch, wie die Tür leise ins Schloss fiel, doch schon bemerkte sie, dass ihr die Augen zufielen. Sie war müde, so entsetzlich müde. Einmal war ihr, als würde man ihr eine Injektion verpassen, deutlich spürte sie den Stich in der Armbeuge, aber vielleicht träumte sie das auch nur.

Das Licht hatte sich geändert, als sie wieder erwachte. Es schien später Nachmittag zu sein. Die Person saß wieder vor ihr und schaute sie ruhig an.

»Wie geht es dir jetzt, Theresa?«

»Besser.«

»Siehst du. Nun lastet schon sehr viel weniger auf deiner Seele. Fahren wir fort. Hinterher wirst du frei und gelöst sein. Was bedrückt dich noch? Ist es vielleicht der Disput, den du mit deiner Freundin hattest?«

Sie nickte.

»Rede. Es wird dir guttun.«

Und so erzählte sie nach einigem Zögern von dem anonym zugesandten Umschlag mit den entlarvenden Bildern darin, die sie in Mara Hertlings Wohnung zeigten, wie aufgebracht ihre Freundin deswegen gewesen war, wie heftig ihr Streit.

Wieder klaffte eine Lücke in ihren Erinnerungen auf. Sie

hatte sich schrecklich gedemütigt gefühlt. Aber was war dann geschehen?

»Bist du nach dem Streit in die Wohnung eingedrungen?«, fragte die Person. »Diesmal brauchtest du ja nicht einmal ein technisches Hilfsmittel. Du hattest einen Schlüssel.«

Theresa war selbst überrascht, als sie sich leise sagen hörte: »Möglich, ja. Ich kann es zumindest nicht ausschließen.«

Die Person lächelte. »Gut, kommen wir zu Claude Haller und Lisa Brobrowski. Gab es bei den beiden auch eine Auseinandersetzung? Wurdest du ebenfalls gedemütigt?«

»Woher kennst du diese Namen?«

»Natürlich von deinem Mann. Was geschah bei diesem Paar?«

Unter Tränen berichtete sie von dem verstörenden Abend bei Lisa, dem Auftauchen von Claude und wie alles eskalierte.

»Und am nächsten Morgen erwachst du auf dem Bett im Schlafzimmer dieser fremden Wohnung, und die beiden Menschen neben dir sind tot. Stimmt das?«

»Wie kommst du darauf?«

»Antworte einfach auf meine Frage.«

Sie atmete schwer.

»Ich habe dort gelegen, ja«, sagte sie schließlich leise.

»Und die beiden waren ermordet?«

»Ja.«

»Aneinandergefesselt mit einer weißen Wäscheleine?«

Sie vergrub das Gesicht in den Händen.

Die Person setzte eine Pause. Dann fragte sie: »Wo warst du eigentlich gestern Nacht, Theresa?«

»Ich weiß es nicht.«

»Wieder eine Erinnerungslücke?«

»Ja.«

»Nun, dann werde ich es dir sagen. Du hast dir Zutritt zu der Wohnung eines Kollegen deines Mannes verschafft in der Absicht, ihn zu töten.«

»Nein!«, rief sie.

»Sein Name ist Nils Trojan. Er war dir wohl schon dicht auf den Fersen. Die Beweislast gegen dich ist erdrückend. Also sahst du dich gezwungen, ihn zum Schweigen zu bringen.«

»Das ist nicht wahr!«

»Oh doch.«

»Woher willst du das wissen?«

»Dreimal darfst du raten.«

»Hilmar?«

»Aber ja. Er hat dich beschattet. Er sah selbst, wie du heute Nacht aus der Wohnung in der Forsterstraße kamst. Vermummt mit einer Lederkluft und einem verspiegelten Motorradhelm. Er griff dich auf und brachte dich hierher, um weiteres Unheil zu vermeiden.«

»Das ist eine Lüge!«

»Theresa, wie lange willst du es noch leugnen? Du stellst eine Gefahr für dich selbst und für andere dar.«

Sie setzte sich auf. Ihr Puls raste.

»Leg dich lieber wieder hin.«

Sie gehorchte nicht, verschränkte die Arme vor der Brust. Ein Zittern durchlief ihren Körper.

»Was hat es eigentlich mit der Anordnung der Leichen auf sich?«, fragte die Person ruhig. »Die Frau liegt unter dem Mann vergraben, als sei sie mit ihm im Liebesakt erstarrt. Gibt es ein bestimmtes Erlebnis in deiner Vergangenheit, auf das du damit anspielst?«

Sie war zutiefst erschrocken. »Wie meinst du das?«

»Nun, ganz einfach, Theresa«, die Stimme der Person war sanft und arglos, »gehen wir doch einmal von der Theorie aus, ein Serientäter oder eine Serientäterin habe das Verlangen, über seine beziehungsweise ihre Taten mit der Umwelt zu kommunizieren. Was wolltest du denn damit ausdrücken, als du die Leichname aneinander fesseltest?«

»Das hab ich nicht!«, stieß sie hervor.

»Wir sind gleich fertig mit unserem Gespräch. Du kannst ausruhen, draußen ein wenig im Park spazieren gehen, danach eine Kleinigkeit essen. Aber diesen einen Punkt sollten wir noch klären.«

Sie schwieg.

Schließlich sagte die Person kaum hörbar: »Du hast doch schon als Kind einen Menschen ermordet, Theresa.«

Sie riss die Augen auf. »Sei still!«

»Aber das ist die Wahrheit.«

»Halt den Mund! Wir wollten nie wieder darüber reden.«

»*Du* wolltest nie wieder darüber reden!«

»Es war Notwehr!«

»Das behauptest *du*. Ein äußerst traumatisches Erlebnis, nicht wahr? Und dein Mann ahnt nichts davon.«

»Er darf es niemals erfahren! Du hast es ihm doch nicht etwa verraten, oder?«

»Aber nein.« Die Person lächelte. »Ich ziehe nur meine Schlüsse daraus. Die toten Paare, in einer letzten Umarmung miteinander vereint, soll dieses Bild nicht auf jene schreckliche Nacht von damals hinweisen?«

»Um Himmels willen, nein!«

»Beruhige dich, Theresa. Mir kannst du es doch erzählen.«

Die Person auf dem Stuhl beugte sich weit zu ihr vor.

»Willst du nicht endlich alles zugeben? Ein Geständnis ablegen? Willst du das nicht? Jetzt sofort?«

Theresa wich zurück.

»Es wird dich erleichtern.«

Sie schüttelte den Kopf. »Ich war das nicht! Ich bin keine Mörderin!«

»Bist du dir da ganz sicher?«

Sie wusste keine Antwort.

Und die Person lächelte.

ACHTUNDDREISSIG

Da war sie, sie schien weit über ihm zu schweben. Er wollte sie berühren, denn sie war so schön, und der Schimmer, der sie umgab, brachte ihr Haar zum Leuchten. Er flüsterte ihren Namen. Sie blickte ihn an, ernst, viel zu ernst.

»Jana«, murmelte er.

Sie bewegte sich ein wenig, doch ihre Konturen verschwammen. Er musste zu ihr, sie umarmen, sie festhalten, aber ihr Gesicht verschwand in einer Wolke aus Licht.

Und plötzlich kamen ihm die Tränen. Sie ist tot, dachte er. Sie ist nur noch eine Erscheinung. Man hat sie getötet, und ich konnte es nicht verhindern.

»Jana«, sagte er wieder.

Nun glitt sie näher an ihn heran, doch sie war bloß noch ein Schemen, der seine Stirn streifte.

»Ich muss jetzt gehen«, flüsterte sie.

Er streckte die Arme nach ihr aus, griff ins Leere. Er konnte sie nicht mehr fassen.

»Es ist zu spät«, sagte sie, »leb wohl.«

Und sie entfernte sich von ihm, weiter, immer weiter, und dann löste sie sich auf.

Trojan erwachte, blinzelte. Es war viel zu hell um ihn herum. Nur ganz allmählich konnte er die Umrisse des Zimmers ausmachen, ein steriler Geruch kroch ihm in die Nase, und er verspürte einen Brechreiz. Ihm wurde schwindlig, er kniff die Augen zusammen.

Einige Zeit später öffnete er sie wieder. Da war jemand. Er kannte ihn. Er wollte etwas sagen, doch sein Mund war zu trocken.

»Nils.«

Wo war er?

»Wie geht es dir?«

Es brauchte lange, bis sein Blick halbwegs scharfgestellt war. Ronnie Gerber schaute ihn an.

»Was ist passiert?«, fragte Trojan.

Er erkannte mehr von den Umrissen. Gerber saß am Bettrand. Offenbar ein Klinikbett. Da war ein Infusionstropf, dort drüben ein Waschtisch, weiter hinten die Tür.

»Du hast eine schwere Gehirnerschütterung.«

Schon trafen ihn die Bilder des Kampfes mit einer Wucht, die ihm den Atem nahm. Die Ledergestalt, der Hammer. Er tastete nach seinem Kopf. Ein Verband, fest wie ein Turban.

Und dann das Erschrecken. »Wo ist Jana?«

Gerbers Blick war ernst.

»Um Himmels willen, was ist mit ihr?«

Er antwortete nicht.

Tot, dachte er. Wie in seinem Traum. Erloschen.

»Du meinst doch sicher die Frau, die bei dir war?«

»Ist sie … ist sie …?«

»Sie war kurz hier und wollte dich unbedingt sehen. Aber sie steht noch unter Schock.«

»Sie ist also okay?«

Gerber nickte. »Einigermaßen.«

Er atmete tief durch. »Verdammt, Ronnie, was ist passiert?«

Gerber nagte an seiner Unterlippe. »Gut, dass du deine Waffe bei dir hattest. Und gut, dass sie damit umgehen konnte.«

»Jana hat …?«

Wieder nickte er. »Sie hat auf den Angreifer geschossen. Traf ihn zwar nicht, schlug ihn aber so in die Flucht. Er ist zur Tür hinaus, durchs Treppenhaus, und weg war er. Sie konnte ihn lediglich als etwa eins siebzig groß beschreiben. Mehr war wohl nicht zu erkennen: Lederkluft, Motorradhelm, verspiegeltes Visier. Scheiße, Mann, du hättest draufgehen können und sie auch.«

Trojan bemerkte, wie sehr sich Gerber um eine Art Lächeln bemühte, aber es gelang ihm nicht.

»Kannst du mehr zu der Täterbeschreibung beitragen, Nils? Konntest du eventuell bei eurem Kampf sein Visier hochklappen?«

»Leider nicht.«

Sein Schädel brummte.

Gerber sah ihn an. Und nun huschte doch ein Lächeln über seine Lippen. »Wer ist diese Frau? Warum hast du mir nie von ihr erzählt? Ich dachte, ich bin dein Kumpel, also bitte, ich bestehe auf sämtlichen Einzelheiten.«

Trojan war nicht zum Scherzen aufgelegt. »Wo ist sie jetzt?«, fragte er.

»Wir haben sie in ihre Wohnung gebracht. Ein Arzt hat sie untersucht, er meinte, wegen des Schocks sei es besser, sie eine Weile hier in der Klinik unter Beobachtung zu stellen, aber sie wollte partout nicht. Sie saß hier an deinem Bett, hielt deine Hand, kreidebleich im Gesicht. Schließlich konnte sie nicht mehr. Ich denke, sie braucht jetzt einfach mal ihre Ruhe.« Er seufzte. »Mein Gott, Nils, im eigenen Schlafzimmer. Man sollte doch meinen, es gibt einen Raum auf der Welt, in dem man sicher ist. Aber nicht einmal dort, wo man schläft, träumt, sich mit einer Frau vergnügt …« Er brach ab.

»Das ist nicht bloß eine Affäre, Ronnie, es ist was Ernstes.«

Ronnie wiegte den Kopf. »Also hat es dich doch erwischt. Und ich erfahre nichts davon!«

Trojan hätte ihm längst von ihr erzählt, aber bis vor kurzem war sie noch seine Psychotherapeutin gewesen, und niemand im Kommissariat durfte etwas von seinen Panikattacken erfahren. Üblicherweise hielten Bullen nicht viel von der Seelenklempnerei, wie sie es abschätzig nannten.

»Der Täter muss mich bis nach Hause verfolgt haben. Er hat mich die ganze Zeit beobachtet und dann …«

»Ja. Aber wieder haben wir keine Einbruchsspuren gefunden.«

»Mittlerweile bin ich davon überzeugt, dass er sich mit einem Elektropick Zugang zu den Wohnungen verschafft.«

»Ein Profi also.«

»Nicht unbedingt. Ich hab mir sagen lassen, dass man sich dieses Ding bereits auf Umwegen im Internet besorgen kann. Habt ihr denn ansonsten irgendeine Spur?«

»Nichts. Der Kerl ist einfach verschwunden. Wir haben deine Nachbarn befragt, aber die meisten von ihnen haben tief und fest geschlafen, manche haben nicht einmal den Schuss gehört, den deine Freundin abgefeuert hat. Verdammt, Nils, ich wünschte, sie hätte besser gezielt. Dann wäre diese Bestie jetzt tot, und das Morden hätte ein Ende.«

»Habt ihr eigentlich mal was von Landsberg gehört?«

Ronnie zog die Augenbrauen hoch. »Wozu? Er hat mit dem Fall nichts mehr zu tun.«

»Er ist und bleibt unser Chef, Mann! Ruf ihn an, nur um sicherzugehen, dass mit ihm alles in Ordnung ist. Seit er von den Ermittlungen abgezogen wurde, konnte ich ihn nicht mehr erreichen.«

»Okay.«

Sie schwiegen eine Weile.

Dann fragte Gerber leise: »Kann das Theresa gewesen sein, die euch in der Nacht überfallen hat? Ist es möglich, dass sich unter der Lederkluft eine Frau verbarg?«

Erneut wurde ihm übel, er hielt sich die Stirn, das Zimmer schwankte.

»Einen Schluck Wasser?«

Er nickte, und Ronnie stützte seinen Kopf, während er trank.

Danach ging es ihm ein wenig besser.

»Ich weiß nicht«, sagte er heiser. »Theoretisch, ja. Eine Frau mit schmaler Oberweite zumindest.«

»Würde auf die Landsberg zutreffen.«

»Und auch die Körpergröße käme hin. Aber ist das nicht gespenstisch? Eine Frau, die dermaßen grausam mordet? Und diese Wut, die Schläge, sie muss …«

»… komplett wahnsinnig sein«, ergänzte Gerber.

Trojan hatte Schwierigkeiten, sich zu konzentrieren, und doch war da ein Erinnerungsfetzen, ein Detail aus dem Gespräch mit Jana kurz vor dem Überfall, er hatte plötzlich das vage Gefühl, dass es von immenser Bedeutung war. Aber schon war es ihm entglitten.

Ihm wurde schummrig. Seine Lider flackerten. Das Nachdenken strengte ihn an.

Urplötzlich fiel es ihm wieder ein, und er sagte zu Gerber: »Hör zu, Ronnie, du musst unbedingt noch mal in die

Wohnung am Rathenauplatz. Da hängt doch dieses große Porträt.«

»Ja und?«

»Fotografier es mit der Digitalkamera ab und bring die Datei zu Kolpert. Der hat irgendwann mal erwähnt, dass es eine neuartige Software gibt, die Gesichter rastern und mit sämtlichen Bildern im Internet, bei Facebook, Stayfriends und so weiter, abgleichen kann. Das Programm sucht nach Übereinstimmungen und hat eine hohe Trefferquote, und das in erstaunlich kurzer Zeit.«

»Stimmt, eine Gesichtserkennungssoftware, ist jüngst entwickelt worden.«

»Damit können wir vielleicht herausfinden, wer der Mann auf diesem Bild ist. Möglicherweise ist seine Person der Schlüssel zu dem Geheimnis, das Theresa Landsberg mit sich herumzutragen scheint. Der Grund, weswegen sie sich so merkwürdig verhält.«

Gerber stand auf. »Okay, Nils, wird sofort erledigt.«

Trojan versuchte sich aufzurichten, doch ein heftiger Kopfschmerz bewirkte, dass er wieder zurück aufs Kissen sank.

Gerber blickte besorgt auf ihn herab. »Du bleibst hier still liegen. Der Arzt hat dir strenge Bettruhe verordnet.«

»Beeil dich, Ronnie, und gib mir umgehend Bescheid, sobald ihr etwas herausgefunden habt.«

Bleiern kam der Schlaf zurück, und wieder träumte er von Jana. Diesmal trieb sie in einem Fluss, ihre Kleidung aufgebauscht, Schlingpflanzen und kleine Äste hatten sich in ihrem Haar verfangen. Eine Stromschnelle erfasste sie, er haschte nach ihrer Hand, doch sie entglitt ihm. Er rief ihr zu, dass es ihm leidtue, was sie seinetwegen hatte durchmachen müssen. Und er bedankte sich bei ihr, dass sie ihm das Leben gerettet hatte. Doch schon war sie fort.

Der Traum riss ab, und er dämmerte im Halbschlaf weiter. Passagen aus ihrem nächtlichen Gespräch spukten in seinem Kopf herum. Mehrmals wisperte Jana dicht an seinem Ohr: »Möglicherweise hat da jemand einen großen Hass auf die Polizei.«

Die Worte »Hass« und »Polizei« hallten in ihm wider, in einer Endlosschleife.

Und dann tauchte deutlich ein Gesicht vor ihm auf. Verblüfft starrte er es an. Ihm kam ein Gedanke, den er festzuhalten versuchte, doch schon war er dabei, in tiefere Regionen abzudriften. Er kämpfte gegen die Ohnmacht an.

Und jäh erwachte er davon, dass er laut einen Namen aussprach.

Den Namen eines Widersachers.

Er wartete, bis der Schwindel vorüber war.

Wo war sein Handy? Wo hatte er seine Kleidung?

Er musste aufstehen und telefonieren, denn Ronnie war schon weg.

Endlich schwankte das Zimmer nicht mehr um ihn herum, schließlich gelang es ihm, sich aufzusetzen. Zaghaft berührten seine Füße den Boden.

Dort war der Schrank, dort hingen seine Sachen.

Unsicher tappte er vorwärts.

Er fingerte nach dem Handy in der Hosentasche. Da war auch die Brieftasche mit seinem Dienstausweis.

Er löste die Feststelltaste am Mobiltelefon, und schon erkannte er, dass die Akkuanzeige blinkte. Er versuchte, das Kommissariat anzuwählen, doch sogleich flackerte der

Schriftzug LOW BATTERY auf dem Display auf, und dann erlosch es ganz.

Er fluchte. Schließlich stieg er in seine Hose, warf das Kliniknachthemd ab und streifte sich sein T-Shirt über. Am schwierigsten war es, in die Schuhe zu schlüpfen.

Kaum war er draußen im Flur, stellte sich ihm eine beleibte Krankenschwester in den Weg.

»Aber Herr Trojan, wo wollen Sie denn hin?«

Statt einer Antwort schob er sie zur Seite und taumelte den Gang hinunter.

»Warten Sie, das dürfen Sie nicht!«, rief sie ihm nach.

Schon nach einigen Schritten fühlte er sich sicherer auf den Beinen.

Wieder rief sie etwas, doch da hatte er bereits die Aufzüge erreicht, und sein Zeigefinger tippte auf den leuchtend grünen Pfeil, der nach unten wies.

Mit einem leisen »Pling« öffnete sich die Tür.

NEUNUNDDREISSIG

Der Panther war ihr Beschützer. Sie drückte ihn fest an sich. Manchmal schämte sie sich dafür, denn sie war doch längst nicht mehr in dem Alter, in dem man mit einem Stofftier im Arm schlief. Aber mit ihren dreizehn Jahren kam sie einfach nicht zur Ruhe, wenn sie nicht sein weiches Fell auf ihrer Haut spürte.

In dieser Nacht wurde sie von einem Alpdruck geplagt. Sie wälzte sich herum, strampelte die Bettdecke fort. Einmal erwachte sie und tastete nach dem Stofftier. Da war es, feucht von ihrem Schweiß, vielleicht hatte sie ja Fieber, schon den ganzen Tag über hatte sie sich nicht ganz wohlgefühlt.

Die Eltern waren ausgegangen, würden erst spät heimkommen. Sie lauschte, es war so still in der Wohnung.

Endlich schlief sie wieder ein. Sie träumte von einer schweren Apparatur, die auf ihrer Brust stampfte wie ein Kolben, da waren Drähte und Schläuche, und Klammern waren in ihre Haut getackert, all das nahm ihr die Luft zum Atmen.

Erneut wurde sie wach. Diesmal war ihr, als habe jemand gerufen. Da waren Geräusche, sie kamen aus dem Nebenzimmer. Eine Stimme, es klang, als sei jemand in Not. Als weine jemand vor Schmerzen.

Sie horchte, ihren Panther an sich geklammert. Kein Laut mehr. Vielleicht hatte sie es nur geträumt. Sie drehte sich auf die Seite, als sie es wieder hörte.

Ein Greinen.

Es kam von nebenan.

Kein Zweifel. Sie musste nachsehen. Etwas war da nicht in Ordnung.

Und dann drang eine andere Stimme zu ihr, dunkler, unheimlicher, mal sagte sie etwas Unverständliches, mal stöhnte sie nur.

Theresas Herz schlug heftig. Jemand war da drüben. Jemand sorgte für Unheil.

Das durfte nicht sein.

Zögernd stand sie auf, öffnete die Tür und schlich sich in den Flur. Sie knipste das Licht an. Da war das Wehklagen wieder. Und die andere Stimme.

Was sollte sie nur tun? Sie musste doch helfen.

Sie ging in die Küche, auf der Suche nach einem Gegenstand, mit dem sie sich sicherer fühlen würde. Da war die Schale mit den Walnüssen, es war die Zeit kurz vor Weihnachten. Der Nussknacker funktionierte nicht mehr richtig, darum wurde der Hammer benutzt, um die Schalen aufzubrechen. Er lag auf dem Tisch bereit.

Theresa nahm ihn an sich. Er wog schwer in ihrer Hand.

Sie verließ die Küche und näherte sich der Tür, hinter der die Geräusche zu hören waren.

Sie waren jetzt so deutlich vernehmbar, dass sie unwillkürlich den Griff des Hammers fester packte.

Sie war selbst erstaunt über ihren Mut, als sie die Klinke vorsichtig hinunterdrückte. Sie öffnete die Tür nur einen Spalt. Der Lichtschein aus dem Flur erleuchtete matt einen Teil des Bettes. Da war jemand, er bewegte sich heftig auf und ab. Und unter ihm auf dem Kissen lagen Haare, lange Haare, und von dort kam das Wimmern.

Der Rücken des Mannes war nackt. Schweiß glänzte darauf. Die Stimme unter ihm gab diese Laute von sich, gepresst, klagend, in Not.

Theresa schob sich durch den Türspalt hindurch.

Aus dem Wimmern wurde ein Schreien. Die Bewegungen des Mannes waren wild und gefährlich.

Sie musste unterbinden, was er tat.

Helfen musste sie. Das war ihre Pflicht.

Sie dachte nicht länger darüber nach.

Und Theresa holte aus.

Sie schlug mit dem Hammer auf den Kopf des Mannes ein, mit einer Wucht, die sie sich nicht zugetraut hätte.

Ein Röcheln.

Er sackte zusammen.

Sie hielt erschrocken inne. Das Blut toste in ihren Ohren, und dann sah sie in das angstverzerrte Gesicht auf dem Kissen, umrahmt von diesen Haaren, den langen Haaren. Daneben war der Kopf des Mannes. Sein Schädel deformiert.

Arme und Beine des Mädchens unter ihm waren weit ausgestreckt.

So lag das ungleiche Paar da und rührte sich nicht.

Theresa hielt den Hammer in der Hand und starrte auf das Bett hinab.

Sie öffnete die Augen.

Die Person war dicht vor ihr. Sie konnte den Atem auf ihrer Wange spüren.

»Erinnerungen?«

Theresa konnte nichts erwidern.

»Willst du es aufschreiben? Dann bist du es los.«

Die Person hielt ihr Stift und Notizblock hin.

»Schreib.«

Theresa war wie gelähmt.

»Ein Geständnis, schreib es auf. Einen Brief an deinen Mann, bitte ihn um Vergebung und dann geh.«

Ihre Stimme war ihr selbst fremd. »Wohin? Ich kann Hilmar nicht mehr unter die Augen treten.«

»Nein, das kannst du nicht, denn du bist schuldig.«

»Ich bin schuldig.«

»Schreib es auf, und du wirst erleichtert sein. Gestehe.«

»Und dann?«

»Weißt du, Theresa, es gibt immer einen Ausweg. Ich nenne es Exitstrategie.«

»Exit?«

»Sag bloß, du hast noch nie darüber nachgedacht? Sei ehrlich, du weißt längst, auf welche Art du dich umbringen wirst. Du hast es dir schon öfter ausgemalt. Und heute ist der Tag dafür gekommen. Schreib und dann geh. Geh für immer. Töte dich, Theresa, und du bist frei.«

Zitternd nahm sie den Block und den Stift und sah sich selbst dabei zu, wie sie die Worte aufs Papier setzte.

Mein geliebter Hilmar,
es tut mir unendlich leid, was du in letzter Zeit meinetwegen durchmachen musstest. Ich will mich nicht länger um die Wahrheit drücken. Ich habe getötet. Die Liebespaare mussten sterben, weil ich sie um ihre Lust beneidete. Lust, die ich niemals empfinden konnte. Unter meiner Hand starben Carlotta Torwald und Paul Ziemann, Mara Hertling und Ulrich Tretschok, Lisa Brobrowski und Claude Haller.

Hilmar, ich liebe dich noch immer von Herzen, aber ich bin eine Mörderin.

Und darum muss ich gehen. Für immer.

Leb wohl.

Deine Theresa

VIERZIG

Da er nirgendwo eine Telefonzelle entdecken konnte und die Zeit drängte, winkte er sich ein Taxi heran. Die Fahrt erschien ihm ungewöhnlich kurvenreich, und er rang mit Wellen galliger Übelkeit.

Soweit er wusste, wohnte Lukas Kilian noch immer in der Pfalzburger Straße in Wilmersdorf, nur mittlerweile ohne Frau. Endlich hielt der Wagen vor dem Eckgebäude an der Düsseldorfer Straße, Trojan bat den Fahrer, auf ihn zu warten, stieg aus und klingelte unten am Hauseingang, doch niemand öffnete.

Schließlich hatte er bei den Nachbarn Glück, die ihn einließen. Während er oben im vierten Stockwerk Sturm läutete, sprach ihn die Frau aus der Wohnung gegenüber an, voller Neugier gegen den Türrahmen gelehnt.

»Der Lukas ist nicht da.«

Trojan wandte sich zu ihr um. »Kennen Sie ihn gut?«

»Wir spielen manchmal Scrabble zusammen.«

Er zog die Augenbrauen hoch. Die Frau war um die fünfzig, auf dem Kopf ein toupiertes Gebilde weißblonder Haare, aller Wahrscheinlichkeit nach gefärbt.

»Schönes Hobby«, murmelte er.

Sie lächelte verwegen. »Alle Wörter sind erlaubt, auch die unanständigen.«

»Haben Sie eine Ahnung, wo er stecken könnte?«

»Vielleicht schaut er sich wieder die Fische an.«

»Die Fische?«

»Im Radisson Blu. Hat kein Geld, der Typ, aber nächtigt im Luxushotel, nur so zum Vergnügen. Anstatt dass er mich mal mitnimmt.«

»Zum Scrabblespielen?«

Sie grinste.

Trojan bedankte sich bei ihr. Zurück im Taxi nannte er dem Fahrer die neue Adresse.

Die Frau am Empfang sah im Computer nach, fand den Namen aber nicht. Trojan stand kalter Schweiß auf der Stirn, ihm war speiübel, er bat sie, noch einmal genauer zu schauen. Fehlanzeige.

Ratlos stand er in dem überdachten Innenhof des Hotels. Das imposante zylinderförmige Aquarium ragte meterhoch vor ihm auf, doch wenn er den Kopf in den Nacken legte, um es zu betrachten, holte ihn der Schwindel ein. Er beschloss, vernünftig zu sein und zurück in die Klinik zu fahren, wo man ihm ein starkes Schmerzmittel geben könnte. Vierundzwanzig Stunden schlafen und alles vergessen, auch das wäre nicht schlecht. Zunächst aber musste er die Kollegen anrufen und sie beauftragen, nach Kilian zu fahnden.

Er blickte sich suchend nach einem öffentlichen Telefon um, als er abrupt innehielt. Da saß jemand an der Hotelbar, am Fuß des AquaDoms, und stierte zu den Meeresfischen hinauf.

Langsam trat er näher. Setzte sich auf den freien Barhocker neben ihn und wartete, bis Landsberg ihm das Gesicht zuwandte.

Seine Augen waren glasig, sein Hemd sah aus, als habe er

darin geschlafen. Er trank einen White Russian, es schien nicht sein erster zu sein.

»Hübscher Turban, Nils. Was ist passiert?«

»Ein Unfall im Schlafzimmer. Erzähl ich dir ein andermal.«

»Darf ich dich zu einem Drink einladen, oder bist du im Einsatz?«

»Ich müsste erst die Ärzte fragen.«

»White Russian, da ist Milch drin, wirkt beruhigend, fast wie Medizin.«

»Hilmar, was ist los mit dir? Was um alles in der Welt hast du hier zu suchen?«

Landsberg deutete zum Aquarium hinauf. »Schau mal, das ist mein Lieblingsfisch, der mit den orangefarbenen Flossen. Was meinst du, ob der uns auch zusieht? Vielleicht sind wir eine Attraktion für ihn.«

»Du bist betrunken, Chef.«

»Und das nicht erst seit heute.«

»Warum bist du nicht zu Hause? Und warum reagierst du nicht auf meine Nachrichten?«

»Plötzlicher Anfall von Melancholie. Außerdem hatte ich hier eine kleine Unterredung mit einem gewissen Ulli Kanaski.«

»Wer zum Teufel ist das?«

»Das hab ich mich auch gefragt, als er mich hierherbat. Und dann hab ich ihn wiedererkannt. Weißt du, das Gespräch ist nicht gerade erfreulich verlaufen, und danach hatte ich keine Kraft mehr, irgendwohin zu gehen. Also hab ich mich hier einfach eingemietet. Das Zimmer ist grandios, Nils, mit Ausblick zum AquaDom. Du liegst auf dem Bett und hast das Gefühl, unter Wasser zu sein, draußen im Meer, weit weg von allem.« Er nahm einen großen Schluck. »Und was spült *dich* an dieses Ufer, Nils?«

»Man sagte mir, Lukas Kilian sei hier öfter anzutreffen. Ich hab ein paar dringende Fragen an ihn.«

Hilmar sah ihn verdutzt an. Dann brach er in ein bitteres Gelächter aus. »Ulli Kanaski und Lukas Kilian. Dreh einfach mal die Silben um.«

»Ich verstehe nicht ganz.«

»Kilian schreibt ein Buch. Darin rechnet er mit uns allen ab. Pseudonym Kanaski. Jetzt kapiert?«

»Geht es auch etwas ausführlicher?«

»Das Schwein rief mich an. Wollte mich erpressen. Irgendwie hat er von der ganzen Geschichte mit Theresa Wind bekommen, wahrscheinlich konnte jemand im Kommissariat sein Maul nicht halten. Außerdem hört er den Polizeifunk ab, so erfuhr er noch vor mir von dem dritten Pärchenmord. Er sagte zu mir am Telefon: ›Joachim-Friedrich-Straße 15, sie hat es wieder getan.‹ Und er behauptete, er habe Beweismittel gegen sie in der Hand.«

»Aber Chef, bist du denn gar nicht auf die Idee gekommen, dass *er* möglicherweise hinter der ganzen Sache steckt. *Er* könnte für diese furchtbaren Morde verantwortlich sein. Mit Hilfe einiger Tricks gelingt es ihm, die Schuld deiner Frau in die Schuhe zu schieben, damit ruiniert er deine Karriere und rächt sich für seine Suspendierung.«

»Natürlich kam mir der Verdacht auch gleich, als ich ihn hier traf. Stell dir vor, er verlangte als Gegenleistung dafür, dass er mir das Beweismaterial liefert, eine Nacht mit Theresa.«

»Ist nicht dein Ernst!«

»Und ob. Der Kerl ist völlig übergeschnappt.«

»Was war das für Material?«

»Ein Scheißdreck war das!« Landsberg leerte seinen White Russian und knallte das Glas auf den Tresen. »Ein Pornobild, auf das er mit Photoshop den Kopf von Theresa montiert hat. Sie turnte auf einem Mann herum. Und in ihre Hand hat er einen mächtigen Vorschlaghammer gelegt.«

Trojan stieß die Luft aus. »Wenn jemand so pervers und durchgeknallt ist …«

»… könnte er auch einen Hass auf Liebespaare haben, sicher. Also hab ich ihn gefragt, wo er in den Mordnächten war.«

»Und?«

Landsberg wies mit einer Geste in die Lounge. »Genau hier. Sämtliche Barmänner, die in diesem Etablissement beschäftigt sind, konnten das bestätigen. Nacht für Nacht gibt sich Lukas Kilian alias Ulli Kanaski vor dem AquaDom die Kante. Und weißt du was, Nils, ich glaube, das wird jetzt auch zu meinem Hobby.«

»Bist du dir ganz sicher, dass er nicht inzwischen aufgestanden ist, um verliebte Paare zu meucheln, die er um ihr Glück beneidet, seitdem er Frau und Job los ist?«

»Frag selbst herum. Angeblich war sein Arsch mit dem Barhocker fest verwachsen.«

»Und wo ist er jetzt?«

»Lässt sich von einem Chirurgen den Kiefer einrenken.« Landsberg ballte die Hand zur Faust. »Er kann froh sein, dass mein rechter Haken mit Schulterverband nicht zum Einsatz kommt. Aber auch meine Linke ist nicht zu verachten.«

Trojan blickte seinen Chef besorgt an.

»Vielleicht solltest du nun lieber nach Hause fahren.«

Statt einer Antwort zog er sein Mobiltelefon aus der Jacketttasche hervor.

»Alle halbe Stunde versuche ich es auf Theresas Handy, doch mittlerweile geht nicht mal mehr die Mailbox ran, stattdessen meldet sich nur noch die automatische Ansage: *The person you have called is temporarily not available.*«

Seine Augen glänzten.

»Was hat das zu bedeuten, Nils? Die Nummer existiert nicht mehr? Das Handy ist im Eimer? Ist sie vielleicht längst tot?«

Trojan sah ihn schweigend an. Dann sagte er leise: »Ich werde sie finden, das hab ich dir versprochen. Gib mir dein Telefon.«

»Warum?«

»Mein Akku ist leer. Leih es mir.«

Hilmar schob es ihm rüber.

»Und jetzt lässt du dir ein Taxi rufen und fährst heim, okay?«

Landsberg nickte ihm schweigend zu.

Es ist vollbracht. Sie hat das Geständnis unterschrieben. Nun schickst du sie in den Tod.

Du reichst ihr zum Abschied die Hand. In ihrem Blick ist etwas, was sich nicht genau einordnen lässt. Ist es Angst? Erleichterung? Beides zugleich? Einerlei, du weißt, was sie nun vorhat. Zu ihrem Mann kehrt sie jedenfalls nicht mehr zurück, niemals, dafür schämt sie sich zu sehr.

Die Tür fällt ins Schloss, und du bist allein.

Wenn es so weit ist, wirst du noch ein wenig nachhelfen müssen, letzte Überzeugungsarbeit leisten. Sobald sie den Ort erreicht hat, an dem sie sterben soll, wird das Handy in ihrer Tasche klingeln. Nicht ihrs, sondern jenes, das du unter ihre persönlichen Sachen geschmuggelt hast. Es ist das gleiche Modell wie ihr eigenes, das von dir mit einem gezielten Hammerschlag unbrauchbar gemacht wurde. Nur für den Fall, dass ihr Mann anruft, wäre doch schade, wenn er sie in letzter Sekunde davon abhalten würde, ihrem Leben ein Ende zu setzen.

Nein, *du* wirst der Anrufer sein. *Du* bist der Flüsterer. Längst ist sie so verwirrt, dass sie dich für die Stimme in ihrem Kopf halten wird, die Stimme ihres Wahnsinns, die zu ihr sagt: Tu es. Tu es einfach.

Und man wird ihren Abschiedsbrief finden, der gleichzeitig ein Schuldeingeständnis ist.

Nur du allein kennst die Wahrheit. Du weißt, was es heißt, wenn man keine Lust empfinden kann. Und das kristallklare Lachen junger Frauen, die mit ihren älteren Männern flirten, ist die scharfe Klinge, die sich in deine Eingeweide bohrt.

Willst du dir die Filme noch mal ansehen? Du hast alles auf deinem Rechner. Man sieht die Ledergestalt, und man sieht das verspiegelte Visier. Man sieht den Hammer und das Messer. Man sieht die Wunden, und man sieht das Fleisch. Da sind die Fesseln, die weiße Wäscheleine und das schwarze Tuch. Die Frauen können sich nicht mehr rühren, liegen vergraben unter ihren Männern. Nur du allein weißt, was das für ein Gefühl ist.

Auch die Sequenzen aus der Zeit vor den Morden kannst du dir ansehen, immer und immer wieder, Bilder, die das Kameraauge lieferte, verborgen im eilfertig herumkurvenden Roboter. Alltagsszenen, in denen die Paare sich unbeobachtet fühlten, aufgenommen aus der Froschperspektive.

Schnitt. Es ist Nacht. Du hast das Gerät in Position gefahren. Das Auge filmt dich. Nun bist du die Hauptfigur. Du sitzt am Bettrand, der Mann ist bereits tot, du hast ihn auf die Frau gebunden. Sie lebt noch. Sie wimmert unter ihrem schwarzen Tuch, du trägst Helm und Lederanzug und summst leise ein Lied vor dich hin, ein Schlaflied. Es beruhigt dich, lullt dich ein, die Melodie, zu der die Frau stirbt, langsam verblutend. Keine Tonspur auf dem Film, du kannst sie dennoch hören, die Melodie ist in deinem Kopf.

Dir bleiben die Filme und Theresa die Schuld.

Sie wird büßen, denn sie hat deine Lust zerstört.

Im Glauben, eine Serienmörderin zu sein, wird sie sterben, und das ist dein Verdienst.

All deine Tricks, die Erpresserbriefe, die Aufforderung, Carlotta Torwald einen Kuchen zu backen, die entlarvenden Fotos, die sie in Mara Hertlings Wohnung zeigen, der so provozierte Streit und ihre Demütigung, deine Anrufe als Flüsterer, die suggestive Kraft, mit der du ihr weismachtest, sie habe in den Nächten, an deren Abläufe sie sich nicht mehr erinnern konnte, die Morde begangen, bis hin zu dem Gespräch in der Bar mit Lisa Brobrowski, über die du in Erfahrung gebracht hast, dass sie mit ihrem Freund in Swingerclubs unterwegs ist, und der du sagtest: »Es gibt da eine Frau, die wird euch beide interessieren, sie steht auf Dreier, nur ist sie ein bisschen schüchtern. Sie hat ein paar Probleme mit ihrem Gedächtnis, sag ihr einfach, sie hätte sich am letzten Dienstag- und am Freitagabend bei dir volllaufen lassen, und du hättest sie nach Hause gebracht in ihre Wohnung in dem Hochhaus am Rathenauplatz. Das wird sie so sehr erleichtern, dass sie dir gefügig wird wie ein dressiertes Tierchen. Und noch etwas: Sie mag Schokokuchen, und sie würde dich gerne damit füttern, das könnte doch eine ganz besondere Variante sein für euer Spielchen zu dritt.«

All diese Tricks haben wunderbar funktioniert.

Das Wichtigste aber war die Medizin, die du Theresa verpasst hast. Segensreiche Tropfen, die zuverlässig für ihre Gedächtnislücken sorgten.

Ein bezahlter Handlanger bot ihr auf der Straße den Staubsaugerroboter als Prämie für das Probeabo einer Zeitung an, die dann niemals bei ihr eintraf. Und in diesem Roboter steckte die Kamera, fortan konntest du sie beobachten, ihre Tagesabläufe in ihrem geheimen Domizil am Rathenauplatz genau studieren.

So wusstest du, dass sie regelmäßig in den frühen Abendstunden in diese Wohnung ging, um allein zu sein, allein mit dem Mann auf dem übergroßen Foto, zu dem sie mitunter sprach, einsam, wie irr. So wusstest du auch von den angebrochenen Weinflaschen in ihrem Kühlschrank. Und so kanntest du ihre feste Gewohnheit, sich, auf dem Bett liegend, ein, zwei Gläschen zu genehmigen, bevor sie zurück in die Wohnung ihres Mannes ging.

Mit dem Elektropick verschafftest du dir Zutritt. Einige Tropfen Rohypnol in den Wein geträufelt, und für die Ohnmacht war gesorgt. Keine Erinnerung mehr am nächsten Morgen.

So war es nach ihrem Besuch bei Carlotta Torwald und nach dem Streit mit Mara Hertling. Theresa trinkt den Wein, und Theresa schläft ein. Sie schreckt am nächsten Morgen hoch, und schon spricht durchs Handy eine flüsternde Stimme zu ihr: »Blut, überall Blut. Was hast du nur getan?«

Nur im Fall von Lisa und Claude musstest du dir etwas anderes einfallen lassen: Glückskekse, versetzt mit Rohypnol.

Einem kleinen Mädchen ein paar Euro dafür bieten, dass es das Gebäck dieser netten Frau dort drüben auf der anderen Straßenseite anbietet.

Und du wusstest auch von der Schatulle mit dem Halsband, dem Schlüssel und der Brille. Theresa hat sie eines Abends ganz aufgeregt in ihrer Wohnung versteckt. Du vermutest, dass ihr Mann die Schatulle gefunden und sie sie ihm wiederum entwendet hat.

Daraufhin hast du die Sachen an dich genommen. Hast sie wiedererkannt. Das Halsband gehörte zu Mara Hertling, die Brille zu Carlotta Torwald. Dass Theresa eine Kleptomanin ist, war dir aus deinen Beobachtungen längst bekannt.

Nur um ein wenig Verwirrung zu stiften, hast du das Halsband dem Leichnam von Lisa Brobrowski umgelegt. Und wirklich, es stand der Toten äußerst gut.

Bloß einen einzigen Makel gibt es in deiner Bilanz: der Bulle, Trojan, er hat den Anschlag überlebt, und diese Frau hat auf dich geschossen. Sie traf nicht, eine schlechte Schützin, du hast Glück gehabt.

Deine Rache wird kommen, doch dazu später.

Jetzt ist erst mal Theresa dran.

Ein paar letzte Worte, und sie ist tot.

EINUNDVIERZIG

Vor dem Hotel rief er Kolpert an. Und der hatte Neuigkeiten für ihn.

»Nils, ich hab dir schon mehrmals auf die Mailbox gesprochen. Das Gesichtserkennungsprogramm hat mir einen Treffer geliefert: Bei der Person auf dem Foto handelt es sich aller Wahrscheinlichkeit nach um einen gewissen Werner Weber.«

Trojans Herz schlug hoch. »Hast du ihn ausfindig gemacht?«

Kolpert atmete in den Hörer. »Er ist leider schon verstorben.«

»Scheiße.«

»Aber ich hab seinen Sohn im Melderegister gefunden, einen Tobias Weber. Er wohnt in Berlin, und ich hab bereits telefonisch Kontakt mit ihm aufgenommen. Und stell dir vor, der Name Theresa Landsberg sagt ihm etwas.«

»Max, das ist ja großartig!«

»Er sagt, sein Vater habe ein Verhältnis mit ihr gehabt.«

»Gib mir seine Adresse, schnell.«

»He, ich denke, du liegst in der Klinik.«

»Scheiß was auf die Klinik!«

»Wo bist du, Nils?«

Er sagte es ihm.

»Hör zu, ich bin in zehn Minuten bei dir, und wir fahren gemeinsam hin.«

Tobias Weber betrieb einen antiquarischen Buchhandel in der Seumestraße in Friedrichshain. Kolpert zeigte ihm sicherheitshalber das Foto, das Gerber von dem Porträt in der Wohnung am Rathenauplatz abfotografiert hatte, und der Antiquar, ein sympathisch wirkender Mann in den Dreißigern mit Halbglatze und wachen Augen hinter einer wuchtigen Hornbrille, bestätigte, dass die Person darauf sein Vater sei.

Ohne Umschweife begann er zu erzählen: »Er war Professor an der Humboldt Universität, vor drei Jahren erlag er einem schweren Krebsleiden. Er wurde auf dem Luisenkirchhof in Westend beerdigt, in seinem Testament bestand er darauf, dass das Grab äußerst schlicht gehalten werden sollte, kein Stein, keine Bepflanzung, nichts. Das entsprach seiner Art, er dachte klar und analytisch, Sentimentalität war ihm fremd, und doch war er ein sehr herzlicher Mensch. Ich habe noch zwei Brüder, aber ich bin derjenige, der am meisten an ihm hing, und so habe ich es mir zur Gewohnheit gemacht, einmal in der Woche seine karge Ruhestätte aufzusuchen, nicht einmal meine Mutter geht so oft dorthin. Eines Tages, es war im letzten Frühjahr, fiel mir auf, dass die Erde auf dem Grab an einer Stelle festgeklopft war, auch ein Handabdruck war zu erkennen. Ich dachte erst, dort hätten vielleicht Kinder gespielt, dann nahm ich einen Stock und stocherte in der Erde herum, dabei stieß ich auf etwas Festes. Ich grub mit den Händen weiter, und schließlich fand ich eine Schatulle. Und darin befand sich ein Packen Briefe.«

Trojan warf Kolpert einen kurzen Blick zu.

»Briefe, von wem?«, fragte er.

»Kommen Sie mit.«

Weber führte sie in den hinteren Bereich seines Ladens,

der ihm offenbar als Wohn- und Schlafraum diente, öffnete die Schublade einer Kommode und nahm ein Bündel Papiere heraus.

»Ich habe sie hier aufbewahrt, denn auf den Umschlägen stand der Name meines Vaters.«

Er nahm seine Brille ab, rieb sich über die Augen und setzte sie wieder auf.

»Ich habe lange hin und her überlegt, ob ich sie öffnen sollte, und schließlich siegte meine Neugier. Die Lektüre hat mich erschüttert, es ist die Korrespondenz mit einem Toten, geführt von einer Frau, die meinen Vater offenbar sehr geliebt hat. Ihr Name ist Theresa. So hat sie jedenfalls die Briefe unterschrieben. Ich habe diese Frau niemals kennengelernt, aber an einer Stelle erwähnt sie, dass sie nun mit einem gewissen Hilmar Landsberg verheiratet ist, der bei der Kripo arbeitet.«

Trojan und Kolpert räusperten sich beinahe gleichzeitig.

Weber wandte sich Max zu. »Als Sie mich heute Vormittag anriefen und mich nach einer Frau Landsberg fragten, habe ich mir sofort gedacht, dass es sich dabei wohl um jene Theresa handelt. Nun, wie ich aus den Briefen erfahren konnte, hat mein Vater sie vor vielen Jahren an der Universität kennengelernt. Sie studierte Geschichte und Deutsch auf Lehramt, und er war ihr Professor. Sie müssen eine sehr leidenschaftliche Affäre gehabt haben, die mein Vater dann aber wohl mit Rücksicht auf unsere Familie beendete. Sie sind im Guten auseinandergegangen, er war offenkundig der Meinung, sie sei zu jung für ihn, den Briefen ist allerdings zu entnehmen, dass Theresa die Trennung niemals richtig verkraftet hat. Sie scheint noch lange versucht zu haben, mit ihm privaten Kontakt zu halten, was aber meinen Vater wegen meiner Mutter und uns Kindern in Konflikt brachte. Es war in gewisser Weise sehr schmerzlich für mich, von seinem Lebensgeheimnis zu erfahren. Ich glaube, die beiden trafen sich noch gelegentlich über all die Jahre, bis sie irgendwann eine endgültige Trennung vereinbarten. Daraufhin scheint sich Theresa in das Schreiben von Briefen gerettet zu haben, noch über seinen Tod hinaus, von dem sie wahrscheinlich aus der Zeitung erfuhr. Briefe, die sie nicht abschicken konnte, bis sie sich dazu entschied, sie auf dem Friedhof zu vergraben, ein verzweifelter Akt ihrer immerwährenden Liebe, nehme ich an.«

Trojan verspürte dieses typische Kribbeln in seinen Fingern, vielleicht waren sie nun endlich der Lösung des Falls näher gekommen. Und insgeheim ärgerte er sich darüber, dass er nicht schon früher auf die Idee mit der Gesichtserkennung gekommen war.

»Würden Sie uns bitte diese Briefe zu lesen geben?«, sagte er heiser.

Tobias Weber schaute für einen Moment skeptisch auf seinen Kopfverband, dann reichte er ihm das Bündel.

Sie durften nicht viel Zeit verlieren, also teilte er mit Max die Briefe auf. Zwischen all den Bücherstapeln setzten sie sich auf ein altertümliches Sofa und überflogen die Zeilen.

Schon bald musste Trojan feststellen, dass Jana mit ihrer Einschätzung richtiggelegen hatte, Theresa Landsberg würde mehr in der Vergangenheit als in der Gegenwart leben.

In einem Brief schilderte sie die Anmietung der Wohnung am Rathenauplatz, beschrieb genau ihre Pläne für die Einrichtung, die Möbelstücke, die sie dafür erwarb, und die Stelle an der Wand, die sie für Werners Porträt ausgewählt hatte. Auch erwähnte sie, dass sie einen Pyjama für ihn gekauft hätte.

Hier leben wir zusammen, Werner, hier teilen wir Tisch und Bett, ich weiß, es klingt verrückt, aber hast du nicht selbst einmal gesagt, ein Spleen sei dazu da, ihm nachzugehen? Nun haben wir endlich einen gemeinsamen Ort, Liebster, und das stimmt mich froh.

Sehr offen schrieb sie über ihre Ehe mit Landsberg, Trojan wollte nicht indiskret sein und ließ die entsprechenden Passagen aus, nicht ohne mitbekommen zu haben, dass ihre Partnerschaft mehr und mehr ins rein Platonische abgedriftet war.

Immer wieder gab es Andeutungen von der *Sache*, der *Geschichte*, dem *Drama*, etwas, wovon Hilmar nichts wusste und von dem er niemals erfahren sollte. Über mehrere Absätze ließ sie sich darüber aus, dass ihr seine Tätigkeit als Kripochef ein Gefühl der Sicherheit verschaffe, sie andererseits aber auch belaste, da sie doch Schuld auf sich geladen habe.

Ich weiß, du warst immer der Meinung, mich treffe nicht die geringste Schuld, weder im juristischen Sinne noch in einem übergeordneten moralischen Kontext. Ach Werner, wie sehr mir die Gespräche mit dir fehlen, deine kluge Art, die Dinge des Lebens zu betrachten, dein analytischer Verstand. Die geistige Auseinandersetzung mit dir vermisse ich noch mehr als alles Körperliche, das uns verband, und du weißt ja, dass du der einzige Mann warst, in dessen Armen ich mich wirklich fallen lassen konnte, bei niemand anders war es mir je vergönnt, weil ich so verkorkst bin und über dieses furchtbare Erlebnis, das mir als Kind widerfuhr, einfach nicht hinwegkomme. Glaub mir, Werner, ich tadele mich selbst dafür, Tag für Tag, dass ich in diese Angelegenheit so tief verstrickt bin, meinem Ehemann sollte ich ein Grund zur Freude sein, aber was bin ich? Ein Häufchen Elend! Nur mit dir, Werner, mit dir war alles anders, doch du lebst mit Frau und Kindern, warum konnten wir uns nicht schon früher begegnen, als du ungebunden warst. Aber ich weiß ja, ich weiß, damals war ich noch ein kleines Mädchen mit Zöpfen und Schrammen an den Knien.

Sie gestand ihm, regelmäßig in den frühen Abendstunden mit seinem Porträt zu sprechen, schrieb ihm von ihren festen Ritualen in der geheimen Wohnung, die Schuhe abstreifen, sich aufs Bett legen, mit Blick auf sein Foto ein Glas Wein trinken, danach ein zweites, ihm zum Abschied eine Kusshand zuwerfen, um dann zu Hilmar zurückzukehren.

Er ist so gut zu mir, und ich liebe ihn auf eine gewisse Art. Doch mein Herz wird immer nur dir gehören.

Immer wieder kam sie auf das *Drama*, die *Sache* zurück, und es folgten Passagen, in denen sie von ihrer Angst berichtete, allmählich verrückt zu werden.

Ich sehne mich nach der Zeit, da du mir mit deinen klugen Einwürfen den Kopf zurechtgerückt hast, deine sachliche Einschätzung meiner Lebenssituation hinderte mich daran, vor Verzweiflung noch zugrunde zu gehen. Doch was nach unserer Trennung folgte, war bloß noch eine Abfolge von persönlichen Niederlagen. In meinem letzten Brief schrieb ich dir von meiner Fehlgeburt. Vielleicht bin ich einfach nichts wert.

Nichts, nichts. Verzeih, Liebster, heute ist so ein Tag, an dem ich immerzu über das Sterben nachdenken muss. Ach, wie sehr hab ich doch die seltenen Momente geliebt, wenn du mir von deinen Kindern erzählt hast: Martin, Tobias und Cornelius. Wie gern hätte ich sie einmal kennengelernt. Ob sie mich wohl gemocht hätten?

Trojan blickte kurz auf. Tobias Weber stand gedankenverloren an der Ladentür, keine Kundschaft kam, es war so still hier wie in einer fernen, versunkenen Welt.

In meinem Hochhaus, dem selbstgewählten Exil über der Stadtautobahn, über die sich die tägliche Blechlawine quält, schwebe ich über allem, fern von den Menschen und ihrem rastlosen Treiben, verschluckt hinter schalldichtem Glas, mal halb irr von meinen Erinnerungen, mal beseelt von dem Lächeln auf deiner Fotografie.

Kolpert berührte ihn am Arm. »Nils, ich schätze, ich bin hier auf was Wichtiges gestoßen.«

Trojan zuckte leicht zusammen, dann nahm er den Brief, den Max ihm reichte, und las.

Es waren erschütternde Zeilen. Sie hatten mit der *Sache* zu tun, Theresas Trauma.

ZWEIUNDVIERZIG

Theresa lief schnell, ihre Füße schmerzten, die Absätze ihrer Pumps knallten auf den Asphalt. Schließlich hatte sie den Eingang zum U-Bahnhof erreicht, eilte die Rolltreppe hinab, drängte sich an den Passanten vorbei, entschuldigte sich, stolperte, hastete weiter. Unten angelangt hielt sie inne. Sollte sie es wirklich tun?

Sie gab sich einen Ruck, setzte Schritt vor Schritt. An der Anzeigetafel waren der nächste Zug und die Zeitspanne bis zu seiner Ankunft vermerkt: zwei Minuten. Plötzlich schossen ihr Tränen in die Augen, sie blieb stehen und stützte sich an einem Pfeiler ab.

»Kann ich Ihnen helfen?«, fragte eine Frau. Theresa starrte sie an. Ja, dachte sie, aber sie schüttelte bloß den Kopf.

Noch eine Minute.

Sie musste ganz nach vorn, zum Tunnelschacht. Dort, wo der Zug die höchste Geschwindigkeit hatte.

Ihre Schritte pochten auf dem Bahnsteig.

Noch einmal drehte sie sich zu der Anzeigetafel um. Die Aufschrift blinkte. Also war es gleich so weit.

Schon hörte sie den Zug im Tunnel. Schon konnte sie die Lichter sehen. Er donnerte heran.

Doch als er einfuhr, wich sie im letzten Moment zurück. Sie dachte an Hilmar. Auch an Werner musste sie denken, Werner, der nun schon seit drei Jahren tot war.

Bei seiner Beerdigung hatte sie sich heimlich unter die Trauergäste gemischt. Ein Grab ohne Namen, mehr war ihr nicht von ihm geblieben.

Die Türen sprangen auf. Menschen stiegen ein und aus. Die roten Lampen blinkten auf, das Warnsignal ertönte, die Türen fielen zu, der Zug fuhr ab.

In fünf Minuten wäre der nächste da, der sollte es sein.

Und Theresa näherte sich wieder der Bahnsteigkante.

Sie las den Namenszug auf dem Schild an der Tunnelwand: SCHÖNLEINSTRASSE. Endstation, dachte sie.

Noch vier Minuten.

Ihr Herz hämmerte.

Sie blickte auf die Gleise. Da wimmelte etwas. Es waren Mäuse. Die lebten hier, die hielten das aus.

Drei Minuten.

Nicht länger darüber nachdenken.

Noch zwei.

War sie wirklich so weit?

Eine Minute.

In diesem Moment klingelte das Handy in ihrer Tasche.

Sie ist deine Schwester, aber du darfst jetzt keine Skrupel haben. Hattest du denn vorher welche? Nein, denn in dir ist alles erloschen, seit sie damals kam, mit dem Hammer in dein Zimmer stürmte und den Mann, der mit dir schlief, erschlug. Immer wieder hat sie beteuert, sie habe in Notwehr gehandelt in dem Glauben, ihre ältere Schwester werde vergewaltigt. Aber es war keine Vergewaltigung, es war das erste und letzte Mal, dass du mit einem Mann zusammen sein konntest. Die Eltern sind beinahe daran zerbrochen, die Polizei hat dir bohrende Fragen gestellt, und nur um Vater und Mutter einen Gefallen zu tun, nur um den Ruf der Familie zu schützen, hast du ausgesagt, der Verkehr mit diesem Mann sei tatsächlich nicht freiwillig gewesen, und du habest um Hilfe gerufen, und deine Schwester sei an dein Bett gestürzt, um dich von deiner Pein zu befreien. Und da Theresa damals erst dreizehn Jahre alt und damit noch nicht strafmündig war, kam es nicht einmal zu einem Gerichtsverfahren.

Sie hat dir die Fähigkeit geraubt, Lust zu empfinden, warum also solltest du Skrupel haben, sie nun in den Tod zu schicken. Schon bald wird man ihr schriftliches Geständnis finden, ihr werden die Morde an den Paaren angehängt, und du bist frei.

Dir bleiben immer noch die Filme, du kannst sie dir wieder und wieder ansehen. Du hast diesen Frauen genommen, was dir niemals vergönnt war, warum sollte es ihnen besser ergehen als dir. Du siehst in ihren Augen die Angst, das langsame Erlöschen ihrer Lebenskraft.

In ihrem verzweifelten Blick siehst du niemand anders als dich selbst.

Nun zum letzten Schritt, du verbindest das Handy mit dem Rechner und öffnest das Programm, mit dem du deine Stimme verfremden kannst, du wählst die Nummer, gleich wirst du ins Mikro sprechen, und alles, was du sagst, verwandelt sich in eine flüsternde Männerstimme.

Ja, mit Computern hast du dich schon immer gut ausgekannt. Andere Frauen bekommen Schmuck, Blumensträuße und Sex, für dich gibt es bloß Überwachungsprogramme und Anonymisierungstools.

Die anderen Frauen lachen, hell, kristallklar und amüsieren sich, du aber bist das heimliche Auge, das Flüstern und der Tod.

Sie nahm das Telefon hervor. Für einen Moment hatte sie den Eindruck, es sei nicht ihr eigenes, zu neu, als habe es jemand vertauscht, doch dann verwarf sie den Gedanken wieder.

»Hallo?«

Sie presste es an ihr Ohr, hörte jemanden atmen.

»Hallo?«, fragte sie noch einmal.

Da meldete sich wieder dieser Anrufer, und sie erschrak.

»Ich möchte Ihnen gratulieren. Es ist richtig, was Sie vorhaben. Sie haben Schuld auf sich genommen, also sollten Sie auch gehen.«

Sie wusste nichts zu erwidern.

»Tun Sie es. Jetzt.«

»Wer sind Sie?«

»Haben Sie das noch immer nicht erraten?«

»Nein.«

»Ich bin die Stimme in deinem Kopf. Die Stimme, die dich verfolgt. Die Stimme, die dich zum Morden trieb. Ich bin dein Wahnsinn, Theresa. Mich bist du erst los, wenn du gehst. Also tu es: Bring dich um.«

»Hören Sie auf damit.«

»Das geht nicht. Ich bin ein Teil von dir. Du musst dich erst selbst zerstören.«

»Aufhören, sag ich!«

»Wo bist du?«

Sie antwortete nicht.

Der Zug näherte sich.

»An einem U-Bahnhof, nicht wahr?«

Das Poltern im Tunnel, das Vibrieren auf den Gleisen.

»Ein guter Ort zum Sterben. Sehr gut. Es wird schnell gehen, lass dich nicht aufhalten. Näher an den Bahnsteig, näher heran. Mach schon.«

Ein starker Luftzug. Sie schwankte.

»Mörderin«, wisperte es an ihrem Ohr. *»Mörderin, Mörderin«*, wisperte es in einem fort. *»Spring«*, flüsterte es, *»spring, und du bist mich los.«*

Nun war sie ganz vorn am Bahnsteig, am Tunnelschacht.

Und der Zug donnerte heran.

»Jetzt!«

Da wurde die Leitung unterbrochen.

Hanna Thiel erschrak, klappte den Laptop zu. Ein Klingeln an der Wohnungstür. Sollte sie reagieren oder nicht? Sie stand auf und ging ans Fenster. Unten parkte ein Wagen in zweiter Spur, unauffälliges Modell, graue Lackierung.

Bullen, dachte sie.

Ein gelbverputztes Haus in der Sanderstraße in Neukölln. Nach dem dritten Läuten wurde ihnen geöffnet.

Max hatte ihm vorsichtshalber seine Waffe und sein Holster vom Revier mitgebracht. Auf der Fahrt hierher hatte er die Sig Sauer herausgenommen und beinahe ehrfürchtig berührt. Ein Schauer war ihm über den Rücken gelaufen, als er sich vorgestellt hatte, wie Jana sie letzte Nacht vom Boden aufgenommen hatte, um sie in höchster Not abzufeuern.

Sonst wäre er jetzt wohl nicht mehr am Leben.

Und sie auch nicht.

Er hatte die Sig Sauer wieder zurück ins Holster geschoben und tief durchgeatmet.

Irgendwo in seinem Schlafzimmer musste jetzt ein Einschussloch sein.

Die Frau, die sie dringend sprechen mussten, stand bereits an der Wohnungstür, als sie die Treppe hinaufkamen. Trojan registrierte: Mitte vierzig, etwa eins siebzig groß, hellblauer Hausanzug aus Frottee, wenig kleidsam, kurzes dunkelblondes Haar, erste graue Strähnen, äußerst schmale Oberweite, ein verkniffener Mund, wirkte durchtrainiert, Fitnessstudio vermutete er oder eine Kampfsportart.

Sie warf einen flüchtigen Blick auf seinen Dienstausweis, dann auf seinen Kopfverband. Noch ein Blick zu Max Kolpert, und sie ließ sie beide ein.

Die Wohnung war schlicht eingerichtet, dunkler Teppichboden, Kiefernmöbel.

»Frau Thiel«, sagte Trojan, »wissen Sie, wo Ihre Schwester ist?«

»Wie gut, dass Sie gekommen sind!«, stieß sie hervor.

»Warum? Ist etwas passiert?«

»Sie war hier, bei mir.«

»Warum haben Sie uns nicht sofort benachrichtigt? Sie wissen doch, dass wir nach ihr suchen.«

»Sie ist doch meine Schwester, und sie war sehr aufgewühlt. Ich musste erst einmal für sie da sein. Sie brauchte jemanden zum Reden.«

Da bemerkte er Kolperts Kopfbewegung, sacht, äußerst sacht. Max wollte ihm vorsichtig etwas bedeuten. Etwas, was er gesehen hatte.

Seine Nackenhaare stellten sich auf. Denn nun erblickte auch er die Motorradstiefel im Flur.

Hanna Thiel verschränkte die Arme vor der Brust: »Theresa hat mir all diese Morde gestanden.«

»Wo ist sie jetzt?«, fragte Max.

»Sie rannte danach aus der Wohnung. Ich weiß nicht, wohin.«

»Ein überraschendes Geständnis, ja?«

»Sie hat drei Paare umgebracht. Das ist so furchtbar.«

Trojan holte tief Luft. »Frau Thiel, erzählen Sie uns doch erst mal, was passiert ist, als Sie siebzehn Jahre alt waren.«

Sie erbleichte.

»Ich verstehe nicht ganz.«

»Es gab einen Vorfall. Wir haben Aufzeichnungen Ihrer Schwester gefunden.«

»Aufzeichnungen?«

»Briefe, um genauer zu sein.«

»Ach, Sie meinen diese Geschichte von damals.«

»Ja.«

»Das ist so schrecklich. Darüber möchte ich nicht reden.«

»Tun Sie es bitte.«

»Nein.«

Kolpert sagte mit einem leicht drohenden Unterton: »Wollen Sie lieber mit aufs Revier kommen?«

Sie rührte sich nicht.

Schließlich schlug sie die Augen nieder und sagte leise: »Ich war siebzehn und das erste Mal verliebt. Er war weitaus älter als ich, ein Freund meines Vaters, aber ich ... Nein, ich kann das nicht.«

Trojan trat einen Schritt auf sie zu. »Reden Sie.«

»Sie können mich nicht zwingen.«

»Wäre aber besser für Sie.«

»Warum?«

»Wie gesagt, wir können Sie auch mitnehmen, aber unser Vernehmungsraum ist nicht besonders gemütlich.«

Es dauerte eine Weile, bis sie zögernd begann: »In dieser Nacht war ich mit ihm zusammen im Bett, meine Eltern waren auf einer Tanzveranstaltung. Theresa schlief nebenan. Sie muss etwas gehört haben. Plötzlich stürmte sie ins Zimmer, sie hielt einen Hammer in der Hand. Und dann hat sie diesen Mann, sein Name war Falk Mölder, hinterrücks erschlagen.«

»Aus welchem Grund?«

Etwas blitzte in ihren Augen auf, als sie kurz zu Trojan hinsah. »Weil sie mich um mein Glück beneidet hat.«

»Glaubte sie nicht eher, Sie seien in Not? War sie nicht der Meinung, ihre Schwester würde von diesem Mann vergewaltigt werden, und sie müsste ihr helfen? Hat sie die Geräusche aus dem Nebenzimmer nicht eher so gedeutet, als würden Sie ...«

»Nein. So war es nicht. Sie hat mir nie etwas gegönnt.«

»Sie war doch erst dreizehn.«

»Theresa war schon immer so. Sie hat alles zerstört. Und nun hat sie das Gleiche wieder getan. Nur dass sie auch noch die Frauen ... Es ist unfassbar, was sie mir alles erzählt hat. Die Frauen mussten langsam verbluten. Sie hat sie bestraft für ihre Lust.«

»Lust, die sie niemals empfinden konnte?«, fragte Kolpert.

»Ja. Ihre Ehe mit Hilmar ist doch eine Farce.«

Trojan sagte: »Wie ist das bei Ihnen? Wie haben Sie dieses Trauma verkraftet?«

»Ich bin innerlich sehr stark.«

»Auch äußerlich, nicht wahr?«

»Wie kommen Sie darauf?«

»Nur so ein Eindruck. Trainieren Sie?«

»Ich habe einen schwarzen Gürtel in Karate, falls Sie das meinen.«

»So. Sind Sie verheiratet?«

»Ich lebe allein, aber ich komme zurecht.«

»Wer außer Ihnen weiß eigentlich noch von dieser Geschichte?«

»Niemand.«

»Auch Hilmar Landsberg nicht?«

»Nein. Ich musste Theresa versprechen, ihm nichts davon zu verraten.«

»Es gibt auch bei der Polizei keinerlei Aufzeichnungen mehr darüber, das haben wir überprüft.«

»Kein Wunder. Theresa ist ja nicht vorbestraft. Es gab auch kein Gerichtsverfahren. Sie war zu der Zeit noch nicht strafmündig.«

»Aber in Ihren Augen war es keine Notwehr, ja?«

»Nein. Es war der Neid. Das ist krankhaft bei ihr. Und darum hat sie es wieder getan.«

»Und warum nun dieses plötzliche Geständnis?«

»Keine Ahnung, vielleicht musste sie ihr Gewissen bei mir erleichtern.«

»Wussten Sie, dass sich Theresa eine geheime Wohnung angemietet hat?«

»Nein, das ist mir neu.«

»Was sind Sie von Beruf, Frau Thiel?«

»Ich bin Krankenschwester.«

»Also kommen Sie auch an gefährliche Substanzen heran.«

»Ich weiß nicht, worauf Sie hinauswollen.«

»Der Giftschrank. Betäubungsmittel. Substanzen, die ohnmachtsähnliche Zustände und Gedächtnislücken verursachen.«

»Wirklich, ich weiß nicht ...«

»Ihre Schwester leidet unter Amnesien.«

»Sie ist eben sehr krank. Psychisch krank.«

»Wie würden Sie Ihr Verhältnis zu ihr beschreiben?«

»Nun, nach diesem Erlebnis, ich meine, stellen Sie sich

das vor, Sie sind in Ihrem Schlafzimmer und plötzlich …« Sie brach ab.

Kaum hörbar sagte Trojan: »Ich kann gut nachvollziehen, wie es ist, im eigenen Schlafzimmer überfallen zu werden.«

Sie verzog keine Miene. »Ach ja?«

»Fahren Sie Motorrad?«

»Nein.«

Er deutete hinüber auf die Stiefel im Flur.

»Bloß ein paar Bikerboots. Hat modische Gründe.«

Kolpert fragte: »Kennen Sie sich mit Computern aus?«

»Ein wenig.«

»Wissen Sie, was ein Anonymisierungstool ist?«

»Keine Ahnung.«

»Besitzen Sie einen Staubsaugerroboter?«

»Was ist das denn?«

Schließlich fragte Trojan: »Wo waren Sie in den Nächten vom siebenundzwanzigsten zum achtundzwanzigsten September, vom dreißigsten zum ersten Oktober und vom dritten zum vierten Oktober?«

»Zu Hause, nehme ich an. Oder ich hatte Nachtdienst.«

»Geht es auch etwas genauer?«

»Ich müsste in meinem Kalender nachschauen.«

»Tun Sie das«, sagte er scharf.

Sie folgten ihr in eine Art Arbeitszimmer. Auf dem Schreibtisch stand ein zugeklappter Laptop. Trojan fiel auf, dass ein Mobiltelefon per Kabel mit ihm verbunden war.

Und noch etwas fiel ihm auf: In einer Ecke türmten sich Computerzeitschriften und Kataloge für elektronische Kleinartikel.

Hanna Thiel ging zum Schreibtisch und öffnete eine Schublade.

Da machte Max Kolpert plötzlich eine Bewegung, um Trojan abzuschirmen, vielleicht im Wissen um seine Kopfverletzung, vielleicht auch bloß aus einem Instinkt heraus.

Kolperts Hand war im Begriff, zur Waffe zu gleiten. Doch es war zu spät.

Hanna Thiel fuhr herum. Eine Flüssigkeit stob durch den Raum.

Max riss schützend den Arm hoch und duckte sich weg. Ein gellender Aufschrei. Er sank hin, krümmte sich vor Schmerzen und hielt sich das Gesicht.

Trojan spürte das Adrenalin in ihm hochkochen. Er sah das Gläschen in der Hand der Frau.

Säure, durchfuhr es ihn.

Er musste nicht nachdenken. Alles geschah wie automatisch und in Sekundenschnelle: Er zückte die Waffe und lud durch. Iosceles-Anschlag: stehend, beidhändig, parallel gestellte Füße.

»Runter auf den Boden!«, schrie er.

Sie aber holte aus, um auch ihm das ätzende Zeug ins Gesicht zu schütten.

Da drückte er ab.

Hanna Thiel wurde nach hinten geschleudert. Finaler Rettungsschuss: Er hatte sie am Kopf erwischt.

Blut und Hirnmasse spritzten gegen die Wand.

Erst als er die Waffe sinken ließ, kehrte der Schwindel zurück. Das Zimmer drehte sich um ihn herum.

Zug Nummer 7320 hatte den U-Bahnhof Hermannplatz in nördlicher Richtung verlassen und raste auf die Station Schönleinstraße zu.

Es war an einem Nachmittag Anfang Oktober zur Hauptverkehrszeit. Die Wagen waren dicht besetzt.

Schon tauchten vor den Augen des Fahrers die Lichter des Bahnsteigs an der Spitze des Tunnels auf.

Noch fünfundzwanzig Minuten bis zur Endstation Wittenau, dachte er.

Noch fünfundzwanzig Minuten bis zum Ende seiner Schicht.

Feierabend.

Da erkannte er die Frau im sandfarbenen Mantel dicht am Gleis.

Schon sah er, wie sie den Fuß über die Kante setzte.

Notbremse, durchfuhr es ihn.

Sofort war er bei Max. Der schrie gellend vor Schmerz.

»Verdammt Nils, hilf mir, tu doch was!«

Er rief per Handy den Notarzt und nannte die Adresse. Dann alarmierte er die Kollegen.

Hanna Thiel war tot, ausgestreckt am Boden, der Kopf lehnte an der Wand, ihre Augen waren unnatürlich weit aufgerissen. An der Tapete die grotesken Spritzer, ein wildes Muster, in der Hand hielt sie noch immer das Gläschen mit der Flüssigkeit, Teile ihrer Haut waren verätzt.

Er holte feuchte Handtücher, versuchte, damit Kolperts Gesicht abzureiben, aber der ließ es nicht zu, wälzte sich auf dem Teppich hin und her.

»Sie sind gleich da, bleib ganz ruhig, Mann, sie werden dir helfen.«

»Meine Augen, Nils, was wird aus meinen Augen?!«

Er stürzte zum Schreibtisch und klappte den Laptop auf. Das Passwort wurde verlangt.

»Scheiße«, murmelte er. Dann nahm er das mit dem Computer verbundene Handy, löste das Kabel und drückte auf die Taste für die letzte Rufnummer.

Das Freizeichen ertönte.

Schrill heulte ein Warnsignal auf. Jemand packte sie am Arm und zerrte sie zurück. Sie spürte den Luftzug der heranpreschenden Bahn, hörte das Kreischen der Bremsen.

»Sind Sie wahnsinnig geworden!«

Theresa Landsberg wankte zurück und starrte in das Gesicht des jungen Mannes.

Sie wusste nichts zu sagen.

»Mensch!« Ein Zittern durchlief ihn. »Sie hätten ... verdammt ... Sie hätten draufgehen können.«

Ihr kamen die Tränen. Sie schlug die Hände vors Gesicht.

»Brauchen Sie Hilfe?«

Ehe sie antworten konnte, hörte sie das Läuten des Handys in ihrer Tasche.

Nicht schon wieder, dachte sie, bitte nicht.

Sie nahm es hervor und drückte auf die grüne Taste in Erwartung des Flüsterns.

»Hallo?«

»Wer ist da?«, fragte eine Stimme.

»Ich ...«

»Sind Sie das, Frau Landsberg?«

»Ja«, sagte sie leise.

»Wo sind Sie? Wir kommen zu Ihnen. Sie sind unschuldig. Sie haben nicht getötet. Mit der ganzen Sache haben Sie nichts zu tun. Frau Landsberg, hören Sie mich?«

»Ja.«

»Es ist vorbei. Die wahre Täterin ist tot. Der Fall ist abgeschlossen. Bitte glauben Sie mir.«

Ihre Hand zitterte.

»Wer war es? Um Himmels willen, wer?«

»Das erzählen wir Ihnen später.«

»Und mich trifft wirklich keine Schuld?«

»Nein.«

»Sie sind Nils Trojan, hab ich recht?«

»Ja. Ich rufe jetzt Ihren Mann an. Er wird Sie abholen. Bitte, Frau Landsberg, rühren Sie sich nicht vom Fleck. Und sagen Sie mir, wo Sie sind.«

Es war an einem Nachmittag Anfang Oktober, als eine Frau um die vierzig in einem sandfarbenen Mantel auf dem Bahnsteig wartete, die Arme um ihre Schultern geschlungen. Sie war völlig regungslos.

Da tauchte ein Mann in den Fünfzigern auf der Rolltreppe auf, sein rechter Arm lag in einer Schlinge.

Er verließ die Treppe und blieb suchend stehen.

Als er die Frau erkannte, ging ein Ruck durch seinen Körper.

Er begann zu laufen.

Er rannte auf sie zu.

Drei Schritte vor ihr hielt er inne.

»Theresa«, sagte er.

EPILOG

Er blieb einen Augenblick stehen, atmete tief die Waldluft ein und blinzelte in dieses sagenhafte Oktoberlicht, das Laub leuchtete in allen Farben, und Emilys Haar schimmerte in der tief stehenden Sonne wie Gold. Sie lächelte ihn an, hakte sich bei ihm unter, und sie schlenderten weiter.

Bald darauf hatten sie den Anlegesteg am Schlachtensee erreicht.

»Wie schön, dass du doch mal wieder Lust auf eine Kahnpartie hast.«

»Klar, Paps, hat mir ja auch irgendwie gefehlt.«

Sie reihten sich in die Schlange der Wartenden vorm Bootsverleih ein.

Sie blickte ihn von der Seite kritisch an. »Mama hat gesagt, du warst drei Tage im Krankenhaus.«

»Ja, das hat sie zufällig rausgekriegt.«

»Was war los?«

Er musste sie unbedingt vor der Wahrheit verschonen.

»Eine Gehirnerschütterung, die ich auskurieren musste.«

»Wie ist das denn passiert?«

»Beim Sport«, log er, »keine große Sache.«

»Solltest in deinem Alter nicht mehr Fußball spielen.«

Er versuchte zu grinsen.

Kein Wort von dem nächtlichen Überfall. Und unter keinen Umständen durfte er erwähnen, dass er am Tag darauf in Notwehr einen Menschen erschossen hatte.

Von all den schrecklichen Dingen sollte sie nichts wissen, das würde sie nur unnötig verstören. Stattdessen wollte er mit ihr diesen herrlichen Oktobersonntag genießen.

Doch da gerade alle Boote besetzt waren, beschloss er, die Zeit zu nutzen und kurz zu telefonieren. Schon seit Tagen versuchte er, Kolperts Frau zu erreichen, denn wenn er Max in der Klinik besuchen wollte, hieß es immer nur, er brauche Ruhe und könne niemanden empfangen.

»Ich muss mal eben was am Telefon klären«, sagte er zu Emily, »bin gleich wieder da.«

Sie nickte ihm zu, und er entfernte sich ein paar Schritte von ihr.

Diesmal hatte er Glück, Frau Kolpert hob sofort ab.

»Hier ist Nils Trojan.«

Ein längeres Schweigen am anderen Ende der Leitung.

»Ich wollte mich nur erkundigen, wie es Ihrem Mann geht.«

»Herr Trojan«, sagte sie leise, »zunächst einmal danke, dass Sie … nun ja, dass Sie so geistesgegenwärtig waren und Schlimmeres verhindern konnten.«

Wieder blitzte die Szene in Hanna Thiels Wohnung vor ihm auf. Letztlich hatte sich Trojan bei Max zu bedanken, denn wenn der sich nicht vor ihn gestellt hätte, wäre er an seiner Stelle von der Säure getroffen worden. Viele schlaflose Nächte hatte er damit verbracht, über das Geschehene nachzugrübeln, und fortwährend geisterte die Frage in seinem Kopf herum, was nun schlimmer sei, ein Menschenleben auf dem Gewissen zu haben oder von einer Chemikalie im Gesicht verätzt zu werden.

»Ich hab nur meinen Job getan«, murmelte er.

Und immerzu musste er es sich wie ein Mantra vorbeten: Du hast richtig gehandelt, euer beider Leben war in Gefahr. Sie war eine Serienmörderin und kannte selbst keine Skrupel. Alle Voraussetzungen für den finalen Rettungsschuss waren gegeben. Du hast dich nur so verhalten, wie es dein Job erfordert.

Sein Herz schlug höher. »Wie geht es ihm denn nun?«

Bitte, dachte er, alles, nur keine Erblindung.

»Die erfreuliche Nachricht zuerst: Max scheint über gute Reflexe zu verfügen. Weil er bei dem Angriff die Arme vors Gesicht hielt und instinktiv die Augen zukniff, ist seine Sehkraft nicht in Mitleidendschaft gezogen worden.«

»Gott sei Dank!«

»Zwar sind durch die Dämpfe die Augen stark gereizt worden, so dass er zunächst den Eindruck hatte, er könne nichts mehr sehen, aber mittlerweile haben die Ärzte in dieser Richtung Entwarnung gegeben.«

»Frau Kolpert, ich kann Ihnen gar nicht sagen, wie sehr mich das erleichtert.«

»Das ist aber nur die eine Sache. Die andere ist, dass seine linke Gesichtshälfte auf immer entstellt sein wird, dort ist die Haut völlig verätzt. Und auch seine linke Hand hat einiges abbekommen.«

»Ich würde gerne zu ihm.«

»Besuch strengt ihn sehr an. Er hat noch immer große Schmerzen.«

»Verstehe.«

Wieder sah Trojan vor sich, wie Hanna Thiel von seiner Kugel in den Schädel getroffen wurde. War das die gerechte Strafe für sie, Auge um Auge, Zahn um Zahn?

»Bitte grüßen Sie ihn von mir. Und sagen Sie ihm, dass ich sofort bei ihm bin, sobald er das wünscht.«

»Er muss sich erst in diese Situation hineinfinden. Der Anblick ist … ach, ich war einmal dabei, als die Verbände gewechselt wurden … Es ist …« Sie brach ab.

»Frau Kolpert, es tut mir unendlich leid.«

»Ich halte Sie auf dem Laufenden.«

Dann legte sie auf.

Er ging zurück zu Emily, endlich wurde ein Boot für sie frei. Er zahlte für eine Stunde, und sie stiegen ein.

Sie bestand darauf, selbst zu rudern. So glitten sie hinaus auf den See, und er schaute sie staunend an.

»Was ist, Paps?«

»Du siehst toll aus. Meine Tochter!«

Sie schüttelte ihre Locken und lachte. »Danke schön.«

Schweigend ruderte sie weiter. Dann sagte sie: »Aber dich bedrückt doch irgendwas. Beim letzten Mal, als ich bei dir war, warst du noch so fröhlich.«

»Damals, ja.« Er runzelte die Stirn, dabei lag das doch alles noch gar nicht so weit zurück. »Dafür warst *du* beim letzten Mal irgendwie – wie soll ich sagen – verstockt?«

Sie antwortete nicht.

»An jenem Sonntag sagtest du etwas von einer Verabredung, wolltest mir aber partout nicht verraten, mit wem. Dafür hast du rätselhafte Bemerkungen über große Altersunterschiede gemacht.«

Sie nagte an ihrer Unterlippe. »Wird das ein Verhör?«

»Nein.«

Zwei Schwäne näherten sich dem Boot. Emily blickte sie gedankenversunken an. Dann erhöhte sie das Tempo, stieß heftig die Ruderblätter ins Wasser.

»Okay, du kannst beruhigt sein, diese komische Geschichte ist schon wieder vorbei.«

»Was war denn?«

Sie sah zu ihm hin. »Aber du musst mir versprechen, dass du mir nicht böse bist.«

»In Ordnung.«

Sie schlug die Augen nieder. »Ich hab mich ein paar Mal mit meinem Deutschlehrer getroffen. Privat.«

Trojan schnappte nach Luft.

»Er leitet auch den Theaterkurs, und, na ja, wir studieren gerade *Was ihr wollt* von Shakespeare ein, und ich spiele die Viola. Er hat mir gesagt, ich hätte großes Talent, wir trafen uns, weil ich noch einige Fragen zu meiner Rolle hatte, und er hat dann mit mir daran gearbeitet. Es wurde richtig gut, im Unterricht ist ja immer so wenig Zeit.«

»Und dann?«, fragte er vorsichtig.

»Okay, und dann hab ich ihn gefragt, ob wir mal spazieren gehen wollen. Und wir haben uns hier verabredet, gerade hier, am Schlachtensee.«

Er schluckte.

»Was ist, Paps?«

»So weit, so gut, Emily, spazieren gehen mit dem Lehrer, doch was kam dann?«

Sie druckste einen Moment herum. Schließlich sagte sie: »Wir haben ein bisschen rumgeknutscht.«

»Ihr habt was?«

»Du hast versprochen, nicht böse zu werden.«

»Emily, du bist seine Schutzbefohlene, er macht sich strafbar!«

»Mehr ist ja nicht passiert.«

»Also, das ist …«

»Siehst du, und deswegen wollte ich es dir eigentlich nicht erzählen, weil ich wusste, dass du wieder so moralisch wirst und mir mit deinem Polizeigelaber kommst.«

»Wie alt ist der Kerl?«

»Mitte, Ende zwanzig, glaube ich. Er hat gerade sein Referendariat hinter sich.«

»Emily, du würdest es mir doch sagen, wenn noch etwas passiert ist, oder?«

»Ja, aber da war nichts. Es ist vorbei. Es war nur so ein … Kribbeln … so was … ach Scheiße, die Jungs in meinem Alter sind alle so albern und gleichzeitig so obercool. Torben ist klug, und er nimmt mich ernst. Und außerdem sieht er verdammt gut aus.«

»Torben!«

»Reg dich nicht auf, Pa. Er hat ja selbst gesagt, dass es besser für uns beide ist, wenn wir uns nicht wieder treffen. Und wahrscheinlich hat er recht, aber …«

Trojan beobachtete, wie sie sich eine Träne aus dem Gesicht wischte. Er rutschte zu ihr hinüber und nahm sie in den Arm.

Es war so still auf dem See. Sie saßen in ihrem Boot, und er hielt sie einfach nur fest. Verdammt, sie würde bald ihre eigenen Wege gehen, und er musste es zulassen.

»Emily«, sagte er leise, »lass dir Zeit.«

»Tu ich doch. Ist ja nichts passiert.«

»Er ist dein Lehrer.«

»Weiß ich doch.«

Den Kerl werde ich mir vorknöpfen, dachte er.

Aber Emily kannte ihn nur allzu gut, sie schien seine Gedanken lesen zu können. »Paps, du wirst nichts gegen ihn unternehmen, hörst du? Er hat sich doch absolut korrekt verhalten.«

»Hat er nicht.«

»Es ging von mir aus.«

»Das spielt keine Rolle.«

Sie sah ihn an. »Bitte!«

»Weiß deine Mutter davon?«

Sie schüttelte den Kopf. »Schon komisch, dass ich über solche Sachen lieber mit dir rede.«

Er küsste sie auf die Stirn.

Dann übernahm er das Rudern, und sie setzte sich in das Heck.

»He, Em«, sagte er, »da draußen wartet eine ganze Reihe Männer auf dich, einer klüger und interessanter als der andere. Und weißt du was? Ich bin schon jetzt eifersüchtig auf sie alle.«

Sie schenkte ihm ein verschmitztes Lächeln.

Dann fragte sie: »Was ist eigentlich mit deiner Jana? Sie heißt doch Jana, oder?«

Und Trojan seufzte.

Nachdem er sie abends zu ihrer Mutter gebracht hatte, saß er noch lange in seinem Wagen und schaute zu ihrem Fenster hinauf. Schließlich startete er den Motor und fuhr heim.

Er schloss die Wohnungstür hinter sich und rammte den Stangenriegel in die Verankerung, den ein Schlosser erst vor kurzem bei ihm montiert hatte. Eigentlich hasste er diese Art der Verbarrikadierung, aber nach allem, was vorgefallen war, fühlte er sich sicherer so.

Er legte sich auf Emilys Bett und schloss für eine Weile die Augen. Szenen aus ihrer Kindheit zogen an ihm vorüber, nur nicht sentimental werden, dachte er, stand auf, ging in die Küche und machte sich ein Bier auf. Auf dem Tisch lag die

Postkarte, die er schon an die hundert Mal gelesen hatte. Sie war von Landsberg, abgeschickt auf Mallorca. Er betrachtete sie lange.

Oktoberlicht, noch recht warm hier. Haus mit Blick auf die Bucht von Soller. Sehr romantisch und verträumt. Theresa ist still und in sich gekehrt. Dennoch leichte Hoffnung auf Wiederannäherung. Möge sie alles gut verkraften. Nächste Woche bin ich zurück. Arbeit fehlt mir irgendwie, weißt ja, wie ich bin.

H.

PS: Danke, Nils.

Es klopfte an die Tür. Trojan schaute durch den Spion, dann legte er den Riegel zurück und öffnete. Es war Doro, seine Nachbarin aus dem Stockwerk unter ihm.

»He, Bulle.«

»He.«

»Wollte nur mal nach dir schauen. Seit diesem Mordanschlag ist alles so merkwürdig in unserem Haus.«

»Das gibt sich wieder.«

»Also, wenn irgendwas ist und du dich fürchtest, ich bin da.«

Er lächelte. »Danke, Doro. Und umgekehrt auch: Hier bin ich.«

Sie rührte sich nicht.

»Willst du kurz reinkommen?«

»Nur wenn ich nicht störe.«

»Du störst nicht.«

Sie setzten sich an seinen Küchentisch, er öffnete ihr ein Bier, und sie stießen mit den Flaschen an.

»Aufs Überleben«, sagte sie ernst.

»Auf dich, Doro.«

Sie tranken.

»Weißt du«, sagte sie nach einer Weile, »ich war in dieser schrecklichen Nacht nicht hier, hab bei einer Freundin gepennt.«

»Hmm.«

»Als ich nach Hause kam, waren überall die Bullen und …«

Er nickte.

»Nils, das muss ja furchtbar gewesen sein.«

»War es auch.«

»Und diese Frau hat mit deiner Waffe …?«

Abermals nickte er.

Sie sah ihn an. »Wer ist sie eigentlich?«

Er dachte an die Nächte zurück, die er mit Doro verbracht hatte. Bei ihr war es warm und unkompliziert, und hinterher konnte er in sein eigenes Bett zurück. Sie bestand nicht einmal darauf, am nächsten Tag angerufen zu werden. Nicht die schlechteste Art einer Beziehung, und doch wusste er längst, wohin er gehörte.

»Sie heißt Jana.«

»Ist es was Ernstes?«

»Ich denke, ja.«

Sie nahm einen großen Schluck.

»Schade, Nils, ich fand es immer schön mit uns.«

Er pulte das Etikett von der Flasche. »Ich auch.«

Sie trank. »Also, wie gesagt, ich bin da.« Sie stand auf. »Ach ja, vielleicht kannst du mir deinen Schlosser empfehlen, ich hab gesehen, du hast da jetzt so ein Sicherheitsding an der Tür, ich glaube, das will ich auch.«

»Klar«, sagte er. »Ich werf dir seine Karte in den Briefkasten.«

Und dann begleitete er sie hinaus.

Es war schon mitten in der Nacht, als er sich wieder aus dem Bett schwang, sich anzog und aus der Wohnung ging. Er brauchte Bewegung, also ließ er den Wagen stehen und nahm das Rad. Er hielt kurz vor Cems Laden, der eigentlich nie geschlossen hatte, kaufte eine Kleinigkeit ein, dann trat er wieder in die Pedale.

Er fuhr schnell, sog gierig die kühle Herbstluft ein, sie machte ihn hellwach.

Schon war er in der Akazienstraße und klingelte bei ihr.

Es brauchte nicht lange, da hörte er ihre Stimme durch die Sprechanlage, und ihm wurde geöffnet.

Sie erwartete ihn an der Wohnungstür. Ihr Bruder schien nicht da zu sein, das erleichterte ihn. Wortlos trat er ein.

Ihre Wangen waren vom Schlaf gerötet, fröstelnd knotete sie ihren Bademantel zu.

»Jana, ich weiß, es sind furchtbare Dinge geschehen, und ich verstehe, dass du noch immer unter Schock stehst. Du musstest auf jemanden schießen. Mein Beruf hat dich in Lebensgefahr gebracht. Ich bin gekommen, um dir zu sagen, wie leid mir das tut.«

»Es ist nicht deine Schuld«, sagte sie tonlos.

»Doch, ich hätte besser auf dich achtgeben müssen.«

»Ach Nils.«

»Wie geht es dir heute?«, fragte er.

Sie zuckte mit den Schultern.

»Hast du noch immer Angst?«

Sie nickte.

»Wovor?«

»Dass da wieder ein Schatten auftaucht, wenn wir uns umarmen, ein Schatten, der nach uns greift.«

»Der Alptraum ist vorüber«, sagte er.

»Bist du dir ganz sicher?«

»Ja«, sagte er. »Und von noch einer Sache bin ich völlig überzeugt.«

»Und die wäre?«

»Ich weiß, dass ich mit dir zusammen sein möchte.«

Sie schaute auf die Plastiktüte in seiner Hand.

»Was ist das?«

»Ich hab uns Eis mitgebracht. Der Sommer ging viel zu schnell zu Ende.«

»Schokolade?«

Er nickte. »Deine Lieblingssorte. Schon leicht angeschmolzen, also wenn du magst …«

Sie sah ihn ruhig an. »Wollen wir im Bett essen?«

»Warum nicht?«

Und endlich lächelte sie.